How Four Crusaders Reinvented Sex and Launched a Revolution

THE BIRTH OF THE PILL

JONATHAN EIG

[美] 乔纳森·艾格 —— 著

语冰 —— 译

魔丸的
诞生

广西师范大学出版社
·桂林·

著作权合同登记号桂图登字：20 - 2016 - 158 号

图书在版编目(CIP)数据

魔丸的诞生／(美)乔纳森·艾格著;语冰译.—桂林:广西
师范大学出版社，2018.2
书名原文：THE BIRTH OF THE PILL
ISBN 978 - 7 - 5598 - 0561 - 4

Ⅰ.①魔… Ⅱ.①乔… ②语… Ⅲ.①纪实文学－美国－现
代 Ⅳ.①I712.55

中国版本图书馆 CIP 数据核字(2017)第 327663 号

出 品 人:刘广汉
责任编辑:阴牧云
助理编辑:谭思灏
装帧设计:璞茜设计

广西师范大学出版社出版发行

(广西桂林市五里店路 9 号　　邮政编码:541004)
(网址:http://www.bbtpress.com)
出版人:张艺兵
全国新华书店经销
销售热线:021 - 65200318　021 - 31260822 - 898
山东鸿君杰文化发展有限公司印刷
(山东省淄博市桓台县寿济路 13188 号　邮政编码:256401)
开本:690mm×960mm　　1/16
印张:22.5　　　　　字数:272 千字
2018 年 2 月第 1 版　　2018 年 2 月第 1 次印刷
定价:49.00 元

如发现印装质量问题,影响阅读,请与印刷单位联系调换。

译者序

1923 年 5 月，凯瑟琳·麦考米克漂洋过海来到欧洲，借口购买"最时髦的"衣物，实则悄悄购买大量避孕膜，然后请当地裁缝把这些避孕膜缝到新买的精致时装里，再精心包装，塞满八大箱子后，踏上归途，一路上小心翼翼，慷慨地用小费打点着各色人等。这个"贵族""走私犯""叛逆者"最终乘着出租车来到了桑格的节育诊所，而车后拖着的是全世界包装最精美的一千个避孕膜。

这样的细节乍一看令人忍俊不禁，细一想又让人颇为感叹——那只是避孕丸诞生过程中，无数小插曲中的一段而已，类似的情节在这本书中还有很多。

如今，避孕丸早已成为世界上最为广泛使用的药物之一，新的避孕技术也在不断出现。然而，我们现在司空见惯的一颗小药丸，却不知经过了多少曲折，跨越了多少偶然。这本书正是要提醒我们，这颗"魔丸"在半个多世纪前的诞生着实为"令人难以置信"的"创举"，而其象征的平等权益和人身保障观念的实现更非一帆风顺——促成这颗"魔丸"诞生的四个主要人物在当时的美国社会，根本就是"勇敢而叛逆的社会异类"，避孕丸的发明则是他们在政治、宗教等诸多力量交织的背景下，排除万难，实现科技进步与人文关怀互相结合的奇迹。

因为种种复杂原因，大多数中国读者（包括受益于避孕丸之便利的广大妇女）对于本书中的四个主角，也许一无所知。用钱钟书的俏皮话来说：如果你觉得鸡蛋好吃，为什么一定要问这蛋是哪只鸡下的？本书的作者却没有如此玩世不恭，他执意要让人们记住那些历史上曾经造福人类、推动文明进步的人物。不消说，书中这四位主人公各自的人生故事，单独看都可以是一部传奇；而此书的独特之处在于，原本出身、性格、信仰、身份等截然不同，毫无交集，甚至各自都有些寂寥的四个人，却因为对于一颗药丸的求索，走到一起，达成黄金联盟，并从此名垂青史。拥有天才智商却名声不佳的科学家格雷戈里·平克斯，和本已功成名就却敢于挑战天主教会权威的虔诚教徒约翰·洛克医生，共同推进了避孕丸的科学发明和实验上的突破；出身贫寒却充满个人魅力的社会改革家玛格丽特·桑格，和有着显赫家族背景但个人生活极为不幸的大富豪凯瑟琳·麦考米克，两位各方面都反差极大的女士，又一起为这项技术发明赋予了悲天悯人的公共关怀。

从历史进步的角度看，现代科学技术一往无前的力量，即那种被史华慈称作"普罗米修斯-浮士德"式的冲动，能够和锲而不舍的人文精神互相映照，似乎是文艺复兴运动以来人类文明最理想的结果。然而细思之下，在当时的美国，研制这颗药丸的失败率极高，如果不是一连串的偶然事件，成功的希望将无限渺茫。要不是平克斯被迫离开哈佛，遭到主流科学界的唾弃，他不会在政治、宗教和社会舆论的压力下，依然孤注一掷地冒险投入避孕丸的研发，也不会与制药商建立密切的关系，从而获得研发和测试必要的药物材料支持。要不是桑格一路狂热不羁却奇迹般地不断得到姐姐、丈夫、情人的帮助，她将无法挣脱贫困的命运，走上推动社会变革之路，更不可能及时制定正确的策略，并觅得所需资源以达成目标。要不是麦考米克为遭受精神分裂之苦的丈夫寻求新的医疗方式，她不会接触到激素治疗法；倘若不是她丈夫早早过世，留下巨额遗产，她也不可能将精力和大笔资金投注于节育运动中，并在桑格疾病缠身后，成为运动的中流砥柱。要不是洛克开办不育诊所，以其虔诚天主教徒的身份和严肃的性格，他绝不会意识到节育的迫切需求，进而开设周期避孕诊所，避孕丸临床测试也不会有第一批试验者，当然也就不会有后面那些波澜起伏的画面了。

除了发生在这四位主角身上的故事，政治、宗教、社会等交织成的大背景里还有着涉及这场改革的无数情节。《反淫秽法》对于美国社会具有长期而广泛的影响，该法将"淫秽"定义得极其广泛，并曾一度被解读为既禁止出售避孕用具又禁止传授关于避孕的知识。尽管美国的法律不断受到释法的挑战，但在20世纪中叶，对任何避孕技术的研发而言，《反淫秽法》都是一道坚硬的壁垒。然而，奇妙的事情发生了：这项立法加上天主教会对于节育的坚决反对，反而成就了这四位"社会异类"，他们在没有任何政府资金和企业赞助的情况下，顶住舆论的巨大压力，最终完成使命。这其中虽然有若干偶然因素，但还有一个更广阔有力的历史社会背景：二战之后，人们对于两性平等、性爱和家庭结构的态度正悄然发生着翻天覆地的变化，大量家庭，而不只是妇女，都有节育的需求。与此同时，婴儿潮引发的人口爆炸也开始成为各国政要聚焦的议题，就像书中提到的，波多黎各、日本等地都在积极采取行动应对人口增长过快的问题。即使在美国，联邦政府的《反淫秽法》以及各州政府的相关法案也都在慢慢瓦解。另外，在医学界，一方面，激素研究的进步和人工黄体制剂的发明，使得避孕丸的发明成为可能；另一方面，临床实验制度的尚不健全，也让平克斯有机会在相当有限的测试条件下，获得当局批准，从而在另一种奇药沙利度胺 ① 的惨剧尚未波及美国时，就打开了避孕丸的市场。

① 1957年上市于欧洲的药品，用于抑制孕妇的妊娠反应。因效果显著而迅速被非洲、拉美、日本等地引进。但此药能导致新生儿畸形，在上市的几年内，全球出生了万余名畸形婴儿。在美国，因食品药品监督管理局药物审查员弗朗西斯·凯尔西的坚持，该药未能上市，从而避免了惨剧的发生。

本书作者乔纳森·艾格的过人之处在于，将发生在四个主要人物身上和身外的千头万绪有条不紊地呈现出来。他明智地将本书分为多个短章，每一章节既有各自的独立性，仿佛多个短篇小说，又彼此相关，积沙成塔般达至最终的高潮。同时，他使用平白、明晰而不乏幽默的语言，使读者在阅读时感到既轻松自然，又丝丝入扣。整段阅读的体验就像这颗"魔丸"的发明过程本身：它并不是科学家或社会改革家一次又一次拍脑袋的结果，而是若干块拼图被无形的手凑在一起，奇迹般地勾勒出一幅美好图景。

　　值得一提的是，本书的英文名是 *The Birth of the Pill*，如何确切地翻译成中文，颇需斟酌。口服避孕丸在英语中俗称 birth pill（直译出来是"生育药"，而非避孕药），简称 the pill，因而英文书名既简单明了又一语双关。将中文版书名定为《魔丸的诞生》，能体现出这部传记类作品的雅俗共赏。然而，与我们在中文世界中常见的长篇报告文学不同，本书有详尽的注释和摘选书目，这使得它宛如一部严肃的研究报告。作者艾格曾任《华尔街日报》的资深记者，书中的一点一滴都是艾格以其严谨的职业精神，对历史材料加以广泛详细的查证，对故事中所涉及人物的晚辈、遗属、同事、传记作者等进行多次深入访谈的结果。在我翻译正文时，艾格俨然就是个坐在沙发上，叼着烟斗，喝着香槟，向我娓娓道来的小说家；而在我翻译注释和摘选书目时，他仿佛又成了一丝不苟的侦探，书桌上堆满了泛黄且夹着无数标签的书册和手稿，密密麻麻的笔记一本接一本，面前或许还有一块白板，像我们在电影里经常看到的案件分析场景，上面贴着许多人的照片，列下了各种人物和线索。

　　也正是因为艾格如此深入的调查研究，这样一本涉及严肃题材的传记类作品才显得如此生动而有趣。而类似麦考米克"走私"那样的情节也让我想起了我的奶奶。抗日战争时期，爷爷失业，支撑家庭生活的重担全落在奶奶身上。有好几年，奶奶每天都要把从上海西郊收购的大米等食材缝入自己的棉袄棉裤，徒步穿越大半个上海，更要躲过日本兵的关卡，最终把这些食材送到如今九江路上的一家饭店，以此养育三个孩子。一位普通母亲的勇气，在某种程度上并不亚于一位社会改革家——尽管在社会意义上还有大小之分，但她们同样值得尊敬。更何况，那些推动社会改革的人，那些希望以科技进步带动社会进步的人，不正是为了普罗大众的健康和自由？

　　这本书属于他们，也属于所有追求爱和希望的人们。

浩水

2017年于沪

目 录

1　寒冬之夜＿＿＿＿＿＿＿＿＿＿001

2　性爱简史＿＿＿＿＿＿＿＿＿＿011

3　走投无路＿＿＿＿＿＿＿＿＿＿019

4　一副"见鬼去吧"的样子＿＿＿026

5　情人和斗士＿＿＿＿＿＿＿＿＿037

6　兔子实验＿＿＿＿＿＿＿＿＿＿052

7　"我是性学家"＿＿＿＿＿＿＿＿056

8　社交家和性疯子＿＿＿＿＿＿＿082

9　强人所难的问题＿＿＿＿＿＿＿089

10　洛克式反弹＿＿＿＿＿＿＿＿＿093

11　公鸡为何会报晓?＿＿＿＿＿＿110

12　变相考验＿＿＿＿＿＿＿＿＿＿116

13　黑人之首＿＿＿＿＿＿＿＿＿＿123

14 什鲁斯伯里之路 _____ 127

15 "疲惫而沮丧" _____ 129

16 女人的问题 _____ 138

17 圣胡安的周末 _____ 146

18 精神病院的女人 _____ 156

19 约翰·洛克的难处 _____ 162

20 像服用阿司匹林那样简单 _____ 170

21 按期赶工 _____ 180

22 "或许就是这种魔丸" _____ 188

23 给绝望者以希望 _____ 197

24 测试 _____ 206

25 "平克斯老爹的粉色计划生育药丸" _____ 212

26 杰克·西尔赌大了 _____ 220

27 避孕丸的诞生 _____ 225

28 "人们相信它有魔力" _____ 233

29 双重效应 _____ 240

30 药丸女人 _____ 246

31 不像是推销员 _____ 250

32 "一包全新的豆" _____ 257

33 高潮 _____ 266

后　记 _____ 280

鸣　谢 _____ 293

资料出处 _____ 297

参考书目 _____ 342

性交始于

1963 年

（在我看来那可有点晚）——

就在查泰莱 ① 被解禁之后

和披头士首张唱片之前

——菲利普·拉金 ② 《奇迹迭出的一年》

① 指小说《查泰莱夫人的情人》。本书所有脚注均为译者注。

② 英国著名诗人、小说家、爵士乐评论家。

1 寒冬之夜

曼哈顿，1950 年冬。

她是个老妇，热衷于男女之事，花了四十年追寻使之更美好的方式。虽然她的红棕秀发已经灰白，心脏也日渐衰弱，但她并没有放弃。她说，她的诉求反而变得越发强烈而简单：她想要找到一种科学节育的方法，一种可以让女人随心所欲享受性生活，而不用担心怀孕的魔术。她觉得这个要求相当合理，但多少年来，科学家们接二连三地告诉她：不行，这办不到。现在，她已是风烛残年，正因如此，她才会跑到这个位于公园大道的寓所，准备见一见这个有可能成为她最后一丝希望的男人。

这个女人正是玛格丽特·桑格，20 世纪传奇式的社会改革家。这个男人则是格雷戈里·平克斯，一位拥有天才智商却名声欠佳的科学家。

47 岁的平克斯身高五英尺十英寸半 ①，留着硬邦邦的短髭和向外四射的灰白头发。他看起来既有点像阿尔伯特·爱因斯坦，又有点像格鲁乔·马克斯 ②。他会突然冲进一个房间，泛黄的手指玩转着一支总督牌香烟。然后，人们会紧紧围绕着他，听听他又有什么新说法。他并不出名，从未获得任何科学大奖，也从未做出过任何重大科学发明。实际上，在很长一段时间内，他一直遭到科学界的摒弃——被哈佛大学视为激进分子而扫地

① 1 英尺等于 12 英寸，合 0.304 8 米。

② 美国喜剧演员及电影明星，以机智问答和善用比喻闻名。

出门，被媒体羞辱，被逼无奈唯有在一个改造过的旧车库里进行各种有争议性的实验。虽然如此，他仍然自信满满，就好像知道这个世界总有一天会承认他的杰出。

平克斯是个生物学家，而且可能是当时全世界范围内，哺乳动物繁殖领域最杰出的专家。20 世纪 30 年代，他在事业刚刚起步的时候，就曾尝试在培养皿中繁殖兔子，而他当时所使用的技术，基本上就是数十年后实现体外受精的技术。那时，他年轻帅气，并拥有无限的想象力。记者给他拍照时，他会摆姿势，还对记者们夸耀说，人类繁衍的新世纪就要来临，男女们将可以使用现代的方法来控制造人的过程，科学将大行其道。

然而，当时的美国人还没有那么先进的思想。媒体将他比喻为维克多·弗兰肯斯坦，那是玛丽·雪莱虚构小说中的科学家，试图让死者复活，却意外地制造出一个怪物。哈佛大学拒绝向平克斯授予终身教授的职位，而其他大学也不愿意聘用他。他被视为危险分子。

到了这种地步，谦逊一些的人都会改行，内心不那么强大的人会因为气愤和绝望而一蹶不振。但古迪（亲友们如此称呼平克斯，既显示他的友好天性，又是他中间名的简称[①]）可不会。虽然平克斯在社交场合颇为热情友好，但引用一位同僚的话，他在工作上是个"会在街上斗殴的犹太人"。挫折只会让平克斯越挫越勇。当哈佛摒弃了他，其他工作又没着落时，他搬到了马萨诸塞州的伍斯特。那是个到处是工厂的小镇。在那里，一位哈佛的前同事给了他一份薪酬少、级别低的工作——克拉克大学的研究员。他在一间地下实验室里工作，附近的煤仓飘来的尘土经常会污染他的实验品。他要求学校给他一间像样的实验室，却被拒绝了。

同样，他完全可能选择放弃。但正相反，平克斯和同事心理学家哈德森·侯格兰德创造了历史：他们开办了自己的科学

① 平克斯的中间名为古德温（Goodwin），亲友们叫他古迪（Goody），其中 good 有好的意思。

研究中心。在伍斯特（当地的乡音为"伍斯嗒"）及周边各地，他们挨家挨户地分发广告册子，向家庭主妇、水管工人和五金店老板募捐，说是多少都不嫌少，目的是建造一个被他们命名为"伍斯特实验性生物学基金会"的新机构。他俩用一起东拼西凑来的钱，在什鲁斯伯里买了栋老房子，平克斯就把他的办公室和实验室设在了车库。刚开始的时候，这个机构极其单薄，平克斯甚至自行清洁动物笼子。更不济的时候，他为了研究精神分裂症，还曾带着老婆孩子，一起住到了一个公立疯人院里。

＊ ＊ ＊

平克斯听说过桑格。在美国，她的名字几乎家喻户晓。正是桑格，普及了"节制生育"的概念，并几乎是单枪匹马地在美国发起了一场维护避孕权益的社会运动。她声称，只要女人在性关系中的低下地位得不到提高，她们就永远无法真正获得平等权益。1916 年，桑格在纽约布鲁克林开办了全国首家节育诊所，随后还在全世界范围内协助开办了几十家类似的诊所。可是，即便通过几十年的努力，这些诊所具备的避孕用品还是以避孕套、宫颈帽为主，并在有效、实用和易于获取三个方面都不尽如人意。这就好比她一直在给快饿死的人灌输营养学知识，而没能给他们任何健康的食品。桑格告诉平克斯，她就是想找一种便宜的、易于操作的、万无一失的避孕方法，最好就是一种药丸。她希望这种药丸顺应生理需求，让一个女人可以每天早上一边喝着橙汁一边就送服下去，而不需要征求另一半的意见；让她可以随时随地享受性爱，而无需事先深思熟虑，或行事时手忙脚乱，更不会在过程中损失任何欢愉；还能让她受孕能力不受影响，日后依然可以生儿育女；这种药应该可以在全世界通行，不论是纽约的贫民窟，还是东南亚的丛林；这种药必须百分之百有效。

这可行吗？

她所接触的所有其他科学家，无一例外地告诉她不行，而且还给了她一长串理由：那是又麻烦又名声不好的工作；技术还达不到要求；而且就算行得通，也没有实际意义，三十个州和联邦政府的法律依旧公然反对节育，何必要费尽心血搞一种没有制药公司敢生产也没有医生敢开处方的药呢？

然而，桑格希望格雷戈里·平克斯会有所不同，至少会够胆——或者说会孤注一掷地去尝试。

* * *

那是 20 世纪中叶。科学家们开始研究跟生和死相关的问题，而在此之前，那都是只有艺术家和哲学家才会涉及的领域。身穿实验服的男人们——没错，基本上都是男人——是英雄，是斗争的胜利者、疾病的抗争者和生命的创造者。疟疾、肺结核、梅毒以及其他病症都被现代医学一一攻克。各国政府和大型企业对于研究的资金投入达到了史无前例的水平，从高中科学俱乐部到冷聚变实验都成为其赞助对象。健康既关乎政治，又关乎社会。二战大大伤害却也大大改变了这个世界，让人们对于更美好自由的生活充满希望，而科学家就是新生活的开启者之一。

当时的美国人刚搬进城郊新落成的火柴盒式房子，并开始享受草坪养护、干马天尼和电视喜剧《我爱露西》的乐趣。至少对一个普通的旁观者来说，20 世纪 50 年代早期的美国人看起来刻板而坚定。安德鲁斯姐妹唱起了《我要被爱》，约翰·韦恩主演了电影《硫磺岛浴血战》，都是在颂扬国家军事力量的强大和对平等理想的不懈追求。

在那个年代，当个美国人是无比荣耀的事。从战场上归来的士兵在逐渐适应了家庭、婚姻和平淡的工作后，开始寻找新的冒险和新的英雄事业。在战争的非常时期，道德准则都有了新的定义。当外国女人用自己的身体交换美国士兵的香烟和现钞时，性行为变得随便。家乡女友在情信中毫不遮掩内心的激情，向大兵们承诺着返乡后的美好未来。可实际上呢，很多留守的女性都在悄悄自行突破道德的底线。战争将女性推到工作岗位上，使她们的钱包充盈起来，并让她们从父母身边独立出来。她们开始与未必是结婚对象的男人恋爱并发生关系，重新诠释"亲密"和"承诺"。1948 年，印第安纳州的一位大学教授阿尔弗莱德·查尔斯·金赛出了一本名为《男性性行为》的研究著作，五年后又出版了《女性性行为》。他的研究显示，人们的性欲远比他们承认的旺盛，有 85% 的人坦白发生过婚前性行为，50% 的人承认有婚外情，并且几乎所有人都表示有过自慰行为。也许金赛的结论有失偏颇，不过，他的著作依然影响深远。1949 年，西北大学社会学系一位名为休·海夫纳 ① 的研究生在读了金赛的著作后，写了一篇期末论文，旨在推翻美国人对性和性态度的压抑。"来看看我们能否找到出路，摆脱这一黑暗、感伤，充满禁忌的迷宫，拥抱清新的空气和理性的光芒。"海夫纳如此写道。同时，他也已开始用其独特的方式寻找出路了。

就在曼哈顿这个冬季的深夜，玛格丽特·桑格与格雷戈里·平克斯见了面。他们的对话就是在酝酿一场革命——无枪无炮，只关乎性，且多多益善。不必结婚的性。不必生育的性。经过新的设计和安排，万无一失又毫无限制，为了女性的欢愉而存在的性。

为了女性的欢愉而存在的性？在 1950 年，对许多人来说，那还像人类登陆月球或在塑胶草地上打棒球一样不可思议。更糟糕的是，这很危险。怎么维护与维系婚姻制度和家庭？爱情会变成什么样？如果女性能够控制自己的身体，如果她们可以选择何时及是否怀孕，她们下一步会要求什么？上下两千年的

---

① 世界著名色情杂志《花花公子》的创刊人及主编。

基督教教义和三百年来美国清教徒坚持的禁欲苦行，将在这种不可控制的欲望影响下瞬间瓦解。婚姻誓约将失去其意义，两性之间的游戏规则和角色分配将被改写。

科学将成就法律尚未做到的事，它将使女性与男性真正平等。这正是桑格毕生追寻的科技。

因此，就在公园大道这间光鲜的公寓里，在雪茄的余烟袅袅中，桑格盯着茶几另一边的平克斯，如此讲述着她的诉求。她71岁了，她需要它，他也是。

"你觉得这有可能办到吗？"她问道。

"我看行。"平克斯说。

"需要做大量研究，但是，没错，这有可能办到。"他补充道。大半辈子了，桑格就等着听到这些话。

"那就马上开始吧。"她说。

* * *

翌日早晨，平克斯开足了他那辆雪佛兰的马力，穿梭在通往马萨诸塞州的路上，而桑格的请求在他亢奋的大脑中激荡。他刚学会开车，这是他的第一辆车——不久前，一位迁居海外的科学家才将车送给他。他为能够借此控制速度和力量而兴奋不已。开车就像他生活中的许多其他事物，成了一项竞技运动。坐他车的人常常要紧紧抓牢把手，问他为何开那么快，而平克斯则极其镇静地坐在驾驶座上，不以为然。"这只算是我慢行的速度。"他会这么回答。

通往马萨诸塞州一百八十英里①的路，平克斯不得不开开停停。州际高速公路尚未建成，唯有一条狭窄的双车道，一路上不时会有为沿途的学校和火车过路点设下的慢行标识。这段长途驾驶穿越了阴冷、灰暗的城镇和冬天暂时休耕的农田，给平克斯以时间，回想与桑格的会面。

有史以来，人类一边在试图造人，一边也在试图避孕。古

---

① 1英里等于1.609 3公里。

埃及人用鳄鱼粪做成阴道塞。亚里士多德建议以松木油和乳香作为杀精子剂。卡萨诺瓦教人们拿半个柠檬当子宫帽。20世纪50年代初，最被广泛使用也最有效的方法是避孕套。这个方法的发明，上可追溯到16世纪中叶。当时，意大利医师加布里瓦·法罗皮奥试图以一个"亚麻布做的龟头套"防止梅毒的扩散。不过，从那以后，避孕工具的发展便很有限。19世纪40年代，固特异轮胎公司通过硫化使橡胶更坚固后，避孕套变得更便宜，也更易买到。大约也就在那个时候，粗糙而不太紧贴的子宫帽——一种早期的避孕膜——也出现了。但在之后的一个世纪，避孕工具并没有获得任何创新。没人动这个脑筋，更没人花这个力气。平克斯对于这些古老的方法毫无兴趣。对他而言，发明一种避孕药丸，就像任何发明一样，过程毫不复杂。就像开车一样——第一步，选择目的地；第二步，选择路线；第三步，尽快赶到。

他没有回家，而是直接开到了他在伍斯特实验性生物学基金会的办公室，他要找研究员张民觉谈一谈。1950年，平克斯和侯格兰德已将基金会从伍斯特那个改装了的破旧房子，搬到了什鲁斯伯里旁边的居民区内一栋爬满常青藤的砖瓦房里。"外人有时会把这座两层高的基金会小楼称作'老年妇女之家'。至少从正对着这幢楼大门的波士顿邮政路上看起来，它就像这么回事。"《伍斯特邮报》如此报道。

平克斯和侯格兰德已尽力让这个"老年妇女之家"看起来像是个科学殿堂了。他们将日光浴廊改装成了图书馆，卧室变成了实验室。不过，在张民觉到来的时候，一个由卧室改装的实验室又变回了卧室。张民觉自中国远道而来，中间去过苏格兰和英格兰，最终来到美国与平克斯共事。虽然他的英语不行，但平克斯看中了这位科学家，并以每年两千美金（今天的两万六千美金）的微薄薪酬，邀请他到基金会来做研究。张民觉知道平克斯的名气，满以为他这是要到美国的一所著名学府工作，且奖学金包括了免费住宿——在校的或学校附近的。他也确实得到了免费住宿，但他的房间却是在基督教青年会 ①。他和平克斯一起搭公交车上下班。后来，他搬到了基金会，住在一个改装的实验室里，睡觉就在房间一角的小床上，吃饭则是用本生灯加热简餐。满脑子儒学思想的张民觉并不在乎这些，他曾骄傲地宣称，在 1947 年的一个重要实验中，他用厨房冰箱储存了兔子的受精卵。

平克斯告诉张民觉，玛格丽特·桑格到访，并希望他们研究出一种避孕丸。他解释说，这必须是一种药丸，而非针剂、凝胶、液体或泡沫，也不能是某种内置于阴道的器物。平克斯说话的时候充满使命感，双手用力比画着，双眼在其浓密的眉毛下闪烁着光芒。这令张民觉很用心地听着。

古迪·平克斯并不是那种一味靠研究成果说话，而甘愿缄默寡言的天才。他人高马大，肌肉紧实而强壮。虽然他的西装和领带基本都是便宜货，而且还时不时地搭配错，但他看起来总是泰然自若，像个贵族。他的嗓音洪亮，自信是他最擅长的。有件事很多科学家都不明白，但他很清楚：科学探索和实验只是工作的一部分，推销同样重要。不论多好的想法，如果不能积极推销出去——推销给其他科学家，推销给有钱的赞助人，以及最终推销给普罗大众——都可能很快被埋没。虽然他的自我推销最终导致哈佛将其扫地出门，但是他并没有放弃。他从一开始就知道，发明避孕丸是一回事，而说服人们接受这种药丸又是另一回事。想要完成这个任务，必须做好两方面的准备，不然就是在浪费时间。

平克斯和张民觉讨论了一份 1937 年的科学研究报告。这份名为《黄体素 ② 与黄体酮 ③ 对于兔子排卵的影响》的报告，是由宾夕法尼亚大学的 A.W. 梅克皮斯、乔治·路易·怀恩斯坦，

① Young Men's Christian Association，简称 YMCA，全球性基督教青年社会服务团体。

② progestin，一种合成的孕激素，作用与黄体酮相似。

③ progesterone，是卵巢分泌的具有生物活性的主要孕激素。它可以保护女性的子宫内膜，在女性怀孕期间，给胎儿的早期生长发育提供保障，还能够对子宫起到镇定作用。

以及莫里斯·H.弗莱德曼撰写的。报告称，给兔子注射黄体酮抑制了排卵。虽然那是个惊人的发现，但在当时并没有人尝试探究此技术可能对人类产生的影响。个中原因诸多，有一点是肯定的，科学家并不准备在避孕领域进行创新，因为这既不光荣又不来钱，还充满风险。另外，即使有人进行研究，以黄体酮在当时的高昂价格，此技术也难以推广。

但是等到平克斯与桑格见面并倾听她的诉求时，人们对于节育的看法正在改变——虽然只是一点点。不过，更重要的，也许是当时生物学领域的一系列进步。科学家们对于人体内部运作方面的知识，足以令他们可以开始对其进行微调。在 20 世纪 50 年代以前，西药基本都是通过反复实验和摸索才得以开发的——英国人称这种方法为"吃吃看"。科学家通常会在实验室里搞个配方出来，像化身博士①一样吞下它，看看有什么反应。平克斯和张民觉都清楚黄体酮是如何发挥作用的，接下来的任务就是要生产、改良、投入使用。幸运的是，新技术使得黄体酮不再如此昂贵。要是桑格愿意买单，平克斯倒有个好主意。

平克斯并不只是个科学技术专家，他骨子里还是个浪漫主义者。他探索自然，不仅为了求知，还为了发现美，现在美正在此。从青春期到绝经期，女人的卵巢一般会每隔二十八天左右排一次卵，卵子会经输卵管来到子宫。如果这个女人刚好在排卵期发生性行为，而其性伴侣也射了精，那么五亿精子就会争先恐后地试图使卵子受精。若未能受精，卵子就不能植入子宫内膜，而未植入内膜的卵子将在下次经期随子宫内膜一起被排出体外。若受精成功，那么卵子大约会在受精六天后附着在子宫内壁上，并在那里通过胎盘吸取血液中的养分，孕期由此开始：受精卵变成胚胎，胚胎又变成胎儿。两种性激素——雌激素和黄体酮——主导了整个过程。平克斯针对的是黄体酮。

① Dr. Jekyll，小说《化身博士》(*Strange Case of Dr. Jekyll and Mr. Hyde*) 中的主人公。小说讲述了体面绅士亨利·杰奇博士喝了自己配制的药剂，化身邪恶的海德先生的故事。

黄体酮俗名为孕激素，调节着子宫内膜的状态。当卵子受精，黄体酮使得子宫内膜为胚胎的植入做好准备，并停止卵巢的排卵。平克斯发现，事实上，人类生来就有一套有效的避孕方法。在黄体酮的作用下，排卵暂停，受精卵可以安全成长。能否用一颗药丸来启动同样的避孕机制，即误导女性的身体，让它自以为已经怀孕呢？这样的话，女性就能随时停止排卵。而如若不排卵，她就不会怀孕。

对平克斯而言，这个方案简单明快。它不算新颖，也不算惊世骇俗。它不过是换个角度思考问题的结果。

刚开始时，他和张民觉不断重复那个宾夕法尼亚大学的实验，每一次都调整剂量和送给方式，以便了解黄体酮的特性和运作方式。最初，实验的对象为兔子。平克斯向美国计划生育委员会申请基金——那是一个在桑格协助下建立的女性健康及维权组织。他申请了三千一百美金：一千美金是张民觉的津贴，一千二百美金买兔子，六百美金买饲料，三百美金杂费。

"我能给两千美金，或者再稍微多一些。这行么？"在他们会面的几周后，桑格在给平克斯的回信里这么说。

"这数目简直少得荒唐，"平克斯回忆道，"但我还是立刻回答'行'。"

2 性爱简史

性爱令人激情澎湃，又是人类生存繁衍必不可少的部分，但它却很少成为科学研究的对象。

20 世纪 50 年代，威廉·马斯特斯和维吉尼亚·约翰逊①注意到"科学及科学家们继续被笼罩在畏惧中——对于舆论的畏惧……对于不被宗教接纳的畏惧，对于政治压力的畏惧，以及最要命的，对于偏执和偏见的畏惧"。在那个时代，这种畏惧根深蒂固，以至于有些人体生理解剖学的医学教科书里竟避讳"阴茎"和"子宫"这些字眼。这太无聊了——在性爱方面，人类可是甚为奇特并值得仔细研究的动物。多数哺乳动物性交仅仅是为了繁殖后代，而人类却因为一些我们尚不明白的原因，进化到了更高的境界：性既是乐趣所在，又是生育工具。因此，我们的一生才比类人猿的精彩许多。

在排卵期，母狒狒的臀部肿胀起来并呈鲜红色，以便吸引远处的公狒狒。要是公狒狒没往她这儿看，母狒狒就会释放一种特异气味。如果鲜红的肌肤和强烈的气味都没能吸引公狒狒，她还会蹲坐在他面前，展示自己的臀部。母狒狒对交配的最佳时机和方式都了如指掌。

这种行为在哺乳动物中很常见，人类却有违常态。正是我们，即便排卵，也不易被发觉。正是我们，不静候最宜怀孕的排卵期（也叫"动情期"），而不择时机地性交。母巴巴利猕猴

① 前者是美国妇科医师及科学家，后者为美国性学家与心理学家。两人联合成立性学研究团队，是研究人类性行为的重要科学家。

一旦进入排卵期，每十七分钟便会交配一次，跟群体中的每一只公猕猴都要来上至少一回。为了等待母猿给幼崽断奶后进入动情期，长臂猿可以几年不过性生活。在静处一个月后，排卵期中的母狒狒可交配一百次之多。

多数动物交配都是因为它们想要——或者更准确地说，需要——繁殖后代。不以此为目的进行的交配，都是在浪费时间，甚至是危险的，因为交配时它们容易大意而被天敌乘机偷袭。

即便（应该说尤其）是在明知不会受孕时，男人和女人也会发生性行为，这到底是为什么呢？人类学家长期以来都鼓吹一套理论：女性（特别是在远古时期）难以独自抚养其后代，因此她们靠不断满足其伴偶的性需求，把他们拴在身边，即使女方到了无法再生育的年龄也依然如此。不过，并不是所有人都相信此说，而且还有大量问题让科学家们摸不着头脑。比如，为什么人类注重性行为的隐私，而其他哺乳动物都在大庭广众之下交配？为什么相较类人猿，男人的阴茎占其身体的比例较大？

在很长的一段时间里，生命的诞生一直是个谜。虽然大家都知道怀孕需要男人向女人的身体里射精，但射精之后的具体程序都只是猜想。文艺复兴时代以前，多数解剖学家都相信人类并不是诞生于卵，而是种子，"精液"(semen) 就是拉丁语的"种子"。希波克拉底认为，受孕需要两个种子，一雄一雌。一个世纪以后，亚里士多德坚持认为，人类的诞生是男人的种子与女人的经血混合的结果。相关的辩论维持了将近两千年。在那期间，多数人都认为必须要通过性高潮释放热量，才能让生命的种子发芽。他们相信，女人也得要有性高潮才能怀孕，因为受孕的过程在她们体内发生。一直到 17 世纪，英国人威廉·哈维 ① 才提出胎儿来自卵子。然后，又过了两百多年，科学家才发现了女人每月一次的排卵。

繁殖科学要是能有女性的参与，可能还会进步得快一些，

① 英国医生，实验生理学的创始人之一。

但性别歧视并不只出现在科学研究领域里。在人类历史上，凡是涉及性的事，两性很少得到平等的待遇。在《旧约》中，当莎拉不能为亚伯拉罕生育子女时，亚伯拉罕纳侍女为情妇。所罗门王不仅有几百个妻子，还有成群的妾。在罗马帝国，犯下通奸罪的女人会被逐出家门，禁止再嫁。罗马天主教教义称，性行为只能是为了繁衍，如果有别的念头或行为即为罪孽。在16、17世纪，不检点的女人被绑在火刑柱上烧死。在英国维多利亚时代，女人被告知无权享受性趣，而男人则大可嫖妓，以免糟蹋他们的妻子。在许多国家，包括美国，为了阻止滥交，节育和堕胎都被法令禁止，妇女们被迫通过非法堕胎来控制家庭规模。一直到20世纪早期，才有人胆敢提出性爱应当被接受，甚至作为健康的、男女都可以享受的事情来发扬。

美国人对于性爱的态度在1909年发生了很大的转变。那一年，西格蒙德·弗洛伊德在一所大学里做了一系列讲座。而在三十年后，正是这一所大学短暂而不情愿地接纳了当时无人理会的格雷戈里·平克斯：位于马萨诸塞州伍斯特的克拉克大学。

弗洛伊德于1856年出生于奥匈帝国小镇弗赖堡，也就是现今的捷克共和国境内。学医出身的他，主要研究神经和大脑功能失调。他深受一位来自维也纳的同行约瑟夫·布罗伊尔的影响。布罗伊尔发现，就其病情的最初症状畅所欲言，将有助于那些极度忧虑的病人缓解病症。弗洛伊德继而提出理论，很多神经机能病例的起因是一些已被遗忘且不被意识到的痛苦经历。如果可以帮助病人回忆起那些经历，那么他们就能自行摆脱这些神经机能的病症。

弗洛伊德的《梦的解析》在1900年出版。书中提到，潜意识状态的大脑非常强大，而性欲则是个人心理最大的决定因素。弗洛伊德写道，性欲应予以满足，而禁欲既违反自然规律，又可能损害健康。在欧洲，弗洛伊德的批评者称其太过夸大性的作用，让这位良医一度备受歧视。不过，在到达美国后，他受到了欢迎，且他的支持者相当有影响力。弗洛伊德站在甲板上，看着在岸上等待他们的欢呼雀跃的人群，问另外一位精神分析专家卡尔·古斯塔夫·荣格："难道他们不明白我们带来的是瘟疫吗？"

大多数美国人都懒得细读弗洛伊德，但他们明白，不论对错，弗洛伊德赞成性是一种与饥和渴一样重要的欲望。弗洛伊德的支持者提出，性欲的满足对于快乐和精神健康至关重要。作家马尔科姆·考利回忆道，特别是年轻女性，"正是在弗洛伊德学说中试图释放自我"。那些弗洛伊德的拥护者们崇拜的并不是弗洛伊德本人，他们崇拜的是性生活和性高潮。对他们而言，没有什么比一次山崩地裂、惊天动地的高潮，更让人愉快的了。借用法语俗语，高潮也被称为"微微的昏死"，其神秘力量可见一斑。

玛格丽特·桑格和弗洛伊德的另一个学生威廉·莱希也投身到了此项事业中。在 1923 年，莱希向维也纳精神分析学院提出，性高潮是治愈精神机能病症的关键。他警告说，"生殖器官的停滞"不仅会导致情感问题，还会引起"心脏问题……多汗、身体忽冷忽热、颤抖、头晕、腹泻，以及不时的多涎"。他还说，女性和青少年尤其脆弱，因为他们受世俗逼迫而禁欲（对于女性来说，至少要等到结婚），而男性则可以自由地满足性欲。莱希认为每个人都需要高潮，而且是多个高潮，才能释放他们的性能量，保持健康。另外，如果这种种能量得不到释放，那么这个世界将无法实现政治和社会的改革进步。用莱希的话来说，要创造一个真正自由的社会，必须先要有一场"性革命"。莱希是性高潮方面的预言者，他甚至还设计出了一种特殊的亭子——奥根能量收集器——以掌握高潮时散发的能量。他认为这种能量散播在空气中，流淌在人们的血液里。美国作家诺曼·梅勒、索尔·贝娄，卡通画家威廉·史塔格，以及其他很多知识分子都坐到过亭子里（爱因斯坦考虑过，不过最后婉拒了）。最终，联邦政府将莱希归为骗子，不过那已无关紧要了。莱希已经启发了一代信徒，且他们将成为这场性革命中的主要人物。

继莱希之后，又出现了阿尔弗莱德·查尔斯·金赛。乍一看，金赛并不像个激进分子。在印第安纳大学教书时，他喜欢戴领结、剃平头，还喜欢请同事到他家里一起边喝茶边听古典音乐——他的唱片收藏颇为可观。他娶了初恋，那亦是他唯一的女友。他还把露营当蜜月，以便借机收藏各类昆虫。性引起了他的兴趣，是因为他把性当作自然的一部分，而他真正热爱的还是工作本身。作为一名昆虫学家，金赛最早以研究瘿蜂起步。学生们提出了一些有关婚姻的问题，他才把所有关于人类性行为的书读了一遍。当金赛惊愕地发现这方面的可靠信息少之又少时，便开始亲自着手研究。他是一个彻头彻尾的经验主义者，认为一切都可量化，包括高潮，包括人或畜的性交。拿着笔记本，板着张脸，他就这样开始了对美国各类性行为的观测和分类。从面试其学生起步，他很快就带着研究队走遍了全国。

金赛发现自己在打探复杂而隐秘的信息方面禀赋甚高。1947 年，他就准备要发表研究成果了。他的调研显示：性有益于婚姻，自慰无害，同性恋比人们想象的要多，男性和女性的出轨率超出大多数人的预测。当别人还在辩论同性恋和未婚性伴侣是否该死时，金赛则科学、客观地摆出了事实："60% 的男性都有过某种嘴巴与生殖器的接触，不论是主动还是被动。"不过，金赛最重要的发现大概是这一点：女性渴望性爱，并不仅仅是以造人为目的。她们自慰，她们享受高潮，而且她们滥交的程度并不亚于男性（金赛指出，虽然她们并不会像男性那么轻易或愿意承认这一点）。无论如何，金赛使美国人不再为性感到如此羞耻。他说服人们，他们的欲望都很正常，即使是变态的欲望。他的著作《男性性行为》定价为 6.5 美金（大约是现在的 63 美金），厚达 804 页，还是由一家很老的医学类图书出版社 W.B. 桑德斯发行的，却意外地成了畅销书。

金赛激发了一代年轻人，包括休·海夫纳——后者用他在芝加哥那间小公寓的家具作为抵押，获得银行贷款，筹办《花花公子》杂志。这些年轻人将性视为健康且正当的行为。海夫纳很快就成了穿着真丝睡衣①的保罗·列维尔②——事实与自由的信使。他呼吁美国人将性视为他们有权自由大胆享受的事物，就像跑车、美食和佳酿一样。

正因为有了弗洛伊德、莱希、金赛、海夫纳这一系列人物，20 世纪中叶的人类才越来越与其他动物分道扬镳。他们对性爱着迷，并相信这是终极乐趣的所在。年轻男人开始用竞技名词来描绘性事上的成就，包括"第一垒""第二垒""得分""全垒打"等。一切事物都充满了性的隐喻，即便是当时的汽车，看起来都像是阴茎模样的火箭——除了福特的爱德瑟尔，那款车上的金属网罩像极了铬合金制成的阴道。绯闻杂志报道着明星们的性偏好。年轻女性杂志，包括《调情》(Flirt)、《秋波》(Wink)和《窃喜》(Titter)等，刊登粗俗的笑话和性感的海报。20 世纪 40 年代的好莱坞更是将贝蒂·葛莱宝和埃斯特·威廉斯等女星变成性崇拜的对象。

从表面上看，20 世纪 50 年代是一个遵从和保守的年代，但本质上，那是一个充满恐惧的年代。自从苏联有了原子弹后，美国家庭便开始建造地下避难处，并在那儿囤积了足够几年吃喝的罐头食品和水。同时，为了防御核攻击，国防部将胜利女神飞弹隐藏在全国多个城市的地下，包括芝加哥的密歇根大道及马里布的圣莫尼卡山脉。美国参议员约瑟夫·麦卡锡带头开

① 海夫纳以经常在公共场合穿着真丝睡衣闻名。

② 美国独立战争时期的著名爱国志士。

展了一场残酷的运动，以揭露疑似支持共产主义的人为由，却在过程中惩罚清白守法的平民。那个年代对于女性尤其富有挑战。如果她们大学毕业还未婚，或结了婚不马上生育，或有了孩子还想着到外面工作，那就是甘冒被社会摒弃的风险。非婚生育更是耻辱之至。

即使是女性的着装也十分拘束。"50 年代的衣着就好像盔甲。"美国记者布莱特·哈维在《五十年代：女性口述历史》的序言中提到，"我们那些荒谬地上了浆的短裙和捆绑两腿的紧身连衣裙，歪曲丑化了女性。我们那些紧束的腰和过分突出的胸，既是我们召唤男人的广告，又是我们不可侵犯的警告。"当时的妇女可以找到的工作岗位就是护士和教师。女人的角色就是嫁个男人，并为他生养后代，而且要早早地开始。她应该在相夫教子中获得满足，如果她有自己的欲求，不论是在性爱、职业还是个人方面，她都应该紧紧把持住，就像消灭厨房灶台上的细菌和去除丈夫白衬衫领口的污渍一样，彻底摧毁这些欲求。不守这些规矩，就是自寻鄙视和羞辱。未婚的生活被视为空洞无趣，而未婚的女人则可怜巴巴。

50 年代的女性通常都尽早嫁人。当时，女性结婚的年龄中位数为 20.3 岁。十年以后，该数值为 21.5 岁（现在则为 26.1 岁）。50 年代的女人为何如此着急定终身呢？当时，大战结束，士兵返乡，单身女人举步维艰。她们无法跟男人抢饭碗，大学虽然令她大开眼界，却也不过是让她们晚几年再意识到女性在事业选择上的限制。"大学为何？"金贝尔斯百货商店的广告如此问道，"那是自以为超越了做饭缝衣的女孩们找到男人的地方，然后一辈子为他做饭缝衣。"另一个嫁掉的理由：她们想要过性生活，但婚前性行为太过危险。避孕套在药店里有售，但在很多州，要买到避孕套必须得有医生处方，而多数未婚女人都难以向医生启齿。

"我知道节育用品是存在的，但具体怎么回事，我一无所知。"一位妇女在口述其个人历史时告诉哈维，"出去设法拿到它（节育用品），也就意味着我计划好了去干那种事，去发生性行为，我明知故犯。总想着自己不能这么干，或者不能再这么干了，每次都是最后一次。节育是残酷无情的。"

"我非常害怕怀孕，"另一位妇女承认，"但我从未尝试过节育。我不知道自己为什么那么做，可能是因为我总是告诉自己我们不会再做那种事了。"

当然，年轻的新娘和少数大胆尝试婚前性生活的女性很快就怀上了。不只是一次，而是接二连三。当婴儿潮席卷美国，家庭人口不断膨胀，已经有了四个、五个或六个孩子的妇女便开始寻找更有效的避孕方法。20 岁结婚的女人到了 30 岁就不再，或不愿再生孩子了。除了天主教徒，多数美国女性都顺应了节育的趋势，并希望找到更方便有效的方法实现节育。

对于怀孕的恐惧是 20 世纪 50 年代的女性难以逃避的性生活问题。一个未婚先孕的女人会深陷困境：当单身母亲不行，至少中上层社会对此无法接受；堕胎违反法律，且非法堕胎既危险又困难，特别是对那些没钱的人来说。许多女人感到彻底陷入了困境——她们的身体、事业、避孕、怀孕，以及她们少之又少的选择，这些都困住了她们。

这正是玛格丽特·桑格如此着急会见格雷戈里·平克斯的原因。她当时已 71 岁高龄，性欲不再，也少了几分年轻时的大胆。她并没有高举性解放的旗帜，她的诉求很现实：人口控制和计划生育。

她一直认为这个问题无关原则，而在于方法。她认为，一旦有了合适的节育方法，性——以及其他所有问题——将迎刃而解。

3　走投无路

那些兔子和其他实验动物一样，被安置在伍斯特基金会的地下室，以免它们的气味四处飘散。张民觉就用一个小小的眼药水滴管，开始将少量的液态黄体酮——五千分之一到两千分之一克——喂食给动物们。

张民觉皮肤黝黑，身材修长，上了油的头发又黑又粗，从额头向后梳得一丝不苟。他经常笑，露出那颗长歪了的门牙。除了这个小缺陷以外，他还是很英俊的，基本可以到好莱坞当一线男星。在中国，张民觉在一场全国比赛中脱颖而出，获得了留学的机会。他选择了爱丁堡大学，在那里主修农学，并专门研究羊的精子。他做此选择，一来因为他的英语太差，二来也是个性使然：他相信，成功的关键在于比其他人付出更多的努力。当然，比别人都更聪明也有益无害。

张民觉在实验室花的时间难以计数，但他从不抱怨。其实，他并不关心黄体酮的作用。每当一只动物被拿来做实验时，唯有将其开膛破肚，才能知道排卵是否发生。这个过程既令人恶心，又费时费力，但是张民觉拒绝把这个工作交给助手。"我喜欢那种用自己的双手亲自做实验的感觉。"有一次他这么说，"你会让别人帮你打网球或者下棋吗？"

最初的那批实验在1951年春夏进行，其结果与张民觉和平克斯预计的差不多，摄入黄体酮的动物没有排卵。

"胜利!"张民觉大声喊道。

接下来,张民觉尝试将激素置入兔子的阴道,那也能行得通,虽然并不是那么有效。置入的剂量必须更高,且在五个小时后,动物体内的黄体酮便失去了作用。完成阴道的相关测试后,张又试图将小药丸安在兔子的皮肤下。这样一来,一颗小药丸就能在数月时间里防止排卵。

平克斯很高兴,但他并没有就此罢手。兔子和人类不同,母兔必须要交配才能排卵。因此,平克斯让张民觉再尝试用老鼠做实验。老鼠与人类一样,自然排卵。另外,老鼠还有一种对研究有利的特征:它们的性生活极为活跃。当母老鼠排卵时,它可以在六小时内交配五百次之多。

张民觉把公鼠和母鼠关在了一起,每只笼子里有两只公鼠和五六只母鼠。他给母鼠注射了黄体酮。实验再次成功了,没有老鼠怀孕。实验也再次证明,剂量越大,效果持续越久。

平克斯和张民觉在最初的几个月里,没日没夜地进行黄体酮实验,希望以一份扎实的实验报告,博取计划生育委员会更多的资金支持。教会组织或扶轮社①会员有时也会到伍斯特基金会参观,看看他们在做些什么研究。再怎么说,这个基金会的成立也有乡邻们捐赠的功劳。因此,平克斯对于这些参观表示欢迎。

参观者或许会看到古迪·平克斯在称量母鼠的子宫、阉割公鼠,或坐在他的书桌旁,边抽着总督牌香烟,边审视预算。他很少微笑,更别谈开怀大笑了,但他自有平易近人的方式,足以让别人放松下来。如果访客们跑到了地下室,他们会看见几十只兔子和老鼠。不过,他们应该是看不到动物们交配的——它们在人类面前比较害羞。平克斯喜欢向普通人讲解科学原理和实验,而且他也觉得这是他工作的一部分。玛格丽特·桑格想要一种药丸,但对平克斯而言,他的这项工作并不

① Rotary Club,由商人和专业人士组成的社交与慈善机构。

只是为了满足一个客户的需求。他认为自己是个伟大的科学家，不是有人出钱就为之卖命的。"现代社会的探索者，不会只满足于发明一个'精巧的玩意'。"他如此写道。在人类的生育过程中做小动作有一定的危险性，任何节点的错误都可能导致长久而深远的"在表面上未必看得出来的生理影响"。他还说，研究人员必须首先对生育的过程了解得越清楚越好，然后还必须把这个过程解释给别人听。他嘲笑"象牙塔式的研究方式"太过幼稚，那种科学家只会埋头研究，发表成果后，就算完事。平克斯说，现代社会需要科学家采取一种不同的、更像是活动家的方式。仅仅创造一种更有效的避孕方法是不够的，想要这种方法真正被采纳，带头做研究的科学家必须确保医生、护士、临床医师和病人都了解它如何运作及为何要采用它。这位科学家必须成为一位布道者，他得仔细留意这种避孕方法是否被正确使用，就像发明原子弹的物理学家做的那样——他们并没有把原子弹交出去就完事，而是组成了安全委员会，并积极鼓励就该武器未来的使用保持对话。平克斯不能理解为什么生理学研究者不能与他们所处的世界建立更亲密的关系。

* * *

20 世纪 30 年代，乃至 40 年代，避孕一直充满争议，而对激素的研究也刚刚起步。然而，等到平克斯和张民觉开始相关研究的时候，世界已经在改变。许多政客、记者、知识分子和社会活动家都认为人口增长会对经济发展和世界和平构成威胁。从 1920 年到 1950 年，贫困国家的增长速度远超过富裕国家。活动家和知识分子们有一种越来越强烈的共识——这种共识往往源自种族主义、傲慢态度和政治因素，当然，有时也是真实感受——贫困国家居高不下的出生率将给世界带来灾难。贫困和饥饿将蔓延，病人和残疾人会成倍增加。1927 年，洛克菲勒基金会赞助了一项对于避孕方法的研究。该研究旨在寻找"一些简单的方法，让贫民窟的居民、农民和苦力这些头脑空洞的人使用"。用当时很流行的话来说，有些人认为政府应当给予那些低能和患有传染病的人以绝育补助。

1932 年，小说家伊夫林·沃以其作品《黑色的祸害》警示世人：解决人口增长的问题并不像桑格这些活动家设想的那么容易。小说中的主人公是一个住在热带岛屿的英国花花公子。他设计了一张海报，旨在劝阻夫妇们少生些孩子。这幅海报中有两个画面：这边厢是一个有十一个孩子的家庭，面临的是疾病和营养不良；那边厢另一个家庭，一夫一妻只有一个孩子，生活富足。在两个画面中间，画有一个避孕用品并配了如此说明："你选择哪个家庭呢？"小说中的岛民都选择了多子女家庭，还把海报中独生子女家庭的不幸，归结到那个避孕用品——"皇帝的护符"上。

改变人们的态度从来不是件易事。桑格支持经济发展和教育。可与此同时，尽管她为捍卫女性的权利不懈努力，有时竟也会表现出令人吃惊的漠不关心。她同意优生学派的看法，认为没有资格当母亲的人应该节育。但是光有节育、教育和经济发展是不够的。她希望一石多鸟，同时做到削减人口、抑制不健康夫妇的生育，及让性生活更欢愉；另外，她还开始相信，唯有真正科学的避孕手段，才能同时解决这些问题。这个科学的方法可以让她得到广泛的接纳，这场运动也就能产生广泛而深远的影响。

如果桑格找平克斯仅仅是为了让女性在有了这种药丸后，能更好地享受性的乐趣，那么平克斯或任何其他男性科学家都不太可能以自己的名声为赌注，从事此项研究。不过，平克斯现在有机会通过一个简单的工具，解决一系列世界性难题。这些都是桑格长久以来的心病，他并不是桑格，但也从中看到了希望。一开始，他只是对科学的部分感兴趣，但很快就意识到避孕丸可能为社会带来的改变。"我们的地球所面临的威胁可能比原子弹还要严重。"他对记者说。他意识到了节育的重要性，而那足以为他带来应得的名声和尊重。

* * *

伍斯特基金会大约有二十名科学家，每年有三十万美金的经费，其中当地居民贡献了六万三千美金。伍斯特位于波士顿以西四十公里，拥有两万零八百人口。那是一个快速发展的工业小镇，大约有六百五十家公司，雇用了将近五万五千名工人，从事各类制造业，包括：钢铁、电线、机械工具、砂轮、弹簧、地毯、塑身衣、鞋子、信封、皮制品、羊毛、溜冰鞋、汽车零件、便携手枪、锅炉、洒水系统、扳钳、曲轴、纺织机和电子钟。这个城镇有三十多家宾馆、十家剧场、两份当地报纸和一座相当有名的艺术博物馆，里面陈列了包括雷诺阿、莫奈和高更等人的作品。伍斯特的居民对于能住在一个并非沿海城市的全国制造业重镇而感到骄傲。多亏了平克斯和侯格兰德，他们也为有自己的科学研究基金会而感到骄傲——他们以同样的热情资助这个基金会和当地的男子俱乐部。有一年，基金会的资助者赞助了一场理发店四重唱^①音乐会，举办地点就在当地的米肯尼克斯音乐厅，并以此筹得五百美金善款。平克斯和其他基金会的领导人每年都要给当地的社区组织和社交俱乐部讲几十次课。当地的企业，包括穿得好裤子公司和伍斯特烘焙公司等都参与了对基金会的资助。但随着基金会的发展，也由于战后对于科学研究的资金支持力度大大增加，政府拨款和医药公司签约金额远远超过了社区资助。

幸运的是，平克斯和侯格兰德在医药行业飞速增长的时期开办了伍斯特基金会。引发这种增长的是 20 世纪 30 年代首例可商业化生产销售的抗菌药——磺胺类药——的诞生，以及 40

① 一种无伴奏的合唱方式，通常有四个声部，要求精心编排的半音阶和声。

年代初青霉素作为药物问世。到了 40 年代末 50 年代初，像西尔公司 ① 这样的制药商不再满足于只生产为大众所熟知的产品，而是在争先恐后地开发和推广新产品。40 年代末，那个设在伊利诺伊州斯考奇的西尔医药公司及其他制药商都在寻找一种合成可的松 ② 的方法。就在这不久前，实验表明，可的松能有效减轻关节炎。平克斯说服制药商，他可以通过一种灌注的方法，向母猪的肾上腺输送血清，来合成可的松。他花了西尔公司五十万美金，以期证明他的观点。但是，西尔公司还没来得及使用平克斯那还算有点用的新技术，位于密歇根卡拉马祖的普强公司 ③ 的研究员便发现了一种更简单、更廉价的方法。

1951 年秋天，为了重修与西尔公司的关系，并请他们对玛格丽特·桑格的黄体酮项目予以支持，平克斯来到斯考奇，拜访西尔的研究总监阿尔伯特·莱蒙。莱蒙个子矮小，工作勤奋，上唇搭着片薄薄的红胡子。他说，西尔作为平克斯最重要的赞助人正逐渐失去信心。虽然桑格和计划生育委员会邀请平克斯开发新的避孕药，但这个项目的资金少得可怜，而且随时都可能被用完。平克斯需要西尔。但是他和莱蒙的会面并不顺利。之后，他慌慌张张地抓了一叠酒店的信纸，给莱蒙写了封信。

他这样写道："既然我睡不着，不如就试着客观地记录下我们今晚开车兜风时你对我说的话。你说：'我们在你身上投资了五十万美金而没得到任何回报……你得对你的失败负全责。请你参与研究是西尔公司历史上一大令人遗憾的败笔，问题在于错误的线索、拙劣的判断，及你那些荒谬的保证。你今天居然还敢来要更多的钱？'"在总结了莱蒙的批评后，平克斯写下了他的回应，于专业于个人都几近低声下气，字里行间流露出他几乎从未对任何人表露的怀疑和绝望。"我觉得结论很明确。从商业角度来说，你们不应该再支持有这种记录的人。"他写道。

平克斯尝试了，却失败了，他努力地尝试了，却惨痛地失

① G.D. Searle & Co.，现已成为辉瑞旗下的一家子公司。

② cortisol，医学名为肾上腺皮质激素，俗称皮质素。

③ Upjohn Company，现已成为辉瑞旗下的一家子公司。

败了。西尔公司的拒绝对于伍斯特基金会的打击是巨大的。平克斯已经难以按时支付研究人员薪酬了。是忠诚和对于工作的爱留住了那些最好的科学家，不然他们大可到别处另谋高就。现在他有可能还要开除一些人或鼓励他们去别处工作。对于平克斯个人而言，这次失败极为惨痛，甚至让他怀疑自己是否真的能够证明自己的伟大，伍斯特基金会是否来日不多。

他继续写道："我希望你能明白，对于不能让你们的投资产生任何回报，我确实感到非常难堪。我尽了全力，但那对于你来说显然不够。我的种种尝试将我带入了窘境……现在我快要达到个人创造力的极限了，而我的夫人还在像我们刚结婚时那样买六美元九十五美分的裙子……并且，如果我现在离世，我不会给我的家人留下任何财产。"

这封信既不是在道歉，也不是在请求原谅，读起来倒像是一位热情洋溢的科学家的报告，为解释其失败和后果而对数据做出仔细分析的报告。正因为他和西尔公司的僵局充满不确定性，平克斯才难以拒绝玛格丽特·桑格对避孕药研究给出的"荒唐"的两千美金资助。他实在是走投无路了。

4 一副"见鬼去吧"的样子

玛格丽特·桑格一直擅长征服男人，以自己的能量和想法让他们兴奋不已，引他们上沙场，或上床。

她不过是在他们第一次见面时用了些鼓励的话，并含混地承诺了些资助，格雷戈里·平克斯便立刻赶回自己在马萨诸塞州伍斯特的实验室，开始准备工作。不过，尽管她看似极有说服力，她并不一定真的有能力让平克斯或任何其他人满足她长久以来的愿望，开发出这种节育药丸。

"我从斐济搞到了一些据说能预防怀孕的草药，"她在1939年给一位朋友及支持者写的信里这么说，"我希望这可以最终成为那颗'魔丸'——从1912年起，当妇女们一直要求'请告诉我那个秘密'时，我就已经开始企盼。"而这并不仅仅是桑格的愿望，她只是代表了全世界数百万妇女的火炬手。她曾收到过许多类似这样的信：

新泽西州英吉利敦

1925年1月5日

亲爱的桑格夫人：

我收到了您关于限制家庭人口的转单（传单，写信人多有拼写错误。——编者注）……我今年30岁，结婚十四年生了十一个子女，最大的13岁最小的1岁。我的肾脏和心脏都有病而我每一个孩子都有缺馅（缺陷）而且我们很穷。所以桑格夫人请您现在可否帮助我。我已经碗了（晚了）几个星期没由（没有）了不知道怎么才能振作起来。我真的很旦心（担心）还把我自己个儿都给哭倒（哭到）病了也没法面对，我知道我会像我那可怜的姐姐一样死去她最后疯掉然后死了。我的医生说要是我一直生下去我也会疯掉但是我也没有任何办法而且那个医生根本不准备帮我。哦桑格夫人如果我能告诉您我和我的孩仔们（孩子们）所经历过的那些可怕的事您就会知道我为什么宁可死掉也不想再要一个。拜托了没有人会知道而且我真的会很高兴而且我会为您和您做的好事付出一切。拜托拜托了就这一次。医生都是男人而且都没有养过孩子所以他们对于一个又穷又病的母亲没有任何同请（同情）。您是一个母亲而且您清楚所以拜托您同请（同情）我并帮助我。拜托拜托了。

诚挚的

［J.M.］

桑格一直想给那些来信诉衷肠的绝望妇女一个更好的交代，但三十年了，她一无所获。到了 1950 年，她所谓的"魔丸"仍只是个梦，模糊而遥不可及。桑格的一生是斗争的一生，很少有人敢于做出那样的斗争。但她现在老了，身体也不行了。1949 年，她差点在一次心脏病发作中丧命，而现在，她看起来更适合坐在加勒比海的一艘游轮上而不是警戒线① 上。有时候，连一些支持者都会怀疑她是否快要不行了。

她还是要继续，但是，她还能继续多久？

＊＊＊

桑格本人也来自一个有十一个孩子的家庭。她本名为玛格丽特·希金斯，1879 年出生于纽约州的一个制造业小镇康

① picket line，罢工时罢工者所设的人墙，防止工人们回去工作，比喻斗争前线。

宁。朋友和家人叫她玛吉。她的母亲是一个羸弱而温顺的女人，五十岁时死于肺结核。她的父亲迈克尔·希金斯是南北战争的退伍军人，在镇上的坟场当石匠，专门雕凿墓碑上的天使。他曾在一个影棚的畜房里工作过，在那儿，下了班的男人们会围坐在一起聊天。迈克尔极善于聊天，女儿玛吉——他的第六个孩子——甚至喜欢想象爸爸用话语一点点凿去人们硬邦邦的外表，让他们打开心房，流露出内心的那个天使。朋友们非常喜欢并相信他，但是玛吉对爸爸的感情有点复杂，因为她总觉得母亲是父亲强烈性欲的受害者，十一个孩子也太多了。

玛吉自己也害怕父亲过分热烈的爱。在一段发表于 1931 年的回忆录中，她描绘了幼小的自己如何因伤寒发着高烧躺在母亲的床上，然后感到有个男人在她身边躺下来。"那是父亲。我好害怕。我想大声把母亲叫来，请求她把他拖走。我动不了，我不敢动，害怕他会朝我这边挨过来。在那几分钟里，我彻底体会了恐惧的痛苦。"她写道。

桑格纠结于自己对于父亲难以言喻的感情。她热爱他的温暖、勇敢和独立，感谢他教会自己大胆勇毅，不论在哪里都要勇于挑战教条和狭隘。迈克尔·希金斯是一个天主教的叛教者。有一次，希金斯邀请罗伯特·英格索尔到以天主教徒为主的康宁进行演讲。英格索尔是一个思想自由的世俗主义者，他的崇拜者称他为"伟大的不可知论者"，而他的批评者给他取了个绰号叫"罗伯特·伤害灵魂"[1]。英格索尔与希金斯一家共进午餐，之后，还一起顶着发灰的天空，走到市政厅。迈克尔原本是要在那儿安排英格索尔进行演讲的，但到了那儿才发现一群义愤填膺的人和一位封住了市政厅大门的警员。当时十二岁的玛格丽特看着父亲转过身对着人群说，希望听到英格索尔发言的人，应当跟着他到小镇边上去。之后，希金斯和英格索尔带头走了三英里，玛格丽特和几个邻居跟在后面。等到他们爬上

[1] 即将其本姓 Ingersoll 改写成 Injuresoul。injure 意为伤害，soul 意为灵魂。

一座小山坡，站到一棵孤零零的橡树后，英格索尔最终在那里开讲，而那时已近黄昏。

从此之后，希金斯家的孩子"成了魔鬼的孩子……我们的少年时代留下了被排斥的烙印"，桑格回忆。父亲不再到镇上天主教的坟场雕凿天使，而玛吉也永远不会忘记天主教会不公平地将她列为罪人。

但是她也从中学到了一样东西："我一直都很清楚，他们声称可以阻止我们发言，但他们错了。"玛吉挣脱了束缚。她的两个姐姐玛丽和楠通过工作给了玛吉经济上的支持——玛丽当上了有钱人家的女佣，而楠也成为富家的家庭教师。玛吉离开了家，到纽约州哈德逊河谷一所名为卡拉维瑞克学院的寄宿学校学习。在卡拉维瑞克时，她在学校的厨房工作，以支付住宿和伙食费。不过同时，她也开始就普选权和女性的解放大胆发言。在当时，那都是很激进的议题。1899 年，当她 50 岁的母亲最终因消耗过度而去世时，她本来可能被要求立刻回家，帮着分担家务。她可能就那样被迫在家庭琐事中度过余生，其角色从一个恭顺的女儿转换成恭顺的妻子，最后变成恭顺的母亲，直到她全部的斗志消耗殆尽。但是，多亏了姐姐们的资助，她再次逃脱了。玛吉·希金斯这次进入了纽约州韦斯特切斯特郡白色平原医院的护士学校。"我希望投身生活。我渴望恋爱、跳舞、被异性追求以及其他各种经历。"她如此写道。她的清单上并没有婚姻，但肯定有性爱。她开始觉得性爱是超越娱乐的——那是通向自我提升的道路，是健康和快乐的源泉，甚至是一种解放。

如此信条来自强烈的性欲和强大的头脑。玛吉·希金斯读了英国诗人爱德华·凯本德的《爱的成年》，作者在书中将性的力量与宗教奉献相提并论。她和朋友们讨论西格蒙德·弗洛伊德的激进观点。弗洛伊德相信，性是自我意识最重要的决定因素。这个奥地利人创造了心理分析及疗法，解放灵魂，并让女性更充分地享受生活和各种乐趣。玛吉认同他的观点，但她也看到了弗洛伊德并没有提到也没有解决的一个问题：性爱可以通向解放，却也能导致怀孕，而两者在一定程度上是相互矛盾的。

虽然认为婚姻"直逼自杀"，但22岁的玛吉在医院的一次舞会上结识了一个男人，一位年轻英俊的画家和建筑师。他的名字叫威廉·桑格，是一个德裔犹太移民的儿子。她对于两人早期罗曼史的描述，流露出其对于恋爱和结婚的难以取舍："有一次我们在散步，他漫不经心地从一面石墙上拉下几株藤草，而后用他的手托起我的脸，给了我一个吻。第二天早上，让我羞愧不已的是，他那四根手指在我脸颊上留下了毒藤皮疹，谁都看得出发生了什么……皮疹一直过了两个月才见好。"她恢复了，他们坠入了情网，结了婚，然后在纽约州韦斯特切斯特郡的哈斯丁造了座房子，并以此为家。很快，他们有了三个孩子——两个男孩和一个女孩。不出意外的是，桑格既不爱郊区生活，也不享受婚姻。1912年，他们全家搬到了纽约市，而玛格丽特也开始经常跑到格林威治村——那里更适合她那颗叛逆的心。

那里尽是些激进分子和无赖。酒吧桌上，码头工人和诗人挤在一起。艺术赞助人及活动家玛贝尔·道奇在这里举办沙龙，客人正像她所描绘的，包括了"工会组织者、无政府主义者、普选主义者、诗人、亲友、律师、杀人犯……报人、艺术家、现代艺术家"。正是在这里，桑格见到了著名的社会主义领袖尤金·德布斯，以及女权主义倡导者爱玛·戈德曼，而后者更成了桑格的导师。也正是在这里，她听到大比尔·海伍德[①]讨论世界产业工人联盟，沃尔特·利普曼[②]解析弗洛伊德。有些激进人士很大程度上受到了弗洛伊德的影响，而要求女性不仅要

① 世界产业工人联盟的创始人及领袖。

② 美国作家、记者、政治评论家，传播学史上具有重要影响的学者之一。

争取选举权，还要争取其他更多的权利。他们希望看到这个社会中的女性角色从价值观到态度都有彻底的改变。他们希望把性自由作为更广泛的社会变革的一部分。他们希望女性可以选择是否要当母亲。桑格则要得更多：她觉得性应该是一切改革的核心内容。

桑格在 1914 年的日志中这样写道："我喜欢受情感打动，就像树在四面微风中摇摆却还是根基牢固一样。"她希望女性不论在卧室里还是在社会中都更自由。她希望她们可以看到，性对其身份认同和自我表达的重要性。她成了全美有史以来最直截了当的性欢愉的提倡者。

"好像上苍随机选中了她，传播新的福音，宣讲的不仅包括受孕知识，还有性交本身及其重要性。"玛贝尔·道奇如是说，"就我所知，她是公开积极宣传肉体欢愉的第一人。"

就在桑格接受激进思想教育的同时，她到了丽莲·沃尔①的上门护士服务机构（Visiting Nurse Service）工作。在那里，护士们由亨利街社区中心委派，照顾贫困妇女，且经常要帮助她们进行分娩。桑格觉得这些贫困妇女的生活环境"简直难以置信"。她写道："这些对我而言似乎很陌生，我似乎身处另一个世界、另一个国家。"当时，超过六十万人聚集在十四大街以南，百老汇大道以东——新以色列、小意大利、地狱厨房②和血腥的第六区③，这些地区都住满了贫困的移民。1910年，在果园路 94 号那个当时相当典型的经济住宅楼里，66 个人挤在 8 间公寓，每间大约为 460 平方英尺④。从 19 世纪 90年代到 20 世纪头 10 年，曼哈顿的人口增长了 62%，从 140 万增至 230 万。俄罗斯人、犹太人和意大利人是这一大波移民的主流。桑格因见到的贫困和痛苦而深感惊愕：孩子们生着病，又脏又饿，肺结核蔓延，而女人对自己的身体情况，以及多次怀孕和性病的风险似乎一无所知。

① 美国著名护士和社会工作者。

② Hell's Kitchen，纽约市的一个地区，正式行政名为克林顿（Clinton），俗称西中城（Midtown West）。早年是著名的贫民窟，居民以爱尔兰裔移民为主。

③ The Bloody Sixth Ward，纽约早年以爱尔兰裔移民为主的贫民窟。

④ 1 平方英尺约为 0.1 平方米。

"可怜的、脸色苍白的、悲惨的人妻，"她在给一位朋友的信中写道，"男人们打她们，她们在拳打脚踢下畏缩，但仍要抱起那个脏兮兮的婴儿，又回去为他服务。"她看着女人们死去，不是因为在这样糟糕的环境下生育过多子女而体力不支，就是因为她们使用了原始的避孕方法而受感染，或者就是屠夫一样的江湖郎中在堕胎过程中搞砸了。

20 世纪 20 年代，纽约州政府的健康部门下达通告，警告女性：过于密集的怀孕有危险，母体将更易感染肺结核。但是，同样是这个政府部门，也禁止女性获取避孕的相关信息。据医生们的估计，当时大约有三分之一的孕程以堕胎告终。桑格看到贫困的女人不得不选择以"使用松节水，从楼梯上滚下来和……将红榆树树干、毛线针或鞋钩插入自己子宫"的方法来中止妊娠。由此，她找到了自己一腔怒火的聚焦点。

她讲述了一个故事，这个女人的死对她的打击特别大。女人名叫赛蒂·萨克斯。她的医生早已警告过她，如再次怀孕她可能会丧命，但那个医生给出的唯一避孕建议是让她睡在屋顶上，离她丈夫远远的。她又怀孕了，而且死于堕胎。桑格说正是这个女人的死迫使她下定决心，为女性争取应有的避孕权。她写道："我要公开抨击。我要在房顶上大声呼喊。我要告诉世界正在发生的一切……我要人们听见，无论如何，我要人们听见。"1913 年，她为一份激进的报纸《使命》撰写了一篇关于性和生育的长文，共有十二个章节。那篇文章用了一个她所能想到的最直接不过的标题：《每个女孩都该知道的事》。

在桑格为一众生育过多的女性斗争的同时，她对自己的孩子却异常地漠不关心。大约在婚后六个月，她就怀上了。当时患有肺结核的她发现，妊娠加重了她的症状，因此怀孕的大部分时间内，她都被迫在萨拉纳克湖著名的特鲁诺疗养院（Trudeau Sanitarium）度过。1903 年，桑格在产下长子斯图尔特后，陷入严重的抑郁。五年之后，她才生下次子格兰特。又过了十二个月，女儿玛格丽特出生。因为担心孩子们会染上肺结核，她雇用了护士和保姆来照顾他们的起居。她对孩子们之间的那些小争斗很反感，因而与他们保持着"可测的距离"——她的传记作家埃伦·查斯勒尔这样写道。儿子格兰特十岁时，从寄宿学校写信给家里，问他是否能回家过感恩节，因为他大部分同学都准备这么做。桑格回信说，是的，他应该回家，女佣会在家为他做饭。

桑格下意识地不让自己成为全职母亲，因为她决意不在坚持事业方面做出妥协——那太重要了。她对此从未后悔过。当她成为一个母亲和全职活动家，并开始探究个人自立的极限时，美国女性其实已经开始对性和生育在婚姻中的重要角色有所了解，虽然在桑格工作的贫民区这一点并不明显。事实上，当时这种男女之间角色的改变极其微妙，很多女人都未察觉。在 19 世纪，90% 的女人会结婚，95% 的女人不会外出工作。然而，自上个世纪以来，女人们身上有了一项重大改变：出生率下降了50%（白种女人生育的孩子由 1800 年的 7.04 个降到 1900 年的3.56 个）。

历史总是告诉我们，维多利亚时代的女性极少能把握自己的人生，但事实并非如此。虽然女人们没有可靠的避孕措施，但她们仍然在悄悄地减少子女个数，并把自己从繁重的家务中解脱出来，哪怕只是一点点。无论如何，养七个孩子和养三四个还是有天壤之别的。女人们是如何办到这一点的呢？很简单：对丈夫说更多的"不"，或者叫他还未射精就退出来。男性依然支配着社会，但女性对于家庭乃至性的掌控力正在增强。当女人们在卧室里逐渐更有话语权的时候，她们在家庭以外也逐渐更有影响力。她们在教会里变得更活跃，并开始组织群众，为政治和社会变革做斗争。最初是争取选举权和要求颁发戒酒令。

戒酒令的一大推动因素是，女人们认为，只要男人们不再饮酒，就会减少对她们的虐待，也不会老逼着她们行房事。

19世纪，堕胎率大幅上升。女人们试验着各种避孕方法，但多数都是弊大于利的。克里丽亚·杜尔·莫舍博士[①]是少数几位在那个时代进行避孕方面研究的人之一。她的调研始于1892年——当时她还只是威斯康辛大学生物系的学生——直至1920年结束。莫舍记录了四十五名女性的性生活，并发现其中二十八名采取了避孕措施。莫舍调研的大多数女性皆出身富裕阶层，有钱，也有关系，可以找到医生，或者可以从黑市买到她们需要的东西。她的调研对象最常用的避孕用品是杂酚皂溶液。这是种消毒皂剂，主要成分是甲酚，一种常用于治疗发炎和灼伤的酚类化合物。第二常用的是避孕套。一名女性说，她的医生警告其身体不能再承受怀孕后，给她配了一个"女性护罩"，据说这玩意可以罩住子宫颈以防精子入侵。不幸的是，这类避孕套都不太贴合女性身体。如果套太大，女性可能会发生抽筋、溃疡和炎症；如果太小，便无法有效避孕。一些早期的调查显示，这类避孕套的失败率高达24%。莫舍的另一位调研对象拿到了一个子宫环，那是当时比较新颖的避孕工具，也是带来最多疼痛且医学上很危险的方法。在20世纪20年代，子宫环基本就是用银丝定型再用蚕肠丝制成的圈。这种圈体积大，而且在当时还没有抗生素的情况下，不时会引起子宫、卵巢或输卵管的发炎，甚至可致命。另一个选择是阴道冲洗法，但其失败率高得荒唐——差不多是90%，而且经常引起炎症。有些女人同时使用两三种，甚至是四种避孕方法，但仍不保险。安全期避孕法，即女性只在怀孕几率相对较低的时候行房事，并不在莫舍的调研范围内，因为当时的科学家并不完全了解女性如何及何时排卵。甚至到了1930年，《美国医学会杂志》还如此告诉医生们："我们还没有掌握除了完全禁欲以外任何绝对可

① 美国著名医生，著有《莫舍调研：45个维多利亚时代女性对性的态度、健康以及女性运动》(*The Mosher Survey: Sexual Attitudes of 45 Victorian Women, Health and the Woman Movement*)。

靠的避孕方法。"

贫困女性往往除了堕胎没有别的办法，而所导致的悲剧桑格也都看到了。历史上有记载的首例堕胎大约是在公元前 1500 年。一本医学读物里描绘了人们如何用一个植物纤维做的卫生栓，裹上蜂蜜和枣子碎片，结束一个女人的妊娠。为了堕胎，女人们还吞食过氢氧化钠和火药，把麻黄塞到自己的身体里，用毛线针戳自己，自行滚下楼梯，用碎砖块敲自己的肚子，或者吞服毒药。简而言之，她们宁可冒险承受巨大的副作用，被逮捕，甚至死掉，也不愿意怀孕。

桑格号召女人们起来斗争。她希望她们可以做自己身体的主人，并有权决定自己是否及何时想要孩子。她希望她们不论结婚与否，都能够享受性生活，能够照顾她们自己的感受，能够主宰自己的心、头脑和身体。桑格相信自由恋爱——她已经在格林威治村的多个沙龙里听别人描述其神奇力量。置身那个时代的她，可能也和别人一样，相信肺结核是身体和灵魂的疾病。她觉得病魔在折磨她身体的同时，也赋予她比别人更强烈的激情。即使是在病中和年老时，桑格也从不否认自己的吸引力，她一直认为自己值得被爱，而且一直热衷于感官享受。当她丈夫对其婚外情表示不满时，她鼓励他去找自己的外遇。但是比尔①·桑格不是那种随便的人。"你是一个大众情人，我不是——我只爱一个人。我爱得太深却不够广。"他在给妻子的信中如此写道。

婚姻破碎，桑格同样并无任何歉意。她希望更多的女人拥有她那样的自信，同样愿意打破常规并且直面世界。就像她说的那样，"满是一副'见鬼去吧'的样子，有思想，说话做事都勇于挑战习俗"。这种大胆对于大多数生儿育女的女性，特别是穷困的女性来说，似乎太不切实际了。但是，在极端女权主义者和性自由主义者的支持下，桑格正是以这种精神发动了她的草根革命。这场革命前无古人，后无来者。普选主义者争取的是让女性独立投票，哪怕是与男人所投的相反。但是桑格希望女人为性斗争，而在性中，男人通常必不可少。

这可微妙多了。跟男人可不能来硬的，对他们，必须得循循善诱，笼络收买，甚至连哄带骗。即使如此，也并非所有男人都会拜倒在桑格的石榴裙下。

5　情人和斗士

1914 年，在桑格创办的《叛逆妇女》杂志出版后不久，联邦邮政署的检察员就对她发布了逮捕令，指控她触犯了《反淫秽法》中的四项罪名。一旦被定罪，她或可被判长达四十年的徒刑。桑格当时 34 岁，身为三个孩子的母亲，她选择缺席审判，弃保潜逃，离开家人，搬到了欧洲。在那里，她与著名的性心理学家亨利·哈维洛克·艾利斯①坠入了爱河。

艾利斯当时年届 55 岁，身型高而瘦，一把飘逸的白胡子和一头厚厚的白发，更衬托出他那硬朗英俊的脸。在没有什么严肃话题要谈的时候，他通常会安静地坐着，但桑格总能很快就打开他的话匣子。她相当性感，一头红棕色头发让她看起来更像是一团火球，充满了强烈的欲望和好奇心。在欧洲，她拥有了前所未有的自由，去追求她的理想。"人们只要一看见她，就会为她的年轻、美貌、温和，以及她那轻柔的声音所折服。"《纽约客》杂志的罗伯特·哈里在 1925 年如此描绘她，"她让人想起波提切利画中的友弟德②——一个温和得像春天一样的仕女，她翻山越岭却好似只是在翩翩起舞，但陪伴在她身后的另一名仕女却扛着赫罗弗尼斯被斩下来的头颅。"哈里写道。正是桑格"娇小的身躯"里燃烧的火焰，使她如此充满魅力。艾利斯因"她对理想的忠贞、她的激情、她的活力和美丽"而神魂颠倒。他后来还写下过"我这一辈子从来没有如此迅速而彻

① 英国医生、性心理学家和研究人类性行为的社会改革者。

② 指波提切利的名画《友弟德回归拜突利亚》。古代亚述帝国的军队在赫罗弗尼斯的统帅下，侵占耶路撒冷，并逼近友弟德居住的拜突利亚。以色列男人们都蜷缩无能，友弟德作为一名美丽机敏的犹太寡妇，用自己的美色骗取了赫罗弗尼斯的信任，并在他饮醉酒后，砍下其头颅，吓退亚述侵略军，拯救了以色列人民。

底地被一个女人征服"的话。

艾利斯把解开性之谜作为自己的使命，从男男女女口中收集各类故事，以期证明性关系自然而多样。他抨击维多利亚时代的观念，并嘲讽美国人谈性色变的假正经。自慰有益，女人就像男人一样渴望性事，而是否结婚并不需要与是否性交有必然联系。说得再远一些，他认为性是"人生首要、最核心的机能……永远奇妙，始终美好"。

艾利斯把桑格介绍给了更多知识分子，包括科幻小说作家赫伯特·乔治·威尔斯——此人后来也成了她众多情人中的一个，还将他们的罗曼史写进了小说里。"我们要是有吃有喝，还能把这饮食的能量变成想象、发明和创造力，实已足够美好。要是还能发挥动物的本能，并把这本能变成光辉的力量，去发现美，并感受那种将我们推向人生极致的冲动，那就更美好了。"他在小说《心灵隐秘处》中如此写道。这本小说读起来像是给桑格的一封情书。除了艾利斯和威尔斯，桑格还见到了剧作家乔治·萧伯纳和哲学家波特兰·罗素，并与被驱逐在外、在利物浦大学教书的西班牙无政府主义者洛伦佐·坡泰有过那么一段。

不过，艾利斯还是她最重要的导师。他帮助桑格化激愤为力量，更有策略性地展开她的社会斗争。他说，避孕这个目标是好的，但如果桑格能够用更简单直接的方式，聚焦于这场斗争本身，而不是将其纳入与资本主义、婚姻制度和宗教组织的广泛斗争里，她会更有胜算。有时，桑格好像仅仅是在抱怨并激怒她的反对者，她的使命并不清晰。艾利斯教给了她一些关于避孕的科学知识，告诉她人口增长对于经济的负面影响。他鼓励桑格学习优生学，甚至包括美国奥奈达社团①的一些科学繁衍案例，还给她看了一本乔治·德斯戴尔的书，书名为《社会科学要素》，其中的一个论点是，唯有避孕才能赋予这个世界

① 1848年由约翰·汉弗莱·诺伊斯创立，在纽约的奥奈达地区成立，是美国最成功的空想主义社团。在那里，三百个信徒之间实行"交叉婚姻"，即组织里的任何一个男人和任何一个女人都可以过夫妻生活。诺伊斯这种自由性爱的原则不断遭到抨击，1879年社团放弃群婚制，1881年改组为股份公司，生产银质餐具。

更多的爱。德斯戴尔或许是首位宣称科学可以将世界变得更性感的现代思想家，而桑格则热切地追捧他。

桑格早就具备了改变男女生活方式的欲望和决心，但这是她第一次做出实在的计划。刚开始她只是将避孕视为帮助女性控制子女数的方式。而现在，她开始相信，如果能打破性与生育的必然联系，女性将获得她们无法想象的自由。婚姻将改变，男女关系将改变，家庭含义将改变，女性的就业和教育机会将改变。就这样，她找到了自己的使命，并抽丝剥茧，提炼出精髓。

* * *

桑格人在欧洲，她丈夫却因分发关于避孕的传单而被邮政署的特使安东尼·康斯多克逮捕。

南北战争一结束，康斯多克就决意以抵制淫秽出版物为己任，并几乎是一手立下了一整套严格的《反淫秽法》。青少年时代的康斯多克曾一度沉溺于自慰而无法自拔，他甚至以为自己会因此自杀。长大一些后，他推断，错不在他，是那些猥亵的书籍和明信片迫使他堕落。在一些有影响力的商人支持下，基督教青年会将康斯多克委任为镇恶委员会特使。在带头进行突击检查并没收各类成人用品、黄色照片和避孕用具后，康斯多克便因保卫美国不受淫秽和疾病侵占而成名。1873 年，他说服国会通过决议，禁止用公共邮政散播"任何淫秽、淫荡、下流或猥亵的书籍，以及传单、图片、报纸、信件、印刷品或其他任何不雅刊物"。从此之后，所有州都一致颁发了各自的反淫秽法，以至于在很多地方，出售避孕用具或传播相关知识都成了非法的。为了加强执法力度，康斯多克被委任为美国邮政署反淫秽特使。很快，他还配上了枪。

康斯多克是个光头，脖子粗壮，胸膛宽阔，宽大的脸上留着两条络腮胡。他自诩为"上帝花园的锄草人"，但他看起来更像是个危险的猎人，而且他从来都不缺少猎物。康斯多克和手下开始逮捕出版商、书店店主和摄影师，而且通常是以买家的身份先引他们上当。康斯多克残酷无情，他逮捕了数百人，缴获二十万张淫秽照片和图片，以及六万四千个避孕用具和成人用品。至少有十五位女性在被控淫荡后，因不愿接受检控而自杀。

康斯多克的法案将淫秽定义得极其广泛，几乎囊括一切。因此，该法毫无意外地被解读为既禁止出售避孕用具，又禁止传授关于避孕的信息。唯一令人意外的是，该法竟然长期影响政策的制定，在如此长的时间里拒女人于避孕之外。

＊＊＊

到达英国后不久，桑格便写信给丈夫，说她觉得两人十二年的婚姻已经到了头。她想要离婚，但比尔不同意。"你是我的全部。"他在一封信中坚持说。

她对离开自己的丈夫毫无愧疚，但对孩子们的感情可不太一样，她在日记里表达了担忧。7岁的格兰特和5岁的佩吉（小女儿玛格丽特的昵称）当时在格林威治村暂住，由卡罗琳·普瑞特和她的同伴海伦·马洛特照顾。普瑞特是一位开明的教育家，而马洛特是一位劳工组织者。佩吉对于母亲的离去感到迷惑不安，每次她父亲来普瑞特和马洛特家看望她后要离开时，她都会哭，比尔在信中这样告诉玛格丽特。最终，比尔将佩吉带回了家，并叫孩子的一个姑姑搬来照顾她的饮食。格兰特写信给母亲，像是默默承受着痛苦似的告诉母亲，不要为他担心，而独自待在寄宿学校的斯图尔特则向母亲要相片，这样母亲不在的时候他能对着相片看一看。随着战争在欧洲大范围爆发，通讯变得不可靠。"多么寂寥啊，还有什么牢狱比在世间流浪而与心爱的孩子们分开更令人孤独的呢？"桑格如此写道。但在其他信笺和日记中，她又明确说自己珍惜这段不必理会家庭责任的时间，并以此"反省、沉思及梦想"。

1915 年秋天，桑格的丈夫被判犯有数项淫秽罪，法官说他"防止怀孕的阴谋"不仅违反了"人类的法律，还违反了上帝的指令"。当法官让他选择一百五十美金罚款或三十天徒刑时，威廉·桑格选择了坐牢。这时候，玛格丽特才终于同意回归家庭。她抵达纽约后不久，5 岁的女儿佩吉便得了肺炎，并在西奈山医院她母亲的怀中死去。小女儿的死彻底改变了桑格一家。格兰特责备母亲，认为如果母亲在的话，佩吉不会病得这么严重。比尔·桑格将女儿的形象雕塑成一尊石膏模型，即使后来模型碎了，他依然保存碎片多年。玛格丽特一度彻夜失眠，而等到她最终可以入眠时，噩梦又不断来骚扰她。在其中一个梦里，她听到屋顶坍塌的声音，并开始担心女儿，这才意识到自己一直疏于照顾女儿，竟不知她人在何处。那之后的很多年，她都被有关小孩的噩梦困扰，睡眠问题也一直伴随着她。

即便如此，这场悲剧也没能令桑格将更多的精力放到照顾其他两个孩子上。相反地，她回归了事业，决意要达成她的伟大目标，就算发动战争也在所不惜。她开始张贴宣传照片，张贴的时候她会穿一袭贵格领①的衣服并让儿子站在身边，这样她看起来比较像是个受人尊敬的年轻母亲。也就是差不多在那时候，她开始用"节制生育（birth control）"替代"避孕"的字眼——这可是绝妙的推销策略。桑格希望将性与生育区别开来，但是她发起的运动并不止步于此。一开始，她考虑过将斗争的目标定位为"自愿成为父母"，或者说"自愿成为母亲"，但这都不够接近本质。"然后，我们想到了更贴切的。有人建议用'家庭控制'和'种群控制'，以及'出生率控制'。终于，我灵感突现，想到了'节制生育'！"桑格说。

这个目标既不带性暗示，也没提独立，便不构成威胁。它

① 公谊会（Society of Friends），又称为贵格会（Quaker），属于基督教派，废除礼仪，反对暴力和战争。其教徒多喜穿着带有及肩大方领子的服饰，因此此类服饰又被称为贵格领（Quaker Collar）。

不是斗争口号，就是一个普通词汇，就像"贵格领"，是为了让人们感觉更舒坦。当然，没有人会反对"生育"。没有"生育"就没有生命。但对于桑格来说，关键词是"节制"。一旦女性可以真正控制生育的时间和频率，便能掌控她们自己的身体，也就掌握了一种前所未有的权利。没有"节制"，她们就只能默默扮演妻子和母亲的角色。另外，这个目标也呼应着优生学，以便那派人中的桑格支持者们更易产生共鸣。也就是说，这并不仅仅是个人选择的问题，还关乎谁应该或不应该生育。

1916 年，桑格开办了第一家节育诊所，地址就在布鲁克林的布朗斯维尔，安博街 46 号。在那里，她的姐姐埃塞尔和一些护士将避孕套和米斯帕子宫托（Mizpah pessary，一种弹性橡胶制成的小帽子，很多药店有售，其名为子宫托，实际上与宫颈帽和避孕膜作用类似）。诊所的广告是用英语、犹太语和意大利语写的：

> 母亲们！
> 你能支撑一大家子人吗？
> 你还想要更多的孩子吗？
> 如果不想，那你为何还要生？
> 请勿杀害，请勿夺走生命，但是请防范
> 想获取安全无害的信息，请垂询
> 安博街 46 号

这间诊所的业务显然直接触犯了纽约州的法律，因此，不出意外地，诊所开业仅十天，警察便来突击搜查，没收了所有避孕用品，并逮捕了桑格。她被判非法分发避孕用品的罪名，在皇后区监狱待了三十天。她拒绝按手印，理由是她是一个政治囚犯，而非刑事犯。就在她被释放前，两个分别叫穆雷和弗雷的狱卒试图强迫她留下指纹，但她居然以一敌二，抵抗住了他们。《纽约论坛报》报道，她出狱时向支持者们挥手致意，她的"手腕都红了，好像是被剧烈摩擦过"。另一份报纸甚至狡黠地写道："除了劳改部门，没人知道穆雷和弗雷在护理什么样的伤势。"

所有这一切宣传的时机都好极了。即使是不关心女权和自由性爱的人都开始相信节育益于整个社会。1798 年，一个籍籍无名的英国牧师 T.R. 马尔萨斯发表了《有关人口学原理的论文》，指出世上的很多痛苦皆是因为人类"持续不断地意欲繁殖……超越了可维持的极限"而造成的。查尔斯·达尔文相信，人类正变得越来越容易怀孕，而玛格丽特的情人哈维洛克·艾利斯也提出，人类不再需要为生存而如此劳力，体力的剩余也就意味着更旺盛的性欲。城市的崛起和工业革命的到来，更不用说天主教会的种种限制，都使得家庭人口越来越膨胀。另外，科学和医学的进步也使得出生率升高，而死亡率下降。在人类历史的前两百万年至五百万年里，世界人口规模从未超过一千万，人口基本都是负增长，出生率和死亡率也基本持平。但在人类开始种植农作物并饲养动物后，寿命便开始延长。世界人口在 1658 年达到了五亿，1800 年则超过了十亿，而到了 1900 年已逼近二十亿。

美国幅员辽阔，人口控制并不是个棘手的经济问题，却是个棘手的社会问题。多子女家庭的孩子更有可能被逼辍学而出去谋生。那些有十几个孩子的家庭通常都挤在三四个房间里，直到其中一些孩子不可避免地要么死去，要么变成不良少年，离家出走，流浪街头，并走上犯罪的道路。数以千计患有梅毒的男女还在继续生育，而他们生出的孩子也都染有梅毒。一位承受着此等痛苦的女性写信给桑格说：

我现在是六个活着的孩子的母亲，还有过两次流产。我的长子现在十二岁，而他一出生就已无药可救。其他孩子也都脸色苍白，而且我总得带他们去看医生。我的一个女儿左眼瞎了。自从上一次产子后，我便试着躲开丈夫，但那只会引起争吵，有一次他甚至还离开了我，说我没有尽到妻子的责任。

到了20世纪20年代，桑格已发展了众多盟友。逾四百七十万美国人在第一次世界大战中从军，其中有很多人都来自劳动阶层或移民家庭。他们从其他士兵和妓女那里学到了关于性病和避孕套的知识。避孕套在欧洲已相当普及，政府开办的美国餐厅也非正式地售卖避孕套。大战结束后，性病成了一大危机，许多美国人都开始将性视作值得开展科学和社会研究的重大公共卫生课题。美国政府开始动用数百万美金，发起公共卫生运动，防止性病的传播。卫生部门官员甚至得到了纽约州上诉法院一位法官的支持。这位法官虽然维持桑格触犯《反淫秽法》的原判，却首次确认，医生为了女性的健康而开避孕用品的处方，是合法行为。

可这对桑格来说还不够。医生只会在最严重的情况下开避孕用品的处方。即便如此，他们能有什么避孕用品呢？当时，大概除了避孕套以外，没有任何可靠的选择。可是避孕套的使用有赖于男人的配合，而桑格在纽约那些贫困街区已亲眼见证了这一点：只要能随时满足性欲，男人们根本不介意有六七个孩子。然而，女人是真正承受后果的那一方——怀孕的是她们，抚养孩子的也是她们。桑格在1919年这样写道：

> 他确实得受很多苦……但她受的苦多得多。正是她，长期担负责任，怀上、拥抱、抚养那个没人要的孩子。正

是她，在病床边看着那些婴儿，他们是因为来到了这个本已过分拥挤的家庭才受此折磨……正是她的爱情生活，首先在怀孕的恐惧中枯萎。正是她自我表达的机会，首先因此而失却，并且让她如此无助。

橡胶制成的避孕套当时以罐装出售，品牌有"酋长""拉美西斯""孔雀"，以及"金雏"。虽然这些避孕套便宜、有效，而且到处有售，但它们并不能帮助桑格达成目标。比起防止性病的传染，她更关心节育。但是，那名法官的判决至少让她的斗争得到了一定的法律认可。一些以前不敢为节育大声疾呼的人，也成了桑格的支持者。

纽约新教圣公会教堂的自由主义领袖之一，卡尔·瑞兰德牧师说："教会对于节育的态度必须改变，必须支持这种提高存活率的方法。所有以宗教为名义的异议都不重要。"美国犹太人大会的创始人，拉比 [1] 斯蒂芬·塞缪尔·怀斯 [2] 认为："对于生命的虔敬态度并不意味着人类应该毫无节制、放任地繁殖，而是应当在可以给新生命提供生活保障及生存价值的基础上才生儿育女。"许多医生都支持节育，并且自愿到桑格新开设的诊所里服务。一些法庭甚至也开始持避孕合法的态度。只有国会、一些州的立法机构和天主教会仍坚持抵制避孕。不过，重要的是，抗拒主要来自那些根深蒂固的保守机构，而不是普罗大众。群众开始理解桑格斗争的要义，而且他们正通过多个渠道加深这种理解。

桑格在实践自己的激进主义运动方面日益老练。她并没有直接挑战社会上的保守性观念和《反淫秽法》，而是试图说服医生、科学家和企业领袖参与她的斗争，并强调斗争益于公共卫生。她鼓励女性到医生那里去定制避孕膜，不仅因为当时避孕膜是最有效的避孕用品，也因为她深知医生们的支持对于她的

[1] 拉比（Rabbi）指受过正规宗教教育，熟悉《圣经》和口传律法而担任犹太教会众精神领袖或宗教导师的人。

[2] 匈牙利裔的美国宗教领袖，激进的犹太复国主义者，美国及世界犹太人大会的创始人。

斗争十分重要。这场运动如果聚焦于性爱乐趣，那将永远得不到支持，但如果聚焦于健康，倒还有一线希望。这是策略性的退让，却不失明智。

桑格当时有一位支持者名为詹姆斯·诺亚·亨利·斯利。这个鳏夫对桑格几乎是一见倾心。斯利比桑格年长二十岁，还是个保守的共和党人。他是三合一润滑油公司的总裁，这家公司的产品家喻户晓，大家给打字机、自行车链和缝纫机上的就是这种油。碰到斯利的时候，桑格已与丈夫分居长达七年。1922 年，她最终与威廉·桑格离婚，并嫁给了斯利这个脾气暴躁的贵族。不过，有一些条件，而且她坚持白纸黑字地写清楚：他们将住在各自的居所，而且不能在未事先通知对方的情况下就上门拜访。婚后不久，桑格便说服斯利，创办了全国第一家仅出售避孕用品给医药界的公司荷兰-然托斯公司（Holland-Rantos Company）。她希望借此让避孕用品合法化。有一段时间，桑格甚至要求斯利花一万美金聘用一个妇科医生周游全国，传授避孕的应用知识。"如果我能达成这个愿望，那我将满足我那可爱的丈夫，J.N.H. 斯利，一起隐居到爱的花园里。"她这样请求道。

斯利同意了桑格的结婚条件。当桑格的一个朋友酒醉后问斯利，他怎能忍受如此反常的关系时，斯利说："年轻人，这显然是个无礼的问题。不过，我还是会回答你。她是，也将永远是，我此生最大的冒险。"

如果斯利要的是冒险，桑格的确让他冒了险。而斯利的回赠，便是给予桑格达成目标的钱，包括雇用那位游说全国的妇科医生的钱——那个医生最终在全国各地开办了七百多场讲座。

桑格正在取得进展。她一边带领一个倡导小组开办诊所，一边又和她的丈夫一起开设新公司，专门设计并推广避孕产品。她就像个产业大亨一样切入避孕市场，对其产品涉及的所有环节都严加把关。荷兰–然托斯赢得了医生们的青睐，成了全国最大的避孕膜生产商。医生们支持这种安排，因为如此一来他们既可以照顾女性的生殖健康，又增加了稳定的客源。一些科学研究表明，荷兰–然托斯的避孕膜外加凝胶的避孕方法是最为安全有效的，而这些研究多由桑格资助完成。美国医学会最终支持避孕用品时，荷兰–然托斯提醒医生们，其名为"科洛麦克斯①方法"的避孕用品已经成为行业标杆，而且被"超过五万名医生、二百三十四家诊所以及一百四十家医院"广为使用。

此时，桑格已将其原本以激进分子为核心的网络拓展开去，与有社会影响力的主流人士达成了联盟，包括医生、富商，以及活跃的社区女性。他们的支持帮助她筹得更多资金，抗衡着天主教会对她的强烈反对。

不过，她最主要的支持者也最具争议性。优生运动的领袖们并不特别关心女性的性自由或是普遍权益，但他们迫切希望看到特定女性群体减少生育，因此他们看到了桑格的使命中与优生学派目标重合的部分。他们视节育为工具，目的在于减少贫困、犯罪和他们所谓的"低能者"。优生学派认为，对于那些更可能诞下贫穷、低能、有犯罪倾向后代的女性，都应该予以节育，甚至是绝育，以防止她们生儿育女。当然，一部分在他们看来应当绝育的女性也正是桑格年轻时作为一名护士在纽约下东城努力救助的那些人。然而现在她却开始向优生学派靠拢，因为在当时的美国，这些人比节育倡导者更受尊重。优生学只是昙花一现。20 世纪 20 年代，哈佛的心理学教授威廉·麦独孤提出，只要禁止识字的人与文盲结婚，就可以根除文盲。桑格说她并不认为用节育来铲除那些"不合适"的人有什么错。对于那些患有不可医治的遗传类疾病的人群，她同意应当鼓励他们绝育。她也同样呼吁罪犯、文盲、妓女和瘾君子被隔离开来。虽然这些看法在 20、30 年代被广泛接纳，但其实质含义

① Koromex，含杀精剂壬苯醇醚-9 的凝胶。

一直都不清晰。

桑格对于种族的看法是复杂的。另外，她经常为达目的不计后果。但是，她并不是一个种族主义者。1930 年，她在哈林 ① 开办了一家节育诊所，这家诊所聘用了一位黑人医生，并得到包括 W.E.B. 杜波伊斯 ② 在内的一些社区领袖的支持。杜波伊斯之后还在桑格所谓的"黑人计划"中担任顾问，该计划旨在给南部农村的非洲裔美国人提供节育用品和社会服务。

桑格在很多方面都保持了其核心理念的一致性。她坚持女性应该有自主权，每个孩子都应该得到爱和照顾，女性与男性一样有权享受性爱。在为这些原则做斗争的过程中，事情或许会变得混乱，包括她的个人生活，但她对这些都很清楚，也毫不介意。多年后，哲学家米歇尔·福柯提出，性既是个人活动，又是社会活动，这是由其本质决定的。而桑格一早就发现了这一点。

＊ ＊ ＊

桑格的实用主义和精英主义或许影响了她身为一个为穷人斗争的活动家的声誉，但是，也正如她所期待的，这却为她带来更多支持者。到了 1925 年，全世界有超过一千名医生申请参加桑格举办的计划生育年会。当年，此会在纽约的麦卡尔平酒店举行。英国的经济学家约翰·梅纳德·凯恩斯和作家里顿·斯特拉奇，以及美国社会党领袖诺曼·托马斯都出席了大会。W.E.B. 杜波伊斯、厄普顿·辛克莱 ③ 以及波特兰·罗素都发来贺电，表示支持。优生学派最具影响力的代表也来了。

这场节育运动在美国受到了比以往更广泛的关注，其影响更迅速地波及全世界，其中一个原因是，美国人比以往更广泛地谈论性。爵士时代的单身女人抽烟、喝酒、跳舞、调情，而且还（用一个当时开始流行的词儿来说）胡搞 ④。在印第安纳州的曼西这座保守的城市——《中产城镇》⑤ 中经典社会学案例的调研基地，1924 年到 1925 年之间被面试的 77 位女性中，

① 纽约曼哈顿的一个社区，一度是 20 世纪美国黑人文化和商业中心。

② 美国社会学家、历史学家、民权运动者、泛非主义者、作家和编辑。他是第一个取得哈佛大学博士学位的非裔美国人，也是 1909 年美国全国有色人种协进会的最初创建者之一。

③ 美国著名左翼作家。

④ screw，性交的俚语。

⑤ 书名全称为《中产城镇：对于现代美国文化的调研》(Middletown: A Study in Modern American Culture)，作者为社会学家罗伯特·林德及其妻子海伦·林德。

只有 15 位表示不赞成节育。生育率的下跌也反映了这一点：在美国中西部地区，家庭平均人口从上一代的 5.4 人跌至这一代的 3.3 人。总体来说，虽然女性婚结得更早，但美国的生育率却在 1895 年到 1925 年之间下跌了 30%。

1930 年，桑格创立的全美节制生育联盟（American Birth Control League）在 23 个城市监理着 55 家诊所。当批评者称这是变相助长滥交时，桑格说亨利·福特[①] 跟她也没什么两样，因为正是他的汽车，让男男女女们更容易溜到陌生的地方寻欢作乐——通常还就在他们的汽车后座上。

天主教会的高层对桑格的集会表示抗议，并运用他们的政治关系要求警察对其进行搜捕。纽约的大主教帕特里克·海斯在一封圣诞牧函中写道，唯有上帝有权决定哪个孩子应当出生，而节育是比堕胎更为深重的罪孽。他说："在生命诞生后扼杀它是一项可怕的罪行，而违背造物主之意，阻止生命的诞生，则是撒旦的行径……因为这样的话，其肉身以及不朽的灵魂都无以存在，无论一时还是永久。"从某种角度看，教会的干预对于桑格来说是件好事。正因如此，她才不再大谈性和享乐，而是更聚焦于最具说服力的论点——人权。"他所相信的人死之后灵魂不朽之说，那只是某种理论，而他完全有权相信这种理论。但是我们这些希望从根本上改善人性的人相信，造就健康、快乐的人类，比造就世世代代被疾病、痛苦和贫困不断折磨的人类更符合上帝的旨意。"她如此回应海斯。

桑格在为女性争取"男性一直以来都享有的、享受性爱而不必考虑后果的自由"，艾伦·切斯勒[②] 如此写道。在当时那个年代，这是非常激进的想法。对于桑格那个年纪的妇女来说，生儿育女是人生的唯一目的，做母亲是唯一有意义的工作。女性大都将自我身份放得很低，极少超越丈夫。即使像埃莉诺·罗斯福[③] 那样独立、坚决的女性，也被人介绍并称呼为

① 美国汽车工程师与企业家，福特汽车公司的建立者，世界上第一位使用流水线大批量生产汽车的人。

② 美国作家，著有《英勇的女子：玛格丽特·桑格和美国节育运动》（*Woman of Valor: Margaret Sanger and the Birth Control Movement in America*）。

③ 美国前总统富兰克林·罗斯福的太太。

"富兰克林·罗斯福太太"。桑格试图通过赋予女性支配自己身体的权利，发起一场人权斗争，这场斗争将改变整个世界，涉及各个领域，包括家庭、政治和经济。一旦女性得以控制自己的生育系统，她们便会更进一步：拥有自己的身份。做女人并不仅仅意味着为人母，女性应该滞后怀胎，优先去大学深造、周游世界、踏入职场、开办杂志、撰写书籍、录制唱片、拍摄电影，或做任何她们可以想到的事情。桑格知道，节育或许可以解决这些问题，至少是一部分问题。包括她在内的任何人都没想到节育将带来的一系列负面效应，包括离婚的普遍、婚外情、单身父母、堕胎和淫秽。就像任何革命家一样，她愿意接受一定程度的混乱。

但是，她已经不再仅仅被性驱使。现在是性、金钱和政治，很快还会有科学。避孕膜和凝胶只能让她取得一定的成果。连桑格的一些支持者都抱怨，避孕膜太贵也太复杂，特别是对于贫穷的女性来说。"不必总结我们为那些最有需要的人做的多有限，"退休的妇产科医生及玛格丽特研究院的顾问罗伯特·迪金森在一本名为《节制受孕》的书中写道，"试想那靠救助过活、尚可生育的二百五十万人，我们的诊所、我们的医生怎么能够满足这些边远落后地区及长沼 ① 居民的需求，还有远山的贫民窟里穷人的需求？"他还说，唯一的希望是开发更好的避孕用品，并总结道："我有三个办法。第一，研究。第二，研究。第三，研究。"长远来看，光靠避孕膜加凝胶，是远远不够的。既没有足够的避孕膜，也没有足够的医生。

1932 年，美国海关官员没收了寄给桑格的一箱试验性避孕膜。这箱避孕膜来自一名叫小山荣的日本医生。他自己有十二个孩子。他相信这种新设计能更有效地避孕。桑格和她的支持者对海关的收缴提出抗议，并指出法律阻挡了科学的进步，阻碍了医药的发明。在美国州立上诉法院一次里程碑式的裁决中，

① 美国南部一遍布沼泽的落后地区。

法官表示同意桑格派的这一观点。从此以后，只要是医生，用公共信函传播关于避孕的信息或者寄送避孕用品，即为合法。这项裁决也为美国医学会将避孕用品纳为预防性药品打开了大门。

桑格曾一度感觉自己在逆水行舟。但是，法律和社会态度都在改变。20 世纪 30 年代到 40 年代，桑格顺利开设了更多的诊所。第二次世界大战过程中，她宣扬通过生育间隔（child spacing），使家庭更健康富足。她的下一个目标很清楚。

她说，避孕这个领域"现在需要的是一项上佳的研究"。

6　兔子实验

　　1952 年 1 月，平克斯向计划生育委员会递交了一份报告。该报告称，口服十毫克的黄体酮令 90% 的实验兔子未发生怀孕情况。这个结果让他有充分的理由相信，对女性开展相关测试的时机已成熟，而他也已准备就绪。

　　平克斯希望计划生育委员会把这项研究视作他们的曼哈顿计划 ①。当时的研究表明，每四位美国女性中，就有一人至少有一次意外怀孕。计划生育委员会若想把握这个时机，必须进行大量投资，而这一点却令委员会的高层望而却步。威廉·福格特刚走马上任成为会长，而他对于平克斯的研究反应冷淡。福格特是一位生态学家和鸟类学家。他在自己颇有争议的畅销书《生存之路》中提出，无限制的人口增长会摧毁整个地球。他支持桑格的观点，认为节育很重要，但对平克斯以及激素的运用缺乏信心。最终，福格特回信给平克斯表示，可以再支持他一年，而资助额与上一年几乎一样少。

　　计划生育委员会的回复并不代表玛格丽特·桑格对平克斯失去了兴趣或者已经放弃。但是，那确实表明桑格对于这个当初她协助创办的机构的影响力，已日渐式微。桑格在很多方面都颇具天赋，但对外交流并不是她的强项。到了 20 世纪 50 年代，即使是她掀起的这场社会运动中的一些核心人物也对她越来越不满。1928 年，她气愤地辞掉了全美节制生育联盟主席的

① 美国陆军部于 1942 年 6 月开始实施利用核裂变反应来研制原子弹的计划，亦称曼哈顿计划。

职位。这是她一手创办的机构，她抱怨机构里参与节育运动的年轻女性过分向社会主流靠拢。十一年后，美国节育联盟被纳入桑格创办的另一个机构——美国节育临床研究局，合并后的机构更名为美国节育委员会，之后再次更名为美国计划生育委员会。那时，桑格已经被这场她发起的社会运动边缘化了。她和丈夫搬到了亚利桑那州的图森。他们在那里造了一栋带有玻璃纤维墙壁和不锈钢遮盖的房子（当地报纸夸张地称其"摩登如未来"）。桑格当上了图森水彩协会的主席，并与当地社会名流热切往来着。1942 年，当她年届 83 岁的丈夫去世时，桑格继承了五百万美金。她告诉自己的儿子，准备把这些钱都花掉，而且很快就用行动给出了证明：一些钱被捐给了节育运动，一些钱给了朋友，但大部分都被她自己花在奢侈的假日旅行上。

计划生育委员会在 20 世纪 40 年代快速发展，在全美范围内都设下了分支机构。商人和男性医生成了这个机构的高层，中下层则以中产阶级女性为主。该委员会不仅成了提供节育服务的唯一机构，更开始为女性提供综合保健服务。康涅狄格州的商人普利史考特·布什（其儿子和孙子之后都成了美国总统）在 1947 年当上了委员会举行的首次全国筹募活动的司库。为了让节育更易于被接受，委员会把重点放在"生育间隔"和亚洲人口危机等议题上，改变性观念并不是他们宣传的重点，避孕方面的研究也是次要的。这个组织的领导者们更注重建立强大的关系网络，以便拓宽受众面，并将已有的避孕用品更广泛地提供给女性。当这个组织不断发展，并得到更多主流人士的支持时，桑格难免不时成为某些人的眼中钉。她太聒噪，太咄咄逼人。委员会里的一些人认为她在政治上很幼稚，并且，在与天主教会的斗争中，她尤其顽固、自取灭亡。其实，那时候，并不是所有的信徒都在节育这件事上追随教会。计划生育委员会的高层希望，通过指出教会和其成员的不同，拉拢那些持怀疑态度的信徒。但是，桑格对教会就是忍不下去，而且随着年事渐高，她愈发对天主教义感到愤恨。她反问：一群守贞的牧师有什么权利告诉女性，应该怎么对待自己的身体？

桑格也对计划生育委员会日益反感起来。用她的话来说，这些高管似乎在"原地踏步并且固执己见"。"对于你这样的人所受到的限制，更对于那些掌权者能力上的限制，我和你一样感到灰心和气愤。而现在，正是对着那些人，你还得卑躬屈膝。"在给运动的支持者克莱伦斯·甘布尔①的一封"敬请保密"的信中，她如此写道。桑格与委员会的关系变得如此紧张，以至于她都不能确定，他们是否会资助平克斯的研究，以及任何她建议进行的研究。要递交建议书，要向特定的委员会征询意见，要评估项目预算，要考虑政治因素。

此时，她最大的资助人之一——小约翰·戴维森·洛克菲勒已经不再支持她了。20世纪上半叶，洛克菲勒为性道德相关的运动捐赠了数百万美金。他赞助了基督教青年会，在美国那些道德荒漠的城市开辟出片片绿洲。他还资助了人类性行为研究和避孕研究。然而，到了40、50年代，洛克菲勒基金会内部出现了一些声音，质疑基金会的钱是否应当更好地用在死亡率很高的贫困国家，救治那些疟疾和霍乱患者。这不仅是放眼全球的当务之急，更有一定的政治考量。就在由洛克菲勒家族资助的阿尔弗莱德·金赛发布其研究成果，并成为重大新闻时，基金会的高层也开始回避与性相关的项目。

这并不全是桑格的错。从某种角度看，她的成功反而害了她。在她的推动下，性成为主流话题。在她的努力下，计划生育委员会发展成为一个遍布全美的机构，改善了数百万人的生活。但是，随着这个机构日益发展，其高层变得不那么愿意承担风险，这也是情理之中的事。他们担心平克斯研究出的药丸会有副作用，甚至可能致死，抑或让女性生出畸形儿来，那可

① 优生学派人士，并成立了国际探路者协会，致力于实现妇女和家庭接受避孕和高质量生育健康护理的权利。宝洁公司继承人之一。

都将牵连基金会的声誉。

他们惧怕没有先例的事情——为改善生活方式，给健康的女性吃药。一点丑闻或诉讼就能击垮整个机构，计划生育委员会可不愿孤注一掷，况且资助研究的对象是平克斯，那就更不可能了。

7 "我是性学家"

年轻的时候，格雷戈里·平克斯自诩为诗人、哲学家、耕耘者及女性爱好者。他对于生活的热忱和想法总是那么多，有时候连他自己都觉得难以抑制，也无法将其一一写进日记里。他又高又帅，肩膀很宽，双臂结实。即使在孩提时代，他就已崭露了出众的样貌，尤其是那双眼睛。如果说玛格丽特·桑格将性作为人生的灯塔，认为人生的一切都来自肌肤之亲的力量，那么平克斯则信奉完全不同的人生哲学。"我们有一项职责，那就是自我提升。"年少的他在日记中如此写道，并继续解释说：生活的意义在于将个人的禀赋发挥到极致，并帮助别人也做到这一点。在同一本日记里，他塞了一张纸条，上面写有 19 世纪诗人和文化批评家马修·阿诺德的一段话："伟大是一种值得深深热爱、推崇和钦佩的精神境界。"

引导平克斯前行的并不是性爱、金钱、权势或名誉，而是阿诺德认为的追求卓越。这种欲求贯彻他一生，从未泯灭。

平克斯生于 1903 年 4 月 9 日，是全家六个孩子中的长子。天才是其家族遗传，而漂泊不安也是其家族特色。1891 年，平克斯家族从俄罗斯港口城市敖德萨搬至纽约。敖德萨是个国际性都市，经济繁荣且种族繁多。但是随着反犹太人大屠杀席卷俄罗斯，平克斯家族选择了逃亡。1891 年到 1910 年之间，近一百万犹太人离开了俄罗斯来到美国，让人怀疑他们是否全都挤到纽约下东城那八个街区去了。平克斯家族自然也在那里短暂地落下脚来。

格雷戈里的祖父亚历山大·格列戈罗维奇·平克斯在曼哈顿开了一家餐馆，但很快以失败告终。之后，亚历山大便举家搬到康涅狄格州科尔切斯特的一个农场。一天，有个名叫赫胥·鲁·萨布索维奇的人到访，并建议亚历山大·格列戈罗维奇全家搬到新泽西州武德拜恩的一个社区，并将长子约瑟夫送到赫胥男爵农业学校。就在几年间，这家人从一个繁荣而危险的俄罗斯城市，搬到拥挤的纽约贫民窟，最后又来到了新泽西的一个乌托邦农民社区。

武德拜恩的犹太移民农庄其实就是个公社，只不过当时还没有公社这个提法。它由世界犹太首富毛里斯·赫胥男爵创办，其家族世代都是为欧洲皇室服务的银行家。他相信，在撤离俄罗斯后，这些移民有了史无前例的改善生活的机会，并可以在全世界形成强大的联盟。这位男爵将一大笔财富留给了犹太移民——他一生捐赠出逾一亿美金，而其中的一部分便用来建设武德拜恩移民社区。这个社区位于新泽西最南面，占地五千三百英亩 ①，在男爵的慷慨资助下，有了房子、学校、仓房、工厂、发电厂、消防站、犹太教堂、剧院以及保龄球馆。除了主干道叫赫胥大道以外，所有街道都以美国前总统的名字命名。平克斯家族来到这里的时候，社区的人口已经达到一千四百人，超过四分之三为犹太人。学校有九十六名学生，包括亚历山大·格列戈罗维奇的儿子——约瑟夫·平克斯。

高中班级里仅有十二名学生，而约瑟夫·平克斯是所有女孩的心仪对象。他看起来像个王子，而非庶民。他的身材高而瘦，样貌优雅，一头棕褐的鬈发配上一对深咖啡色的眼睛。"他太帅了，简直让人窒息。"一个名叫莉齐·利普曼的武德拜恩女孩这么说。她是当地一个杂货店老板的女儿。虽然家里都是知

① 1英亩合 4 046.86 平方米。

识分子，她的哥哥之后还成了一位著名的农学教授①，但是当时的社会风气不鼓励女孩多读书。莉齐十四岁时就被迫辍学，到通用电气的一个工厂里靠清洗电灯泡赚每周三美金的微薄工资，而她的哥哥则继续到大学深造。莉齐就像带刺钢丝一样尖锐而坚韧。她恳求父母亲，让她像哥哥一样去上学，但父母不同意。"有多少个夜晚，我都是一个人哭着入睡，痛苦地意识到，牺牲和服务就是我的天命，所有的雄心壮志和远大抱负都只能深埋在心底。"

莉齐·利普曼惦记着上学，也惦记着那个年轻英俊的约瑟夫·平克斯。约瑟夫从高中毕业后，就回到了武德拜恩的学校，成为一名农学老师。他是个极其聪明的年轻人，而且坚信现代科学可以被用来改善自然。他鼓励学生们和移民们考虑使用现代技术，提高农作物和家畜的产量。

教书的时候，约瑟夫爱上了另一名老师。当父母和朋友都极力反对二人结合时，他陷入了抑郁，而那只是他一生受情绪问题困扰的开始。他离开移民社区，来到佛罗里达的一个农场。他走后还与莉齐保持着通信，爱情渐渐地在字里行间开了花。他们于 1902 年结婚，而婚姻也成了他们激情的坟墓。对于莉齐来说，就像所有她那一代的女性一样，牺牲和服务的一生差不多就在新婚之夜的九个月后开始。1903 年，她生了个儿子，格雷戈里·古德温·平克斯——六个子女中的老大。

1908 年，古迪五岁的时候，全家人离开了武德拜恩移民社区，搬到了纽约的布朗克斯区，住进辛普森街的一处公寓，那里靠近第七大道地铁站。之后他们又搬去了纽瓦克，然后又搬回布朗克斯，并住进了詹宁斯街 741 号一栋五层楼的红砖瓦公寓楼。平克斯一家加入了斯蒂芬·怀斯犹太教堂在布朗克斯的分会。这个改革性的组织鼓励会员挑战世俗，并与社会不公抗争。怀斯是个犹太复国主义者，他还在 1909 年参与

① 指雅各布·利普曼。

建立了全美有色人种协进会（National Association for the Advancement of Colored People），并成为协进会的特殊委员会成员。他揭露纽约市政府的腐败行径，并为工会维权。

正是在布朗克斯的那段时间里，平克斯大约在十岁的年纪就有了第一次性经验。家里那个名叫玛丽的波兰女佣"把他带上了床……还干了事儿"。到底是怎么回事呢？他从来没细说过。弟弟问他是否被诱奸了，平克斯矢口否认——这不可能，"因为她'那些地方'围着块抹布"。即使他当时做出过详细的解释，或是再次提起过此事的细节，家里也没有人还能回想起来。

少年时代，平克斯经常借助写日记抒发自己的想法和感受，包括对于快乐的（"我一直都非常快乐，希望未来的日子也能如此快乐"）、对于宗教的（"我相信上帝，或者说我称之为上帝的，是我们所有理想的化身"）、对于自我缺陷的（"我真的应该培养节俭和整洁的习惯，到目前为止，我还没有完全做到这些"）、对于友谊的（"世界上最神圣的激情"），以及对性的（"我的热情经常轻易就引得我通过亲吻去表达它，我可以毫无忌讳地亲我的家人。我的朋友可完全亲不得，那我要怎样表达我对他们的爱呢？在内心肿胀而无以言表的感情……我真是个多情的人。我无能为力"）。

平克斯慢慢长成了一个像他父亲那样高大、壮实、帅气的小伙子。不过，他戴着一副金属边框的圆眼镜，留着棕色头发，更多了些书卷气。他抱怨自己的激情往往让别人都受不了。当他还是康奈尔大学本科生的时候，就曾写信给母亲说，虽然他爱她，但他不能接受她那老套的性观念：

> 我以足够的愚昧（抑或是勇气），质疑那些在你的年代不可挑战的价值观和标准。其中的一部分是站不住脚

的。我自己的结论可能大错特错，但这是我真实的想法，而且如果我摒弃这些想法，将会不知所措、失去信仰。另外，我不觉得我们在思想上有巨大的差异。或许对于性，我们的观点有些不同。于我而言，性冲动既不是低贱的，也不是神圣不容侵犯的。我认为性是正常的、无辜的，是生命的本能。当然，从性满足中获得快慰，并释放紧张情绪也不是什么罪孽。但是，我从来不能从滥交中获取任何真正的欢愉。我觉得我必须要爱那个女孩，才能与之分享我的冲动。我不认为必须要在结婚后才能获得满足，我也不会等到婚后，因为我不认为一个法律程序可以将它变得更美好。我想，你可以理解这一点。难道就因为证婚人尚未咕哝那几个字，这种自然美好的激情就要被压抑和贬低吗？

平克斯还在信中告诉母亲，他曾爱上过一个名叫德娜的女孩，但是因为自己"本性风流"，所以被甩了。然而，他并不觉得受伤。"我已经不再爱她，而她也不爱我了。我们为此都挺高兴的。"

平克斯觉得性爱是美好的，是爱的表达，但他并不像桑格那样为之痴迷。他并没有把性放在个人世界的中心，也不准备将其作为个人事业的焦点——他的野心远大于此。在康奈尔，他最初主修的是农学，并着重研究果实栽培。他一路靠洗碗和端盘子完成了学业。父亲失业后，古迪艰难度日，放假回家是靠一路搭便车，而不再坐火车。他的成绩也不是特别出众（B多于A），虽然他曾经被指考试作弊，不过经讯问后，被判无罪。成绩对他来说并不是一切。平克斯坐在岩石上，写情诗和剧本，还和别人一起创办了一份文学期刊。他自认浪漫至极，但同时也是个离不开妈妈的大男孩，总想让人欢喜。

古迪的母亲有六个孩子——五男一女，每个孩子都既聪明又上进。莉齐是个自信而聪慧的女人，期望自己的孩子们有所成就，而且不断提醒他们这一点。"我的所有想法、感受和情绪都无条件地奉献给了我亲爱的孩子们，而他们的快乐是我唯一想要的回报。"她在回忆录中写道，"就这样我走到了尽头——希望、祈祷、服务、爱——才意识到唯有坚强的人才能获得自由。"

一年夏天，当父亲再次失业时，古迪写信给母亲说，他考虑延后学业以便找个工作挣些钱。在那封没有具体日期的信里，他很仔细地列举了这么做的好处和坏处，显然是想让母亲直接同意这个决定。"妈妈，我们一直都渴望实现自己的梦想，但如果拖得太久，这些梦想就失去了意义，就像地下的泉水找不到迸发的出口，最后因为无处可去而在源头干涸。"他如此写道。在后文中，他还引用了诗人朗费罗作品《乡下铁匠》里的诗句："我眼中的成功人士并不一定得赚很多钱，或在这个世上留下什么名。名誉并不是成功。一个成功的男人或女人应当'耕作着、快乐着、悲伤着，如此生活着'，问心无愧，胸怀宽广。"

* * *

在大学的最后那年，有一天，平克斯回到了家（他们那时已经又搬到了新泽西州的威力兰），却发现家里多了个陌生人。这是位迷人的成年女人，身材娇小，发色很深，眼睛是浅褐色的，她那隆起的鼻梁上还又隆起了一小块。她的名字叫伊丽莎白·诺特金。莉齐（大家都这么叫她）在解除了与其医科学生未婚夫的婚约后，从加拿大蒙特利尔搬到了美国，为犹太妇女全国理事会工作，充当一名社会工作者。在培训期间，她住到了平克斯家里。

平克斯家的男孩们从来没见过像莉齐那样的人——她骂脏话，喝酒，一支接一支地抽着菲利普·莫里斯牌香烟。她举手投足间都带着一股纽约知识分子特有的、傲慢的自信,而不像是蒙特利尔一个床垫厂厂主的女儿。

有一位表亲回忆起有一次见到莉齐,并随意地问了句:"那么,你最近都忙些什么,莉齐?"

"长阴茎呢。"她用低沉的嗓音面无表情地说,接着又抽起了烟。

平克斯家所有的男孩都爱上了她。

古迪当时年仅 23 岁,并正准备去哈佛攻读生物学硕士学位。就在这样的时刻,他遇到了这个大胆而美丽的女人。莉齐比他年长四岁左右,刚开始把他当孩子一样对待,还问这个年轻人毕业了想做些什么。

古迪一直都热衷于接受挑战,当然也就没被她吓唬到。

"我是性学家。"他说。现在时态,而非将来时态。

那是 1923 年,没人听过这种称号。无所谓,他引起了她的注意。隔年,当莉齐到哈佛看望古迪时,他们便找了个法官,在没有告知双方父母的情况下,结了婚。

格雷戈里·平克斯当然不是什么性学家,虽然他确实开始阅读并探究哈维洛克·艾利斯及理查德·克拉夫特–埃宾的著作。后者是一位德国精神病学家,他于 1886 年发表的对性心理变态的研究,开创了该领域的先河。正如史学家理查德·诺顿·史密斯所言,哈佛自认是"美国教育的重中之重",超比例地吸引着世界上最为聪明的人。这些人在哈佛不仅发挥着各自的才智,还孕育着即将改变世界的计划或梦想。当时,平克斯在哈佛的布希应用生物学学院就读研究生课程。这个学院成立于 1871 年,原本是该大学的农业学院,但之后被改组并扩张成全美顶尖的农业科学研究中心。虽然古迪·平克斯也希望成为改变世界的人,但他在这里并没有开好头:第一年,他在剑桥市 ① 得的都是些 B 和 C。在实验室里,他受威廉·卡索 ② 的

① 哈佛大学所在地,位于美国马萨诸塞州。

② 美国遗传学家。

影响，将其论文聚焦于老鼠毛色的遗传特征。

在法院登记结婚后，平克斯既没时间也没钱找个地方安顿下来。因此，莉齐便搬进了古迪在剑桥的公寓里。公寓本来就有些拥挤，与古迪同住的还有他的弟弟伯纳德（家里人叫他"邦"）以及高中同学里昂·利夫希茨（他进了哈佛法学院）。古迪的母亲对这种安排很是担惊受怕。不过，那也不出奇——她似乎对一切与自己的新媳妇有关的事都担惊受怕。古迪、邦和利夫希茨会结伴到哈佛广场一家名叫书亭（The Alcove）的书店学习。莉齐则在那家书店里兼职，虽然日子并不久。很快，她就像那一代的新婚女性一样，怀上了第一个孩子。

他们给他取名为亚历克斯·约翰，并且就叫他约翰。莉齐在漫长而可怕的分娩过程中吃尽了苦头，并因此拒绝马上再生第二个。具体她用了什么避孕方法，无人知晓。

＊＊＊

古迪27岁，在还很理想主义地相信自己可以改变世界的时候，便被哈佛生理学系聘用为讲师。一年之后，他晋升为生物学的助理教授，并为一个很有才气的年轻生理学家威廉·J.克洛泽尔工作。此人启发了平克斯，却也影响了他的前途。

克洛泽尔是个极其用功、野心勃勃的学者。32岁时，他成了哈佛当时最年轻的副教授。学生们热切地追随着他，而他也鼓励徒弟们挑战现状，不断进取，用科研理论解决现实问题。克洛泽尔师从德裔美国生物学家杰克·罗伊伯。罗伊伯研究生物的向性，即微生物在单向的环境刺激下，做出的定向运动反应（例如一株植物会朝着光照方向移动，根部会随着重力生长）。罗伊伯相信，生物就像机器一样，而人类可以按照意愿操纵机器。在进一步的研究过程中，他总结道，卵子就像是个工厂，产出这些有生命的机器。那么，如果卵子可以被操纵，则生命就可以被人为创造出来。罗伊伯将海胆的卵浸没在海水里做实验。当他改变水里的盐分时，卵细胞便自动分化并繁殖。罗伊伯称此现象为孤雌生殖（也被称为单性生殖），并承诺很快就可以在哺乳动物身上复制。罗伊伯认为生命并没有那么神秘，而是在科学的掌控中。

罗伊伯宣称："我希望将生命掌握在手，并对之进行试验。让它开始，让它结束，让它改变，研究它在每一种状况下的反应，然后再让它按照我的意愿生长。"这个发现让他成了明星。记者和小说家们都断言：他的研究意味着人类可以用工厂养殖动物，甚至是繁衍人类后代。1932年，阿道斯·赫胥黎出版了反乌托邦小说《美丽新世界》，描绘了一个罗伊伯式的未来世界。在那个世界里，人们嚼着含有性激素的口香糖，以调节他们的力比多，而女人则戴着"马尔萨斯带"以防止怀孕，性是纯娱乐性的。在赫胥黎的书中，性繁殖已是过去时，取而代之的是"孵化及条件设置中心"的试管婴儿。有些人认为，罗伊伯是个有着远见卓识的潜修者，也有人觉得他是个魔鬼，一个想充当上帝的科学家，忽视生命的不可测及其凌乱之美。对于平克斯来说，他是个天才，而他的研究还不够深入。罗伊伯最终并没有对哺乳动物进行研究，平克斯决心自己试一试。

在哈佛的时候，平克斯基本都是以老鼠做实验，研究它们如何对热和光做出反应。毕业之后，他赢得一笔奖学金，可继续做两年的博士后研究——在哈佛待一年，外加在欧洲的两所学府（包括英国的剑桥大学和位于柏林的威廉皇帝研究所）待一年。在欧洲，平克斯第一次用哺乳动物的卵子做实验，而这也成了他毕生研究的课题。留学德国期间，他看到科学家们开始争执，如何用基因学创造出一个比人类更高级的物种。作为犹太人和科学家，平克斯为科学的滥用感到忧虑，并在一篇未发表的手稿里指责这种做法。他说："种族的标榜和变相法西斯的所谓优生学，还有那些基因学的胡扯论点……靠饲养和竞争来创造物种是一项巨大的冒险，而且失败的几率非常高。"当平克斯于 1930 年以教授的身份回到哈佛时，他已做好准备证明自己的价值，并追随罗伊伯和克洛泽尔的大胆尝试。

在哈佛工作学习时，平克斯遇到了克洛泽尔的另一个学徒哈德森·侯格兰德。此人后来将克洛泽尔描绘成"一帮傲慢没规矩的小子"的头儿。他们成了朋友，一起做研究，旨在突破边界、增长知识，并不在乎这些实验是否符合实际需要，或是否能取悦大学的高层。

平克斯对于动物如何将遗传特征代代相传的兴趣，引导他开始对动物的卵子进行更深入的研究。具体地说，他在研究这些卵子如何在试管里受精并发育。他尝试给兔子注射激素，并留意到黄体酮的摄入防止了怀孕，但他并没有就此深入研究，探索这种激素如何能被运用到控制人类生育中去。那时候，平克斯仅仅是想要更好地了解繁殖的过程。他对卵子做出各种实验，比如尝试将卵子置于兔子体外受精，或尝试将卵子从一只母兔体内转移到另一只体内。他并不是为了探寻科学研究的实际应用，而是通过各种实验，尽可能地多多学习。

仅仅几年内，平克斯便获得了全美国家科学研究委员会和梅西基金会的资助。在选择了一个重大研究课题并取得令人钦佩的成绩后，平斯克似乎正平步青云。当时，在哈佛那种学府的犹太研究人员必须胜人一筹才能赢得尊敬，而平克斯做到了这一点。不过，与此同时，他在哈佛的靠山正渐渐失去势力。大学的新校长詹姆斯·布莱恩特·柯南特对于威廉·克洛泽尔培养平克斯和 B.F. 斯金纳等生物学家的方式很不赞同。斯金纳后来成为全世界最具影响力的心理学家和行为学家之一。很快，克洛泽尔领导的生理学系被废除。这个时间点对平克斯尤其不利。1933 年，柯南特正式成为校长，而学校与平克斯的合约刚勉强被批下来。

第二年，平克斯向全美国家科学院宣称，他成功让兔子的卵子在试管内受精，将受精卵移植到另一只母兔体内，并将小兔怀至足月。这是克洛泽尔鼓励学生尝试进取性研究的范例，但在当时，这种做法十分激进。克洛泽尔希望学生在理解了生物学中最基本的问题后，努力思考如何解决这些问题。平克斯发现自己在这方面有一定的天分——他的父亲也是由普通农民变成了其他农民的老师，不断地敦促他们采用现代科技改良农作物和家畜。平克斯写信申请研究经费，而他的目标是将其体外繁殖的技术应用到人身上。顷刻间，他的研究吸引了学术圈以外的社会各界不同寻常的关注。

其实，当《纽约时报》在1934年第一次提及他的研究时，平克斯就应该引以为戒。那篇报道的标题为《玻璃瓶中诞生的兔子：霍尔丹 ①-赫胥黎的幻想正由哈佛生物学家变成现实》。这种说法是错误的。平克斯所做的，是在试管中完成兔子卵的受精，并将受精卵转移到活兔子体内，而这些兔子在胚胎足月前就被解剖开来进行研究了。没有什么动物在玻璃瓶中诞生，但那已无关紧要。文章将平克斯描绘成一个罪恶的科学家，试图在瓶子里培养胚胎。这篇报道将平克斯比作赫胥黎《美丽新世界》中虚构的生物学家波克那夫斯基，此人正是在试管中使人类的卵子受精：

> 在哈佛有两位波克那夫斯基的化身——格雷戈里·平克斯教授和E.V.恩曼教授（平克斯在此项研究中的合作伙伴）。他们更进一步地实现了那个……幻想。兔子，而不是婴儿，在玻璃瓶中被培养出来。"我们相信这个实验首次证明了哺乳动物的卵子可以在体外受精。"平克斯和恩曼这么说。

① 约翰·伯顿·桑德森·霍尔丹，英国遗传学家和进化生物学家，曾提出"有机物可由无机物形成"的假说。

不过，《纽约时报》至少在一点上是有先见之明的：报道解释说平克斯的技术或许最终可以把女性从生育的劳累中解脱出来，将爱与生育分开，并促进优生运动的开展。在当时的一些采访中，平克斯表示他感兴趣的是科学本身，而不是对人类的影响。可那并不是真话，他的研究并不是纯理论的，他并不是简单地想要更好地了解精子和卵子的运作。就像一位作家写的，这是"生物学里的爱迪生正在敲敲打打"。他在发明造人的新方法。

很快，又是《纽约时报》，刊登了另一篇相关报道，名为《以玻璃樽为母》，并且再次引用了赫胥黎："《美丽新世界》仅仅是一部讽刺作品，而且对于一个不了解生物学研究动态的人来说，还挺滑稽。"但是，当某一天，人类真的是"由实验专家从玻璃容器中孕育出来时……哈佛的格雷戈里·平克斯一定会得到他应有的赞赏"。

使兔子卵在体外受精，又将受精卵转移到其他母兔体内之后，平克斯又进了一步：他试图把受精卵留在试管中，以便使其最终成为胚胎。文章称，截至报道时间，他的尝试都失败了，但他已步步逼近。他对于激素更深入的理解，将是突破的关键。不久前，科学家刚刚发现激素可以控制生长，而具体的过程仍然是个谜。平克斯很好奇，他将受精的兔子卵放置在含有黄体酮和雌激素的试液中。"他对成功或者失败没有预期。一个好的科学家就应该无所期待，他只需观察并做出结论。"《纽约时报》如此写道。四十八小时后，平克斯看到培养皿中有血管形成，并且受精卵的一小部分变成了一颗心脏。他看见细胞正常分裂着。他数出了一百二十八个细胞。不过，形成的并不是兔子胚胎，而是个变异了的、有点吓人的玩意。这个生命在五十六小时后夭折，但这也在意料之中。平克斯颇为高兴，因为这个结果至少证实了他应该继续研究下去。激素具体扮演了什么角色呢？必须要有母体才能让激素发挥作用吗？

他确信自己很快会找到答案，并坚定不移地继续做着研究。1936 年，平克斯和同事恩曼对外宣称他们成功完成了兔子卵子的单性生殖，也就是说，他们通过操控卵子的周遭环境，使它在不经受精的情况下，开始孕育新生命。不久以后，平克斯又再进一步，说他不仅能够让卵子单性生殖，而且还将其转移到代孕的母兔体内。媒体又一次让他那"无懈可击的构想"登上了头条。全国各地的报章都竞相报道平克斯的科研成果，而标题通常是《无人世界？》之类的。当然，这种宣传让某些人深感不安。

1936 年，哈佛大学在庆祝三百周年校庆的纪念册上列举了三个世纪以来，其教职员所做出的最伟大发明。平克斯的研究成果也赫然在目。同年，他出版了一本具开创性的著作——《哺乳动物的卵子》，并将此书献给克洛泽尔教授和卡索教授。书中记述了人类使用卵子做实验的历史：

> 菲戈，1863 年——猫；施伦，1863 年——猫和兔子；科斯特，1868 年——人类；斯洛文斯基，1873 年——人类；瓦格纳，1879 年——狗；凡·班纳登，1880 年——蝙蝠；哈氏，1883 年——老鼠、豚鼠、猫；朗格，1896 年——老鼠；科特，1898 年——兔子和猫；阿曼，1899 年——人类；帕拉迪诺，1894 年和 1898 年——人类、熊、狗；莱恩-克雷朋，1905—1907 年——兔子；费尔纳，1909 年——人类。

平克斯呼吁其他生物学家都来加入他的行列，因为这项令人兴奋的新发现近在咫尺。"既有材料的内容如此广泛丰富，而尚未被仔细挖掘，这足以吸引我们对其加以利用，特别是在科学技术已经允许我们操控这些材料的时候。"他如此写道。"我特别强调，这只是个开始"——他听上去像是站在一段伟大征程的起点，对于之后可能会有的种种冒险兴奋不已。

每一个新的发现，每一次大胆的宣称，每一段对着科学团体发表的演讲，都让平克斯越来越受到主流媒体的关注。"平克斯博士的科研成果将产生的社会效应是难以预计的。"《泰晤士报》曾如此评论。

> 一提到父母，人们就联想到爱。世界上许多抒情诗歌都以追求少女为题材，而大量的乐曲和画作也都是伟大艺术家对于爱的表达——那种让青草发芽、紫丁香绽放的激情。在对着一个玻璃容器说"那是我的母亲"时，有点想象力的生物学家不会感到惊愕失望。小夜曲还会在吉他上被弹奏，罗密欧与朱丽叶还会在阳台上久久不愿说再会……但如果那些生物学家所言不假的话，爱将与为人父母毫无关联。

全国大小报章杂志都刊登了关于平克斯研究的报道。《时代》杂志批评这位科学家，仅仅为了数分裂的细胞个数，就牺牲了如此之多的兔子。当记者们问平克斯，其研究对于人类的意义为何时，他说自己并不关心这些。他的本意是，自己感兴趣的是如何通过科学的新发现引导人类，并且他不会因为一些人的疑虑害怕就终止研究。但是那样的表态，非但没有消除恐惧，反而让平克斯的话听起来更危险。这种宣传也在越变越糟。

1937 年 3 月 20 日，《柯里尔》^①杂志刊登了一篇关于平克斯所做研究的长篇报道。报道里面有一张平克斯的肖像照，灯光打得很奇怪，他嘴里叼着一根香烟，头上烟雾缭绕，他内双的眼睛深邃难测，朝下看着臂弯里的一只兔子。如果该杂志的

① *Collier's*，由出版商彼得·柯里尔创办的美国杂志，一度以其深度新闻报道闻名。

读者由此感到平克斯的兔子好景不长，那也可以理解，因为事实就是这样。这篇文章如此开篇：

> 在一幢巨大的生物实验楼里（这是哈佛价值520万美金的房地产之一），一名33岁的科学家，正朝显微镜里观察着。他的名字像极了侦探小说里的某个警察：格雷戈里·平克斯。但是，他所看到的，可比任何侦探小说家能够想象到的故事情节都更令人激动：一个由女性支配的世界，她们可以自给自足，并且不需要男人就能生育。

这篇貌似有些反犹太主义的文章，将平克斯说成是"幽暗犀利的眼睛眯成一条缝"，"头顶一蓬黑头发"的科学家。文章还警告道："亚马逊的传说或可成为现实：一个女性能够自给自足的世界，男性将毫无价值。"某位平克斯的批评者的话也被文章引用：如果婴儿在试管中诞生，"那将摧毁女性"。这位批评者说，怀孕不仅让女人变得美丽，还能改善其神经系统。

这下子，平克斯被描绘成了一个革命者，抑或更严重——离经叛道之人。

这篇文章登上《柯里尔》后不久，平克斯便得到了哈佛的消息：他还能再获取一年的经费，以便到英国剑桥大学继续研究，而之后，就一切玩完。哈佛要撇清与这位年轻科学家的关系。平克斯相信他被踢走，主要是因为他过多地高调谈论自己的研究，特别是在主流媒体面前；另外，他的发现让许多人感到害怕。柯南特到任后，克洛泽尔的下场应该已经给他敲响了警钟。他不确定这是否也与自己的宗教信仰有一定关系。另外一个因素可能在于平克斯总喜欢过早发表研究成果，而其他科学家都还来不及复制他的实验。当然，还有一个显而易见的原因，就是其研究围绕着性。

平克斯年仅 34 岁，已经出版了一本开创性的著作，也发表了一些相当引人注意的科学研究成果。他眼看就要成就一番伟大的事业，在全世界顶尖的大学一边担任教职，一边从事研究。可是，一切就这样毁于一旦。平克斯的落难或许确实是因为一部分人的狭隘心胸和反犹太主义，但他过于膨胀的自我也是个中原因之一。

他慌了。他到处申请工作却毫无所获。他求见阿尔伯特·爱因斯坦，他请自己那些有钱有势的表亲们帮忙，但他还是找不到任何一所愿意雇用他的学府。

他向同窗哈德森·侯格兰德求救。侯格兰德当时已经离开了哈佛，来到位于伍斯特的克拉克大学，并接手了原本仅有三个人的生物学系。侯格兰德是个又高又瘦的光头，尖下巴，戴着副圆眼镜。就像平克斯一样，侯格兰德十分好奇，总觉得世界充满了科学尚未解决的问题，并以寻求这些问题的答案为己任。有一次，他的妻子发着高烧，他驱车到药店帮妻子买阿司匹林。他自认动作迅速，但当他回家时，妻子却生气地抱怨，说他慢得像是从浆糊桶里趟过来的。侯格兰德便想到，会不会是高烧改变了她体内的生物时钟。因此，他给妻子量了体温，让她估测一分钟有多长，之后给了她阿司匹林，在她的体温下降后，又让她估测一分钟的时长。当妻子的体温恢复正常水平时，他画下了函数图，并发现了体温和预测时长两者的线性关系。后来，他又在实验室里继续研究，故意升高或降低测试对象的温度，以确定他的结论：体温越高，人体时钟就走得越快，而他的妻子并不是无缘无故发脾气的。

克拉克大学虽然不像哈佛那样赫赫有名，但其上佳的研究生课程在全美也是出了名的。正因为此，在 1909 年二十周年校庆时，大学邀请了弗洛伊德和荣格到校开办讲座。这也是侯格兰德认为平克斯或许能在伍斯特获得成功的原因。"我知道他有多优秀，所以当他没被哈佛续聘及升职的时候，我深感愤怒。我确信，不管是错是对，学术界的政治，包括一些人对平克斯个人的反犹太主义和妒忌，以及不少同事对于克洛泽尔及其弟子的憎恶，是他不被续约的原因。"侯格兰德在一本未出版的回忆录中如此写道。当克拉克校方表示由于受到大萧条影响，没钱请平克斯时，侯格兰德便亲自出马。认得平克斯家族的一位纽约拉比将侯格兰德介绍给了亨利·伊特尔森。伊特尔森是CIT①的创办人。20 世纪 20 年代，这家银行控股公司靠贷款给汽车和播音器等消费品批发商，实力快速增长着。伊特尔森与其他两个捐赠人一起，同意赞助平克斯到克拉克大学工作两年。当时，侯格兰德从西尔公司那里拿到了一小笔经费，研究抗惊厥药物对于动物的作用。他向西尔公司提出，将这笔经费转让给平克斯，并承诺将钱投资在这个天才身上，绝对物有所值。侯格兰德东拼西凑，终于弄到了足够的钱，让克拉克聘请平克斯——尽管平克斯的薪金还是低于其他大学的教授水平，更别提哈佛的薪资了。他被迫用比以往少得多的研究经费展开工作。

可是，平克斯别无选择。他和莉齐除了有 12 岁的长子约翰外，还有个 2 岁的女儿劳拉。古迪的事业总是第一位的，他的家人都得跟着他东奔西跑。1938 年秋天，当平克斯初来伍斯特时，一场飓风刚刚席卷了新英格兰，导致近八百人死亡，数万房屋被毁。他们搬到了侯格兰德那位于唐宁街的大房子里，就在克拉克大学对面。很快，他们又搬到了两个街区以外的一间小公寓里，被飓风摧毁的庞大树干还散落在四周的院中。平克斯被派到一个地下室工作，而侯格兰德的实验室就在同一幢楼里。平克斯的地下实验室就在煤箱边上，在那里储存着给这栋楼供给地暖的煤块。问题在于，煤灰太多了，都堆积在平克斯的实验仪器上，搞得他无法正常工作。他和其他在地下室工作的科学家们缺钱缺到买不起化学试剂标签。"我们不得不打开瓶

① 美国著名的银行控股公司，最初全名为 Commercial Investment Trust，现为 CIT Group。

盖，仔细闻过，才知道是什么试剂。"侯格兰德回忆说。平克斯又开始了激素研究，看看它们如何影响卵子的发育。

没想到麻烦还是找上了门。1939 年 4 月，美联社报道，平克斯在他伍斯特的实验室用试管培养出了两批兔子。"克拉克大学的这项成就是由格雷戈里·平克斯博士完成的。他断然地说，他不准备继续探究人类是否也可以被从试管中培养出来。"这位美联社的记者写道。但是，就在这位记者将这篇报道从加拿大多伦多的一个科技大会传输到其位于美国纽约的办公室时，他遗漏了一个重要的字：不。结果，数百万的美国人看到的报纸和听到的广播都在说平克斯断然宣称他**会**尝试在试管中培养人类胚胎。两周后，美联社纠正了这一错误，但覆水难收，平克斯再一次成了危险人物。

他没有任何保护网。他仍寄希望于找到个大学教职，并且还指望着获得资助，继续研究。但这种丑闻一出来，无疑是火上浇油。近年来，政府的专项经费都有倾向性地拨给了有实际应用的研究，而非纯理论的。因此，平克斯也在进行相应改变，不再花那么多时间在繁殖问题上，转而针对激素，研究其如何为士兵们解压及提高工人的工作效率。在一项研究中，平克斯和侯格兰德将一种名为"孕烯醇酮"的类固醇注射入皮制品工厂的工人体内，而前期结果颇为喜人——工人们工作得更卖力，也更有成效。慢慢地，平克斯又重塑了自己的声誉。1944 年是平克斯事业上具有重大意义的一年。他和另外几位科学家联合举办了一个以研究激素为课题的科技大会。他们把这次大会命名为"劳伦琴荷尔蒙大会"（该大会每年在加拿大劳伦琴山脉的塔博拉山舍举办），平克斯担任了该大会的主席，并将此头衔一直保留到他临终时。

"各位都在此相互认识了。"他喜欢在大会开幕时这么说。这是他突出自己主席身份的方式，同时也表达了他希望所有与会者都能互相亲近的心愿。这就是典型的平克斯式举动。

＊＊＊

因为在克拉克大学不用教书，平克斯几乎可以将所有的时间都花在研究上。但他还是被学校视为捡来的孩子——无人问津，所得甚少。

1940年，古迪、莉齐和两个孩子还住在靠近克拉克大学的一处小公寓里。那年春天，约翰的高中校长打电话来，说是没法把他继续留在学校里了。他已经提前三年完成了毕业所要求的所有功课，他必须得毕业。约翰告诉自己的父母，他准备好上大学了，而且想去耶鲁。在得到父母的支持后，他向耶鲁和另一所大学递交了申请，并拿到了录取通知书。那年秋天，他便开始了耶鲁的学业。每年四百五十美金的学费（更别提住宿费和置装费了，毕竟约翰还在长身体）给平克斯一家带来了巨大的经济压力。

莉齐有时候会很烦躁，不仅因为家里经济拮据，用她自己的话说，还因为自己沦为了"伙头军和洗碗员"。当时的媒体和通俗文化将抚育下一代描绘成了充满趣味的挑战，而事实上，许多女性真正要面对的是没完没了的家务琐事。所谓的"完整的女人"是厨子、服务员、讲故事的、购物的、园丁、装修工人、司机、女佣、洗衣服的，以及爱人。出了家门，女人还要有体面的生活。有时，当古迪下班回到家时，莉齐会告诉他，自己用吸尘器打扫了哪几个房间。后来，女儿劳拉甚至怀疑莉齐是否真的以为丈夫会在意这些，还是她就是这么说给他听，以期古迪理解她的家庭生活变得有多痛苦。二战期间，当成千上万的女性踏入职场时，莉齐曾告诉丈夫，她准备要找一份广播员的工作。不过，那并没有什么下文。

古迪还是不准备去找一份稳当的工作。事实上，就在家里最需要用钱的时候，他却准备冒最大的风险。1944年，他和侯格兰德做了一件在美国科学界闻所未闻的事情：他们创办了自己的研究室，并将其命名为"伍斯特实验性生物学基金会"。虽然，对着牙医和保龄球馆工作人员解释这个新基金会将致力于激素方面的研究而不是治愈任何重大疾病，不是件容易的事，侯格兰德和平克斯却展现出了金牌销售员的风采，而伍斯特的当地民众也表现得很慷慨。侯格兰德在募集捐款方面还特别有天分。他来自一个富裕的家庭，形象精致优雅。虽然他也是位优秀的科学家，但在他俩之中，平克斯才是那个真正的科学天才，而侯格兰德更像是个组织者，这一点从一开始就很明显。

最初，这两位科学家在伍斯特州立医院的一个房间里开展工作，但他们很快就凑够了钱，聘请了十几个员工，并在靠近什鲁斯伯里的一个地方，买了一块十二英亩的地。可是，即便到了那个时候，他们还是很缺钱，平克斯自行清理动物笼子，而侯格兰德则亲自割草——一到炎热的夏天，还赤膊上阵。

他们集合了一支科学家游击队，这些人中有些被科学界视为异类，很多都天赋异禀，而所有人都无一例外地渴望拥有这个机会：按照自己的意愿工作，不受来自大学各委员会的压力和制约，而是与平克斯一起——那些足够聪明的人渐渐开始看透媒体的偏执多疑，并将平克斯视为一个敢于叛逆、具有创新思想的人。时至1951年，基金会旗下已有五十七位男女科学家，在某种程度上成了全国最大的私有科研机构。这是前所未有的——一个没有明确目标，只是支持科学家们进行自由探索和发明的科研机构。

年复一年，平克斯和侯格兰德几乎每次都将筹来的钱用到弹尽粮绝，没留下任何余款以备不时之需。他们野心勃勃，希望抓住每个机会，进行伟大的研究。可是，基金会大楼的污水池满得都开始往外溢了，当初这栋楼可是为家庭使用设计的，并不打算用作科学实验室。但平克斯就是情难自控。每当一个实验让他看到希望时，他就会聘请更多科学家，辟出更多实验空间，将这个实验进行下去。至于如何支付费用的问题，他最多是事后才操那份心，大多数时间根本顾不上。50 年代初，他们聘请过一位秘书，这位秘书回忆说，她上班的第一天竟然连桌子和办公室都没有，她领了一台便携式打字机、一张活动书桌和一桶安装椅子用的钉子。"既然我们的资金一直如此少，我们有理由叩问基金会的快速增长是否是明智或必要之举。"1950 年，基金会的业务经理在给受托委员会的报告中如此写道。但是，把改装的车库当作办公室的平克斯就是停不下来。他感兴趣的是科学本身及真枪实干，而不是什么长期预算或捐赠基金。

在基金会成立的最初那几年，平克斯把家人从一个租金低廉的公寓折腾到另一个租金低廉的公寓。当时为这家人送午报的一个 11 岁男孩回忆起平克斯，说他周末总是要么坐在杂乱客厅里一张舒适的椅子上，要么就趴在沙发上小憩，而身边永远都高高地堆满了书。有一次，差不多有六个月的时间，平克斯在伍斯特州立医院研究精神病人，他和家人就都住到了精神病院主楼的一间公寓里。科学家们戏称此为蜜月套房。平克斯的女儿劳拉早上醒来，穿好衣服，跟父母道别，然后出发去学校，沿路总会遇到一个套在面粉袋里的女人，还有一些疯狂地撕着纸的人，他们还会把碎纸片扔出窗外，大概是在造雪吧。当别人问莉齐是否喜欢住在那里时，她啼笑皆非地答道："就像住在疯人院呗。"

此处曾一度被称为"伍斯特疯人院"。从外面看，这个建在小山坡上壁垒森严的地方更像是一座监狱，而不是医院。里面更糟，病人们被上了枷锁，并捆绑在床，他们得接受电击疗法、胰岛素休克疗法、旋转疗法（病人被蒙住眼睛，捆在一把吊起的椅子上，快速旋转），以及平克斯的激素疗法。成天都能听到各种痛苦的惨叫和疯狂的痴笑，以及无尽的回音。

这地方一无是处，既可怕又危险。那平克斯为什么把家人置于此地呢？出于实际考虑，这样做既省租金，又能让他全神贯注地工作。

＊＊＊

直到 40 多岁，平克斯才有了自己的车并学会开车。在那之前，他总是和同事一起坐公交车，或搭便车上下班。40 年代末，终于开上车的时候，他便把开车当成一项竞技运动，永远不愿意跟在别的车后头。在其他方面，他也有极强的竞争欲。他擅长图板拼词游戏，甚至不肯让孩子们赢过自己，还把一本巨大的字典放在桌上，以便随时对那些算不上正式词汇的字母组合提出异议。一来到海滩，他就会径直向着大海，旁若无人地游上一英里，把惊恐的妻儿抛在视野之外。他看过很多悬疑小说，特别是阿加莎·克里斯蒂和纳欧·马许 ① 的作品，可就算是这种闲暇阅读，也被他当成一种测验，总想看看自己多快就能猜到最后的结局。

他跟自己的保险经纪人下国际象棋，还跟几个自称是"当真臭屁"的人非正式会面，探讨哲学问题。不过，除了科学研究和这些小打小闹外，莉齐·平克斯就是她丈夫一生中最具影响力的人。她总在敦促他，推动他思考，还经常考验他本已强大的耐心。虽然莉齐也喜欢下厨和园艺，但她与那些典型的美国家庭妇女有着天壤之别。她们会老老实实待在家里烤些饼干，每个傍晚都戴上珍珠项链，热情迎接下班归来的丈夫，手里端着杯鸡尾酒，烤炉里还备下了烤肉。但莉齐经常把一上午都睡过去，大中午才起床，让古迪照顾孩子们梳洗、更衣、吃饭、上学。她的一些亲友认为，是情绪障碍导致她长时间赖床，且情绪起伏不定。虽然她也有精力充沛、才思敏捷、充满魅力的时候，但朋友们都知道，她的情绪变化动辄就来，且一发不可收拾。

① 新西兰推理小说女作家，与多萝西·塞耶斯、阿加莎·克里斯蒂以及玛格丽·艾林翰并称 20 世纪 30 年代的"谋杀之后"，代表作有《贵族之死》。

50 年代初，伍斯特基金会终于相对稳定了下来。在蜗居公寓十年（更别提那六个月的疯人院生活）后，平克斯终于有信心买洋房了。天性使然，他看中的可不是一般的房子。这幢房子位于伍斯特诺斯伯若小镇镇中心，夹在一家银行和小镇图书馆的中间，红砖结构，有十几间卧室，十个火炉，地下室还经过装修——平克斯就让访问学者或学生免费住在那里。这简直更像是个老酒店，而不是家宅。平克斯花了三万美金，大约就是现在的二十六万美金，买下了这栋房子。它太大了，有些房间甚至从未被平克斯一家使用过，劳拉如此回忆道。莉齐特别喜欢一楼那阔绰的客厅，还将其装修得略带点亚洲风情。这么大的地方，摆上台三角钢琴，特别适合晚宴派对。莉齐还喜欢房子四周的空地，并在那里种了好些花草和蔬菜。她在做饭方面既勤奋又有天分，常喜欢做一大堆普罗旺斯烤番茄，然后装瓶、冷冻，再馈赠亲友。每当有派对（通常由伍斯特基金会支付费用）时，她总会端出一大盘琳琅满目的餐前冷菜。这些都是她一早就准备好的。这样，她就可以和客人们一起享乐。她会端着杯珍宝或尊尼获加威士忌，手里再松散地夹上支菲利普·莫里斯香烟，来回游走暖场，直到最闷蛋的科学家都松弛下来，开怀大笑。她有时靠的是一杯接一杯地灌他们，有时还会开些不正经的玩笑。

"怎么才能知道一个女孩是不是怕痒？"她问客人，然后还顿一顿，故意制造点气氛，"给她个蛋蛋试试。"①

这些派对通常都会持续到深夜，人人都醉倒。不论是醉了抑或醒着，莉齐都极其敏锐，只要不是科学性太强的谈话，她所展示出来的才智完全可以媲美平克斯。她可以说流利的法语和俄语——古迪充满爱意地叫她莉祖斯卡。但并不是所有的客人都喜欢莉齐的做派。一位科学家说："我感觉她就像个女巫。倒不是说她的长相，而是她的那种行为举止。"有时，她会对着

① 笑话原文为：How do you know if a girl's ticklish？You give her a test-tickle。此处 tickle 意为挠痒，ticklish 意为怕痒，test 意为测试，test-tickle 直译为怕痒测试，但实为 testicle（睾丸）的谐音。

一头雾水的访客失控地大声指责起来。那些对她的丈夫关注过多的女人通常都会成为她的攻击对象。平时，她也会无缘无故地大发雷霆。劳拉记得有一次莉齐发过脾气后便冲出家门，还说她再也不会回来了。古迪十分镇静，发动了汽车，尾随其后，以每小时两英里的速度爬行，直到莉齐最终放弃，爬到后座，跟着古迪回了家。

古迪已经对这种情绪起伏习以为常。要是莉齐的行为举止太过失常，他就会问她是否服用了甲状腺药物。不过，就像平克斯传记的作者利昂·斯博奥夫教授指出的那样，她变幻莫测的情绪不太可能是因为甲状腺的问题。斯博奥夫写道，古迪询问莉齐是否服用了药物，实际上是在提醒他的妻子，其行为已经越界，必须收敛。"她好的时候真是非常非常好，可一旦忘记服用甲状腺（药），她就会歇斯底里地爆发，又是妒忌又是耍脾气，这些年来没少得罪古迪的同事、同行和支持者……这是古迪个人历史中很重要的一点。"

莉齐在最早的一次开车经历中撞了车，之后便拒绝再开车。古迪有时候会叫秘书给莉齐当司机，有些人默默地接受了指令，有些人则义正辞严地拒绝——一来，这并不在秘书的职责范围内；二来，平克斯太太实在太难伺候。她跌宕起伏的情绪和长时间赖床还有一个后果：有色盲症的古迪，因为没法在莉齐的帮助下配搭衬衫和领带，而成了个众所周知的着装不佳人士。

在与这个充满挑战和刺激的女人结合多年后，古迪仍然像年轻时候一样，有随手写下伤感情诗的冲动。而如果灵感在莉齐依然赖着床的上午突发，他还会将几行诗句留在她枕边，等她一醒来就可以读到。

在数十年的婚姻中，古迪和莉齐一直深爱着对方——深得有点让亲戚们觉得他们的孩子都得不到这种爱和关怀。古迪将大量时间花在了实验室和宠爱妻子上，给约翰和劳拉的并不多。

有一次，当劳拉还在文法学校时，莉齐坚持要求丈夫多腾出一些时间陪女儿。古迪便开始定期带劳拉到波士顿观看话剧和音乐会。劳拉喜欢这样外出游玩，不过她记得父亲把多数演出都给睡过去了。

＊ ＊ ＊

平克斯没有正式的办公室。他手下没有研究生帮他做实验。他既是一个在科学研究中不断实现突破的科学家，又是一个业务机构的联合创始人——每个月都要负责支付账单和发薪。他的目标始终不变：成就伟业。然而，情况实在有点纷杂。他不得不曲线救国，在追寻伟大创意的同时，追逐大笔赞助，并在毫无进展的情况下，要求大家继续实验。他靠信心和才智激励着下属们。

对他手下的研究人员来说，平克斯是个父亲似的人物。在那个年代，所谓父亲似的人物是仁慈、严肃的，但却不会过分热情。他微笑着向大家打招呼，而不是拥抱，或者在人家后背上拍一下之类，并且他在办公室里永远都是一身西装并系好领带。对于刚认识他的人和年轻的科学家来说，他有时看起来有点吓人。"他让人感觉，这是个已把自己从鸡毛蒜皮的小事中解脱出来的人，一个坚不可摧的男人。"与他在基金会共事过的奥斯卡·埃什特说。张民觉的妻子伊莎贝尔则将平克斯描绘得既迷人又可怕。"我曾经很害怕他。当他看着你的时候，就好像死瞪着你，把你看穿了一样。没人敢对他撒谎。"她说。在科学大会上，平克斯总是习惯性地坐在前排，然后就在会议上睡睡听听，听听睡睡。但几乎是在每一场讲演之后，他都会坐直身板，高举其手，问些没人问过的问题。他并不是试图自我炫耀，或对着讲演者挑衅，他提问是因为他想知道答案。平克斯在讲演后的提问太出名了，有个科学家甚至说，为了准备有平克斯列席的一场讲演而大做噩梦："我梦见平克斯……坐在前排，捻着他的胡子，仔细听着每一个字，他只想听到真知灼见。"同行谢尔顿·赛格尔如此回忆。

尽管受到哈佛的摒弃，平克斯依然逐渐跻身行业领军人物的行列。他不仅是位卓越的科学家，还有组织者的天赋。劳伦琴荷尔蒙大会成了全世界最大、最重要的激素研究会议，也正因如此，没有任何大学、机构背景，也没做出过任何重大发现的平克斯，成了科学界的显赫人物。他每年都参与决定：大会将邀请哪些科学家，让哪些科学家发言，把哪些科学家的研究载入大会年报。在每年大会正式开始前，他和莉齐都会举办一个鸡尾酒会，邀请的对象是从数百位参会科学家中精选出的五十来人。"去参加劳伦琴荷尔蒙大会，就是去膜拜两个人——一位是古迪，一位是他的太太……她傲慢得旁若无人，还一度负责管教平克斯。"生物化学家西摩尔·列博曼回忆说。收到平克斯夫妇的邀请，才算真正到过劳伦琴。

平克斯自愿成为大会主席还有一个原因：每一年，在审核所有科学家提交的开题报告时，他能够第一时间了解科学界的新发现。

列博曼讶异于平克斯的马基雅维利①权术手段，并怀疑他的激进是由他在哈佛的悲惨经历造成的。他说："对平克斯来说，世界上有两种人——那些不喜欢他并且惧怕他的人，以及那些只是惧怕他的人。第二种人比较多，且把他奉为皇帝。"

可事实上，平克斯充其量只是个光杆皇帝。

① 西方权术观代表人物，主要策略包括"不择手段""双重角色""实力原则"等。

8　社交家和性疯子

1950 年秋天，就在格雷戈里·平克斯初次与玛格丽特·桑格见面前不久，桑格收到了一位名为凯瑟琳·德克斯特·麦考米克的 75 岁老妇的来信。内容如下：

> 我想知道：
>
> a）对**你**来说，今时今日的全国节育运动在哪方面最需要资金支持？b）更深入地进行节育方面研究的可能性有多大，我指的是避孕方面的研究。
>
> 此致
>
> 凯瑟琳·德克斯特·麦考米克
>
> （斯坦利太太）

对于平克斯和桑格来说，这封信寄来的时间点不能再巧了。凯瑟琳·德克斯特·麦考米克是全世界最富有的女人之一，而在经过多年的个人斗争和悲剧后，她终于可以随心所欲地支配自己的财富了。

麦考米克的丈夫是刚去世的斯坦利·麦考米克。在他们 1904 年拍的结婚照里，凯瑟琳和斯坦利在普拉金斯的草地上手挽着手。普拉金斯是凯瑟琳在瑞士日内瓦城外拥有的一座城堡。这座带塔楼的城堡由石头砌成，有二十个房间、正式的花园，以及一片壮阔的草地，一直延伸到湖边。没人知道这座城堡到底有多少年历史，不过部分建筑建于十字军东征年代。伏尔泰以及拿破仑的兄长约瑟夫·波拿巴[1]，都曾留宿此地。

凯瑟琳结婚时正好 29 岁，性格刚烈，样貌可人，是女权运动的领袖之一，也是首位获得麻省理工学院科学学士的女毕业生。她那令人难忘的迷人双眼和轻细甜美的嗓音，常常让男人们忘记，或至少是愿意容忍她挂在嘴边的那些煽动性言论。她推迟了上医学院的计划，嫁给了斯坦利。斯坦利是收割机的发明人及制造商、世界首富之一的赛勒斯·麦考米克的幼子。他俩被公认为年度绝配——社交家和百万富翁的结合。斯坦利一表人才：高大、肩宽、健美，是普林斯顿的毕业生。在结婚照里，他一袭隆重的燕尾服，左手握着一顶高帽，左腿的膝盖略弯，左脚提起，好像失去平衡一样，不确定要怎么对待自己此刻牵着手的这个美人。事实上，他当时确实失去了平衡——不是肢体上，而是精神上。他有幻听，有幻觉，想要伤害女性的冲动越来越无法遏制。婚前，他一直被强势的母亲压抑着，而现在又要和一个同样强势的年轻女人结婚。就在照片里那张镇定而快乐的脸背后，一场可怕的、能摧毁一切的情感风暴正在酝酿着。

婚后不久，爱情童话很快就变成了恐怖电影。这本就是两大名门望族之间的联姻。吸引凯瑟琳的，或许是斯坦利的些许羞怯，并愿意让她做主，但她绝没想到斯坦利的精神如此错乱，也没想到与他一起生活会是什么样子。不过，他们的蜜月便让她有了一丝惊慌——斯坦利拒绝上床睡觉，并且彻夜不眠地奋笔疾书，问他写些什么，他又拒绝告之。当晚斯坦利写的其中一页纸最终成了他的遗言：他将把那一大笔财产留给他的妻子，而不是他的母亲。

对斯坦利来说，逃出母亲的魔掌是人生的重大突破，但不

[1] 曾是一名律师、政治家和外交家，拿破仑成为法国皇帝后，册封其为那不勒斯国王和西班牙国王。

幸的是，精神上的巨大折磨让他无法忍受。他的头脑快要爆炸了。结婚十个月了，这对夫妻还是没有圆房，而斯坦利的行为举止愈发诡异起来。凯瑟琳原本以为丈夫在慢慢习惯婚姻生活并远离他的母亲后，会逐渐好起来。但是，她越是谈及自己的性欲及生儿育女的想法，斯坦利就越崩溃。最后，医生诊断他患有精神分裂症。

当时，病情最严重的精神病患者都被关到了精神病院里，并要在那里度过余生，但是凯瑟琳·麦考米克既有财力又有决心，不让丈夫沦落到此等田地。她聘请了全世界最好的医生，并利用自己科学本科的背景，带领一支研究团队不断寻找治疗方法。她让丈夫搬到了加利福尼亚州圣巴巴拉的利文·洛克——麦考米克家族拥有的一片三十四英亩的庄园。利文·洛克有石拱桥、塔楼、九孔的高尔夫球场，所有的门都安上了极其结实的锁具。在阳台上，斯坦利可以俯视四周：不远处，有一条蜿蜒的小河，两岸种着各类杜鹃花；再远些，还能看到庄园以西的太平洋和海峡群岛，以及西北面的圣塔内兹山。这可能是全世界最华美的监狱了。讽刺的是，正是斯坦利本人建造了这座庄园。麦考米克家族在收购利文·洛克后，于1897年将此处改造成专门给斯坦利家姐玛丽·维吉尼亚的精神病院。斯坦利亲自监督了这座庄园的设计和建造，却从来没料到他的姐姐会搬到别处，而自己则成为这里唯一的住客。

尽管斯坦利的亲戚们百般劝说，凯瑟琳还是不愿与丈夫离婚。即使他越发疏远身边的人，行为举止也越发怪异，她依然拒绝放弃或扔下他不管。斯坦利把手放进马桶里，乱扔食物，还公开自慰。他在有女性陪伴的场合变得格外暴力，那也解释了为何凯瑟琳只能在远处看着他，有时甚至得躲藏在利文·洛克花园里的丽格海棠丛中，用望远镜观察丈夫。她拨款建造了全世界首个灵长动物实验室，原因是她丈夫的医生相信，通过研究猿类，他们可以找到治疗斯坦利强迫性性行为的方法。她自己也利用金钱、关系和所受的教育，完全投入到为丈夫寻找医治方法的工作中。她资助对于精神分裂症的研究，包括伍斯特州立医院（哈德森·侯格兰德和格雷戈里·平克斯之后就在这家精神病院里工作过一段时间）以及哈佛大学，助力启动了最早的有关内分泌与精神病之间关联的研究。她大量阅读医学刊物，希望从中找到一些或许被忽视了的线索。

当时，科学家对于激素的研究还只是刚刚起步。事实上，"激素"这个词出现于 1905 年，用来描述腺体产生的一种可被传输到目标器官，并完成一项具体任务的化学物质。凯瑟琳·麦考米克阅读面极广，这足以让她确信，激素可能是丈夫患病的原因，她因而要求斯坦利的医生对丈夫进行激素疗法。但是，她很少有机会见到这些医生，甚至是自己的丈夫。这帮管着利文·洛克的医生受雇于麦考米克，却不愿听从这个雇主的指示（一来因为她是个女的，二来因为他们是医生），不让她接近她丈夫，还说有女人在场会让斯坦利的病情不可控制地突然发作。

虽然凯瑟琳·麦考米克一直尽全力坚持督导对丈夫的医护，但她发现自己还想做更多的事情。1909 年，她志愿加入了妇女选举权运动，在集会上公开演讲，组织抗议，并提供运动急需的资金。她经常是整个房间里最年长的人，其他都是些年轻的政治煽动者。在麻省理工学院遭到性别歧视，年幼时便丧父而孤身一人，而现在，那个精神分裂的丈夫又几乎把她变成了寡妇，凯瑟琳越发坚毅地要为女性权利做斗争。她成了全美妇女选举权联会的副主席，并在 1920 年美国宪法第十九修正案[①]得到通过后，成了美国女性选民联盟的第一任副主席。也差不多就在那个时间，1921 年的夏天，麦考米克开始与桑格合作。当时，桑格正忙于筹划在纽约广场酒店举行的第一届美国节育大会（American Birth Control Conference）。这两个极为独

① 该修正案的内容为禁止任何美国公民因性别因素被剥夺选举权。

立的女人坐到了一起，就好像在研究作战方案一样，面前堆满了纸，策划着她们将要展开的攻击。节育运动激发了麦考米克的兴趣。她想都不敢想，要是她和斯坦利有个孩子，这孩子还得了其父的病症，会是什么样的惨剧。不仅如此，女性如果不能节育，就会沦为丈夫的囚犯、生育机器。那么，为女性争取权益还有什么意义呢？当她们能做的只是怀胎、生育，还有什么必要让她们去为性别平等抗争呢？

桑格一度单打独斗地把节育运动的雪球滚了起来，但是到了1923年，麦考米克也成了该运动的核心人物。她在各大委员会担任要职，并捐赠资金以协助《节育评论》杂志的出版，还帮助桑格在布鲁克林开办了全国第一家节育诊所。诊所被命名为"临床研究办公处"，恰恰符合了法规——这个名称表示这家诊所的定位是避孕用品的研究中心，而非分配中心。当然，这家诊所分发了大量的避孕用品，而且很快就断货了。供不应求的状况很严重，产于加拿大的避孕膜不断被走私进来，但还是难以满足需求。

凯瑟琳提出可以从欧洲购买避孕膜，还制定了一个计划。1923年5月，她带着八件行李横跨太平洋，其中包括三个大箱子。到欧洲后，她又在当地买了更多的大箱子，并解释说她希望能够在旅行途中买到所有"最时髦的"衣物。她约见了避孕膜制造商，下了订单，再让制造商们把货物运到她的城堡里。然后，她请了当地的裁缝，把这些避孕膜缝到新买的衣服里，把衣服一件件挂起来，再把那些精美的衣服用纸包起来，装进箱子。八件塞得满满的大行李被送过了关，然后又被送上船，凯瑟琳一路慷慨地给着小费，就这样顺利踏上了归途。凯瑟琳·麦考米克这个贵族、走私人、叛逆者，最终乘着出租车来到了诊所，出租车后面还拖了一大箱全世界包装最精美的避孕膜。这一千个避孕膜足够诊所用上一年的了。

* * *

1927 年，麦考米克主动提出在自己的城堡召开第一次国际节育大会。大会的正式名称为"世界人口大会"，组织者是玛格丽特·桑格。不过，麦考米克并没有参加大会。那时，她已卷入了一场与她丈夫家庭的纷争。刚开始，双方只是在如何照顾斯坦利的问题上有意见分歧，后来事态升级，搞到双方为了这个疯了的百万富翁的合法监护权而上法庭的地步。一份报纸用了这样的标题——《富裕家庭严重分裂》，那还是比较温和的说法。

一年又一年，麦考米克投身于两桩既不愉快又毫无希望的艰巨任务：照顾她的丈夫，以及与他的家人抗争。她捐钱给计划生育委员会，还在 1942 年与桑格一起向马萨诸塞州的反节育法提出抗议，不过她俩并没有成功。她偶尔会与桑格会面，共筹大计，还告诉那些正在斗争的女权主义者，她相信女性唯有在可以控制生育过程后，才能从男权社会中解放出来。她说，她觉得自己有义务为此抗争。可是，只要她还得把精力花在斯坦利身上，她能为这场斗争做的便极其有限。

* * *

1947 年 1 月 19 日下午 4 点 45 分，斯坦利·罗伯特·麦考米克死于肺炎。在超过四十年的日子里，他都是孤身一人，他的头脑为疾病所折磨，他的妻子被阻挡在一定的距离之外，他的巨额财产对他毫无意义。凯瑟琳为《圣巴巴拉新闻报》撰写了丈夫的讣告，特别提到丈夫的钱已"慷慨地捐赠给了许多慈善机构和其他相宜的机构"，且利文·洛克的开发对于当地经济的发展大有裨益。她还提到每年维护利文·洛克的开销为十一万五千美金（大约是现在的一百二十万美金），而她丈夫的医疗开销又是另外的十万八千美金（大约是现在的一百一十万美金）。最后，她还指出麦考米克先生的园丁们促进了当地园艺业的发展，并为镇上每年举办的花艺展做了很多贡献。麦考米克太太当时已 72 岁，这份讣告让人感觉，她似乎想要证明，自己为一件最终还是失败的事情花了那么多金钱和时间，是值得的。

当采证人员检查斯坦利·麦考米克的保险箱时，发现了一张四十年前的酒店便笺，褶皱泛黄。那上面写着："本人谨此将所有财产留给我的妻子，凯瑟琳·德克斯特·麦考米克。我也任命她为财产的遗嘱执行人。"他在他们的新婚之夜写下并签署了这份遗嘱。凯瑟琳将继承逾三千五百万美金，包括麦考米克拥有的国际收割机公司将近三万二千股的股份。

桑格当时也已经成了寡妇——她的丈夫已在 1943 年去世。对于桑格来说，J. 诺亚·斯利的死并没带来什么大的影响。她本来就对斯利没什么爱情可言。所以，在丈夫死后，她很轻易地就回到了她自己的生活和事业中去。再者，她丈夫大多数的股票和地产都早就转到了她的名下。

但对于凯瑟琳·麦考米克来说，斯坦利的死改变了一切。她花了将近五年的时间将丈夫的遗产安顿妥当，并与税务局达成共识。不过，她很清楚，一旦完成了这些烦琐的事务，下一步要怎么支配自己的时间和财富。

9　强人所难的问题

1952 年 1 月，就在启程去远东之前，桑格来到凯瑟琳·麦考米克位于圣巴巴拉的别墅拜访她。路上的陌生人会以为她俩是一对有钱的艺术赞助人。麦考米克依然如此令人印象深刻，高大且穿着华丽。不过，她对时尚的审美观似乎还停留在 30 年代。桑格略矮一些，也更丰满，一头红铜色的秀发，充满能量并随时会爆发。两个女人长时间讨论着彼此的健康情况和饮食。不过，话题最终还是转到了性。

就在她们会面的那段时间，麦考米克写过一封信，信里说她"对于研究那部分的工作感到颇为绝望"。过去，桑格一度劝她那些富有的朋友给计划生育委员会捐款，但她现在已不再确定，这是最好的办法。

就在桑格准备去亚洲之际，平克斯发了一份研究进展报告给她，用了四页纸，不空行地交代了他和张民觉在兔子和老鼠身上完成的实验，并解释了注射激素和口服激素的效果。他确认，口服激素的有效率接近 90%，并说他希望可以通过尝试不同的黄体酮复合物，来提高有效率。

"我们已完成的实验明确表明，使用黄体酮完全可以防止兔子和老鼠怀孕。另外，实验也表明，在药效过后，动物还是可以正常生育。"他在报告中提出这样的结论，并表示下一步是尝试使用其他复合黄体酮，以观效果。

在收到这份报告后，计划生育委员会的会长威廉·福格特为了了解平克斯将如何应用这项研究成果，详细盘问他，并写信说："根据你的预期——如果你能够做出预期的话，这项实验的结果具体将如何被运用到实际生活当中？这是一个强人所难的问题，但我相信这个问题是合理的，因为大多数研究都面临着一个永恒的课题——如何把想法本身兜售出去，特别是给那些或许会给予支持的人。"

来自麦考米克和计划生育委员会的所有赞助仅为三千一百美金（大约是现在的二万七千美金），而仅仅在一年的研究和赞助之后，平克斯就受到了如此的刁难。1952 年，他希望能获得三千四百美金的研究经费。他并没有抱怨，但是他和桑格都意识到，计划生育委员会并没有做出任何承诺。桑格告诉麦考米克，这个机构的高层"明显不相信平克斯的研究"。她向麦考米克提出，她们应该直接接手这件事。

很快，于 1952 年 6 月，麦考米克便定下了计划，到伍斯特基金会亲自看一看那里的具体情况。她会见了侯格兰德和张民觉，并了解到黄体酮方面的研究正在继续。不过她没有见到平克斯，因为他外出忙别的事儿去了。

* * *

那年秋天的一个周末，平克斯和来自十八个城市、二十所大学的二十九位科学家一起，聚集到纽约哈里曼的一个会议中心雅顿旅舍，旅舍就挨着然麻坡谷。凭着自己在业界的巨大影响力，平克斯才召集到这一群杰出的生物化学家、妇科专家、内分泌专家、免疫专家和社会学家聚集一堂，共度周末。不过，基于会议的主题相当敏感，这些科学家很有可能乐意在周末来到这个远离各自所属学府的地方，进行这次会议。会议没有任何公开宣传资料，现场材料中也免去了参会人的姓名。此次会议的目的是：讨论如何扩大避孕方面的研究和实验范围。

一份会议纪要显示，科学家们一致认为，一直以来，所有节育方面的研究成果都是其他研究过程中无心插柳产生的副产品。他们还认为，"安全、有效、廉价，且不至于太不雅观"的口服避孕药近在咫尺——只要研究人员全心投入这方面的研发。他们甚至写下了一份决议书：

> 进一步改善合理的人类生育控制方法，并增加其应用的广泛性，我们作为科学家和个人，都认识到扩展此方面研究的重要性，并希望书面记录如是。基于我们对于人口增长及资源利用趋势的了解，我们相信节育研究可以大大缓解世界面临的多个基本问题，我们迫切地对这种观点予以强烈支持。

这段话掷地有声，不过上面并没有写下"我们"具体是谁。科学界将不会对此决议表示赞同，平克斯要么早就知道，要么就是预料到了这一点。

＊＊＊

"平克斯的计划没有得到更多的关注，我颇感讶异。"麦考米克于1952年10月1日写给桑格的信中这么说。"或许大家觉得这个计划过于长远复杂，可是我怀疑它又能比其他计划长远复杂多少。"她如此提醒桑格。但是，在经历了差不多半个世纪的努力后，桑格又怎么会需要这种提醒呢？她很清楚避孕丸绝不是一项简单的发明，而投资方和支持此举的机构必须有足够的耐心。基于其麻省理工学院科学本科的背景，以及数月后对伍斯特基金会的查访，麦考米克成了桑格在平克斯避孕研究一事上最为依赖的专家。或者，桑格只是装作无知，希望这个有钱的朋友能够站出来领导此事。

"没法亲自推动此事，让人很难堪！"麦考米克在另一封给桑格的信中如此写道。

　　桑格深表同情。她回信道："你说得对，就像你对研究的判断也是对的一样。再过几个月，或许我们可以去见见平克斯博士。"

10　洛克式反弹

多年来，平克斯一直在寻找一个研究项目，证明自己的伟大。可惜的是，各种想法来了又去，就像风流韵事一样，刚开始的时候总是让人充满希望，而到最后，又让人暗自神伤。迄今为止，他的事业不过是一个不断恢复原状的过程，一次又一次地重新开始。现在，他已经很清醒地意识到，研发口服避孕药的风险巨大。可能会失败，可能会带来严重的副作用，可能会招来媒体的讥讽和挖苦，而这个世界又将再一次摒弃他。

尽管如此，此项研究简直是为平克斯度身定做的：涉及的是他最熟悉的哺乳动物繁殖领域，而且要求科学家经过系统培训，并能大胆创新——他不仅要有科学头脑，还要有创业精神，而在被迫离开哈佛后，平克斯在这方面得到了锻炼。不过，这个项目特别适合平克斯的最重要原因是：他无所谓。他作为一名科学家的声誉早已千疮百孔，如今这个富有争议的项目也不至于让他的境况更差。就像他的一位同事说的："他不怕孤注一掷，因为他本来就无注可掷。"

长久的失望教会平克斯，科学并非实验成功与否的决定因素，还有围绕着科学的种种其他因素在发挥作用。这些因素有些是可控的，而另一些则不可控。避孕丸项目最需要的并不是生物学家，而是产品代言人——能带领团队完成科学研究，又能与化学品制造商结盟。如果一切顺利，还能将其广而告之，提升这种新产品的接受度。如果平克斯此时还在哈佛，他不会与那些制药厂保持现在这样的密切关系，也不会像现在这样愿意冒险。在未来若干年，他不仅要拿个人名誉作赌注，还要不断触碰法律和道德的底线。

他知道下一步应该怎么走：在女人身上测试黄体酮的效果。而要走这一步，他还需要个帮手——一名医生，最好是妇科医生，既能够让参与实验的人相信实验的安全性，又能够让提供黄体酮的制药公司相信不会有任何医疗事故。他想到了 63 岁的亚伯拉罕·斯通，他在避孕方面是领先全美的专家。正是在斯通 1950 年举办于纽约的一次派对上，平克斯首次遇到了桑格，并开始考虑研制药丸。桑格当然会对此人选双手赞成，但平克斯担心，由于斯通还是玛格丽特·桑格研究院的院长，他可能难以保持中立。他也考虑过艾伦·古特马赫。这位纽约西奈山医院的妇产科主任著有一本广为流传的《结婚手册》，还是全美人口理事会的顾问。但平克斯担心，古特马赫可能太忙了，无法全力以赴参与黄体酮的实验。另外，平克斯还有一个顾虑：斯通和古特马赫都是犹太人。平克斯对于哈佛反犹太派带给他的耻辱还记忆犹新，因而担心要是再找个犹太人来合作，是自找麻烦。

平克斯的另一个选择便是一名叫作约翰·洛克的医生。就像平克斯一样，洛克毕业于哈佛。洛克受到同行的尊敬和病人的景仰。他像是在好莱坞扮演家庭医生的明星：身材挺拔修长，银色头发，笑容温暖，行为举止镇静沉缓。连他的名字都让人联想到力量、坚固和可靠。[1]

找洛克还有一个好处：他是个天主教徒。

* * *

1890 年，约翰·洛克于马萨诸塞州的马尔博乐圣母无原罪教堂接受洗礼。青年时代，他曾非常虔诚，每每有性欲冲动或

---

[1] 约翰·洛克的英文名为 John Rock, rock 有岩石之意。

勃起，都会向神父告解。他甚至还记录下具体的日期和次数，直到后来有一次，在告解亭里，神父对他说："别那么一板一眼，约翰。"

他的父亲是个爱尔兰裔的发廊老板。虽然约翰身材高大威猛，充满运动细胞，他却喜欢跟姐妹们在家里玩，而不是到大街上或后院里，跟兄弟们厮混。因此，他的亲兄弟有时会笑话他"娘娘腔"。1907 年春天，当年轻的洛克还在波士顿商业高中上学，并与他的同学们一起住在宿舍时，他爱上了学校篮球队的队长——一个名叫瑞·威廉的同班同学。洛克 1907 年的日记里满满地记下了他与瑞共度的时光。然而，同年 3 月，洛克因为某件事而撕掉了数页日记。六十五年后，当洛克坐在草坪上，审视起自己最初的性经历以及对于性和避孕的开放态度时，他提到自己曾与一个名叫本·威廉的朋友同床共枕，并且醒来时发现自己阴茎勃起，还有了高潮。之后，洛克对于各种性行为表现出极为开放的态度，或许是受益于他与瑞的友谊。

高中毕业后，洛克进了哈佛，这让工人阶级的全家都吃了一惊。1926 年，他成了波士顿妇女免费医院不孕诊所的所长。他热爱自己的工作，也热爱自己的病人。忙碌的时候，他会穿梭于两个门诊室之间，以便在最短的时间内照顾最多的病人，免得让他们久等。他经常会问那些比较拮据的病人是否需要公交车车资回家；如果一些怀孕的女士感到极为不适，他还会护送她们到出租车站，并代付车资。他总是穿着精心定制的西装、洁净挺括的衬衫，还系着潇洒漂亮的领带（他很少不系领带或打温莎结就出家门）。他就是优雅的正式着装的代言人，而那些衣服并不昂贵。洛克从未摒弃自己工人阶级的根，他也不会穿得太过招摇而让病人们不自在。但是，他坚持在任何时候都以保守的着装示人，他的言行举止也跟他的着装相得益彰。他与一位护士共事二十年，都不曾知晓她的名字：她永远是"巴克斯特太太"，而他则是"洛克医生"。

虽然他在办公桌前挂了一个十字架，但是他在宗教和专业方面的意见往往有所矛盾。例如，尽管天主教反对堕胎，但洛克却认为，母体的健康比其体内胚胎的健康更重要，而如果怀孕会威胁病人的生命，那就应当立即中止妊娠。"宗教是个很差劲的科学家。"他总是这么告诉他女儿。

1936 年，当洛克还是美国医学会孕产妇健康委员会的一员时，他告诉委员会的其他成员，自己相信性的目的是生育，仅此而已。他说："当母亲就是女人的终身事业，这合乎自然规律。"他还说，任何让女人结了婚却不能马上集中精力完成这份事业的缘由"都是于社会不能容忍的错误"。对于那些为了多挣点钱，帮助丈夫完成学业，而想要推迟生育计划的女人，他非常不屑。他说：让那个男人推迟学业，这样他的妻子就能尽快为他俩生儿育女了。至于性，绝不会是"为做而做，又不必承担严重后果的"。

不过，随着时间的推移，洛克对病人的体恤远远超过了对教会的服从，其态度发生了本质上的改变。有些妇女来到他的诊所，告诉他，她们很害怕再次怀孕，要么就是因为她们的身体已严重不支，要么就是因为她们无法想象照顾更多的孩子。他对这些妇女深表同情。同时，他也意识到，很多夫妻都想要避孕，并不是完全不生育，而是延迟生育计划。1931 年，十五位医生签署请愿书，要求波士顿州政府解除避孕禁令，他是其中之一（也是十五人中唯一的天主教徒）。

1925 年，洛克娶了安娜·桑代克。她来自波士顿，曾于第一次世界大战时期在法国当过救护车驾驶员，和他一样充满冒险精神。洛克夫妇的结合在当时算是晚婚了——他 35 岁，她29 岁。婚后十一个月，他们就有了第一个孩子，并在之后的六年又陆续有了四个孩子，再之后就没了。洛克从未提及具体缘由和避孕方法。

洛克很爱自己的妻子，而且他不像那个年代的男人那样，羞于在公众场合秀恩爱。他公开送花，滔滔不绝地赞美妻子，还在自家的门厅偷吻她。在诊所，洛克指导过很多孕妇，还帮她们接生，但是他也接触了大量不育女性，并且开始相信，就在夫妇两人共同努力怀孕而未果的过程中，性交成了维系双方的重要纽带。他说，太多神父将人类性爱的美好与动物交媾混为一谈。他们的固执己见让洛克十分反感，他开始更大胆地表达自己对于性和爱的观点。20 世纪 50 年代，他就已开始就此公开演讲，宣称性和爱不可分割。他说，唯有爱才能"让高潮达到极乐的自然之巅"。

那可不太像是神父教他的东西。

＊＊＊

"避孕"这个词从未出现在《圣经》的《新约》或是《旧约》当中，并且直到 20 世纪下半叶，才进入了天主教道德神学的词典。在那之前，神学专家使用的最接近的名词为 onanisma。该词取自《圣经》中俄南的故事（《创世记》第三十八章第四至十节），原意为手淫或不以生育为目标的性交。然而，基督教会宣称，性只能以生育为目的，因此 onanisma 是罪恶的。

即使到了 20 世纪早期，人类对于自身生殖系统的了解依然非常有限。很多人以为女人的身体不过是个容器，男人体内产生的种子会自行生长发芽，发育成为婴儿。因此，不论是在性交还是手淫过程中，遗漏种子，即失掉精液，一度被定义为原罪。13 世纪时，哲学家及神学家托马斯·阿奎纳曾就此写下大量极富影响力的文章。他认为，即使是已婚夫妇之间，凡是不以生育为目标的性，都是色欲。不过，天主教会直到 1930 年才正式就节育表态。罗马教皇庇护十一世发布了一则名为

"Casti Connubii"（拉丁语，意为"圣洁婚姻"）的教皇通谕。这位教皇承认，节育方法被广泛使用，包括在"那些信徒"当中。不过，他对此并不满意，还称此趋势为"前所未有的、堕落的品行"。他还说，这是"可耻且非常不道德的"、试图绕开婚姻原本之自然法力和目标的行径。然而，这位教皇也给信徒敞开了一个重要的口子。他说，一对已婚夫妇如果因为自然的原因——时间上不对，或者有缺陷，而无法将新生命带到世上，便不算犯罪。也就是说，只要夫妇二人清楚有自然原因让他们无法正常生育，他们便可以为了欢愉而同房。

几十年来，医生们都告诫妇女，如果她们不想怀孕，就只能在安全期行房事。但不幸的是，20世纪30年代以前，大多数医生都相信这个安全期在月经周期的中间那段时间，而实际上，那恰恰为女人最容易怀孕的时间点。就在科学家们最终搞清楚月经是怎么回事后，芝加哥家庭医生、一个名叫利奥·J.拉兹的虔诚罗马天主教徒，基于教皇颁布不久的通谕，找到了个方法，让男男女女们可以通过对月经周期的计算，在每个周期的某些时间点，享受性爱而不必担心犯罪或怀孕。

拉兹写了一本名为《女性不育及可育周期》的言语枯燥的书，并大卖了数十万本。他说，只要在每个月的某八天——排卵前的五天和其后的三天——避免行房，女人就可以自然而然地、合乎道德地掌控自己的身体并控制家庭规模。当然，这并不是万无一失的，找到排卵的时间点并不是件易事。女性的身体各不相同，并且一位女性可能在每个月不同的时间点排卵，包括压力和疾病都会带来影响。但是，拉兹已经尽全力了。他让女人们详细记下过去六个月当中每次月经来潮的首日，再计算每两次月经相隔多久。一旦找到一个相对规律的周期，她们便可以根据研究结果判断，月经来潮前十二至十六天为排卵期，然后做排除法，确定自己的安全期。

拉兹的方法有不确定性，却颇受欢迎，其中的一个原因是，他的这个方法明显带有以下潜台词：已婚夫妇有权定期地、无忧无虑地享受性爱带来的乐趣。上帝的安排本就如此。

不过，人们通过周期法避孕追求的不仅仅是乐趣。当时，全世界的女性都迫切想要控制家庭规模，或更好地间隔生育，这不仅关乎她们自己的健康，还关乎孩子们的福祉。商家开始推出各类曲线图、轮状图、日程表和计算尺，以帮助女人们准确地推算周期。然而，《周期》一书虽然轰动一时，却最终让拉兹倒了霉。他被芝加哥洛约拉大学医学系开除，而原因八成就是他的这项备受争议的研究。

20 世纪 30 年代，美国家庭的生育率降低到平均每个母亲生下 2.1 个小孩，这很大程度上是大萧条造成的。天主教家庭的规模依然比一般家庭规模大，但其子女个数也在减少——女人们越来越多地使用周期法或其他节育方法。"我们天主教的人正在走向灭亡。"约翰·A. 莱恩蒙席① 在 1934 年如是说，"我们的人，他们的所作所为，反映出他们既没有能力，也没有勇气和耐力承担结婚的职责——为了确保人类的生存而培育足够大的家庭。"很多神父都开始在讲坛上大肆攻击节育和堕胎，可是他们冗长的说教并没有起到任何作用。节育成了公开话题。史无前例的是，很多天主教徒开始将信仰一分为二。性是隐私，与宗教无关。他们开始在**这件**事情上尊崇教皇，而在**那件**事情上又反对他。这正是暴风雨的前兆。

节育问题令天主教会和信徒之间结下了梁子，这应该让玛格丽特·桑格感到满意。如此众多的信奉天主教的妇女开始追随她的思想，这应该让她感到高兴。但是，在她看来，周期法还不够好。它不可靠，正因如此，才会有这么个笑话："怎么称呼使用周期法避孕的女人？妈咪。"对于想要更充分满足自己性欲的女性来说，它也是苍白无力的——女性必须在每个月的某

① 蒙席为意大利语 Monsignor 的音译，是教宗颁赐有功神父的荣衔。

段日子里压抑自己。桑格还是希望通过医生来派发一种可靠、成本低廉的节育品。另外，她还希望兼顾未婚女性。对她来说，局部的胜利根本算不得胜利。批评桑格的天主教徒称，周期法优于桑格那些人为的节育用品，因为它并没有违背生命的自然规律。但是，桑格反击说，一切节育方法都会违背生命的自然规律，而抑制性冲动也违背了生命的自然规律。她还说，教皇每次修剪他的络腮胡，也都是在违背生命的自然规律。

桑格对于教会的不信任与日俱增，且态度越发强硬。她的这种不信任甚至让她排斥洛克，不希望平克斯请他加入黄体酮调研小组，还说"他依然是个天主教徒，不会为避孕的研究做任何努力"。平克斯为洛克辩护，说这位医生是个"改良的天主教徒"，其医学观点与其宗教信仰完全是两码事。

桑格很少在辩论中被别人占上风，但这次她输了。

* * *

平克斯相信，洛克不仅是个有天分的科学家，还能够成为这种全新避孕丸的推广大使，尽管它还未被发明出来。洛克身为天主教徒，却公开以医生身份反对自己的教会，这已让他在社会上小有名气。1944 年，洛克更是上了头条：他和一位曾在平克斯实验室工作过的助手，共同完成了历史上首例人类卵子体外受精。洛克既没有对此大肆夸耀，也没有借此恐吓民众。他告诉记者，至少还需要十年的时间，科技才能发展到可以令女人怀孕的程度。与平克斯不同，这位温文尔雅、抽着烟斗、打着温莎结的洛克医生，让人感到很安全，没人敢把他比作弗兰肯斯坦博士。或许恰恰相反，报刊的读者在看到洛克的照片以及他那些慎重的言辞后，都会情不自禁地感到，未来在他的掌控之中，大可放心。他们相信，只要约翰·洛克说没事，那肯定就是没事。

即使在质疑天主教会时，洛克也很有大外交家的风范，让人感觉他是在为公平与宽容说话。他并没有试图摧毁婚姻制度，他并没有鼓吹仅仅为了欢愉的性爱，他并没有想要损害教会。他是在鼓励广大美国人，特别是天主教徒，更慎重地对待婚姻和生育。"我并不认为罗马天主教义会迫使某个人干预他人在其自身道德原则范围内的良知和行为。"他于1948年这样告诉《时代》杂志。那篇文章在《时代》刊登后不久，洛克便出版了一本名为《自愿养育》的书，引来了更广泛的关注，连《读者文摘》的劲敌《皇冠》杂志都刊登了这本书的节选。"对于任何一个男人和女人来说，人生当中再也没有比为人父母更重要的事了，不仅对他们自己而言，对社会也是如此。"洛克如此开篇，"那么，即将成为父母的人，应该在这件事上尽可能多地调动自己的才智，深谋远虑，至少不应该比设计家园、买家具或选择职业来得马虎。然而，现如今的夫妇在一起踏上人生旅程时，往往一无所知……他们必须找到自己的航向，因为现成的航海图无非是迷信、科学和象征手法的混合体。"

洛克用自己的方式将改善这些航海图作为己任。他希望年轻的夫妇们能够在婚前就仔细讨论性与生育的问题；他希望他们可以明白，性既不耻辱也不淫秽；他希望社会提供安全有效的节育用品，并且希望已婚夫妇有权使用它们。就因为这些，克利夫兰的法兰西斯·W.卡内蒙席称洛克为"道义上的强奸犯"，而波士顿市立医院的产科主任弗雷德里克·古德则要求波士顿的枢机主教理查德·库醒将洛克开除教籍。但是，洛克并没有因此动摇。难怪平克斯会如此欣赏他了。

* * *

格雷戈里·平克斯和约翰·洛克的第一次碰面是在30年代。当时，平克斯还在哈佛。40年代，当洛克开始进行人类卵子的体外受精实验时，他做的第一件事，就是让研究助理向平克斯请教。

对于不育的女性病患，洛克通常会先了解其病史并要求对其进行一套完整的体检。如果病患没有月经，或月经不正常，洛克会首先怀疑病患有排卵障碍，并对其子宫内膜进行切片研究。在当时的不育症专家当中，洛克与众不同：他会查验病患丈夫的精液，他怀疑（这种怀疑最后被证实）有很大一部分的不育问题都是由男方引起的。另外，他还与众不同，甚至是独一无二地在同一个大堂的两端开设了两家诊所：一家是不育诊所，另一家是周期避孕诊所。

洛克的周期避孕诊所是马萨诸塞州第一家免费提供避孕知识的诊所。来到这家诊所的女士在通过体检后，需要将自己过去三个月内的月经周期和性生活情况详细记录下来。之后，对于月经周期稳定的女性，洛克会试图指导她们在怀孕几率极低的情况下安全地享受性生活。他知道很多女人都在使用避孕膜、冲洗法以及避孕套，但是法律禁止医生向女性开这类处方甚至是谈及这些避孕用品，除非她们的身体状况受到了威胁。即使洛克可以合法分发避孕用品，他的病人当中大约有九成都是天主教徒，而她们更感兴趣的也不过是周期法而已。一些病人已经生了十几个孩子，不想再继续生下去了，还有一些人则希望未来能将子女的生育间隔开来。就在帮助一些女性实现避孕，并帮助另一些病患克服不育障碍的过程中，洛克不仅对人类的生育问题有了进一步认识，也对人与人之间的关系加深了理解。就在同一天，他既接待子女多得没法再承担的女性，又接待因为无法怀孕而深感苦楚的女性。她们都是家庭主妇，多数都属于工人阶级，嫁给了糕点师傅、洗衣店工人、电梯操作员和机械师。很多有孩子的病人都只有一个要求：接受子宫切除手术。这是她们所知道的唯一可以确保不必再受怀孕生育之苦的方法。

其中有一位病人是 32 岁的 L.A. 太太。她 18 岁就嫁了人，已经育有十一个孩子，还流过一次产。她的前五个孩子都是剖腹产生下来的，最后两个还是双胞胎。她告诉洛克医生，她和丈夫每个月行房两次，并从未采取过避孕措施。当 L.A. 太太来找洛克医生的时候，她的那对双胞胎才六个月大。她说自己的丈夫正试图"小心"一些，即在射精前就退出，防止她再次怀孕。L.A. 太太来到洛克的办公室时，一不小心被送去了生育诊所。当情况明晰之后，她告诉医生，自己实在是精疲力尽，饱受痛苦，还不时会两眼一抹黑地失去知觉。她说经期时会有大量来潮，并伴有疼痛。洛克怀疑这位病人可能有肿瘤，立刻建议她进行子宫切除手术。

另一位病人是坚持避孕的 M.B. 太太。尽管如此，她依然在结婚后十一年间有了六个孩子（外加一次流产），最后一个孩子降生时她还不到 30 岁。在一次糟糕的堕胎经历之后，她找到了洛克医生。第一次接待她时，洛克拒不批准子宫切除手术，而是建议给她量身定做一个避孕膜。当她再次怀孕并尝试自行堕胎后，她又来到了医院，洛克才最终决定可以为她进行子宫切除。

在帮助这些女性的过程中，洛克越发大胆起来。他一直相信，教会和马萨诸塞州政府反对避孕是错误的，并逐渐变得激进。1945 年，他写信给一百位女性，询问子宫切除手术如何影响她们的健康和安乐，他想知道这个手术给她们的婚姻和性生活带来了什么影响。约有半数的妇女告诉洛克，她们的性生活与手术前别无两样。有五人称，性生活不如从前。还有十一人（包括一名为了新欢抛弃前夫的女性）说性生活有所改善。也有三人称，她们的丈夫手术后便拒他们千里之外，正如其中一个男人说的，因为她们丧失了"自然的东西"。

并不是很多医生都会有这样的勇气和自信，询问女人们的性生活质量如何。对这些女性了解得越多，洛克对节育的兴趣就越浓厚。20 世纪 30 至 40 年代，他的主要研究工作，或者说他最感兴趣的研究工作，都是帮助女性克服不孕障碍。与此同时，他成了全国最著名的生育方面的专家。那些有钱、有势、有名的人从全国各地赶来向他求诊，包括梅尔·奥勃朗。这位出生于印度孟买的好莱坞女演员的代表作包括《呼啸山庄》和《黑暗天使》。十六七岁时，她就被绝育了。她母亲出于保护美丽女儿、不让她过早怀孕的心理，让医生给她做了这个手术，而未告诉她具体的后果为何。当她三十多岁、想要孩子的时候，奥勃朗问洛克医生，是否可能逆转她母亲强迫她做的这个手术。

50 年代，每个年轻的成年女性都在生孩子，或者是想要生孩子。在战后的美国，养育子女是一种爱国行为，是幸福与否的关键，是自我实现之路。无法生育的人都会招来同情的眼光。50 年代，整个美国变得越来越能生。30 年代，美国女性平均每人生育约 2.2 个孩子。到了 1957 年，这项数据达到了 3.7 的历史峰值。不加入生儿育女的行列，女人就不完整，也没有吸引力。男人"虚晃一枪"①是耻辱的，他们的男子气会因此遭到质疑。因为医生对于不育的缘由知之甚少，往往就让女人背了黑锅。通常，医生都会将不育归咎于心理原因，说这些女人压力太大或者潜意识里害怕生孩子。1951 年，一位社会学家、妇科医生和心理医生（这些领域都是男人的天下）在《美国医学会杂志》上发表了一篇文章，宣称那些不想生儿育女的女人太少见了，"她们可以被视为不正常人群"。

即使是计划生育委员会的亚伯拉罕·斯通博士也声称，不育的女性如果想要怀孕的话，就应当改变自身的态度。"要怀孕，一个女人首先要有女人的样子。她不仅要有女性的身体结构及激素，还要确实地感受到自己是个女人，并且全心接受这个事实。作为一个女人就是要接受她的首要职责，也就是怀孕、生育。每个女人都有生儿育女这样一项基本的渴求和需要。"

① 无精子症，即精液中没有精子。

50 年代，对于生育治疗的需求大大增加，但是医生能提供的帮助十分有限。大约从 1950 年开始，洛克针对一些被他称为有"无法解释的不育问题"的女性，进行了一系列实验。他怀疑有些女人怀不上孩子，是因为她们的生殖系统还没有发育完善。在这种情况下，女人一旦怀孕，之后的妊娠便会有助于其生殖系统的发育。为了验证这种猜测，他邀请了八十位"大受挫折但非常具有冒险精神"的女性参与一项实验。在实验中，他运用了激素——雌激素和黄体酮，来制造"假怀孕"。他向参与者明确交代，自己也不确定这种做法是否可行，但这些女人都相信他，并且都愿意参与实验。

洛克的实验是基于他对于三类激素的理解：

- 雄激素类：虽然名称如此，却存在于两性身体当中。最活跃的雄激素为睾酮。这类激素控制着雄性生殖器官的发育和运作，增强男人的肌肉力量，促进面部毛发生长，并使其声线更深厚。另外，雄激素类还会刺激男性和女性的性欲。

- 雌激素类：主要由卵巢分泌。雌激素类促进乳房、阴道及子宫内膜的发育，为妇女怀孕做准备。

- 孕激素类：其中影响力最大的为黄体酮。此类激素能调节子宫内膜的状态。当卵子受精，孕激素类使子宫做好让受精卵植入的准备，并抑制排卵，保护受精卵。

1952 年，平克斯和洛克一起参加了一个科学大会，还在过程中聊到彼此的研究。当洛克提到他对不育女性的实验时，平克斯建议这位医生尝试在试验中使用黄体酮，而抛开雌激素。

洛克便尝试混合不同种类和剂量的激素，并选用不同的给药方法，以便找到最有效、副作用最小的疗法。有时候，在给病人注射之前，他会先自己试试，看每一剂会有多疼，同时大概也是想确保它不会一剂致命。不过，除此之外，他没有做任何准备工作。他没在老鼠或兔子身上进行任何激素实验，也没让病人们签署同意书，只是告诉她们，这些药品无法直接帮助她们解决不育的问题。他说从这些实验当中获取的知识可能最终将帮助许多不孕不育者，但他很小心，没有给出任何承诺。当时，这些实验就是在这种情况下进行的，而约翰·洛克的名字就足以让大多数病人参与其中了。他说："就像我们一样，她们想要试一试。"

刚开始时，他给女人们注射了五十毫克黄体酮和五毫克雌激素，然后逐渐将剂量增加到三百毫克黄体酮和三十毫克雌激素。当第一轮治疗结束时，既没人死去，也没人生大病，那就算是好消息了。数月内，又有了更好的消息。参与洛克实验的八十位女性中，有十三位成功怀孕。洛克将这一振奋人心的结果告诉了他的同事，并称之为"反弹效应"——激素在引发女性生殖系统关闭后，又使其整个身体获得了某种提升，帮助她们怀上了孩子。很快，妇科同行就将此效应称为"洛克式反弹"。

洛克大受鼓舞，但他并没有确信是激素引起了这种反弹。样本规模太小了，且那些无法解释的不育问题依然没有答案，难以简单地对激素疗法如何、乃至是否产生作用下结论。不过，这样的结果足以支持他继续进行研究。

可是，在实验过程中，产生了一个严重的问题：参与激素实验的女性常常误以为自己怀孕了。这些激素使她们产生了很多与怀孕相仿的症状：她们感到头晕，她们的乳房变得更大、更柔软，她们的月经暂停了。洛克不停地接到电话，而电话那头经常都是这些兴奋不已的妇女告诉他，她们终于怀孕了。她们太想生孩子了，她们之中的大多数都已经尝试了多年。洛克说："她们曾被明确告知，在治疗期间不会怀孕。"但那似乎毫无作用，这些女性还是不停地打电话给他，说自己怀孕了，而他又不停地告诉她们说，很遗憾，那不过是黄体酮制造了怀孕的假象。

听说洛克的相关研究后，平克斯很高兴，但他对黄体酮有一定的避孕效果并不感到意外。对于平克斯来说，重要的是洛克的病人都还活得好好的，他认为这就证明了给女人注射或服用黄体酮是安全的。

洛克告诉平克斯，虽然这项黄体酮的研究让他颇受鼓舞，但还是有个大问题：不论他怎么确定地告诉她们，不可能在实验过程中怀孕，这些女人们还是顽固地相信自己怀孕了，直到最后真相渐渐大白，她们无比受挫。他希望可以帮助她们缓解这种痛苦。

平克斯的办法非常简单明了，而在日后，这个办法将对他自己的研究，以及全世界女性的未来都产生巨大的影响。

女人月经的周期通常为二十八天。每个月，先是雌激素，再是雌激素和黄体酮的混合体，会轮番充斥子宫，以增厚子宫内膜，做好受精卵植入的准备。如果植入未能发生，则激素水平下降，子宫内膜脱落，伴随经血排出。洛克的病人们缺少的就是这个——月经来潮可以提醒她们，身体一切正常，她们没有怀孕。

但问题是，如何既抑制排卵，又让女人们有正常的月经呢？最简单的办法就是让她们在每个月的某五天停止服用黄体酮。这样，随着激素恢复正常水平，月经自然会来潮。平克斯和洛克都认为这个解决方法可行，因为它合乎自然规律。不过，平克斯或许还有另外一个目的。

西尔公司是为平克斯提供实验所需黄体酮的制药商之一。虽然早在一年前，西尔公司就对平克斯失去了耐心，但公司的高层从未完全放弃这个才华横溢却令人难以捉摸的科学家，他们依然相信平克斯或许会作出有用的发明。另外，对于这个制药公司来说，赞助伍斯特基金会比持续支持自有研发团队的成本低得多。基于这些原因，尽管平克斯屡屡失败，西尔公司还是同意，在 1953 年 6 月开始的 12 个月内，给予基金会 62 400 美金的赞助。另外，平克斯还将得到西尔公司的股份，起点为价值 921.5 美金的 19 股。

平克斯可不仅仅是实验室高手，他没有这么简单。他经常写信给西尔的高层，提出一些对新产品的想法。有一次，他听说有科学家将一种液体注射入皮下，并让其固化成一颗药丸，这颗药丸将在未来三到五周内逐渐释放激素到人体内。那位科学家研发此液体药丸，是为了阉割鸡群——这样做能让它们更肥硕，肉也更嫩。平克斯就在想，是否值得深入思索和研究这种方法，找到适用于人类的应用方法，并就此写信给西尔公司。还有一次，他向西尔公司申请科研经费，以期找到治疗男人脱发的方法。他将这个项目称为"光头行动"。他知道睾酮引起了男人的脱发，并认为给他们注射性激素可以抑制睾酮的作用，防止、甚至是逆转脱发。西尔的高层对此表示"深切怀疑"，但最终还是予以绿灯放行。

在给西尔公司的一些信中，平克斯并未提及黄体酮或生育控制，他要对自己的生意和实验室负责。不过他也知道，帮助男人再生新发虽然会带来不错的经济效益，但不会让他在科学界赢得什么尊重。他最大的胜算还是在避孕研究上。

西尔的高层并不确定是否要投资一项新的避孕研究，要求平克斯不要对外宣传他们参与了这个项目。他们还告诉平克斯，如果这个避孕丸影响月经周期，那么，他们便不愿意参与这个项目。正像西尔的一位要员所说的，改变女人的周期，可能会冒犯公司的天主教徒客户，因为这"违反了自然规律"。

此等限制实在是有些莫名其妙。月经让一些女人感觉身体虚弱，但却是怀孕必不可少的。那么，让秃头生发是否也违反了自然规律呢？青霉素抑制细菌生长并杀死细菌，是否也违反了自然规律呢？更直接一点说，黄体酮防止怀孕，那是不是也违反了自然规律呢？

无所谓。如果洛克的病人需要有正常月经，而西尔公司也想让女人们月经正常，平克斯自认可以做点研究，看看如何做到一举两得。

11　公鸡为何会报晓?

内分泌学的历史也许是始于 1849 年 2 月 8 日,英国皇家学会在德国哥廷根举办的一次会议。正是在那里,科学家阿诺德·贝特霍尔德告诉了与会的同行,他在一个不同寻常的实验中,阉割了六只公鸡。他进而发现,去势之后的公鸡很快便不再打鸣,对母鸡失去了兴趣,也不再与其他公鸡争斗。它们仿佛是失去了作为公鸡的本质。

此后,贝特霍尔德又给部分去势的公鸡植回性器官。突然,它们的鸡冠和红色肉垂又长了回来。它们又开始报晓、打斗、吸引母鸡注意了。贝特霍尔德认为这个结果证明,公鸡的性器必定释放了什么物质到血液中,从而影响了它们的行为和体征。

四十年后,于 1889 年,一位怪异的 72 岁法国科学家查尔斯-爱德瓦·布郎-塞夸,也提出了类似的想法。不过,布郎-塞夸的研究方式有所不同。他从刚被杀的狗和豚鼠的性器中萃取液体,再将这种液体注射入自己的身体。他几乎是立刻就感觉自己脱胎换骨。这位科学家报告说,这些萃取物让他充满活力,才思敏捷,肠道畅通,连他的小便流势也更强了。现在,科学家们相信,布郎-塞夸当时不过是得益于安慰剂效应罢了,但是他的实验还是得到了广泛的关注,并引得其他研究人员也开始探索人体内脏的分泌物。

到了 1905 年，科学家们已经对人体的内分泌系统开始有所了解，包括脑下垂体、甲状腺、松果腺、甲状旁腺、胸腺、胰岛、睾丸、卵巢和肾上腺。腺体为小型颗粒组织，其中最大的胰岛还不到三盎司①。松果腺就跟一粒米差不多大小。这些内分泌腺体会产生一种信使一般的化学物，经由血液，传输到全身每个细胞，控制食物的消化、心跳快慢、抵抗疾病、心情好坏、青春期发育以及繁殖生育。这些腺体能奇迹般地做到这些，靠的正是分泌的特殊化学物质——激素。激素，又称荷尔蒙②，该词来源于希腊语，本意为"引起活动"。在女人一生当中，她大约会分泌五分之一盎司的激素，包括黄体酮和雌激素，但那已足够支持她的生育系统，以及繁衍后代的了。

1905 年，科学家恩斯特·亨利·斯塔林在《柳叶刀》③杂志上刊文，推测说，人类或许可以通过调节激素水平，"绝对地控制人体内部机能的运作"。在那之后，科学家们（和骗子们）很快开始将猴子和其他动物的性器移植到人体上，宣称这将带来各种返老还童的效果。在 20 世纪 20 年代的堪萨斯，约翰·R. 布林克利医生通过广播做广告，宣称他可以通过移植山羊的生殖腺到人体内，让年迈的老头重现活力。这项手术确有一大功效：让布林克利成了富翁，不过好景不长。到了 20 年代，受尊敬的生理学家和化学家已经学会了如何从动物的腺体、胆汁和尿液中提取激素。他们尝试用提取来的激素弥补人类腺体的不足。例如，糖尿病者的胰腺无法产生足够的胰岛素，而人的身体又需要胰岛素来调节血液中的葡萄糖含量。科学家们于 20 年代发现给糖尿病人注射胰岛素可以有效地治疗此病。在那之前，糖尿病几乎是不治之症；而从那以后，科学家们便竞相开展各类研究，以期发现利用激素改善人类健康的其他途径。

三十多年过去了，格雷戈里·平克斯开始研究如何用激素控制生育机能。不过，他并非作出此举的第一人。1921 年，一

① 1 盎司相当于 28.35 克。

② 英语 hormone 音译。

③ 英国医学期刊，是世界上最悠久、最受重视、同行评审性质的医学期刊。

位奥地利的妇科医生就将卵巢从怀孕的兔子和豚鼠体内，移植
到其他未怀孕的动物体内，而这些动物在一段时间内都没有怀
孕。这位妇科医生当时就提出，这可能也适用于女性，不过他
并没有进行这方面的尝试。1937 年，宾夕法尼亚大学的三位科
学家测试了黄体酮的避孕效果，并发现这种激素中止了兔子的
排卵。不过，他们也没敢在人身上做实验。

避孕研究的争议性太大了。在很多情况下，这种研究都是非
法的。正因如此，对此类研究的资助也很少。第二次世界大战让
情况变得更糟，当白发人送走黑发人，社会期待每一个强壮的科
学家都和所有强壮的年轻男性一样为民主而斗争时，似乎很难让
人们相信计划生育的重要性。科学家也正如社会所期待的那样：
物理学家研发原子弹；化学家研发高辛烷值的燃料，让战斗机可
以飞得更高；生物学家研究激素疗法，帮助战斗部队减压。

战后的数年，许多国家元首都开始担心人口过剩问题。人
类增长过速，而如果任由其发展下去，这个世界的资源将会被
耗尽，贫困和饥饿将会快速蔓延，各个国家可能会为了争夺资
源而再次开战。

1948 年，就在成为计划生育委员会的会长前，威廉·福格
特出版了《生存之路》。他在书中提出警告：如果不对过剩的人
口进行控制，那么人类文明将走向崩溃。福格特这样写道："在
波多黎各这样的地区，四分之三的住房都没有自来水，目前的
避孕方法是绝对不够的。"

印度人只有十九美金的人均年收入，不可能负担得起
避孕用品。我们必须找到一种更便宜、更可靠，也更便于
女性使用的方法。如果美国能将两千万美金花在研发避孕
品上，而不是原子弹上，那对于国土安全的贡献可能会大
得多。而与此同时，这还能协助提高全世界的生活水平。

第二次世界大战还从另一个方面改变了节育的负面形象：美国军队为士兵们花了数百万美金购买乳胶避孕套，以防止性病的传播。另外，美国士兵们还受到某种鼓励，将他们在欧洲的时光想象成一段非比寻常的性欲之旅。正如历史学家玛丽·路易斯·罗伯茨所言，这引发了一场"男性色欲的海啸"。他们当中很多人在回到美国后，还想继续寻欢作乐，不论是和他们的妻子、女友、妓女，或是三者的某种混合体。多数医生都同意，节育利于家庭健康，尽管他们之中的很多人都不愿就此公开表态。

表面上看，美国的50年代初似乎风平浪静。孩子们戴着戴维·克罗克特帽子，意欲模仿电视剧演员费斯·帕克。男人们穿着中短裤，喝着掺冰水的威士忌饮料（大都由他们那些戴着围裙的妻子调制而成）。流行音乐依然节奏舒缓，词曲甜美。不过，像猫王这样年轻的音乐家们正开始尝试性感的舞步和节奏感更强的节奏布鲁斯。通货膨胀很低。人们确信政治家说的都是真话。新的州际公路让开车人体验着前所未有的快感。民主得到了保障，也让各国领袖有空考虑更长远的问题，例如人口过剩。但是，就在这一派祥和之下，反叛的种子正在萌芽。从战场上归来的士兵们开始逐渐意识到，他们已不再是英勇的斗士和历史的创造者，他们不过是普通的工人，修整着草坪，或清洁着下水道。结婚率爆炸式地升高。就在男人们都从海外归来，并重回工作岗位时，女人们开始对家务琐事产生厌倦。第二次世界大战让她们看到，自己除了看家护院，完全可以胜任更多的职责，可现在，她们根本没有这么多工作机会。那她们就该心甘情愿留在家里烫烫衬衫、擦擦百叶窗，再做做晚饭吗？难道她们就别无选择了？她们的厌烦和郁闷将最终引发一场女性解放斗争，而当下引发的则是另一种社会活动。

1950 年，美国新生儿达 360 万个，而十年前，这个数字不过是 260 万。50 年代美国女性结婚的年龄中位数为 20.1 岁，而首次生育的年龄中位数为 21.4 岁。每一个种族、少数民族和宗教群体的生育率都在飙升。

婴儿潮就此席卷而来，不过当时还没有这种说法罢了。

性开始浮出水面，成为美国人生活的重要内容。它变得随意了，更别说这里头有大量的经济效益。1948 年，当大众图书馆将其 1925 年的畅销书《特洛伊海伦秘闻》再版时，封面上的海伦穿着一袭透明的长裙，乳头凸起，而身旁的特洛伊战马似乎瞄准了她的下体。"她的色欲引发了特洛伊战争"就是腰封上的标题。通俗小说畅销极了，连类似《西线无战事》这样的经典之作，都被重新包装，封面上画着半裸的女人，暗示读者这是有关内心渴求和性变态的故事。绯闻杂志《绝密》则告诉那些垂涎三尺的读者，美国著名演唱家弗兰克·辛纳特拉喜欢在云雨之间嚼点麦片，著名澳洲裔男演员埃罗尔·弗林的卧室里装着一块双面镜。即使是漫画书都有点性变态的倾向，至少 1954 年出版的畅销书《天真诱惑》就是如此。那里面的蝙蝠侠和罗宾支持男同性恋，而神奇女侠则鼓励女性变成女同性恋，连猫女都成了扬着鞭子的女狂人。

《读者文摘》1952 年的一个头条就是"污秽不堪的报摊"，可污秽就是能卖钱。谈恋爱的规则也在改变，男男女女们可以更久地谈恋爱而毫无后顾之忧。女性也不再像维多利亚时代书籍中刻意描绘的那样毫无激情，她们的形象从 1920 年就开始有所改变，那时，时髦年轻的女性穿着短裙在公众场所抽烟喝酒。在第二次世界大战中，女性形象彻底被颠覆——女人们干起了原本仅限于男人们的工作，她们通过自己的劳动挣来了钱，更获取了力量和自信。随着两性各归其位，战后的美国似乎进入了社交的保守时代。但女人们可没这么轻易就退回原先那低声下气的位置。50 年代的谈恋爱成了两性之间的协商，甚至是博弈。一次随意的约会之后，双方或许就会拥吻，不过亲密调情（深吻和摩挲）、深度亲密调情（深吻和上下其手的抚摸），以及透过衣服的调情，都要等到关系更稳定之后。欢合之事本应只适用于结了婚的夫妻，但这种规则也在改变，且大多数时候，女人都是受限制的那一方。正是她们，冒着怀孕的风险；正是她们，一旦被人知道跟某某发生了关系，便会名誉扫地。这种不平衡无可避免地让两性关系紧张了起来。

大学校园里，内衣袭击① 成了两性之争的标志。在威斯康辛大学，五千名学生冲进女生宿舍，高吹着喇叭，抢夺胸罩和内裤。在密苏里，州长被迫出动国民警卫队，才制止了两千名砸门破窗、想冲到女生宿舍里的男生。"动物们都出来耍了。"阿尔弗莱德·金赛对内衣袭击一笑而过。但是，大学和政府的官员都把这种游戏行为视作对当局的严重威胁，以及厚颜无耻的性欲表达。学生们开始挑战权威，并质疑性行为的规则。

这并不算是一场革命，但年轻人们正在更多地追求独立，更多地参与到政治当中，并质问他们为何要坚守父辈的道德准则。随着他们长大成人，他们追求的不是更多的责任，而是更多的自由。

① panty raids，大学男生进入女生宿舍夺取内衣作为战利品的一种袭击。

12　变相考验

　　平克斯既是爵士音乐家，又是创业者，还是科学天才，靠着编造和拼凑，走一步算一步。他手里有从计划生育委员会那里拿来的一点钱，有对兔子和老鼠都奏效的黄体酮，还有在病人身上尝试使用黄体酮的约翰·洛克。洛克的病人都是不育的女性，所以他的实验可以证明的很有限。不过，那是一个开始。

　　在 1952 年 1 月 23 日递交给计划生育委员会的一封进展报告中，平克斯并没有提到在女性身上进行激素实验。他写道，"最有用的避孕方法"将会是一种防止排卵、受精和卵子植入的药丸。这种药丸必须毫无毒性，且可以逆转。他要求委员会再赞助他做两年的动物实验，每年提供三千六百美金的研究经费。对于平克斯来说，这样的要求实在很不高，或许是因为他对任何戏剧性的结果不抱有太大的希望。

　　计划生育委员会负责研究的理事保罗·亨肖注意到平克斯在进展报告中遗漏了一些细节，并回以多个尖锐的问题。他问，在动物实验中，是否有任何副作用的迹象？平克斯是不是正在考虑近期内进行人体实验？最后，还有专利的问题。亨肖写道，如果计划生育委资助此项避孕研究，最后产生了"可申请专利的发明发现"的话，那么这方面的专利权将归属于委员会旗下的狄金森研究纪念基金。与很多其他在委员会任过职的人不同，亨肖是一位优秀的科学家。这位生物学家曾参与过曼哈顿计划，并有过宏图伟略，想在计划生育委员会的旗下，创立一所设备完善的研究所，专门进行生育方面的研究。不过，他已经开始感到很是受挫了。就像桑格一样，他发现计划生育委员会的高层并不愿意"接受或容忍研究所需的进步思想"。从平克斯的研究当中，亨肖不仅看到了专利的可能性，还看到了"钱"途，并公开表明，一旦平克斯的研究产生了经济效益，委员会便想要分一杯羹。他写道："我想要知道，你会不会答应这个条件。"

参加讨论的没有律师，只有科学家。

平克斯同意了，不过，他还有些附带条件。他说，首先，被测试的避孕药品可能无法获得专利权，因为实验涉及的化学复合物都由不同的制药厂提供，而这些厂家可能已经提交了专利申请。不过，如果从此项研究当中真能产生可获专利的避孕丸，那么，"与委员会分享专利权应该是公平和公正的做法"，因为伍斯特基金会也用了一部分自有资金和别处得来的研究经费来进行此项研究。他写道："我承认这是一个棘手的问题。"

平克斯也回答了亨肖的其他问题。他说，在测试黄体酮对于动物的作用时，他没有发现任何副作用。最后，他还说，他确实准备对人体做实验，但是要在确认计划生育委员会是否会继续资助他的研究后，再做决定。

两周后，亨肖批准了平克斯的申请，计划生育委员会将再提供他两年的研究经费，每年三千六百美金。亨肖还问平克斯，何时可以开始对人体做测试。

平克斯感谢亨肖和委员会答应继续提供资助，并说他正在制定一个计划，以便在多人身上进行此避孕丸的测试。他写道："主要的工作会需要大量人力投入，且进展缓慢。因此，我看至少在一年之内都不一定会有什么确凿的结果。"当然，除非是计划生育委员会能够再提供额外的资金。那样的话，"进展或许可以快一点……"

＊＊＊

平克斯对于早期在兔子和老鼠身上进行的实验结果感到满意。令他同样甚至更加满意的是，约翰·洛克的研究表明，黄体酮的注射没有危害到女性。洛克并没有直接将激素当成一种避孕方法来进行测试，不过那对于平克斯来说并没有什么大不了的。参与实验的女性是否可以生育并不重要，他需要活人。他需要有人愿意服用这种实验性避孕丸，然后乖乖地让实验人员对其进行每天的体温测量、阴道刮片测试、每四十八小时的尿液测试，以及不时的子宫内膜活组织检查——这就需要医生从她们的子宫内膜获取少量组织样本。洛克的病人愿意这样做，是因为她们相信，长此以往，洛克会帮助她们受孕。要是没有这点激励，平克斯将很难找到愿意参加实验的人。另外，通过将这项实验作为洛克生育研究的一部分，平克斯可以有理由对外宣称，他自己并没有参与避孕用品的配给。如果他对于自己的最终目的毫不掩饰，那么他和洛克都会违反马萨诸塞州禁止一切避孕用品的法令，他们或可被判五年监禁和最多不超过一千美金的罚款。

在向计划生育委员会要求额外资助的申请信中，平克斯写道，他的实验样本将包括"三四十个女人的两三个月经周期"。同时，对于动物的实验还会继续。

这里还包含了平克斯的另一个了不起的突发奇想——这种办法太奇特了，只有好莱坞的电影里才会有。他准备测试的是个避孕配方，但表面上，他称之为生育治疗。如果还在哈佛教书，或者仍然隶属于克拉克大学的话，他绝不可能走通这条路。任何大学的系主任都会因为害怕法律纠纷或者负面宣传，而不让他在女性身上测试避孕药。但是，平克斯独立自由，并且不害怕担风险。当亨肖问平克斯，给女性避孕药品是否会违反马萨诸塞州的法律时，平克斯给了一个很严肃的答案。他写道："基本的事实可能在伍斯特或者廷巴克图都已经得到证实。"他继续说，这些实验并不是针对避孕的，"它们针对的是我们一直在研究测试的复合物的一些特定功效，而对于这些功效的生物性研究是不违反马萨诸塞州现行法律的"。他承认，如果参与实验的女性太多，会引起不必要的注意，但那是以后的事情。最重要的是确定黄体酮是否确实有效。不过，他最后还说："因此，我应该向您请教，就你们手头的资源，您觉得怎么做才算可行？"

平克斯认为，科学家就应该激进。他抱怨说，他太多的同行只满足于为科学杂志撰文，而他们真正应该考虑的是，如何实现他们科研成果的实际应用。他写道："实验室的科学研究基本都不考虑付诸实践。"

平克斯现在觉得自己已经不再只是一名科学研究者了。他还是社会活动者、改革者，以及商人。另外，虽然看起来不像，但他确实还是监理各类关系的关键人物。他并不是第一个用黄体酮进行实验的人，甚至不是第一个提出黄体酮或许可以成为避孕药的人。他不过是第一个连点成线的人，以共同的利益，把妇科医生、制药商和生物学家都拧到了一起。现在，平克斯追求的已经不再是另一次拍脑袋，他脑海中已经有了那种有效的避孕丸的大致图案，他要找的只不过是最后几块完成这幅图案的拼图。他并没有单打独斗地继续这项研究，或在又一次经历困难后就放弃，而是不断坚持，什么管用就用什么，谁能帮忙就找谁，无所不用其极。

约翰·洛克已通过对女性注射黄体酮和雌激素，测试过这些激素是否会让她们怀孕。平克斯所做的并没有什么两样，不过是目的不同罢了。

这算是欺骗吗？多数人都会这么认为。但这在当时并没有违反任何法律或者医学标准。

20 世纪 50 年代，美国在测试实验性药物方面的法律算是全世界最先进的了，但仍然没有成文的法律规定医生必须通知病人，他们在参与一项实验。洛克的病人并没有受到真正意义上的欺瞒。她们被告知，注射入她们体内的黄体酮将使她们停止排卵，从而防止怀孕。她们被告知，这种疗法会刺激身体，并可能会引起恶心。她们还被实实在在地告知，洛克相信，实验结束后，她们的怀孕几率会增加。

唯有一点信息被遗漏了。

* * *

1953 年，平克斯和洛克便在波士顿妇女免费医院召集了洛克的二十七位病人，开始进行为期三个月的测试。这项测试与洛克以往的黄体酮实验不同，这一次，平克斯希望确定这种激素确实会有效地停止排卵，因而无法定期排卵的女性被排除在了测试范围外。被召集来的女性会定期排卵但无法怀孕，但洛克对于其不孕的具体原因不得而知。在这次测试中，这些女性拿到的并不是以前洛克实验中的黄体酮和雌激素的混合物，而仅仅是黄体酮。另外，她们每个月只需服用三周的药片，剩下那一周暂停，以便月经可以正常来潮。

这次的测试费时费力。洛克办公室的护士和实验室员工们把这新一轮的测试称为平克斯黄体酮项目（Pincus Progesterone Project），简称 PPP。一些员工开玩笑地说 PPP 就等同于"尿尿尿"①，因为需要测试的尿液样本多得不计其数。当凑齐了足够数量的尿液样本瓶后，洛克会从波士顿派一个技师，而平克斯则从什鲁斯伯里派另外一个技师，两者在两地中间点附近的某处汇合，然后平克斯的人会把尿液样本带回什鲁斯伯里。

① pee 为小便的意思，发音与 P 一致。

平克斯对这种测试方法感到兴奋极了，他巴不得尽快召集更多女性参加实验。1953 年春天，当洛克的新一轮测试开始时，平克斯找到了以色列、日本和伍斯特的科学家和妇科医生，问他们是否愿意请他们的病人参加类似研究。他还聘请了伍斯特州立医院的护士来参加实验，这些护士或许对平克斯而言至关重要，因为她们没有不孕的问题。她们应该都是可以正常怀孕的妇女，其中一些人还在使用避孕套或其他避孕用品。不幸的是，这些护士都不是什么乖乖听话的人，她们之中的大多数都中途退出了。

在伍斯特，一位名为亨利·科肯德尔的 47 岁妇科医生同意帮助平克斯，邀请自己的一些病人来参与实验。科肯德尔是圣文森特医院的一名职员，也是纪念医院的一名资深产科医生，这两家医院都位于伍斯特。如果你在 40 年代或 50 年代早期出生于伍斯特或周边地区，那么你很有可能是由科肯德尔医生接生的。就像约翰·洛克一样，科肯德尔是一位虔诚的天主教徒，并且，亦正如洛克，与女病人的长期接触让他开始认同计划生育。平克斯约见了科肯德尔，并询问这位妇科医生是否能找到三十位病人，参加与洛克的实验类似的研究。这些女性得每天自行测量并记录下体温。她们还得每天自行做阴道涂片，并为激素分析收集自己的尿液。当然，她们也可以到医生那里，请护士做这些。黄体酮的剂量将非常高，每天大约二百五十到三百五十毫克。这些参加实验的女性没有得到任何报酬，也未被告知实验的结果将被用于一项关于避孕的新发明。大多数人之所以参与实验，不过是因为得到了医生的邀请，而她们信任这位医生。

测试于 6 月开始。整个夏天，科肯德尔医生往他那辆粉蓝色庞蒂克的后备箱里不断地放满尿液样本和宫颈涂片，并让他的儿子把车开到什鲁斯伯里的伍斯特基金会。

在第一年的实验中，平克斯、洛克和科肯德尔共召集了六十位女性参加实验。鉴于他们不得不秘密进行研究，能达到这个样本规模已殊为不易。但是，有一半的病人都中途退出了——不是因为实验过程太过烦琐，就是因为副作用太强了。洛克对于结果相当满意——三十位原本不孕的女性中，有四位在完成研究后实现了"反弹"，怀上了孩子。但是，平克斯很失望，有 15% 的女性在服用黄体酮的过程中仍然有排卵的迹象，这比兔子和老鼠的实验结果可糟糕多了。让事情更复杂的是，黄体酮的剂量对这一结果没有任何影响，无论病人服用二百毫克还是四百毫克，有效率还是一样。

在这个时间点之前，一切进展都来得迅速并鼓舞人心。但是，一种只有 85% 成功率的避孕药是很不理想的。

忽然之间，平克斯有理由怀疑自己的方法是否太过简单了。

13 黑人之首[①]

　　格雷戈里·平克斯有所不知，他这幅科学拼图缺掉的那一角早在十年前就被发现了，只不过没人知情罢了。

　　1942 年，日本人轰炸珍珠港后的数周内，一位名为罗塞尔·马克的美国化学家登上了一趟去往墨西哥的列车，他此行是为了寻找一种巨型根茎植物。这种野生山药被命名为"黑人之首"，因为从远处看，它就像地面上突出来的黑人的头。马克回忆道，当时，美国大使已要求美国公民避开墨西哥，因为"没人知道我们是否会打仗，以及墨西哥是否会站在我们这一边"。马克所属院校——宾夕法尼亚州立大学——也要求他推迟这项研究工作，但他拒绝了。他搭火车来到了墨西哥，随身带着他从植物学书籍里扯下来的一幅地图。这幅地图显示，黑人之首可以在墨西哥韦拉克鲁斯省的某处找到。在那里，从奥里萨巴通向科尔多瓦的道路横跨一个河谷。

　　在墨西哥城，会说西班牙语的马克雇了一位当地的植物学家及其女朋友，陪同他坐着卡车来到韦拉克鲁斯。然而，出发三天后，这位植物学家和他的女朋友都害怕极了，还说在这里有太多人对美国人充满敌意，再走下去是不安全的。马克又驱车带他们回到了墨西哥城，然后自己登上一辆去往韦拉克鲁斯的破旧大巴，还在一个随身带着一堆活鸡的女人旁边坐了下来。抵达韦拉克鲁斯时，他又换了辆公交车，驶向科尔多瓦。他在

① Cabeza de Negro，西班牙语，字面意思为黑人的头部，是产于墨西哥的一种野生山药。

车上看到两个小镇之间有条小溪，便请司机停下来，让他下车。就在车站附近，马克找到一个小杂货店，走了进去，用英语问店主他是否知道哪里可以找到黑人之首。杂货店店主让他明天再回来，用西班牙语说："明天。"这点西班牙语马克还是能听懂的。当他第二天回到小店时，店主给了他两株植物，马克将其装入袋子，绑在公交车车顶上，就这么搭着公交车回到了墨西哥城。

＊＊＊

马克是个特立独行的人。他过早秃顶，身材魁梧，总是很没耐心。年仅23岁的他，眼看就要拿到化学博士的学位了，却因为其当时所在的马里兰大学要求他再把硕士时代就已经上过的一门课程再修一遍，他就中途辍了学。一想到会浪费时间，他就忍无可忍。没有博士学位的马克从此开始在科学界到处游走——从一开始的乙基公司到后来的洛克菲勒学院。在洛克菲勒学院时，他对激素产生了兴趣。马克看到科学家正在对激素进行着有意义的尝试，但是大部分激素依然很稀有而且极其昂贵。高昂的价格严重阻挠了研究。当时的黄体酮昂贵之至，科学研究人员根本没法用它做实验。就算科学家能负担得起少量的黄体酮，就算他们的科研能产生了不起的突破，病人们也不可能负担得起此类衍生药品。然而，马克有一种直觉，认为黄体酮和其他激素都能以低廉的成本从植物中提取。他向自己在洛克菲勒学院的上司P.A.莱文提出了自己的想法，但是莱文告诉他，科学家们已经尝试过了，行不通。马克拒绝接受此等武断的打发。他回忆说："我告诉他，这是一项很实际的研究工作，如果我不能在学院做这件事，那我就去找个能让我做的地方。"他辞了职，并接受了宾夕法尼亚州立大学给他的一个职位——纵然他的年薪从四千四百美金降到了一千八百美金。

对于一个化学家来说，黄体酮和孕激素这样的性激素相对易于操控，正因如此，马克才产生了好奇心。性激素是类固醇，即具有相同碳和氢原子结构的稠合四环化合物。数千种激素化合物的结构都是一样的，举例来说，黄体酮的结构就和睾酮类似。由于这些化学物质很简单，对它们做出改动便很容易。只需几个化学反应，男性激素便能转换成女性激素，反之亦然。科学家们的大量相关新发现，让马克开始关注并涉足这个迅速发展的领域。在宾夕法尼亚州立大学，他成功从一位怀孕女性的尿液中提取了三十五克黄体酮。当时，医生们开始使用少量的黄体酮来治疗多次流产的女性。资助马克研究的是派克-戴维斯制药厂。其主席在听到消息后兴奋之至，说他们可以用每克一千美金的价钱出售马克提取的黄体酮。马克很快就发现了更好的方法——从公牛尿液中提取黄体酮。与此同时，其他科学家发现，他们可以通过改变胆固醇的化学结构炮制性激素，不过这个方法仍然相当昂贵且费时。到了 1940 年，马克已有了巨大的突破，并证明了他在洛克菲勒学院时就产生的直觉是正确的：从洋菝契①根中提取的复合物，经过他研发的五个步骤，就能转换成黄体酮。正因为还想找到一种含有更多关键复合物的植物，他才跑到了墨西哥，找到了黑人之首。

很快，世界各地的科学家都开始大量制造黄体素（人工合成黄体酮的名称），并尝试改进马克的方法。马克帮忙成立了一家新公司，而这家名为辛泰制药的公司很快就成了全世界最大的黄体酮供应商。不过，本性难移，马克很快就失去了耐心，说他一直没有得到他应得的那部分利润。离开公司时，他销毁了所有的相关文件。辛泰聘请了一名匈牙利籍的犹太化学家来代替马克，这位名为乔治·罗森克兰兹的化学家在二战期间逃离欧洲，来到了美国。他在复制马克的方法时困难重重。马克一早就对他的方法高度保密，并且从来都懒得在实验室里给各

① 墨西哥的一种根茎植物。

种化学品贴标签，而是靠看和闻予以区分。不过在五年之内，罗森克兰兹不仅复制了马克的方法，还发现了合成雄激素和雌激素的方法。1949 年，罗森克兰兹聘用了一个名叫卡尔·杰拉西的年轻澳籍美国人。此人为了赶赴墨西哥而离开了威斯康辛大学，原因是他听说罗塞尔·马克以及其他科学家正在那里做着史无前例的事情。杰拉西下定决心，要进一步改善辛泰的黄体素。

基于一些尚不清晰的原因，口服的合成黄体酮并不是太有成效。打针又比较疼，而且即使是靠打针，所需使用的黄体酮剂量也比别的激素要大。杰拉西想要制造一种更强效的口服黄体酮。他记得在上大学的时候，曾经读到过一篇论文，里面提到有位名叫麦克斯·埃伦施泰因的化学家，是如何将一个细胞中的碳原子移除，并替换成氢原子的。对于杰拉西来说，埃伦施泰因像是"把一座华丽的公馆……降格成了一间古怪的度假小屋"。这种操作效率极低，却给了杰拉西灵感。他研发出的新复合物比原先的有效四至八倍。更厉害的是，这种新复合物可以经过消化道而不被吸收，也就是说，可以用于口服。杰拉西认为，这种新药或许可以有效帮助月经不调的女性。他并不知道另一位年轻的化学家，西尔公司的弗兰克·科尔通也已受到埃伦施泰因的启发，开发出了一种几乎是相同的复合物。而杰拉西和科尔通都不知道格雷戈里·平克斯正在苦苦寻找的，正是这种复合物。

杰拉西说："我们做梦也没有想到，这种物质有一天会成为一种避孕丸的活性药物成分。"

14 什鲁斯伯里之路

玛格丽特·桑格和凯瑟琳·麦考米克现在就指望平克斯了。其他科学家也在尝试研发新的避孕方法，但大部分都是用些泡沫或者凝胶草草了事，这些对于为了愉悦而随时随地享受性爱的人毫无帮助。桑格想要一种更准确的方法，一种全新的、史无前例的方法。然而，不论是麦考米克，还是计划生育委员会，都没能拿出足够的钱来激励平克斯全力以赴，确保他会认真完成这项研究工作。

1953 年 5 月，当平克斯和洛克开始进行第一轮针对女性的实验时，桑格建议麦考米克和她一起到什鲁斯伯里见一见平克斯，以便让麦考米克再考虑一下是否愿意资助此人。麦考米克回信说，她愿意同行，但她有个要求——把行程定在周一到周五，因为，就像她所写的："我就是不喜欢在周日驱车外出，因为那一天的人潮总是如此汹涌，开车出行就等于要排长队。"

行程定在了 6 月 8 日，那是一个闷热潮湿的星期一，麦考米克那部由司机驾驶着的劳斯莱斯穿越马萨诸塞州中部绵延不绝的山丘，又经过什鲁斯伯里那片坚实的工人阶级村落，最后来到了伍斯特基金会小楼外的柏油碎石车道。

两位女士并没有因为基金会办公室的简陋而产生反感：装修只求合用、廉价，动物饲养房的通风很差，实验室看上去也是随便糊弄起来的。要说对此地的印象和感觉，她们看似很是被这个地方破旧的美吸引，并且对于平克斯准备请约翰·洛克的病人参与实验一事特别兴奋。张民觉甚至听到麦考米克对桑格细声低语："就是这里。"

就在当天下午，两位女士结束行程前，麦考米克问平克斯需要多少钱。他已经从计划生育委员会那里争取到了一万七千五百美金，以支付第一年的人体实验费用，而委员会已经请麦考米克出手资助，她也同意给出这一万七千五百美金的一半。

而现在，当麦考米克在伍斯特基金会的基地踱着步时，她想要对这项科研计划有个宏观的了解。要想完成这项研究计划需要多少钱？要研发出她想要的避孕丸需要多少钱？

平克斯回答：十二万五千美金。

麦考米克点了点头，并感谢平克斯抽空与她们见面。她和桑格坐上了车回到了波士顿。

第二天，麦考米克打电话给平克斯说，她会先给他一张一万美金的支票，之后还会有更多。那晚，可能就在平克斯准备回家好好放松一下，来杯鸡尾酒庆祝一番，告诉莉齐他终于有了足够的钱全力以赴地开发避孕丸时，天空骤然发紫，一场可怕的龙卷风席卷了伍斯特和什鲁斯伯里。在这场暴风中有近百人丧命，逾八百人受伤，成千上万的人无家可归。很多房子都被连根拔起，抛向别处。沙发和冰箱都被风从窗口吸了出去。人行道都被掀起来，碎片在空中穿梭着，就好像失了重一样。有一个全新的工具厂甚至成了一堆废砖烂铁。在伍斯特基金会，一栋楼的房顶被摧毁，窗门被敲碎的时候，一小部分的实验仪器受损。不过，无人受伤。

对于平克斯而言，这可是难忘的一周。

15 "疲惫而沮丧"

凯瑟琳·麦考米克总是很不耐烦。有一次，她抱怨说，圣诞节"那个长假让我恼火"，因为任何事都做不成。

而此时此刻，就在这个 1953 年的秋天，她更加不耐烦起来。

"平克斯那方面一直都没有消息。"她在 9 月 28 日给桑格的一封信里抱怨道。她和桑格前往什鲁斯伯里，与平克斯在伍斯特基金会见面，这不过是三个月前的事情，但她已经开始忧心忡忡了。"我真心希望他们不是碰到了什么困难，"她写道，"他们应该已经有足够的时间了解黄体酮是如何产生作用的了。我迫切想要知道，他们对此作何想法，具体实验的范围为何。"

一周以后，桑格的回信中透露了令人沮丧的小道消息：计划生育委员会准备在 1954 年 1 月之后就中止对于平克斯研究的资助。桑格说，她并没能确认消息是否属实，但是她很气愤也很着急。平克斯在计划生育委员会高层当中最主要的支持者保罗·亨肖，在与威廉·福格特的权力之争中失利，并被开除。桑格向麦考米克抱怨说，这个机构的领导人根本不关心"整个计划生育运动最大的需求……就是一种简单、廉价的避孕用品"。如果不够的话，桑格还有消息称，计划生育委员会将"富有激情的罗马天主教徒"约翰·洛克任命为研究委员会的主席。"你或许还能想起约翰·洛克是多么富有魅力的一个人，但那并不代表他对于避孕用品的兴趣足够强烈，并有资格成为一位研究委员会的主席。这个研究委员会的目标应当是尽快发现或开发一种简单的避孕用品。"

桑格敦促刚刚从加利福尼亚搬到波士顿的麦考米克再去见平克斯一次，并了解一下具体进展。"在我看来，他的研究方案已经是最切实际的了，如果他都不能把实验进行到底的话，那实在是令人震惊的、灾难性的。"

平克斯对桑格指出的问题早有预见。计划生育委员会并没有，也不会百分之百地承诺资助他的研究。因此，他一直都没把鸡蛋只放在这一个篮子里。

这位科学家已经通过不懈的努力与西尔公司重修旧好。开始研发避孕丸时，他特意请西尔公司为他的实验提供各种黄体素复合物，一种接一种地尝试，看看哪种复合物最有效，就像是一个大厨巧妙地在一道新菜肴中尝试不同的香料一样。辛泰公司的卡尔·杰拉西和西尔公司的弗兰克·科尔通已分别发现了合成黄体酮的方法，但这些合成复合物的化学结构不完全相同，产生的实验结果也略有不同，有些是注射比口服管用，有些需要更大剂量才会有效。平克斯和张民觉在这个反复摸索的过程中使用了几千只老鼠，希望最终在人身上得到的结果将和老鼠的类似。在平克斯最中意的三种黄体素复合物中，有两种是西尔公司制造的。这三种复合物的化学名称分别为：异炔诺酮、乙诺酮和炔诺酮。"西尔公司近期似乎交了好运，因为我们测试了大量不同的复合物。"平克斯在一封给艾尔·雷蒙的信中这么说，雷蒙正是那个两年前宣称平克斯毫无价值的人。数年后，一位科学家在审视平克斯早期实验时发现，平克斯选择西尔公司的复合物颇为蹊跷，因为辛泰公司的另一种复合物实际上更为出众。如果说平克斯偏向西尔公司，他也确有苦衷。他没有把自己局限在黄体酮研究上。他不确定桑格或麦考米克的资助能持续多久。就算她们可以继续资助他，这项研究的结果也难以预见。另外，即使对洛克的病人进行的实验能够产生好结果，他也不能确定接下来让数千名女性做临床测试时，能否有同样的好结果。在一个依然限制避孕的国家，这种东西是否真的可行？其他国家会允许美国科学家对他们的国民测试这玩意吗？整个项目可能在任何一刻毁于一旦或戛然而止。

同时，西尔公司正以每月 5 600 美金的数额赞助着伍斯特基金会，由此成为基金会有史以来最大的民营赞助商，对于基金会年收入的贡献达 8%。

西尔的高层对平克斯的黄体酮研究很感兴趣，但也对他研究的其他项目感兴趣。1953 年夏天，平克斯显然是对自己和这家大制药厂的关系相当乐观，也可能是对自己的避孕丸或者秃头疗法很乐观，他以每股 48.5 美金的价格购买了 19 股西尔公司的股票。他让西尔公司每周从他的工资中扣除 18.53 美金，让他认购股票。

当时，西尔公司支付着平克斯 15 000 美金年薪的三分之一。相比之下，美国家庭年收入的中位数为 5 000 美金，作为纽约洋基队的中外野，著名职业棒球选手米奇·曼托年收入 17 500 美金，而艾森豪威尔总统的年薪则为 100 000 美金。

＊＊＊

平克斯或许的确是两头押宝，而桑格和麦考米克却是孤注一掷，她们越来越着急地想要看到平克斯的胜利成果。

桑格写信告诉朋友朱丽叶·巴雷特·鲁布利①，说自己感到"疲惫而沮丧"，很少有时间与家人和朋友共处。"我感到万事索然无味，既无精力也无兴趣做任何事。"

虽然她为了计划生育运动奋斗了几十年，但是耿直的天性使她连在自己协助成立的机构中都得不到强烈的支持。她常常自己出去募集资金并自掏腰包，资助那些计划生育委员会不愿

① 美国著名女权运动家。

意全额赞助的项目。"像这样为避孕药和大型会议花钱,只有天知道我还能撑多久。"她告诉这位朋友。

桑格的身体一天天虚弱下去,心脏问题正逐渐削减着她的精力。1949 年她刚过完生日没多久,就第一次心脏病发作。之后,劳累迫使她取消了一些活动。1952 年 1 月,桑格首次上了电视,与她进行辩论的天主教徒代表完全不给她喘息的机会,而她看起来就像一位年迈的拳击手,承受着一次又一次重击而无力反抗。"我对于自己的迟钝反应和缺乏'反弹'很是灰心丧气,所以我几乎已经决定,再也不做任何公开演讲了。"她靠一种叫地美露的止痛药缓解严重的胸部疼痛,但这种药极易成瘾。她的医生力劝她赶紧退休,可她只用一个词就把他们给顶了回去:"荒唐!"

朋友们注意到她比以往更暴躁,那或许是因为她服用了一堆止痛药、安眠药,还习惯性地喝上了香槟。"我很怀疑你是否意识到,当集中精力工作时,你是如何把自己的好朋友推搡开去,让她们觉得你全然不需要她们的。"克利夫兰出生的社交名流、桑格多年的朋友多萝西·哈密尔顿·布拉什在 1953 年给桑格的信中这么写道。

桑格失眠的时候,会阅读西蒙娜·德·波伏娃的新书《第二性》,而这本书日后将成为女权主义的经典之一,在探索性之力量的过程中,将历史、生物、经济和哲学融于一体。波伏娃的书,旨在分析从狩猎时代到第二次世界大战,女人为何会接受低男人一等的社会地位。她提出,如果女性得到解放,那么不论是男人还是女人都会受益:"当人类中为奴的那一半得到解放,背后那虚伪的系统被废除,那么所谓人类的'分工'会表现出其真实含义,而夫妻们也会发现婚姻的真实状态。"桑格会喜欢这本书并不出奇,特别是对于波伏娃的一些描述,比如,"母性的奴役状态","女性荒谬的繁殖能力",异性恋是"致命的险情"。在其个人生活中，波伏娃并不憎恨男人，她所痛恨的是男性支配的社会强加给女性的各种制度。即使是夫妻之间的爱，也是"复杂的，夹杂着依恋、怨恨、仇视、规矩、逆来顺受、懒惰和虚伪"，她写道。

桑格并没有说她是否赞成这些说法，但是她写道："这是对女人的绝佳分析——她一定是用了毕生的精力去分析和撰写。"她最赞赏的内容或许是波伏娃煽动女性们行动起来的部分。"做个女人根本就是受了诅咒啊！"波伏娃写道。但是，更可怕的诅咒是默默承受这一诅咒而不反抗，每个女人都有责任去斗争。

对于桑格而言，这从来都不是个问题，可是现在呢，她的时间和精力都越来越有限。她不顾医生的退休建议，反而担起了更大的责任，成了国际计划生育联合会唯一的主席，推动这个组织将计划生育运动推广到全世界。对于美国计划生育委员会主要聚焦于避孕教育和医疗服务，而并不支持平克斯的研究，桑格仍然感到很懊恼。她确信，这位科学家马上就要有重大突破了。就像1953年夏天，她在第四届世界人口大会上对参会的医生和社会工作者说的那样，"投入我们所有的精力来研发一种简单而便宜的避孕丸"的时候到了，"这种避孕丸或许能暂时避免怀孕。我相信那将是最安全的方法，并且从长远来看，那也将是最好的方法"。她还特别照顾到听众当中的优生学派，并说下一个工作重点应当是"针对有疾病的家庭，包括那些有精神病的、愚笨的、不健全的和患病的人，采取一些具体措施控制他们的生育"。

桑格的论调具有争议性，却算不上耸人听闻。1952年，在美国有约一千四百起记录在案的因所谓"精神缺陷"进行的绝育，未记录在案的肯定更多。在一些州，对于因犯或精神病患者的绝育不会被上报，在另一些情况下，自愿绝育也未被上报。桑格发表演讲时，一些优生派的人甚至在要求强制绝育，另一些人则认为除非是个人身体不健康，否则无需绝育。桑格和其他计划生育运动人士利用 1953 年大会的时机，呼吁进行更多的研究和教育，就像一位发言人说的："使绝育得到更广泛的接受和更恰当的使用……让个人和社会都能受益。"

桑格和计划生育运动人士跟优生学派的关系一直都不太稳定。20 世纪 20 年代，当大学教授在课堂上讲授优生学时，学生们在展览会上搭起棚子，将"种族健康"的知识传授给来宾。优生运动的主要发言人查尔斯·B. 达文波特在长岛的冷泉港开设了优生档案办公室，此地也成了优生运动的活动中心。该运动的支持者包括社会工作者、卫生部门官员、医生和护士——他们亲眼见到遗传性疾病带来的悲剧；其他的支持者则出于种族主义或精英主义思想，希望由此产生一种符合生物学的规划，削减部分低下移民和种族的人口。桑格从艾利斯那里听说优生学后，自然就发现了其与她个人思想的契合点。"身体健康的就多生些孩子，身体不健康的就少生些孩子——这是节育最核心的理念。"1919 年桑格在《节育评论》杂志的一篇社论中如此写道。她相信，女人应当有权操控和限制自己的生育。她也提出，如果全社会都使用"现代畜牧业者"采用的有效繁殖技巧，便能提高整体健康水平。这样，政府也就无需给穷人发放补贴。她在一次演讲中说，想要当父母的，得通过申请才能生育孩子，就像移民需要申请签证一样。

优生学派的领袖更绝，他们提出国家应该有权对个别他们认为低下或不配繁衍后代的族群进行生育控制。他们认为，贫困及不健康家庭的增多，以及跨种族、跨国籍的通婚都很危险。为了得到优生派的协助，桑格或许走得有点远，抑或她真的相信这些。到了 30 年代末，优生派已经开始从大众视野中慢慢消失，但是桑格却未放弃这场运动剩余的支持者。在 1950 年给麦考米克的一封信中，桑格写道："我认为，现在应该马上就来一场全国性的绝育，专门针对那些对人类有不良影响的族群。他们得到政府救济，不断生育，要不是因为救济，他们早就慢慢消亡了。"二战时，纳粹试图用绝育和大屠杀的方式将一些种族和宗教群体斩草除根，而到了战后，桑格还是立场坚定。她一次又一次重复：为人父母应该被视作一种特权，而不是普遍的权利。可以肯定的是，桑格和麦考米克都是精英主义者，而且，随着年岁的增加和财富的累积，她们变得越来越精英主义。然而，没有理由相信她们是种族主义者。对于优生派中提出的富有、受过良好教育的白种人应当生更多孩子的观点，桑格从未表示支持。在提出一些人应该少生一些孩子时，她也从未将矛头直指任何一个种族。她希望女人们减少生育，或是在想要孩子时，有最大机会生出健康的孩子。在她的思想中，种族的概念从来都不占重要地位。

不论她的动机为何，对于优生派的忠诚让桑格陷入了一个困境：避孕丸并不是优生学派想要或需要的。就像一些精明的优生学派人士指出的，不论避孕丸有多便宜，最终吸引的还是那些受过良好教育的、富有的女人。但优生学派恰恰希望这群女人多生些孩子。

在发起节育运动之初，桑格是为了帮助那些贫困的、无权无势的人，但在取悦优生派的过程中，她实际上改变了这场运动的本质。就像史学家大卫·M.肯尼迪所说的那样，"从一场瓦解社会的激进运动，变成了一场操控社会的保守运动"。到了50年代，桑格似乎意识到与优生派太过亲近的问题，但为时已晚。如果桑格不算正式与他们联了姻，至少也算是长期同居过，一时难以了断。在漫长的社会运动生涯中，她为了改变人们对于家庭、妇女和性的态度做了很多事——在20世纪，或许比任何人做的都要多。然而，主要的改变都发生在中上层阶级。受过教育并有一定经济地位的女性比贫困女性更有可能站出来维护自己的权益，与丈夫讨论计划生育的问题，社会学家李·雷恩沃特在对此问题进行了四百多次访谈后，于1965年如此写道。相形之下，穷人的生活状况并不比20世纪初改善了多少。想当年，桑格曾穿梭于纽约下东城的廉租公寓，眼睁睁看着那里的女人们被迫靠堕胎，来抑制不断膨胀的家庭规模。

最终，并不仅仅是优生派引得桑格偏离了她原先想要帮助穷人的目标，性也是一个因素。如果她的目标仅仅是帮助穷人那么简单，她或许可以就在性教育上止步。然而，她希望所有女性都得到性解放，她希望性成为欢愉和个人满足感的更主要源泉，她希望看到男女之间的纽带因为性而更加牢固，她希望抑制全球人口增长，她希望得到一切。不错，她仍然希望得到一切，而且她还留有希望，希望就在平克斯的小药丸上。

桑格74岁了。当时，美国女性的平均寿命为72岁。她已到了如此高龄，身体状况也很糟糕，这足以让她开始考虑，自己死后到底能留下些什么。然而，在1953年秋天，她又多了一个自我反省的理由，仔细回忆自己的功与过，以及未竟的事业：一位名叫劳伦斯·拉得的年轻记者开始撰写她的传记，能得到这种关注让她很兴奋。

"你必须永远沉浸在爱当中。"桑格告诉这位比她年轻四十岁的作家，"如果没有爱，人生就没有意义。"在写作过程中，桑格坚持让拉得如影随形，两人几乎是没日没夜地待在一起，喝了无数香槟。他们之间并没有发生关系，但是对于拉得来说，在这段时间里，他就好像是在求爱。

拉得为桑格而倾倒，他甚至把写完的章节发给桑格，让她审阅。"过去的回忆令我相当不愉快。"桑格在1953年10月给他的信里这么写道。当时，她正在修改手稿，删减她不喜欢的部分，还写下了栏外注解。拉得显然是着了迷，就这样任由她修改。"我在修改过的开篇里，使用了……圣女贞德的比喻，并且开始意识到，贞德将自己的原动力简单地归结为内心的声音，是多么聪慧的做法。"拉得在给桑格的信中如此写道，"但是，要怎么才能描绘你的原动力，那种光芒四射、永不熄灭的火焰呢？"

拉得的书由道布尔迪出版社在 1955 年出版发行。这本传记对桑格几乎完全没有批评之词，还有一些对她的溢美之词简直肉麻。即使如此，桑格在阅读并修改整本书的过程中，似乎看到了自己人生的总结。那有点像是阅读自己的讣闻，只不过篇幅更长，内容更深入。她将拉得比作"一只啃骨头的狗，对过往越挖越深，深入漫长人生中内心世界的经历，令你相当不自在"。

这本书的结尾揭示了这位社会改革家的最终结局："就像交响乐里剧烈的最强音，玛格丽特·桑格今日今时的努力只有一个目标、一个主题——避孕'药丸'，"拉得这样写道，"这'药丸'是她终生的梦想，它的实现无疑将会成为本世纪伟大的社会变革之一。虽然桑格夫人并没有在技术方面参与这种'药丸'的开发，但是她就是它的先知，它背后的驱动力。"拉得继续写道，这种药丸或许会在未来一两年内面世，而其安全性的测试可能还需要再花上三到五年。换言之，它即将到来——或许，这位逐渐隐退的斗士还能看到它的到来。

16 女人的问题

　　平克斯经营伍斯特基金会的方式仍然像是把这个机构当成一部跑车，快速飞跃短程距离。1953 年秋天，基金会在四十六项总额为六十二万二千美金的收入下，似乎正在蓬勃发展。对于一个规模较小的独立实验室来说，这可是一大笔钱。然而，实际上，这里有个漏洞：平克斯和合伙人侯格兰德几乎把所有的钱都投入科研当中，而忽略了一些日常开销，包括物业维护和后台人员。

　　基金会的业务经理已气急败坏。他多年来一直在告诉平克斯，这个机构应当把四分之一的收入放在经常性开销上，但平克斯就是不肯听。他把经常性开销压到运营成本的 11%。平克斯不断订购更多兔子和老鼠，也不管有没有足够的空间，基金会的阁楼和地下室永远挤满了动物。

　　"现在，理事们希望造一栋新的动物实验楼，而且这一需求非常迫切，不仅是为了新的研究，也是为了进行现有的工作。"业务经理布鲁斯·克劳福德在 1953 年给财务委员会的一封信中如此写道。然而，基金会已无任何资金建造新楼，或作任何他用了。年复一年，平克斯都拒绝未雨绸缪，总把钱花得一干二净。

　　如果平克斯想让这个研究机构长期办下去，他或许会像办其他学术机构一样，设立一个捐赠基金，他或许会聘请一家顾问公司，对基金会的经营方式提出一些意见，或是聘用一个有商业背景的首席执行官或首席财务官，来负责这个机构的运营。然而，平克斯什么都没做。他太聚焦于自己的研究和下一项发明创造了。侯格兰德花在运营上的时间倒是比平克斯多，不过他也从来不会拦着他那个才华横溢的合伙人。因此，这两位科学家没有制定长远的商业计划，而是跑到了凯瑟琳·麦考米克那里，问她能否提供建造新实验楼所需的款项。她立刻就答应了，并承诺出资五万美金。问题解决了。

平克斯写信感谢麦考米克，说他不仅为这笔捐款感到高兴，对她的强烈支持更是心怀感激。新楼开工后，平克斯又向多家大型基金会申请了更多的资金，声称他很快就能有更大的空间进行实验。梅西基金会曾支持过平克斯在哈佛的体外受精实验，在一封给这个基金会的信中，平克斯说他正在研究如何让女性冷冻卵子，就像男性冷冻精子一样。他并没有提到避孕，而是夸夸其谈，说这个领域将出现一系列新的可能性。他写道："我真的认为，这个领域会产生一门新的科学，这门科学将是年轻、旺盛、充满希望的。"

与此同时，他在继续尝试使用不同的黄体素复合物，以期找到最合适的那一种；他也在继续搜寻在女性身上测试的途径。仅仅从他的笔记和报告中，很难确定他是否将避孕丸的研究作为工作重点，还是抱着机会不大的心理，同时进行多项研究。在1953年的最后几个月，他手上同时有十几个项目，包括对于胆固醇、精神分裂症和类固醇的新陈代谢等的研究。究竟避孕丸项目是不是他的首要任务，在他的笔记和信件中也没有留下任何线索。事实上，在向基金会的受托委员会提供年度报告时，他极少提到避孕研究，只是说他目前的工作包括"控制生育的新研究"。平克斯清楚避孕丸的潜力，他明白这种药丸不仅能改变女性的命运，还能控制世界人口的增长。尽管如此，他依然无法心无旁骛地追求这个伟大目标，他不过是一名科学家，追寻有用的线索，追求可得的经费。如果不是凯瑟琳·麦考米克慷慨之极的捐赠，这个避孕丸项目很可能无疾而终。

麦考米克比任何时候都更大权在握。桑格疾病缠身、体力不支，而且还越发喋喋不休。从她的日记中可以看出，桑格将大量时间都花在看医生、上美术课，以及在图森当地协助开办各种活动上。"我不知道平克斯的项目进展如何。"她在1954年2月13日给麦考米克的一封信中如此坦言。麦考米克回信说，她对计划生育委员会最顶层领导的表现非常失望。委员会主席威廉·福格特来到了波士顿，却没能抽空到什鲁斯伯里见一见平克斯。福格特与麦考米克见了面，却并没有开口要钱，而"只是说他希望我对他们的研究仍然抱有兴趣"！麦考米克百思不得其解。

在波士顿的会面后，麦考米克又计划到计划生育委员会的纽约总部拜访福格特。虽然她提前数周就安排好了行程，但是当她来到委员会总部时，不论是医学委员会，还是研究委员会都没有派人出来与她见面。她写道："我变得有点不耐烦，我实在是忍不住要说，我似乎成了唯一一对这种口服避孕丸真正有兴趣的人。"福格特在回信中透露了他没有热情接待麦考米克的原因之一。他认为，麦考米克帮助伍斯特基金会搭建新的动物实验楼是在浪费钱财。福格特确信，将计划生育委员会的钱花在教育和医疗机构上更为值得，他对科学研究已逐渐失去了兴趣。麦考米克大吃一惊。她告诉福格特，自己坚定地相信，对黄体酮的研究是研发避孕丸的最佳突破口。不过，显然也有另外的可能性：一种类似黄体酮的"关联性类固醇"或许会更有效。现在，唯有平克斯和他伍斯特的团队在测试激素的避孕效果，她不希望这项研究被迫中止。麦考米克明白，即使研究团队已

经开始对人类进行测试，他们依然需要继续动物实验，这样才
能找到最有效的化学复合物。她的结论是，计划生育委员会里
没有一个人"真正关心口服避孕丸的研发，而我原先的想法是
错误的"。当桑格因为疾病无法集中精力时，是麦考米克不断跟
进研究工作的进展。她不欠任何人情，完全可以畅所欲言。计
划生育委员会的人，甚至连桑格，都小心翼翼地把新的避孕丸
说成是仅为已婚女性而设，在整个研发团队当中，仅有麦考米
克有足够的勇气和独立性来宣称，所有的女性，结婚与否，都
可以使用避孕丸。

　　平克斯和侯格兰德完全在依赖麦考米克的直接支持，但是
他们告诫她，完全忽视福格特和计划生育委员会的其他人是不
明智的。虽然委员会的高层和桑格争执不休，对平克斯的研究
也没有明确表态，但是这个机构依然是有价值的盟友，平克斯
不愿与其反目成仇。

　　麦考米克越来越多地与平克斯正面接触。1953 年 11 月，
她驱车至什鲁斯伯里拜访平克斯，并询问他和洛克是否已准备
好，汇报他们首次人体测试的结果。平克斯解释说，他们自 7
月以来，就在开展对七十位女性的测试，她们大多数都是洛克
或科肯德尔医生的病人，再加上伍斯特州立医院的数名护士，
但接近半数的妇女都中途退出了，抱怨说测试过程太过烦琐，
或是令她们感到恶心。

　　"对女性做测试并不像对关在笼子里的兔子进行实验那样容
易。"在 1953 年 11 月给桑格的信中，麦考米克概述了自己与
平克斯的对话内容，"兔子可以全程都被紧密控制，而参与测试
的人则可以不告而别，并且一旦离开，就不会再回来继续参加
测试。她们有时会忘掉吃药。"问题还不止这些。跟兔子不一样
的是，女人还得向丈夫们解释，为何要服用还在测阶段试的药
物，并且这些药物还可能会让她们怀不上孩子。跟兔子不一样

的是，女人还会问问题。还有，跟兔子不一样的是，女人不舒服的时候还会抱怨。

避孕丸的测试也比其他药物的测试更困难。让疾病患者尝试一种新药是一回事，患者是想要康复的，他们往往会在诊所或医院里得到医疗监护，他们愿意承担副作用和风险，因为不服药的结果可能更糟。然而，现在自愿参与测试的都是健康女性——还是健康**年轻**的女性。要是这种药丸让她们患上疾病怎么办？要是这药丸让她们永远不能生育怎么办？要是这药丸让她们生出畸形的孩子怎么办？要是这药丸不知怎么地改变了女性的激素，让她只能生女孩怎么办？

平克斯告诉麦考米克，为了确定这种药是安全的，他需要对数百名甚至是数千名女性进行测试。更多的测试则意味着他需要更多的员工——医生、护士和后台人员。以过往的经验来判断，平克斯认为，麦考米克或许会主动拿出钱来，但是她的钱也有买不来的东西：病人。在将近一年的测试过程中，有一半的病人在第一轮就中途退出，他和洛克只完成了对三十名妇女的测试。

精神病医院和妇科诊所是不够的。但是，平克斯知道有这么个地方，那里的妇女不会问什么问题，也不会抱怨太多（至少他相信是这样），在那里，避孕是合法的，被广泛接受的。

平克斯在1954年3月5日给麦考米克的一封信中写道："我和平克斯太太近期刚从波多黎各回来。"他在那里的医学院教书，并给医生们讲课。平克斯发现这个岛国的科研水平之高远超预期。另外，他发现这里有十多家避孕诊所，因此很受鼓舞。"我的结论是，我们的药物测试能够较大规模地在波多黎各进行。"他写道。他认为，让一百到三百位"智商不低"的妇女参加测试，应该不在话下。同样的测试要是"放在这个国家，将非常困难"。

平克斯曾经到圣胡安①给一群科学家讲课，内容为"类固醇激素的生物合成和新陈代谢"。他还乘此机会略作休整，晒晒太阳。他太辛苦了，有点筋疲力尽。他甚至还去看了医生，医生让他做了化验，结果显示平克斯的白细胞数值"有点增高"。不过，不在沙滩上晒太阳的时候，平克斯与几位医生聊了聊岛国的避孕情况。他在波多黎各的东道主是大卫·泰勒博士。二战期间泰勒曾和平克斯共事，研究肾上腺对疲劳的作用。泰勒如今成了波多黎各大学药理学系的主任。平克斯想到，如果能有泰勒这样有资格的科学家来监察测试，或许能在这个急于寻求更佳避孕方法以解决人口过速增长问题的岛国，进行高质量的科学研究。

麦考米克对此持怀疑态度，或许是出于种族及阶级的偏见。她不确定能否相信波多黎各的妇女会遵循测试的要求，她也不确定波多黎各的医生和护士是否够格，能进行这些测试并记录结果。然而，她还是相信平克斯，而且她希望他能尽快完成研究工作。

* * *

平克斯提出波多黎各并不是轻率之举。他在考虑过印度、日本、夏威夷、墨西哥、纽约、罗得岛州的普罗维登斯后，最终选中了这个位于加勒比海的小岛——美国的境外领土。泰勒并不是岛上唯一的美国人，那里还有很多。这就意味着那里语言障碍不大，且专业水平较高。美国飞往波多黎各的航班很多，而且多为直航。这个地方的最大优势在于，从 1937 年开始，波多黎各就将避孕合法化了。

平克斯已做好准备，全力推动此事。

然而，就像麦考米克一样，约翰·洛克有些担心。他希望参加测试的是"正常排卵且聪慧的"妇女，她们能遵从他的指示，他还希望能亲自看到这些妇女的反应。然而，即使他们能

① 波多黎各的首府和最大城市。

143

在波士顿召集足够的女性，洛克也无法确定测试会成功。在这个繁复的测试过程中，唯一能坚持下来的，都是他那些不育的病人。她们遵照医嘱，因为她们想要怀孕。洛克认为，在职和有了孩子的妇女不会有时间乖乖参加所有的尿液测试、阴道刮片测试和子宫内膜活组织检查。

平克斯则持不同意见。波士顿的妇女或许确实更为可靠，不育的女性可能更有积极性，但仅仅如此，他和洛克永远也没办法征集到足够的参与者。相比之下，波多黎各人对于美国人带给他们的馈赠心怀感激——至少他这一代的许多美国人愿意这么想。这个岛国已成为社会科学家的长期实验基地，特别是在二战之后。另外，人口过多和贫困一直都是困扰这个小岛的严重问题。波多黎各又穷又拥挤，家庭的规模都很庞大。1940年到1950年之间，整个岛国的人口增长了18%，达220万之多，而其城市人口更是大幅增长了58%。波多黎各的生育率比其他七个拉丁美洲国家高出17%，比美国更是高出了34%。年龄在55岁以内的波多黎各妇女平均育有6.8个孩子。快速增长的人口成了棘手问题。虽然波多黎各人绝大多数为天主教徒，但是节育用品已很普遍。优生运动的领袖们早已要求波多黎各妇女自愿绝育，而出资人是桑格的朋友克莱伦斯·甘布尔。甘布尔几乎和玛格丽特·桑格一样，长期参与节育运动。不过，相比之下，他比较低调。

甘布尔生于1894年的辛辛那提。他的父亲大卫·贝里·甘布尔是家族当中最后参与掌管家族企业保洁公司的人。克莱伦斯·甘布尔毕业于哈佛医学院，成了药理学教授，并决定将其大量的财富投入到避孕事业中。虽然甘布尔和桑格经常合作，但是他们的想法并不太一致。桑格希望将节育运动围绕着医生展开，以增加运动的可信度和接受度，但是甘布尔知道，大多数妇女都没有私人医生，也不可能到节育诊所去。他希望每个孩子的父母，都是有责任感并有资格为人父母的人；他相信达到这个目标的唯一途径，就是找到一种便宜而简单、不需要医生开处方也不需要护士参与的避孕方法。甘布尔希望改造这个世界，通过降低部分不适人群的生育率，让像他自己那样的人——成功而努力的白种人——更安全。

在波多黎各，因为有了甘布尔和其他人员的帮助，在医院生产的妇女通常被要求先结扎再出院。一位在岛上工作的美国医生说，当她看到 50 年代岛上普遍结扎的情况时，她"吓坏了"。她说："那就是个习惯。我是说，她们就是这么干的……那些妇女下定决心不想再要孩子了。"天主教会越是用舆论反对，波多黎各妇女就越要求绝育。教会的负面舆论反而变相散播了妇女可进行结扎的信息。对于平克斯来说，那就意味着波多黎各人或许会反抗或无视教会的指令，欣然接受避孕丸。当然，首先得假设这种避孕丸是有用的。最终，洛克和麦考米克都同意让平克斯尝试他提出的这条路。

他们马上就要开展一场现代医药历史上最大胆、最具争议的临床测试了。

17　圣胡安的周末

　　1954 年，正当平克斯开始计划前往波多黎各进行避孕丸测试时，另一位名叫乔纳斯·沙克的科学家正准备对其发明的脊髓灰质炎疫苗进行首轮测试。乍一看，这两个人全然不同。

　　平克斯差不多是在秘密进行着一个几乎势必会引发争议和恐慌的项目，一个他不敢在美国进行测试的项目。沙克则是国家英雄，公开讨伐众矢之的，全国上下都密切关注他的研究进程。每十万美国儿童当中，就有五十人受到脊髓灰质炎的侵害。这种疾病几乎是随机地不期而至，不是夺走患者的性命，就是让其与轮椅和拐杖相伴终身。然而，即使在 20 世纪 40、50 年代，当脊髓灰质炎的发病率达到高峰时，亦有十倍于彼的儿童死于交通事故。但是，战胜这种病毒成了全国人民心目中最重要的目标。超过三分之二的美国人捐款给"一角募捐步行基金会"——一个专门为脊髓灰质炎儿童设立的慈善机构。在 1954 年的美国，知道沙克在进行临床实验的，比知道当年美国总统全名——德怀特·大卫·艾森豪威尔的还要多。从来没有什么医学实验引起过这样的举国瞩目。

　　沙克在他的疫苗测试中花了数千万美金，而平克斯第一年的经费却不到两万美金。沙克对六十万儿童进行测试，而平克斯仅仅希望能征集到三百位妇女。

　　然而，抛开这些表面现象，沙克和平克斯其实在本质上很相似。两人都愿意为了研究的全速前进而忽略一些潜在的风险，都愿意跳脱出学术研究的象牙塔，与能够引导并协助他们研究的造势群体建立紧密关系。另外，两人也都不在乎他们的研究成果是否能挣钱。1954年，当平克斯向计划生育委员会寻求支持和资助，并让西尔和辛泰提供必需的黄体素复合物时，他聚焦的是科研工作，而不是钱。就像他对计划生育委员会的高层和伍斯特基金会的董事会说的那样，他的预想是，即使他成功研发出避孕丸，生产这些复合物的制药厂也已握有了专利权。

* * *

自从30年代涉足体外受精研究之后，平克斯从未像现在这样，眼看着就要完成一项能够改变人类生活的伟大发明成果。虽然大众对避孕丸的呼声远不如对脊髓灰质炎疫苗的那么高，但是人口增长的问题越来越引起关注，对人类生育方面的研究也变得合情合理。

"如果生育率维持在目前的水平，在未来七十年中，全球人口将翻倍，并达到五十亿。"合众国际社的一篇报道提出这样的警告。事实表明，这样的预测还是保守的。在节育运动和合法堕胎有效降低了发达国家的人口增长速度后，亚洲和拉丁美洲国家的人口仍然以前所未有的高速增长着。与此同时，青霉素和其他药品的发明正延长着人类的寿命。

1954年，第一届联合国世界人口会议在罗马召开，世界各国都派出代表参会，更引起了美国媒体的大量报道。美国地大物博，经济状况良好，很少有人担心人口过多导致的过度拥挤。但在波多黎各，情况恰恰相反。对于过度拥挤的担心甚至成了美国人的话题，特别是在有大量波多黎各移民涌入的纽约。1900年到1950年之间，波多黎各的人口翻了一倍，使这个国家成了全世界人口密度最高的国家之一。这个小岛的人口密度高出美国十二倍，要不是波多黎各人竞相迁居到美国的芝加哥、费城，尤其是纽约这些大城市的话，这个比例可能还要高。1950 年，仅纽约就有 246 000 名波多黎各人。三年之后，这个数字增长到了 376 000，并且还在持续增长。到了 1953 年，曼哈顿每十个居民中就有一人来自波多黎各。大量波多黎各人的涌入，引起了美国人对于这个岛国人口问题的关注。那里，在一个长 100 英里、宽 34 英里的小岛上，居住着 2 245 000 人。随着波多黎各人背井离乡寻求更好的工作和生活，那里的拥挤已不再仅仅是波多黎各的问题，也成了美国的问题，甚至预示着未来更多的问题。

在波多黎各和许多其他发展中国家，生育率基本稳定，死亡率却在下降。疟疾已基本绝迹，供水情况在改善，这也意味着肠道性疾病引发的死亡在减少。另外，新的药物有效地控制了肺结核的传播。然而，健康水平的提高并不意味着经济水平的提升。尽管美国人在战后帮助岛民兴建了大量工厂，但是每六个波多黎各人之中，就有一人失业。工业化促使更多农民搬到岛国的主要城市，加剧了拥挤状况。人口问题已经严重到有 8.5% 的 50 岁以下已婚波多黎各女性自愿绝育的地步。没有任何报告显示，有多少男性进行了输精管切除术，不过这个数字应该会相对小得多。法庭有时会下令对被视为精神失常或有犯罪威胁的人绝育，但是很少有男人会为了避孕而自愿做这种手术。节育的责任得由女人来承担，而她们正在竭尽全力。在 1952 年的一项研究中，80% 的妇女表示，最理想的子女数是少于四个。

"要更多的孩子并没有任何好处。"一位波多黎各妇女如此说。

如果你穷的话，就不应该要两个以上的孩子。有钱人可以要更多孩子，因为他们能拿得出钱，让孩子们去上学，而不必像穷人那样，为此做出任何牺牲，甚至是丧命……有钱人更在乎儿子，但是对于穷人来说，需要对儿子大量付出，而穷人家的妻子一旦有许多孩子的话，就很容易生病，因为她吃不饱，也没钱看病。所以，两个就够了。

在波多黎各，一场社会变革正在酝酿之中。贫穷女性认为一旦子女成群，便逃脱不了贫困的厄运，她们正采取一切办法，尽量少生。二战后，对于岛国的投资创造了更多就业机会（主要是给男性的），但是工人的薪水仍然不足以支持十人的庞大家庭。1951 年到 1952 年之间，正当平克斯在伍斯特开始他的黄体酮实验时，哥伦比亚大学一位名叫 J. 梅尔·史戴考斯的年轻社会学学生，为了自己的博士论文跑到波多黎各，采访当地女性。过程中，他还问过一些妇女，她们婚后很快就怀孕，是否是因为害怕被称为"贫瘠的女人"。她们的回答让他很吃惊，大多数妇女都说，她们根本不在乎，五十六人中甚至有五人称，即使不育，她们也会过得很开心。

"很久以前，女人们会因为生不了孩子而感到羞耻。然而现在，有些女人宁可死也不愿意多生孩子。"一位妇女说。

一些波多黎各男人告诉史戴考斯，在他们的家庭达到较为理想的规模后，他们便会和别的女人同房，以免让自己的妻子再怀孕。"得找别的女人啊，"一个男人笑着说，"这是最合适的方法，也最简单。"他还说自己的妻子虽然妒忌，但是当他解释其中的逻辑时，"她下定决心，同意了我的做法"。

不过，并不是所有的女人都如此恭顺。其中一人向史戴考斯透露了她自己的避孕方法。"你知道我是怎么做的吗？"她说，"我用脚踢他，然后把他撵走。我们因此吵了九年的架，他甚至还威胁说要杀了我。"

一些妇女坦言，对于怀孕的恐惧扼杀了她们的性欲。"一想到再生一个孩子会让我苦不堪言，我还怎么去寻欢作乐？"一位妇女如此反问。有些女人甚至故意嫁给传闻不育的男人，因为她们宁可不要孩子。一两个孩子还能接受，三四个也还凑合，但是女人们感觉她们别无选择。一旦结了婚圆了房，她们就开始担心孩子过多，无法应付，而这些波多黎各妇女已远比美国妇女更容易拿到避孕用品。

1937年，在一项法庭裁决下，以医疗为目的分发避孕用品成为合法行为。由此，到50年代为止，全岛已开设了一百六十家诊所。这些诊所分发的避孕用品并不十分可靠，主要是因为使用者往往不能坚持避孕。1945年到1950年之间，避孕套的分发数额增加了50%，而史戴考斯也发现，有72%的家庭都在某个阶段进行过避孕。在他访问的女性当中，有4%的人承认，进行过一次或多次的堕胎，但史戴考斯怀疑，实际的比例远高于此，因为妇女们不愿意公开谈论此事。到了50年代，堕胎已在这个岛国极为普遍，虽然这是一种非法行为。全世界都知道，在波多黎各可以进行堕胎手术，且没有人会问东问西。对于美国人来说，一趟短途飞行就能抵达波多黎各，并且这个小岛又足够偏僻，去那里也不会撞到相识的人。美国人称之为"圣胡安的周末"，意即周五飞到圣胡安，进行堕胎，然后周一再飞回美国。包括机票和酒店在内，整个行程的花销约为六百美金。

虽然波多黎各的堕胎率很高，避孕用品也被广为接受，但在20世纪上半叶，这个小岛的生育率仅有小幅的下降。农村妇女平均每人育有6.8个孩子，而城市妇女平均每人育有4.8个孩子。史戴考斯认为，虽然妇女们害怕生育过多，但是她们并没有采取相应的实际行动，或者至少是没有坚持避孕。一些受访的男女表示，他们不太愿意避孕，因为天主教会对此是反对的。

不过，大多数人给出的理由都是很现实的考量。不论男女，都不满于避孕套的不便之处。许多男士拒绝使用避孕套，因为他们不喜欢那种感觉，而有些女士有所抗拒，是因为她们听说避孕套可能会导致癌症或出血。

为何波多黎各人避孕不成呢？史戴考斯认为，其中的主要原因有：男性在社会中的主导地位、夫妻间的交流不畅、女性的羞怯，以及对于如何使用避孕用品的误导。他抱怨健康诊所的人手短缺、医生缺乏热情，另外，就算是在这个全世界节育动力最强和避孕措施最普及的国家，政府也未能好好普及避孕知识。他说，"快速的人口增长威胁着整个波多黎各社会"，必须得有一场覆盖全国的社会改革才能解决这个问题。

但如若有某种魔丸又会如何呢？

在史戴考斯那份报告的最后一页，他指出，科学家们正在研发一种口服避孕药，而一些人认为这将解决世界人口问题。然而，这位年轻的学者对此持保留意见。他说，波多黎各的问题太根深蒂固了，没有什么魔丸能改变人们生存、恋爱的方式，特别是在像波多黎各这样贫穷的地方。

1954 年 2 月到访波多黎各时，平克斯会见了波多黎各计划生育协会的医学理事艾迪·瑞斯-雷医生。瑞斯-雷并非波多黎各人，而是个地道的底特律人，本科毕业于瓦萨学院，之后又到西北大学攻读了医学学位。在波多黎各见到她的人会误以为她是某医生或外交官的太太。她将自己那头红棕色的头发精心打理成蓬松的鬈发，还为自己日常穿着的套装和裙装配上了珍珠项链及闪亮的胸针。然而，瑞斯-雷医生的外表是她身上唯一依从习俗的一点。

"记得还在医学院时，我就跟那些男生说：'这么说吧……我会结婚，我会生两个孩子，但是我会从医。'然后，他们会说：'这么说吧，可能你会结婚，还会生两个孩子，或者你会从医，但你不可能同时做到这些。'"

她同时做到了这些。

瑞斯-雷是巴哈伊信仰的积极成员。这个宗教组织成立于19 世纪中叶，教义为世上只有一个神，人类只有一个种族，终有一天，所有人都会团结到一起，社会将安宁祥和。瑞斯-雷之所以跑到波多黎各深造并工作，正是因为她相信能够在那里完成自己的宗教使命。然而，她决定参与避孕工作，也有实际的考量。在医学院就读的第二年，她结了婚，并跑到计划生育委员会的办公室，希望得到避孕的相关信息。她告诉那里的志愿者，她不希望太早怀孕，并因此毁掉自己当医生的前程。他们建议她使用避孕膜。

毕业之后，她生了两个女孩，并到芝加哥北部的一家私人诊所当起了医师。她还会到专为穷人设立的健康诊所服务，每周一至两次。正是在那里，困扰贫穷女性的问题真正启发了她。"你知道吗，有些女人养了五六个孩子，又穷，丈夫还有一堆要求，她们的人生太悲惨了。你逃不掉了，你就像陷入了一个陷阱。"瑞斯-雷后来回想道。即使她是个医生，家境也相当富裕，她最终都觉得自己也被困住了。"如果你了解郊区生活，就会知道，你得把丈夫送到火车站，把他送上车，然后你……把孩子们送到学校，然后你……去洗衣服……那就是妻子们做的事情……然后，这么说吧，这对我来说是不够的。"瑞斯-雷和丈夫离了婚，决计离开芝加哥城郊，去看看外面更广阔的世界，并帮助其他被困住的女性。她一直在上西班牙语课，一位波多黎各的朋友也提出，帮她写信给波多黎各卫生部门的官员，给瑞斯-雷一份工作。1949 年，瑞斯-雷带着她的孩子，搬到了圣胡安。

就在平克斯到访波多黎各几个月前，瑞斯-雷联合另一位在波多黎各人口研究联合会工作的官员拉斐尔·门德斯·拉莫斯，写了一封言辞热烈的信给美国计划生育委员会的威廉·福格特寻求帮助。他们写道："大家或许都在猜想，波多黎各将怎么处理现在这个局面。答案是：第一，波多黎各人越来越清楚问题所在；第二，他们完全没有采取任何行动。"

有人提出要制造更多的就业机会，当然，每天都还有人搭飞机赶赴纽约，但就像瑞斯-雷和拉莫斯写的那样，这些都不足以解决问题。岛上已设有十多家公共健康诊所，政府也提供了足够的资金支持，但不论是政府，还是诊所里的医生和护士，都并不真正关心如何推动节育。政治和宗教方面的压力让政府望而却步，但是像计划生育委员会这样的民间组织大可有所作为，他们在信中说。他们认为计划生育委员会有足够的理由更深入地参与波多黎各当地的事务。有一点是肯定的，岛上的研究人员已经开始对避孕的惯常行为进行全面的研究，访谈了上千位妇女，以了解她们为何不多去节育诊所，为何常常暂停避孕，如何才能帮助她们更好地利用现有资源。一旦这项调研结束，研究人员就计划开展一项全国性的运动，推广节育诊所和避孕措施的利用。

然而，瑞斯-雷担心，开展这项调研的社会学家无法真正掀起一场公众运动。因此，她希望计划生育委员会给予帮助。她提出让她所属的机构——波多黎各人口研究联合会，成为计划生育委员会的分支机构。"我们在三千五百平方米的土地上有一百六十家诊所，但是结果却令人失望。"她和她的同僚写道。然而，这些诊所都已经建立起来了，教育活动也已展开了。只要再投入一点资金和努力，波多黎各或许能成为人类战胜意外怀孕的起点。"这场运动一定会带来全球性的影响，因为它将为其他人口密度高的发展中地区提供蓝本。"他们写道。

见到平克斯时，瑞斯-雷感觉到他在孤注一掷，"能找到谁就是谁"。瑞斯-雷相当谨慎。"一开始，我的确有些害怕，因为我从来没听过会有什么药丸，"她说，"但是，他说服了我。他很有说服力。"瑞斯-雷同意了平克斯的提议，并要求他速速行动。她说："我们的大好机会就在眼前。"

＊ ＊ ＊

平克斯选择波多黎各，完全是出于现实的考量。玛格丽特·桑格希望他从纽约的一家节育诊所召集妇女来参与测试，这家诊所就是玛格丽特·桑格研究院，亚伯拉罕·斯通医生可以在那里监管测试。然而，平克斯并不确定，纽约的妇女会否愿意承受这样繁复的测试过程。他从未在信中解释过为何他认为波多黎各妇女会比纽约妇女更乖巧。或许因为她们穷困，并且身处远方；或许因为她们急切地想要寻求更有效地控制家庭规模的方法。另一个原因是，这个岛国很拥挤，也就是说，他有更多人选。

平克斯并没有就此讨论太多，但他知道参与这项黄体酮测试的女性将要忍受的远不止烦琐的医疗程序。在寻找下一轮测试地点的同时，他和洛克也在统计第一轮针对波士顿和伍斯特妇女的测试结果。有七十位女性参加了第一年小规模的不太正式的测试。其中五十六人有乳头色素改变的情况，五十三人感到乳房疼痛，三十七人表示乳头变大，四十四人有恶心呕吐的情况，五十人有阴道分泌物，二十三人排尿增加，二十一人称性欲增强，四人称性欲减退，还有四人有泌乳情况。仅有五人称没有任何副作用。

即使如此，副作用也不是平克斯最为关心的。当然，他是个男人，从来没有怀过孕，难免对这些反应漠不关心。可是，桑格和麦考米克也没有对这些副作用表示担心。另外，平克斯准备邀请几位女士加入他的团队，包括瑞斯-雷医生。更大的可能性是，平克斯不过是一如既往地从实际出发。要是没法召集到足够的参与者，再怎么担心副作用也是白搭。另外，他在尝试不同的复合物，也就是说，他可能会找到一种最佳的黄体酮，所需剂量较小，副作用也没这么大。唯有继续尝试。

1954 年 10 月 19 日，平克斯写信给他在波多黎各大学见过的曼纽尔·费尔南德斯·法斯特医生，并请他"召集五十名妇女"。在一份给洛克的便笺中，平克斯提醒他说，合适的测试对象"必须有见识、聪慧、能够配合，且有迹象表明正常排卵"。他发现，有了孩子的妇女可能会因为太过忙碌，而无法专心地每天定时测量体温。他还说，考虑到万一这些药物不灵，理想的测试对象应当"能够接受怀孕，或最多只会将其视作不便"。

为了简化工作，并找到更有可能予以配合的对象，他们会先从护士和女医科学生着手，而且他们会仅仅要求测试者每日进行体温的测量。平克斯学乖了，他知道，要让测试者摄入大量黄体酮，还要每天提交尿样以及体温记录，会比较困难。仅要求体温记录，他便能知道在这所大学能否召集到测试者，这些女性又是否能如期完成每天的程序。如果这些女性配合的话，体温记录将能够体现她们是否规律排卵。然后，他就会请那些能够坚持测试并规律排卵的女性参与临床测试。

然而，平克斯并没有把鸡蛋都放在一个篮子里。他还有个备选方案，也就是另一组测试者。他在伍斯特自家附近就找到了她们。这些女性不会像洛克和科肯德尔的病人那样被怀孕的动力驱使，也不会像波多黎各的护士和医科生那样受到医学研究的感召。但是，平克斯想到的这一组测试者或许至少在一个方面优于别人——她们别无选择，非参加不可。

18　精神病院的女人

　　曾经，弗洛伦斯·科维理奥斯也是个大美人——身材娇小，有着棕黄的头发和眼睛，笑容温暖迷人。

　　基因有一定的负面影响，但是男人、婚姻以及生育也造成了不小的伤害。科维理奥斯的父母都有严重的精神病症状，虽然两人都没有被正式诊断过。他们不稳定的状况意味着，还在上小学的长女弗洛伦斯不得不开始照顾五个弟弟妹妹。到了青春期，她自己的精神问题也开始浮出水面。她开始有偏执妄想的情况，并变得极其害怕病菌。她在马萨诸塞州洛厄尔市的一家工厂找了份缝制鞋子的工作，虽然坚持保住了饭碗，但是日常生活的种种变得越来越难以应付。到了29岁，她还没有嫁出去，对于那个时代的女人来说并不寻常。也许她知道自己精神有问题，或是男人们一旦多看了几眼她那张漂亮的脸庞之后，就能看出她的问题。不过在30岁时，她在亲戚的安排下嫁给了一个希腊人。这位漆桥师傅需要有一个美国太太才能避免被遣送回国。弗洛伦斯很快就怀了孕。她的丈夫大量酗酒，还经常出门在外，寻找需要油漆的桥，把弗洛伦斯留在家里照顾他们的儿子。成为母亲之后，她不但没能平复不稳定的情绪，反而变得更加焦虑。对于惧怕病菌的人来说，一个婴儿简直太可怕了——那个爬来爬去、流着口水的孩子，简直就是肮脏和疾病的温床。她尝试了一切方法，还用漂白水给他洗澡，但都无济于事。她实在是无能为力，经常把孩子丢在一边，既不给他洗澡，也不喂他。

就在大家发现她的痛苦挣扎之前，弗洛伦斯又怀孕了。1949 年，在医院分娩时，她带上了自己 2 岁的大儿子。医院的人一看到这个孩子周身病痛，就立刻从她手里接过孩子，并安排一个亲戚领养了他。但她的第二和第三个孩子并没有如此幸运。弗洛伦斯听到有个声音叫她把这两个孩子杀了，她甚至尝试了几次。孩子们长大一些之后，便开始逃跑。他们好几次告诉老师自己在家里的待遇，还报过一次警。最终，在 1953 年，她的两个孩子被送到了孤儿院，而弗洛伦斯被送进了伍斯特州立精神病医院。据她女儿蒂娜·莫西尔称，她被确诊患有妄想症、精神分裂症以及多重人格障碍。医生给她进行了胰岛素疗法，还做了一次脑白质切除术，而她的家人在十年后通过一次 X 光检查看到颅骨上明显的凹痕才知情。在格雷戈里·平克斯和他的团队最初进行黄体酮口服避孕药测试时，她也是被测试的对象之一。差不多六十年之后，她的女儿蒂娜悲伤地感慨此事颇具讽刺意味。她说，如果再早一些，避孕或许是唯一能够帮到她母亲的方法。

"她不该生下我们。"莫西尔说。

＊＊＊

这所精神病院已有上百年的历史了。它看起来像一座中世纪的城堡，由边长四英尺的方形石块搭建而成。日落时分，这些石头似乎会释放出一种血色的光芒。一座三层楼高的巨型钟塔高高耸立。窗户都装有铁栏。访客的车在过了一扇大铁门后，要沿着一条弯曲小路继续开，那路边长满形状扭曲的树。汽车开过医院高层人员的小屋，开上陡峭的小山坡，最后才能抵达这座巴洛克风格的行政主楼。主楼正门口是一排大阶梯，两侧分别是男性诊所和女性诊所的辅楼。这两座辅楼后面又各自有次级的辅楼，次级的辅楼又还有再次的辅楼。整个设计就像是人类大脑的迷宫那样，让人头晕目眩。

1927 年，凯瑟琳·麦考米克在哈佛大学建立了神经内分泌研究基金会，以资助那些她希望可以为丈夫的严重精神病找到解药的研究。当时，哈佛用麦考米克的钱对伍斯特这所精神病院的病人进行研究，而哈德森·侯格兰德则是被派到这个研究项目上的科学家之一。那时候，还没有法律明确禁止用精神病人做科学实验。因此，当侯格兰德和平克斯数年后在什鲁斯伯里建立起他们的基金会时，他们将当地的精神病院看作是一大现成资源。实际上，他们经常在那里搞研究，以至于基金会在这所精神病院的主楼里保留了一间实验室，长期让科学家们在那里做实验。

到了 20 世纪 50 年代，这家医院已住有三千名患者及一千名医护人员（虽然医生只占了三分之一）。医院的负责人是一个极其肥胖的哈佛毕业生巴德维尔·福劳尔医生，医院的员工在背地里都叫他"放屁风筒医生"①。那里的伙食太差了，以至于后排病房里几乎晒不到阳光的病人经常要接受坏血病治疗。一阵阵粪便和消毒剂的味道迎面扑来。一位护士或护工往往需要同时照顾上百个病人。保安工作并不严格，伍斯特的政府官员认为，不对病人多加看管是好事，但有时候，他们营造的宽松氛围也会适得其反。1943 年，一个病人砍掉了另一个病人的头。病人把医生和护士捆绑起来，堵上他们的嘴巴，再大摇大摆走出医院也不是什么新鲜事。到了 50 年代中期，医生们开始尝试使用冬眠灵②治疗精神分裂症患者，但大多数时候，他们用的还是电休克疗法、脑白质切除术和巴比妥类镇静剂③。对于精神病的治疗还是一门粗略不精准的科学，外人看了会深感不安。据伊诺克·卡拉威医生回忆，有一位经历脑白质切除术的病人曾经是个女佣，卡拉威医生和太太曾短暂地住在医院的

① 此人原名为 Bardwell Flower。因为肥胖，其姓和名的首个字母被对调，绰号便成了 Fartwell Blower。fart 意为放屁，blower 为吹风筒。

② 学名氯丙嗪，第一代精神病药。

③ 作用于中枢神经系统的一类镇静剂。

公寓里——他们称其为"蜜月套房",有一次,他们还在睡觉,这位脑白质切除术病人却试图要给他们换床单。然而,大多数的故事都不那么好笑。卡拉威医生看到"库房一样的房间"住满了"我们竭尽全力也无法挽救的病人"。他说,从某些方面看,这是个精神病院的典范;从另一些方面看,这就是个恐怖而混乱的地方。

平克斯并没有花太大工夫就获得了到这家精神病院进行实验的许可,不需要签任何许可书。福劳尔医生似乎很高兴看到他这家偌大的医院能多出几位医师来。另外,麦考米克也帮了忙——她主动出资,为精神病院的部分病房重新粉刷墙壁并再次装修,以换取医院在黄体酮研究项目上的配合。就这样,他们开始给这些患有妄想症、精神分裂症、忧郁症、躁郁症、慢性酒精中毒、阿尔茨海默病、皮克氏病等疾病的病人发放不同剂量的黄体酮和雌激素的混合物。

并不是所有在伍斯特州立医院的女性都是长期患病者。50年代,全美的精神病院都人满为患。具有讽刺意味的是,一些自愿住进医院的女人很可能会是平克斯正在测试的口服避孕丸的最大受益者。她们正深陷焦虑或忧郁,而太多次怀孕及照顾大家庭的压力加重了她们的病情。有些女人并没有真的患上精神病,但是在丈夫的欺凌和不能忍受的家庭情况下,她们正在走向崩溃。情况不严重的病人得到的是心理咨询、休息和巴比妥类镇静剂。严重的,包括像弗洛伦斯·科维理奥斯那样的病人得到的则是电休克疗法、胰岛素休克疗法和脑白质切除术。伍斯特州立医院的长期患病者在接受诸项治疗后依然没有康复迹象的,便会逐渐被搬到更高层以及更远的辅楼病房,最终到第三级辅楼的第二或第三层楼——这里的病房被医院员工们称为"后排病房",给俗语"眼不见为净"以全新的深度诠释。后排病房的女病人都得穿所谓的"加厚病服",这些衣服的布料是蓝灰色的厚重帆布，褶边、衣袖和领口有多重针线加固。没有皮带，也没有丝带。她们的头发都被剪到齐肩的长度。"因为我们没有任何安全有效的镇静剂，她们大多数人都只是在那里漫无目的地、焦虑地瞎转悠，动不动就随地大小便。"卡拉威医生写道。许多女病人都外表邋遢且营养不良，有些人往看守和其他病人身上猛撞，又咬又抓，沮丧的时候还拉扯自己的头发。当上级指派卡拉威医生对后排病房的一位女病人进行年度体检时，他说："我情不自禁地想象她年轻时候的样子，充满对未来的希望，从未想到她会在一间满是精神病人的库房里等待死亡的到来。"

在这些后排病房里住着的病人，是想象力可及的最痛苦的一群人，但是她们也为平克斯的研究项目提供了无尽的样本资源。

卡拉威回忆道："在那里你可以做的实验是今天无法想象的，完全不用征得病人的同意，无人监管整个过程。有一次，我们把安非他命给了精神分裂症患者。我说：'约翰，你介意我给你一针，让你也感受一下这种药的作用吗？'然后，他说：'哦，没问题啊，医生。'安非他命不过是让这些人更健谈而已。"

虽然这些病人随叫随到，而且大致配合研究，但是，她们都不是理想的测试对象。精神病院的情况太糟糕了，平克斯派去的研究人员都担心自己的人身安危。几个小组组长联名写了一份备忘录，标题是"主旨：实验室情况综述"，里面写道："谨此向各位理事报告，一旦过了晚上十点，在夜间看守完成他的巡查后，这些实验室的工作环境是不安全的。即使所有的门都上了锁，病人们依然可以轻易进入其中。有些技术层面的员工习惯了在夜间工作，因此，抱着对他们的安危负责任的态度，我们建议制定一些规章制度，尽快改善他们的夜间工作环境。"

平克斯成功为第一轮黄体酮测试召集到了十六名妇女——她们都被分类为精神病人。他也同时测试了十六名男性，以观察激素对他们的不育情况有何影响，也顺便看看是否会对他们的精神病有所帮助。

不幸的是，这些测试的结果并不是太有用。这些妇女在测试过程中没有性行为，也就是说，很难确认她们是否停止排卵。同时，也很难判断这些复合物是否影响了排卵，因为精神病的问题会中断许多女患者的经期。至于男性，平克斯认为黄体酮或许降低了他们的精子密度，减弱了他们的性欲。不得而知的是，他对男性做这个实验，到底是为了避孕研究还是纯粹出于好奇。桑格和麦考米克很明确地表示，她们对给男士服用的口服避孕丸不感兴趣。她们不相信男人们会承担起这份责任，而且她们希望女人们能够真正控制自己的身体以及生育。然而，即使黄体酮无法成为男性避孕丸，他的赞助人也对此毫无兴趣，平克斯仍然觉得这或许会有别的用处。不过，他的研究最终还是没有定论。一位男性精神病人在服用黄体酮五个月后，性器官看似有所缩小，护士们也说这位病人在服用激素时，变得更"女性化"。这项调研没有深入下去，一部分的原因在于，研究人员无法说服男性精神病人拿出精子样本。他们确实对这些男病人的自慰情况做了观察和记录，但也没发现什么变化。根据平克斯所说的，他们的结果还显示，这些服用黄体酮的男人"还和我们最开始给他们激素药时一样神经兮兮"。

既然时间不容浪费，就还是回到波多黎各吧。

19 约翰·洛克的难处

对约翰·洛克而言，是时候做个决定了。

他要不要参与？他准备彻底投身到这个，会让他与自儿时起就忠诚信仰的天主教背道而驰的项目当中了吗？

洛克不仅仅信奉天主教，还是位受尊敬的医生。他的诊所蒸蒸日上，而他的名声更是完美无瑕。另外，他已经64岁，很快就要到哈佛规定的退休年龄了，他也考虑开设一间独立的诊所。平克斯、桑格和麦考米克参与这项口服避孕药的研究实在形同赌博，但他们都是圈外人，除了时间和金钱以外，也不会损失什么。洛克的赌注可大多了。

到了1954年，他与平克斯已共事了相当长一段时间，也了解了这位科学家的工作方法，而这让他颇不自在。洛克认为，让女性——特别是希望得到"反弹"的不孕女性，在几个月时间内大量摄入黄体酮，不会有害处。然而，他对于长期使用这种激素疗法持怀疑态度，可能产生的副作用是严重的，测试程序是繁复的。另外，没人知道会有什么长期的健康或生育问题。他提醒平克斯、麦考米克和桑格，这项研究不能太赶。

麦考米克一直急着推进这个项目，所以不时对洛克保守的工作作风表示不满。她写道："平克斯博士是充满想象力和感召力的。洛克医生能提供大量信息，对医疗工作持非常现实的态度。"麦考米克对于测试程序的艰难感到很震惊，并惊叹说没有任何女性会同意参与。她建议付钱给参与者，以换取她们的配合，但是平克斯和洛克拒绝了。麦考米克或许是开玩笑地说，这项测试所需要的是"一笼子排卵的妇女"。洛克向麦考米克解释说，他的病人，以及其他的病人，不应该被利用。他说，这些都是"想要生孩子的人"。她们的情感很脆弱，需要温柔的呵护。她们也很年轻，人生还很长，还要当母亲、当祖母。他不会"仅仅为了纯理念性的、仍然在研究过程当中的东西"，而做任何损害她们健康的事。

桑格不相信他。她承认，是，他有魅力，人也英俊；是，他答应平克斯让他的病人参与临床测试就足以表明了他对于此事的投入。不过，桑格还是拒绝相信一位信奉天主教的妇科医生会真正投身到避孕的事业当中。当得知计划生育委员会将委任洛克为某科学研究委员会的主席时，她写信给亚伯拉罕·斯通说："亚伯拉罕，亚伯拉罕，你这是怎么了？就这样向敌人敞开大门。"要不是平克斯为洛克辩护，桑格或许不会让洛克参与研究。然而，平克斯需要洛克，这样才能让医学界更接受他。

另外，洛克的身体也出了状况。1944年，他心脏病大发作，之后还有若干次小发作。他心脏病大发作两年后，一场车祸还送走了他的长子杰克。整个40年代，他的妻子得了一系列疾病，最终部分瘫痪。就在经历这一切的同时，洛克坚持工作。他不再食用盐，也戒了烟草，而是把玉米须放进烟斗。或许健康问题和家庭不幸反而给了他自由，为做自己相信的事业冒更大风险。作为一名医生，他花费大部分的时间和精力致力于不育治疗，而现在却开始关注相反的问题——避孕。这样算是叛徒吗？洛克不这么看。他对于围绕人类生育的所有核心问题都感兴趣。在他看来，没有理由惧怕避孕研究，它与不育研究有着千丝万缕的联系，也没有理由惧怕对性的讨论。

在事业的早期，洛克一直忙于接生，无暇探索人类生育的奥秘。在首次心脏病发作后，他才开始减少出诊，把更多的时间投入到科研上。起步的研究经费非常有限，病人们支付了药物的费用。现在，他已成了医学界的翘楚，在全世界最顶尖的大学工作，制药商、基金会和联邦政府都源源不断地给予资助。50年代，随着战后妇女忙着结婚生孩子，曾经罕见的不育诊所现在开遍了全国。然而，即使是这些诊所里的医生，也不完全了解这个新的领域，还常常要向洛克请教。因此，洛克还是把大部分时间花在帮助不育夫妇怀孕上，但是这项工作有一定难度。由于是外科医生出身，洛克曾尝试极小心地对输卵管进行修整手术，但并不成功。当不育的原因是男人的精子密度过低时，他试图将精子冷冻，并去除那些行动迟缓的。他试着把精液放入离心机高速旋转，以增加精子密度。他叫那些人多吃生菜，从中获取维生素E，还让他们减肥，因为精瘦的动物比肥胖的更容易怀孕。他开给他们大剂量的睾丸激素，他认为或许这种激素能够起到黄体酮对于女人的作用——暂停生育系统运作，给予其短暂的休息。他把能想到的方法都尝试了一遍，但都成效甚微。到了50年代，他向同行承认，他和他的研究员们"对于实际有用的信息，掌握得甚少"。

＊＊＊

1954年5月6日，洛克作为主要发言人出席了计划生育委员会在纽约举行的年度午餐会。在此之前，计划生育委员会的人有点担心：如果媒体知道这位主要发言人是天主教徒，会怎么说？洛克如此回应："要是有人问这方面的问题，只消告诉他，我是个罗马天主教徒，然后或许再加一句'那又怎么样'。信奉天主教并不意味着要对全球人口增加这一迫在眉睫的问题不闻不问。"

在他的发言中，洛克既展示了魅力，又提出了挑战。他是如此开头的："我想，各位今天之所以在座，是因为对婴儿这个话题很感兴趣，或者说必须对此予以关注；大会给了我发言的特权，是因为我对生孩子这些事略知一二，或者说我应该对其有所了解。这种从上古就流传下来的人类行为，吸引了我这个妇科医生三十年，而且，我必须承认，在某种伪装下，实际上是接近五十年。"

他还在继续说着，听众或许在猜测，他到底是支持还是反对生育。洛克说，他是强烈支持的——而且他支持的不仅是生育，还有性。性欲——"那种令亚当显露自己，又令夏娃接纳他的力量"，人类应当珍惜，而非抑制。他解释道，对其他哺乳动物来说，性欲只存在于"较低级的神经中心"，但是在人身上，它从腹股沟一直向上传递到前脑的底部，也就是在那里，性欲与我们称之为爱的某种物质"难以分辨地交杂在一起"。他说，如果没有这种爱的本能，人类和野兽便没有什么区别。他还问："既然性是如此自然的事情……那为什么已婚的人还得约束其行为，或者控制其成果呢？……如果生育是不受控制的性本能的正常表现，即使在一夫一妻制的家庭里，其带来的受精卵的个数，也会超越大多数为人父母者或是地球可承受的范围。"

他说，解决方法并不是让男女们不行房事。那种冲动太强烈了，我们不能否认其存在。另外，即使已婚夫妇也不能用克制自己欲望的办法，因为没有性，爱也会变得冷淡。然而，有一种方法能帮助已婚夫妇继续享受肌肤之亲，而不必生育过多。这种解决的方法就是，找到"一种像禁欲一样有效，却避免了禁欲弊端的避孕药"。

他说，这种避孕药不会从天而降，而是需要资金支持的。洛克告诉听众，在1953年，联邦政府为了控制口蹄疫的疫情，花了三千万美金。政府还在核武器研究方面花了二十亿美金。他的结论是："如果我们能够把这千分之一的钱投入到对人类生育的研究上，那么其成果肯定会为每个家庭乃至整个人类的安乐带来史无前例的裨益，人类将可以避免由饥饿和战争带来的自我毁灭。如果我们可以尽快研发出这种药，那根本就不需要氢弹。

"情况紧迫，我们不缺乏人才，让我们拿出资金和决心，对这些人才加以利用。"

洛克或许假定自己在对唱诗班布道。如果有谁会响应他的行动号召的话，那应该就是计划生育委员会的高管和赞助人了。这个机构确实有能力拿出两百万美金。

可是，计划生育委员会已经不再是最初那个激进的组织了。在 20 世纪 50 年代，自由主义已过时。经济萧条已经过去，美国人的收入在增长，但是工人阶级家庭的贫困生活毫无起色。工会正渐渐失去势力，左派分子也备受打击。玛格丽特·桑格的激进女权主义不仅不入流，还相当危险。节育运动的领袖，就像许多 50 年代的自由主义活动分子一样，措辞缓和了不少。50 年代的妇女还是得为她们的丈夫服务，而且如果婚姻破裂，基本上都归咎到女人头上。如果丈夫饮酒过多或者有婚外情，那或许是因为他要在令人不快的家庭之外寻求慰藉。如果一个女人没法让她的男人幸福，她肯定是没有尽力。"女人们必须迈出两大步：帮助丈夫们决定去向何方，然后再用她们漂亮的头脑帮助丈夫们到达终点。"励志类畅销书作家戴尔·卡耐基的太太在 1955 年出版的著作《更好的家庭和花园》中如是说。她还写道："面对现实吧，女孩们。在你我家里的那个好男人，正为你们建设家园、缔造幸福，并为你们的孩子们带来机会。"

不过，在 50 年代已有种种迹象显示，女性做好了准备，要改变性爱和婚姻的游戏规则。1954 年，电影明星玛琳·黛德丽在《妇女家庭杂志》中刊登的文章激起了读者的愤怒。她说，如果女性想要得到爱，就应该死心塌地为她们的丈夫们服务。"要做一个完整的女人，你就需要找个主子。"她还说，女人们应该洗碗，然后以"极其迷人"的姿态现身。一位妇女反驳说："在我这块地方，有点智商的（已婚夫妇）……都学着一起生活和工作。"

根据金赛的研究，85%的白人男性有过婚前性行为。当然，这也就意味着约有同样数目的女性有此行为。女人们至少已经在彼此之间开始讨论，除了当家庭妇女外，还能做些什么。其中一些人也谈及了她们对精神分析师的不满，这些精神分析师沿袭弗洛伊德提出的理论，说性压抑会损害一个人的精神健康。离婚率在不断攀升。妇女们正得到前所未有的鼓励，成为社区的活跃分子。在30年代，《妇女家庭杂志》呼吁女性为走出大萧条出一分力，并提出她们可以增加消费。到了50年代，这份杂志却建议她们考虑参加当地的选举活动，为政治选举当幕后工作者。

即使如此，在美国也找不到一个年轻版的玛格丽特·桑格来领导这场变革。还没有人敢宣称，当母亲应当出于自愿；女人与男人同样有权享受性爱的愉悦；婚姻关系并不一定要由丈夫支配；女人像男人一样，有权接受高等教育，并获得好的工作机会。

1949年，《妇女家庭杂志》刊登了一篇有关诗人埃德娜·圣·文森特·米莱的专题报道，还附上了她在刚翻新的厨房里拍的一张照片。"人们应该不会再为谁做家务活而争辩了。"杂志如此写道，"如果我们这个时代——乃至任何一个时代——最伟大的诗人之一，都可以在简单的家务活中找到美，那么这场长久的论战便终结了。"然而，妇女们并不服气，至少她们当中的一部分人如此。50年代中叶，由家庭主妇变身为自由撰稿人的贝蒂·弗里丹开始进行针对一代妇女的一项调研。她们为了位于城郊的、摆满发亮的现代生活用品的宽大房子，而放弃了自己的梦想。弗里丹声称，生活杂志的男性主编都想尽办法说服女性，家务活满足了她们一切自我表达和独立的需求。弗里丹想用她的书——《女性的奥秘》证明事实正相反。

在 50 年代前半段，电视节目把父亲描绘成了家里的领导。唯有男人才能控制家里的钱，并做出重大决定。然而，1955 年，《蜜月中人》[①] 播出了。女主人公爱丽丝·克拉姆登双手插腰，告诉丈夫拉尔夫，他要用自己的零花钱支付住宿费。另外，除非丈夫学会怎么管理自己的钱，她不会再给他一分一毫。在另一集当中，爱丽丝告诉她的丈夫，她要去工作了，而他必须开始做家务。

抗争正在酝酿之中，而性和性别正是其焦点。

"对于性，我知之甚少。"霍尔顿·考尔菲德——J.D. 塞林格出版于 1951 年的小说《麦田守望者》中的主人公这样说，"你永远不知道你他妈的身在何处。我不断地给自己定下性规则，然后又马上打破它们。"1954 年 7 月 5 日，洛克在计划生育委会发言后两个月之内，猫王录制了他的第一首单曲《好极了》(*That's Alright*)。这首歌有一种令人怦然心动的节奏，猫王一边唱，一边跨在麦克风架上，扭动着他的双臀，令女孩们疯狂，却让她们的父母吓了一跳。猫王说，他乐队的成员们快要把"里面的半长裤磨破了"。

* * *

1954 年，休·海夫纳结了婚，夫妇俩居住在海德公园附近一间漂亮的公寓里，准备迎接他第二个孩子的到来。同时，他还与一个护士私通，而这个护士不久后便成了他一部黄色电影的主角。在 1954 年 9 月那期《花花公子》中，海夫纳再现了薄伽丘《十日谈》里的一个中世纪故事，故事描绘了一个总受到修女引诱的园丁的性生活。也正是在这期杂志里，有杰姬·林布 [②] 全裸出镜的中间插页，关于自动性爱机器取代女性的一篇短文，以及好几张珍娜·露露布丽姬妲 [③] 以及她那"大

① 美国情景喜剧。

② 杂志模特，《花花公子》的"花花公子玩伴"之一。

③ 意大利女演员、摄影家及雕塑家。

方的臀部"的照片。不过，正是引述薄伽丘的那篇文章，引起了教会对于海夫纳的谴责，并招致大法官的来电。尽管舆论哗然，或者说恰恰因为声浪之高，《花花公子》成了全美发展速度最快的杂志。

＊ ＊ ＊

平克斯和洛克年事已高，冲到这场正在酝酿当中的性革命的前沿去是不合适的，但那并不代表他们要完全避讳它。古迪·平克斯从未对妻子有任何不忠行为，至少他的朋友和亲戚都为此作证。洛克十分浪漫主义，而且随着年事增高，他也越来越愿意公开谈论性。他喜欢跳舞、喝酒，向陌生人询问他们的性习惯。一个在波多黎各与他共处过的人记得，曾有一名年轻男子，在洛克下榻酒店的房间窗口下面，弹着吉他，唱着情歌。

平克斯和洛克已经年纪大了，足以明白避孕丸对他们自己的生活不会有什么大的影响，但是他们知道，它有释放他人内心欲望的能量。

即使如此，相比可能产生的社会效应，平克斯更关注科学研究本身。他已经在这个项目上花了三年时间，却还没有找到一种可靠的复合物。桑格和麦考米克一直在催促他出成果，而他也一再向她们保证，黄体酮就是答案，即使到目前为止，这种激素仅在85%的测试女性身上奏效。他就像刚完成首次飞行的莱特兄弟：虽然首轮测试失败了，但他还是认定自己的想法是对的。就像他在给桑格的一封信中解释的那样："如果黄体酮能以较高的几率抑制排卵，那么就有可能研发一种方法，使抑制几率升高到100%。"

不过，他并没有细说为何这个说法一定成立，只说要找出答案。

20　像服用阿司匹林那样简单

1955 年 2 月 1 日，那是一个阴冷多云的星期二，格雷戈里·平克斯从什鲁斯伯里出发，准备到波士顿去拜访凯瑟琳·麦考米克。他还在开车，雪就下了起来，一开始还是小雪，后来越下越猛。

平克斯刚刚从波多黎各回来，急于将此行的情况汇报给麦考米克。另外，他也急于再向她要一些经费。大雪覆盖了所有的山坡和道路，他继续在第九号公路上疾驶。突然，前方的一辆车打滑，就在试图避免撞车时，他失控了，车子滑到了路边。他从车里爬出来，虽然受了惊吓，却没有受伤。他想办法把车送到了修车厂，然后又从那里一路搭便车来到波士顿。

麦考米克在波士顿后湾的四层楼房就像是她的那些衣服：优雅，却仿佛凝固在了 20 年代。管家出来迎接平克斯，女佣站在一旁给他送上饮料。麦考米克想要了解一切情况，让平克斯就从车祸开始说起，所有细节都不能放过。她想要知道，平克斯是否还相信他所测试的黄体酮和其他各种黄体素就是答案所在。如果他丧失了信心，她将手足无措。平克斯说还有很多工作要做，他仍然没弄清楚，黄体素具体是怎么运作的，另外，他有点担心剩下那 15% 服用了大剂量激素却还在排卵的病人。然而，他坚信，只要再投入一些时间和努力，答案近在咫尺。

1954 年年底，平克斯开始就一组新的黄体素在动物身上进行测试。这组黄体素的效果比天然黄体酮强很多倍，其中有两种复合物尤其出众，第一种是由墨西哥辛泰制药公司的卡尔·杰拉西研发的炔诺酮，另一种是西尔公司的弗兰克·科尔通研发的异炔诺酮。平克斯还考虑过由辉瑞公司生产的第三种复合物，然而，辉瑞的老板是天主教徒，当他们得知平克斯的用意时，拒绝提供这种化学品。因此，平克斯只有两个选择：炔诺酮和异炔诺酮——两种结构几乎相同的化学复合物。但是在对动物进行实验的过程中，平克斯和张民觉发现了两者的微小差别：杰拉西的炔诺酮导致一部分雌性动物产生了略微雄性化的特征。不知为何，科尔通的配方不会产生这种效果。

平克斯告诉西尔公司，他看中了异炔诺酮（在西尔公司的商品目录中其编号为 SC-4642），并希望尝试用这种复合物制成口服避孕丸让妇女们尝试，且测试规模可能会相当大。他鼓励这家制药厂将这种药提供给其他研究人员，让他们也可以对此进行实验。然而，西尔的高层心怀戒备，说他们还不了解这种药是怎么运作的，又为何会产生避孕效果。这种药丸是抑制了排卵？还是中止了受精？抑或阻碍了植入？还是有三方面的功效？无人知晓。

然后，还有另一个问题，一个平克斯一直隐瞒麦考米克的问题。1954 年年底的某个时间点，他们在约翰·洛克的一位病人身上发现了一个无菌脓肿，起因是此人的身体未能吸收注射的一种药。西尔公司的艾尔·雷蒙写信给平克斯说，这个消息"给我们或可对此产品产生的兴趣带来了极大的疑惑"。即使仅有十万分之一的概率，这样的副作用一旦发生，西尔公司"也不会对支持这种产品有丝毫兴趣"，雷蒙继续写道。这家公司不愿与任何有些许危险性的产品有丝毫关联："我们不会在寄给你的药品上贴标签，如果需要，可以自行粘贴。"

不过，一个小脓肿并没有让平克斯太过担心。他有一件振奋人心的事没有在给西尔公司乃至桑格和麦考米克的信中提到：在伍斯特基金会工作的科学家们已经开始给他们的妻子服用黄体素了。有时是为了避孕，有时仅仅是为了控制她们的经期。50年代在基金会当实验室助手的安妮·美林说，这些太太"在旅行时不想受到经期的困扰"。

平克斯就像这个国家的许多科学家那样，知道一个研究项目有多种失败的可能性：资助或许会不翼而飞；竞争对手或许会抢先一步到达终点；失败的宣传或许会把测试对象吓跑，或者激怒天主教会和政府；制药商或许会失去兴趣；测试结果或许是模棱两可的，甚至更糟。然而，平克斯根本不愿理会这一项目失败的可能性。此时他坐在麦考米克那布置奢华的家里，室外的雪已停，气温却急剧下降，他告诉麦考米克，为何自己仍然看中波多黎各作为测试基地。一个成功的避孕项目或许会被其他国家竞相效仿，那里的妇女熟悉并且迫切想要避孕。岛上的许多医生和护士都在美国经过培训，能说流利的英语。的确，波多黎各和美国的医生一开始难以找到自愿参加测试的妇女，但是平克斯已经制定了一套新的计划。这次，他将以护士和医科生打头阵。他会暂时免去阴道刮片，因为其程序令人极其不适，会吓跑参与者。另外，学校会将测试作为课程内容，要求学生参与其中。如果这些年轻女性担心参加避孕研究会令她们丢脸，平克斯也有解决的方法：他会把这项实验标榜为女性体内黄体酮的生理学研究。一旦这些护士和学生参加了实验，她们便会口口相传，告诉其他人，这些药物是安全而有效的。事情便会从此变得简单。

平克斯告诉麦考米克，这种新药丸的售价大约为每克五十美分，也就是说，第一年针对一百位女性进行的临床测试需要大约五千美金的支出。另外，他还需要支付医生、护士和秘书的工资，以及差旅和打印费用。第一年的总成本大约在一万美金左右，或许更多。

就像往常一样，麦考米克向他保证，钱不是问题。她已经做好了准备，支付整个项目的费用。

麦考米克一度将全部精力投入到照料及治疗她发了疯的丈夫上。现在，她唯一关心的是平克斯的研究项目。她没有别的奋斗目标，没有别的使命，虽然一个极其富有的女人有时候总是难以从繁杂的经济事务中解脱出来。事实上，有时候，财务工作看起来是她仅剩的事务。她身边既没有亲密的朋友，也没有家人，唯有女仆和管家在家里陪着她。她花很多时间与自己的律师和会计师通话、通信。她相当担心自己在瑞士的城堡，这座城堡太大了，不适合作为家宅出售，它也极其昂贵，没有什么学校会买得起。与此同时，城堡的维护成本很高，每年都需要数千美金。她宁可把花在这座城堡上的时间和金钱投入到避孕研究上。

麦考米克还在继续捐钱给计划生育委员会，不过，她更喜欢直接与平克斯和洛克打交道。她经常跟他们打电话，与他们见面。她在麻省理工上学时学到的生物学知识，及在为其先夫研究新药物时学到的有关激素的知识，现在都派上了用场。平克斯和洛克会到她家里去拜访她。她有时会聘请一名速记员，记录与两位科学家会面的情况，以便完整而准确地传达给桑格。有一次，平克斯让女儿把一份进展报告送到麦考米克家。屋子里有些昏暗，还让人有种不祥的预感。不过，麦考米克跟这位年轻女性开诚布公地谈论起了性，并说她认为，将性交与生育分为两回事是多么重要。劳拉既震惊又着迷，当她准备起身时，麦考米克说要给她回家的地铁车费，并叫来了管家，而管家手上托着个满是银币的银盘，麦考米克拣了两枚一角的硬币给这位年轻的客人。劳拉后来才注意到这两枚硬币都是 1929 年制造的。大约自从经济萧条起，麦考米克就一直囤着这些硬币。

麦考米克对于避孕项目的热情很是高涨，有时她甚至在无人要求的情况下，也会自动掏钱出来。比如说，当麦考米克听说洛克准备从哈佛退休，并将被迫放弃他在医院的职位时，她便在其医院所在马路的对面买了一幢楼，让洛克在那里继续一边行医一边进行研究——即使是在他事业的转折点上，她也不愿意浪费一分一秒。

麦考米克的行为，像是一门新兴生意的老板。她让桑格去做宣传，并把技术活交给平克斯和洛克，她自己则监督着一切工作，而且她不怕对其他人下达指令。

1955 年年初，这时的麦考米克有足够的自信——她甚至给了平克斯一张 10 300 美金的支票，让他支付在波多黎各进行黄体酮测试的费用。这可是在她给计划生育委员会 20 000 美金支持同一个项目之后的又一笔捐赠。她在信中提到平克斯，并写道："我不希望他因为资金不足而耽误这项研究。"

* * *

最重要的工作都在稳步进行当中。平克斯锁定了复合黄体素，洛克在对妇女进行研究，波多黎各成了测试基地。

以前，麦考米克要求研究团队的成员对这个项目守口如瓶。现在，她的想法改变了。她认为，是时候告诉全世界一项重大的发明已近在咫尺了。或许，乔纳斯·沙克以及其他在脊髓灰质炎领域进行研究的科学家所取得的进展鼓舞了她。1955 年 4 月，全美的报纸都放上了类似《匹兹堡新闻》使用的头条——"脊髓灰质炎已被攻克"。标题下面的文章描绘了哭泣的母亲和为好消息振奋不已的医生。纽约市甚至提出给沙克办一场盛大的庆祝游行活动，市民们可借此从窗口抛出纸带颂扬他，但是沙克拒绝了。

如果沙克能做到，而且速度这么快，为什么平克斯不行？美国人都已经意识到人口过剩的危险性了，他们不再认为这仅仅是影响发展中国家的问题。虽然，这个问题的紧迫性不及脊髓灰质炎，但它真实存在且正在日益严重。美国人口调查局刊发的一份报告预言，全国人口将在 1975 年达到 221 000 000，比现在的水平增长 35%。与此同时，农业人口在减少，美国人都在迁居到城市和城郊。不难想象，他们会开始感到拥挤，工作会变得稀缺，困难的时候连食品供应都会有问题。

1955 年 2 月，《纽约时报》记者詹姆斯·瑞斯顿写了一篇报道，引起了举国的关注。"自从德怀特·D. 艾森豪威尔成为美国总统后，这个国家新添了 5 496 000 人。"瑞斯顿写道，"今年 1 月 1 日，全国总人口为 163 930 000，比 1933 年赫伯特·胡佛离开白宫时多出了 38 351 237 人。"在美国，每天出生的比死去的要多 7 000 人，瑞斯顿的报道指出。这并不是艾森豪威尔的错，是经济繁荣导致人口过剩。但是，如果经济下滑，而人口持续以当前的速度攀升的话，那么美国将遭受重创，他警告说。美国将难以应付持续增长的人口，特别是无法照顾穷困及年长者。

> 学校的短缺、老师的短缺、工作的短缺、住房的短缺、医院的短缺、护士的短缺、电力的短缺、道路的短缺、劳工最低保障工资的斗争、工业过度机械化的争论，还有关于工资水平、农业收入、养老金、健康保险，以及国家资源的开发等话题的争执，都起源于美国严重的人口过剩问题。

婴儿潮已经势不可当，且没人知道它的发展趋势。《纽约时报》这篇头条的作者最后如此总结："婴儿、婴儿、婴儿——四百万个问题。"

就在《纽约时报》这篇报道刊登后几个月，节育运动的领袖聚集到波多黎各，参加由计划生育委员会赞助举办的一次大会，这次大会旨在引起对拉丁美洲避孕工作的关注。桑格的身体状况太差了，无法参加，平克斯又太忙了。不过，瑞斯-雷医生的报告，又被《纽约时报》引用了。"当所有的波多黎各人都可以按照他们的意愿和能力规划生育时，贫困阶级的许多痛苦和绝望也就随之消失了。"她这样告诉大会，"然后，就业机会、教育、住房、医疗和社会福利就都可以满足人们的需求。"在大会上，计划生育委员会的官员向世界卫生组织呼吁，将生育间隔教育作为其全球预防性治疗项目的一部分，他们还要求联合国将女性避孕的权利认可为最基本的人类自由。联合国（在美国没有参与投票的情况下）拒绝了这项要求。

天主教会威胁要派人抵制这次大会，但是纠察队根本没出现，大会得以顺利进行。

人口控制的话题越来越频繁地成为头条内容，几乎每周都会出现在报章杂志上，而每上一次头条，都会更令人感到问题的严峻——地球上的自然和经济资源将无法满足日益膨胀的人口。尤其是在美国，人们也开始越发感到婴儿潮已经给负责抚养孩子的母亲们带来了巨大的心理和情感负担。1950 年，玛娜·洛伊和克利夫顿·韦伯在根据真人真事改编的电影《儿女一箩筐》中，饰演一对育有十二个子女的夫妇。那电影看起来还颇为滑稽，片中的父亲名为弗兰克·吉尔布雷思，是个能效专家，专门在孩子身上测试他的各种理论。电影预告片称其为"爆笑片"。

然而，就在这部电影放映之后的几年里，美国人开始不再把生育当成玩笑事。《妇女家庭杂志》刊登了一篇名为《年轻母亲的困境》的特别报道，称妇女们为了家庭，每周要劳作一百个小时之多——比她们的丈夫长得多，而且即使在身体很差的情况下，也是如此。这是最好的养育子女的方法吗？杂志宣称，这是一个"值得全国关注"的问题。

"我们没有澡盆，孩子还小，所以我不得不把三个孩子都放到厨房的水槽里，给他们洗澡。"来自圣路易的爱德华·B.麦肯齐太太告诉杂志，"当三个小孩都又饿又累时，做晚饭是一件很困难的事情。之后，我还得飞一般洗好碗，飞一般把他们都放进水槽里洗澡。我得让小宝宝先睡，然后再给其他两个读睡前故事，好让他们也睡下。整个过程中，我都在怀疑：'我今天到底能否把这些事都做完？'"

另一位妇女说，她会给自己放假，每周有一天不洗衣服。还有一位妇女说，当她出去晒衣服，之后又把晾干的衣服收回来时，她感觉自己在"跑到户外"的时间里，能获得短暂的平静。

还有理查德·佩特里太太，这位来自宾夕法尼亚州莱维敦的女性是四个孩子的母亲。她坚持让丈夫准许她每周去上一到两天班。为何？"见一些人，跟他们交谈——只是为了知道世界上都在发生些什么事情。"她说。佩特里太太在一家百货公司找到了工作，每周工作六至九个小时。然而，过了三周，她的丈夫在家里替代妻子的时间累积起来差不多达到一整天后，他实在受不了了。"我说什么也不干你这活儿。"他告诉佩特里太太。

一位妇女被问到是否会偶尔从家务活中走出来，给自己放个假。"那就只有在医院里生孩子的时候了，如果那也算放假的话。"她说。

＊　＊　＊

波多黎各大会之后不久，一位合众社的科技专栏记者披露了一大新闻。虽然这篇报道的细节并不是太准确，但是要点都对了。这篇文章如此开篇：

科学家们在努力探寻一种简单而万无一失的方法，以控制人类惊人且令人恐慌的繁殖速度，它或许可以像服用阿司匹林那么简单。他们相信成功就在眼前。科学家们三缄其口，即使偶尔就此发言，也极勉强，因为他们不希望引起太高的期望。然而，笔者有理由相信，有几种能控制动物生育的类似阿司匹林的简易药丸正被投放到人类身上，悄悄进行秘密测试。

这篇合众社的新闻还说，这种药丸可能会利用激素"对抗"身体中产生的精子或卵子。这位记者暗示说，计划生育委员会已经就此项研究投入了三十万美金，虽然他没有或未能请到任何研究人员就此进行评论。

报道越来越多，报章评论也逐渐表现出对于人口增长的担心和对更有效避孕方法的支持。麦考米克觉得不再需要遮掩平克斯的研究项目了，计划生育委员会给她和桑格的支持甚少，政府更是从未给过支持。一些节育运动人士甚至开始怀疑，桑格是否大势已去。她经常都得躺在床上度日，能依赖的赞助人越来越少，麦考米克算是她最大的靠山。就像平克斯管理伍斯特基金会一样，桑格在管理国际计划生育联合会时，也是按月计议，一个项目一个项目地募集资金。她没有长期捐赠基金，也没有安全网络，更没有长期的计划。如果桑格死了，那么很可能整个机构就会瘫痪。

时日不多了，麦考米克问平克斯，他是否愿意与桑格一起在10月份到日本去一趟，在第五届国际计划生育联合会国际大会上就他的发现做一次演讲。

平克斯才不会躲避聚光灯或者拒绝这位富有的赞助人呢。他同意了。

从麦考米克的家里走出来，他走进波士顿冷得仿佛凝固了的天气里，搭上火车回到伍斯特，他那辆败给了冰雪天气的车还在修车铺。平克斯离开后，麦考米克坐下来，给桑格写了一封长达五页纸的信，将平克斯可怕的撞车以及两人三小时会面中他提到的一切振奋人心的消息，告诉了桑格。

不过，虽然这些消息鼓舞人心，麦考米克在信的结尾处依然表现出了不耐烦："我真的希望这些临床测试不要如此令人焦灼地缓慢进展！"她写道。她用速递服务发出了这封信，热切盼望着桑格能尽快收到它。

21 按期赶工

现在，1955 年 10 月 28 日成了平克斯完成工作的最后期限。在那一天，他将站在一屋子科学家和人口控制专家面前，宣布他所完成的工作——他研发了一种口服避孕丸，可以令妇女控制她们的生育系统。他仍然没有最终确定这种药的配方，也没有对多少女性进行过临床测试，但他并不为此担心。现在不过是 3 月。他还有七个月。

对于平克斯而言，两种黄体素——炔诺酮和异炔诺酮特别有希望，因为它们都比天然黄体酮更有效，并且口服也能奏效。他想同时测试两种复合物。从 1955 年春天起，大卫·泰勒在波多黎各大学召集到了二十三名医科学生，让她们成为平克斯研究的最新测试对象。如果这批测试顺利进行，平克斯还能将结果加入他旅日的演讲中。泰勒承诺，他会尽全力协助平克斯。首先，他告诉女学生，她们必须参与这项测试，因为这是学业内容的一部分，如果她们中有任何人不按照指令持续服药或提交尿液测试结果、体温记录和阴道刮片样本的话，他会"在考虑她的最终成绩时以此作为减分项"。

即使是如此的高压手段也未能奏效。三个月之内，泰勒的二十三名学生有一半之多都退出了测试，不是因为药丸令她们感到不适，就是因为这些测试程序太过烦琐了。

平克斯和泰勒退而求其次。这次，他们要求圣胡安市立医院的护士参与测试，她们也拒绝了。

再退一步。两位科学家找到了波多黎各下维加女性监狱的总监，想请他帮忙召集女囚犯参与测试，囚犯们也拒绝了。

夏天快要结束了，而临床测试又一次中止了。

泰勒告诉平克斯，他知道错在哪里了。他们一直想靠医生、教师和狱卒来帮助他们召集测试者，也就是说，他们正试图劝说本来没兴趣的人来参加这项测试。这项测试需要一个充满激情的带头人，一个投身于节育运动的人，一个愿意全职为此奋斗的人，他知道怎么在波多黎各当地找到真正需要更好避孕措施的妇女。他们需要找到真正想尝试这种药丸的人，而不是试图将其强加在不想要的人头上。不然，"这不会成功"，泰勒说。

＊＊＊

1955 年 3 月 31 日，平克斯和他的太太一起到图森去拜访玛格丽特·桑格。古迪到哪儿都得带上太太，而他的同事们也都习惯了在大会之后的鸡尾酒会和晚宴上有他的太太在场。她就是那把油枪，让古迪放松下来，提醒他要从演讲大厅和实验室里走出来，看看风景。他们在阴冷的天气下飞抵图森，雷雨横扫沙漠。桑格已经在以主人的身份欢迎日本来宾了，她的家里已没有空余的房间给其他客人。因此，她将平克斯夫妇安排在了亚利桑那客栈。这家客栈建于 1930 年，由亚利桑那州的第一位女议员伊莎贝拉·格林威出资兴建，原因之一是给第一次世界大战的退役老兵提供就业机会。

虽然距离日本的大会尚有几个月的时间，但桑格已把大部分精力都花在了大会的筹备工作上。她向朋友和支持者们发誓，自己将不再出行，并减少工作量，为此行积攒精力。她继续服用止痛药地美露，以及缓解心脏问题的硝酸甘油，不过她成功地戒掉了自己因失眠而一直服用的速可眠。"我已经完全戒掉安眠药了。"她写信给一位朋友，"一开始很可怕，我醒着躺在那里，思考问题，然后看书，然后写东西，最后我想到了温牛奶加一点白兰地。我五分钟之内就睡着了。我还在继续喝温牛奶，不过加进去的白兰地越来越少，而现在我什么都不需要了。"

虽然平克斯的药丸仍然几乎没有经过女性临床测试，他也没有最终确定要用哪个配方，但桑格相信，这位生物学家的公告将是大会的一大新闻。与此同时，拉得正准备出版他为桑格撰写的传记。她的故事将跃然纸上，而她这段人生的伟大目标也即将实现，这应当是得意之时。然而，自从 1949 年首次心脏病发作之后，她就变得更古怪，酒瘾、烟瘾也大增。她开始收集自己的文书和公开信，以便收录到史密斯学院档案馆。不过，正如她自己描述的那样，对于往昔年轻岁月的重读，打开了她"悲伤的命脉"。这种悲伤随着老朋友和情人们的一一离世而逐渐加深。在朋友朱丽叶·鲁布利的劝说下，桑格参加了玫瑰十字会函授课程，学习如何与"宇宙之力"沟通。

桑格变得越来越沉溺于自我，行为举止极度反复无常，这已令她无力再领导计划生育委员会这样一个大型机构了。不过，她仍然可以胜任一些小型的、目标更明确的项目，比如这次日本大会。

到了 20 世纪 50 年代，日本的人口密度已达到了美国的十倍。面对极高的堕胎率，为了保障人身安全，日本政府成了全世界第一个将堕胎手术合法化的政府。1951 年，该国进行了638 000 例合法堕胎手术。日本有超过 20 000 名助产士，而桑格确信，如果日本政府支持避孕丸，那么这些助产士将会推广这种药丸，并很快改变女性的做法。她说，她坚信一旦当地女性开始使用避孕丸，堕胎的需求就会下降。如果这个方法在日本奏效，便可以在人口危机最严重的亚洲予以普遍推行。

在图森，平克斯和桑格盯着大会的演讲内容和时间表研究了半天。平克斯建议将部分演讲的标题"具体化"。桑格为平克斯夫妇举办了一次晚宴，邀请了亚利桑那大学校长以及其他一些大学的行政要员。她还举办了一次鸡尾酒派对，请来一些年轻女性，"以及她们的妇科医生"。当平克斯将其黄体酮实验的情况介绍给这些年轻女性时，她们之中的好几个都主动要求参与测试，并说"她们非常愿意当黄体酮实验的小白鼠"。

酒会后，桑格写信给麦考米克，并在信中描述了她对平克斯夫妇的印象。她写道："我希望告诉你，让他的夫人伴随他左右有多么重要，特别是在确保他不胡乱搭配衣服这方面。那位夫人自己也很是位人物，显然，这一点给了他必要的帮助。"

桑格和麦考米克都相信平克斯。当他告诉她们，不要为临床测试担忧时，她们相信了他。不过，话又说回来，她们也几乎别无选择。

＊＊＊

时至 1955 年秋天，约翰·洛克致信西尔公司的 I.C. 温特，汇报他用一种新的复合黄体素进行实验的初步成果。科学家们把这种复合物称为异炔诺酮，或 SC-4642。

他写道："看起来不错。"

当时，他仅仅对四位妇女进行了测试。

洛克告诉西尔公司，他认为大可将测试范围拓宽，让其他研究人员也使用这种黄体素。西尔公司的临床研究主任温特却说，他不确定能否在并未完全掌握这种复合物作用的情况下，就鼓励科学家用它来进行实验。洛克的测试表明，在黄体素的作用下，脑垂体停止分泌能使卵巢释放卵子的激素。但这种药物也会产生一些原因不明的影响，比如改变宫颈黏液的黏稠度——让这种黏液对精子更具抵抗力。另外，黄体酮似乎还让子宫内膜变得不那么适宜卵子的生长。是这些作用叠加在一起防止了怀孕，抑或是其中有一项起作用就足以起到避孕效果？而且，万一黄体酮复合物有别的作用呢？万一这类复合物抑制了可的松的分泌呢？万一黄体素有损于子宫，而洛克的测试未能反应出这些损害呢？万一还有些没人可以预料到的长期副作用呢？

洛克说他有一定的自信，西尔公司的黄体素是安全的，不会影响女性的受孕能力。正因为相当乐观，他才会鼓励西尔公司推广这种药，但是他远不及平克斯那么乐观。他还想进行更多的测试，想先把测试结果刊登在一份广受认可的医学杂志上，之后再公开发表声明。如果这种药丸有任何缺陷，公开宣传就会适得其反，女性们会警惕起来，测试会变得更加困难，天主教会的立场也会更强硬。基于所有这些理由，以及其他一些考量，洛克力劝平克斯不要去日本。

* * *

大会在即，身在波多黎各的平克斯依然没能取得任何进展，测试过程停滞不前。留在波士顿的洛克则继续坚持着小范围的测试。虽然测试的规模小得荒唐，其结果却是好的。异炔诺酮和炔诺酮——前者出自西尔公司，后者出自辛泰公司——看起来都相当有效。最妙的是，这两种药物都能在每日服用剂量仅为十毫克的情况下起作用，这是平克斯和洛克之前使用黄体酮剂量的三十分之一。平克斯或许开始对波多黎各失去信心了，他告诉麦考米克希望在访日行程中，到东京及周边地区寻找愿意开展临床测试的医生。

在给麦考米克的信中，平克斯总是表现得毕恭毕敬且心怀感激，但也往往颇为含糊其辞。他提到在波多黎各参加测试的女性人数"有所减少"，但他并没有告诉她，是从二十三人降低到了十人。他也没有透露，即使是在那十人之中，一部分的参与者也表现得很随意，并没有服用所有的药物，或是递交所有的测试样本。他也没有提到，部分实验室样本无法进行测试，因为在圣胡安和什鲁斯伯里之间运输的过程中，它们意外地受热过多。在给泰勒医生的信中，平克斯承认"值得记录在案的（数据）少之又少"，但对于他最大的赞助人，他可没那么坦白。他还遗漏了一点：他没能进一步召集到任何参与测试的女性。

在准备赶赴东京时，平克斯实际上是准备要上演现代科学历史上偌大的一场糊弄戏码。他打算公开宣布，一种适用于人类的口服避孕药即将问世。但事实上，他连具体哪种复合物最有效，什么剂量最合适都还没最后确定下来。还有更糟的，他依然没能找到足够的妇女参与测试。

一些科学家或许会浑身不自在，但是平克斯不会，他具备爱因斯坦的智商和玩牌老千的胆量。在哈佛数次大胆宣称自己成功时，他就已表现出了这一点，要是他能在过程中更小心谨慎，或许会大有裨益；在他引诱莉齐，告诉她自己是个性学家时，他也表现出了这一点；在事业已毁于一旦，他却通过创立伍斯特基金会，领导劳伦琴荷尔蒙大会重整旗鼓时，他同样表现出了这一点。如今，为了发掘这颗能够带来巨大社会和经济效益的避孕丸，他凭的不仅是那种逞能的本事，还有他的诡计多端。

即使是与平克斯合作得最紧密的人，也对他的一些狡诈算盘浑然不觉。比如，麦考米克就完全不知道平克斯从西尔公司那里领工资拿股份。告诉麦考米克西尔公司同意免费提供测试用药时，平克斯并没有透露他们或许还想分一杯羹。他也没有提起，在自己和莉齐为进行研究工作而出差的过程中，莉齐疯狂购物，并让麦考米克为她的消费买了单——不过，如果麦考米克仔细检查费用报告的话，或许会对此有所察觉。

或许麦考米克对这些出行的费用早有所知，但并不放在心上，就像她在同意支付一所汽车旅馆的装修费用，以便为伍斯特的访问学者提供住宿场所时，并不以为意一样：平克斯聘请自己的太太当装修商，而平克斯太太则从她在蒙特利尔的一个叔叔那里购买家具。在 50 年代，科学家接受制药厂的馈赠，或是让这些公司赞助他们差旅费并不是什么稀罕事，平克斯的举止算不上过分。但是，麦考米克也实在是慷慨忍让。金钱对她来说无足轻重，她膝下无子，既不收藏艺术品，也不热衷于地产，平克斯的研究项目是她最大的追求。如果平克斯想买画或者珍珠首饰的话，麦考米克是不会小题大做的。

这次日本之行，平克斯不仅准备带上莉齐，还有他的女儿劳拉和劳拉的一个大学室友。这两个女孩将成为桑格的助理，在大会召开前就早早抵达当地，以便妥善安排好后勤细节。古迪和莉齐则会在洛杉矶待上几天，之后再到旧金山逗留几天，最后还会在 10 月 15 日抵达日本之前到夏威夷转一圈。东京之行后，他们还计划到香港、孟买和新德里走一圈，见一见当地节育方面的研究人员、医生和政治活动家。

临行前，平克斯收到了一张来自麦考米克个人账户的一万美金（大约是现在的八万七千美金）支票，以支付他在波多黎各进行测试及近期出行的费用。她一如既往地甘愿为这项事业全数买单，也一如既往地期待它的快速进展。当约翰·洛克问麦考米克自己是否可以随平克斯一同前往日本时——或许是因为他希望制止平克斯许下太多的承诺，麦考米克拒绝了他。倒不是她不愿意花这个钱，而是她一想到要让两个人同时中止避孕丸的研究测试工作，就受不了。

＊＊＊

虽然桑格的健康状况不佳，而避孕丸新配方的测试又似乎是在无限期地拖延，她还是又一次地充满了希望。拉得为她撰写的传记出版了，使她又一次成为媒体的焦点。自从她上次潜逃到英国以来，已有四十年之久。如今，75 岁的她不仅被视为老人，还被看作是一位具有传奇色彩的社会改革家，即便其地位或许并不稳固。当她自己还是个年轻姑娘的时候，那个时代的女性更为坚毅，她如此告诉合众国际社的一位年轻女记者。如今，那种叛逆的精神似乎已经消亡了。"你跟年轻的女大学生聊天，她们会表示自己无所事事。"桑格抱怨道。这位记者问她，如果她依然年轻，会为什么目标奋斗终生。她说，假设节育的问题已经得到解决，那么她会致力于改善女囚犯的狱中生活环境。她鼓励女人们寻找一件她们认为最重要的事，并为之抗争。"你必须抱有信心，我依然抱有信心。"她说。

桑格抱有信心，但是，她能否在有生之年看到金石为开却未可知。距离日本的大会还有不到三个月的时间，她感到胸口时有刺痛。因为担心这会是又一次心脏病发作的前兆，她住进了洛杉矶的黎巴嫩雪松医院。留院观察三天后，医生们说，估计这不是心脏病发作，而是心绞痛——因心脏肌肉供血不足而引起的胸口疼痛。那是她严重冠心病的另一迹象，但是她没有必要因此留院观察。为健康着想，她告诉家人，自己打算以国际计划生育联合会主席的身份退休。不过，那要等到她参加日本大会之后。

22 "或许就是这种魔丸"

1955 年 10 月某个凉爽的日子，玛格丽特·桑格抵达日本。支持者们挥舞着日本和美国的国旗，有个男人手捧一大束鲜花。新闻记者簇拥向前，手里紧握着笔，相机纷纷聚焦，快门按下，胶片卷过，继续拍摄，记录她从克利夫兰总统号邮轮走下来，一直前往横滨码头的每一步。

在 20 世纪 50 年代的日本，仅有少数美国人能够像英雄一样受到人们的欢迎，桑格便是其中之一。

仅仅十年前，仅仅是一个早上的狂轰滥炸，美国的轰炸机便差不多将横滨的一半都夷为平地，使得超过七千人遇难。二战大规模地摧毁了东京，也让日本损失了约两百万士兵以及差不多相等数量的平民（相比之下，美国损失了约四十万士兵以及两千左右平民）。当日本投降时，美国及其盟国完全控制了这个国家。在道格拉斯·麦克阿瑟上将救世主般的领导方式下，这个国家得以重生。大型企业集团被分拆开来，形成了以自由市场原则为主的资本主义经济。美国人就像基督教的传教士一样，将他们的生活方式带给异教派人士。正如史学家约翰·W. 多尔在《拥抱失败》中写的那样："占领日本是以所谓'白人的负担'① 进行殖民的最后一次自负行动。"战后的日本人疲惫而自卑，不但没有反抗，反而欣然接受这个重新开始的机会。战争的失败是惨烈的，但战后重建是日本人奋起直追的大好机会。

① 《白人的负担》是英国诗人约瑟夫·鲁德亚德·吉卜林的诗作，最初作于 1899 年，原标题为《美国与菲律宾群岛》。

日本民众在社区集会上公开发言，官僚们大力推行改革，影视新星一炮而红，新的宗教团体冒出尖来。整个国家一片混乱，但那是一种激动人心的混乱。1955年，当玛格丽特·桑格来到日本时，她被视为最伟大的美国英雄，或许是因为她的故事与日本人的故事在某些方面极其类似。她与美国政府进行斗争，她因为美国政府而吃了苦头。但是，她依然为自己的信仰做斗争，她对这个体制有信心，相信民主和言论自由会让人们听到她的声音。即使是失败者也能在民主制度下找到机会。

另外，桑格之所以受到日本人欢迎，也是因为在战前，她就数次到访日本，并表达了她对于日本文化和人民的崇敬。1922年，她首次访日就轰动了媒体，所到之处，记者和摄像师都只跟着她，数百家报纸杂志都刊登了她的言论和想法。当时，她还很年轻，也精力充沛，让日本女性看到了美好未来的希望。自古以来，日本女人总是被视为父亲和丈夫的财物。她们地位低下——是交际花、妓女、军事交易中的棋子，以及像女仆一样的妻子。试图控制生育的女人们被迫依赖堕胎，并宣称将未出世的孩子还给诸神，以此捍卫这一行动。到了1922年，日本妓女的广告牌仍然看起来像是菜单，清楚地列着她们一小时或一夜的价钱。连年仅10岁的小女孩都要在丝绸纺织厂一口气工作十三小时。不过，到了20年代，人们的心态开始改变。这也就是桑格不仅受到欢迎，还得到欢呼簇拥的原因。政府采取了更加放任自流的态度，而社会改革也正在进行中。另外，人口过剩成了一个社会问题。

日本是全世界人口密度最高的国家之一。这个国家的大米产量已无法自足，需要依赖进口。虽然桑格的演讲内容受到当局严格审查，但是她开讲了十数次，数百名女性见到了她。她成了力量和独立的象征，足以让日本女性在未来数年内都深感鼓舞。

她鼓励当地的社会活动家畅所欲言。其中，广田静枝女爵说，桑格就"好像是一颗彗星"，给人留下了"生动而难忘的印象"。后来，广田在事业上把桑格当成自己的楷模，她主张女性通过节育实现独立的生活方式。桑格第一次访日后，避孕工具得到了更广泛的接纳。计划生育委员会的宣传册被翻译成日文，分发给医生和佛教住持。制造避孕工具的厂家在广告中（未经允许地）用上了桑格的名字和照片，有些还为产品冠以桑格的名字。日本有了叫"桑格姆"的杀精栓剂，以及叫"桑盖"的避孕膜和凝胶套装。参与社会改革的女权主义者们最为关注的是一种非法的导致流产的药，而这种药直接就被冠名为"桑格"。厂家借此打出虚假广告，让人误以为玛格丽特·桑格"改良了"这种药。

桑格热爱日本，不仅因为日本人把她视为偶像，也因为如她所说，与她自己国家的情况相反，在那里，没有"任何叫嚣的怨恨"，"没有神父谴责我是提倡滥交之人，也没有什么光棍牧师将我攻击为道德败坏的罪魁祸首"。

日本的新宪法已赋予了日本女性投票及组织工会的权利。桑格的门生广田（当时已改嫁，并改名为加藤静枝）于1946年在日本国会选举中获胜。但即使在女性获得更多权利，赢得更大影响力的情况下，该国的堕胎率却由于居高不下的失业率和严重的房屋短缺而依然大幅上升。上报的堕胎案例从1949年的246 000例，增加到了1952年的806 000例，而绝育手术则从1949年的6 000例大幅增长到1956年的44 000例。

反对以堕胎为节育方法的桑格，相信日本比其他大多数国家都更需要口服避孕丸，也相信这个国家有条件从避孕方法的创新过程中获益。这里的识字率相当高，即使在偏远的山村，助产士也很活跃。新方法如果奏效，便会很快得以口口相传。如果这种方法在日本行得通，桑格热切期望它在全亚洲，甚至全世界都可以行得通。妇女们将有权控制她们自己的身体，控制家庭的规模，控制政府，很快就不会再有战争了，独立的女性将带领整个世界进入一个前所未有的、和平而繁荣的新世纪。不管怎么说，那就是她的梦想。但仅仅靠子宫环或避孕套，这个梦想是无法得以实现的。唯有平克斯那个创新改良的产品才能让这个梦想变成现实。

抵埠之前，桑格就已经让日本人认识到了节育的迫切性。她的目标是在此次访日过程中，宣布即将会有一种口服避孕丸问世，让日本和其他国家的科学家开始传播这个消息，并参与到临床测试当中去。如果在波多黎各的大规模测试最终失败，桑格希望至少日本能成为另一个选择——在那里，她似乎能够点石成金。

离平克斯预定的演讲日期还有十天，桑格就开始向记者透露风声。她说，大会开幕时，将会有一位美国科学家宣布，他马上就要完成一种口服避孕丸的研制工作了，这种药丸价格低廉，符合自然生理规律，且服用起来就像吃糖那么简单，一年之内，这种药就将普及全世界。她这样做，要么算是她自己痴心妄想，要么就是有意讹传。"在一年之内，这种药的成本就能降低到连最穷的人都可以负担的水平，"她这样告诉记者们，"它会彻底替代避孕工具。"

她夸耀说，虽然这种糖果一样的避孕丸已经很了不起了，但是平克斯博士还在攻克一项更伟大的技术：只要打一针，就可以帮助女性避孕六个月。

桑格这就有点忘乎所以了。平克斯的确曾经与他的同事们讨论过这样一种避孕针剂的可能性，但是他并未就此进行过任何研究。

不过，这也没关系。日本人期待着平克斯的到来，而全世界也都在等着倾听有关这种药丸的细节。桑格用一句话就概括了这种药丸——"或许它就是那种魔丸"。

* * *

桑格抵埠两周后，莉齐和古迪·平克斯于 10 月 15 日抵达日本，并把会前的一周时间都花在了观光上。趁着秋高气爽，平克斯夫妇和其他科学家以及他们的太太一起参观了华严瀑布、仲源寺，以及战场之原的鳟鱼渔场。在渔场，戴着白手套、夹着香烟的莉齐还给日本主办方上了一课，教他们煮鱼的最佳方法。平克斯夫妇吃了天妇罗，还得到了如何使用筷子的辅导。不过，当艺伎们奉上清酒时，古迪却拒绝了。虽然他通常都很喜欢来一点烈酒，但这次，他说自己有点闹肚子，转而要了一点牛奶。

就在这次重大讲演之前，莉齐大肆购物的同时，古迪造访了不少大学，并给研究生讲了课。他俩就住在弗兰克·劳埃德·赖特[1] 设计的帝国酒店——这是东京城内少数经历了 1923 年大地震和 1945 年 3 月美国轰炸后依然幸存的建筑之一。

* * *

大会于 10 月 24 日星期一早上九点开始。四百位与会者，包括来自其他国家的几十位科学家，在东京市中心的共济会大楼聚集一堂。当桑格穿着平底鞋走上演讲台时，迎来了一大波掌声。她看起来像是一位年长的女牧师，身着深色的衬衣及裙子，外面套了件过时的毛衣，灰色的鬈发上戴着一顶药盒帽，身边还站着一名翻译员。

桑格向听众席放眼望去，然后微笑起来，说她觉得日本让自己感到亲切而熟悉。纵然她热爱这个国家和这里的人民，但是今日在东京街头行走时，她也清楚地意识到这里已经太过拥挤。这个问题并不只存在于日本，而是全球的问题，仅凭教育是不足以解决这个问题的。让女人们为了自身利益更果断地

① 著名美国建筑师。

拒绝，让男人们控制自己的性欲，是不够的。正因如此，她又一次来到了日本，来推行一种更好的方法。

她说："这次大会的规模胜过以往，它将会成为计划生育历史上的一大里程碑，因为我们将讨论在以往的会议上都未能谈及的避孕研究。"

平克斯的发言定在 10 月 28 日下午，那将是大会的第五天，即倒数第二天。到场的除了报道这次讲演的新闻记者，以及准备帮忙传播信息的节育倡导者外，还会有一些世界级的繁殖学专家，包括动物学家索利·祖克曼。日后，祖克曼于1956 年因其在战争时期为英国做出的服务和贡献被封爵。当时他正在研究空袭对于人以及经济的影响，并帮助英国皇家空军在诺曼底登陆前夕备战阶段选定空袭目标。祖克曼是当时极为博学多识的伟人之一，乔治·格什温^①和太太艾拉·格什温的好友，猴子和猩猩群体生活方面的专家。出席大会的还有艾伦·斯特林·派克斯教授，他是在英国最早进行激素研究的生物学家，在这个领域已经成了传奇性的人物。就像祖克曼一样，他很快就会因其对科学发展做出的贡献而被封爵。平克斯演讲前日，声名显赫的派克斯教授在回顾全世界当时在进行的各种节育研究课题时，表示他的期待不高。在他看来，这些研究"为实际应用的前期开发带来了微乎其微的希望"。派克斯教授说，理论上，确实有可能发掘一种安全的复合物，防止脑下垂体释放的激素被传送到卵巢，但那只是理论假设。"不必多说，这种物质尚不存在。"他继续说道。

还有几个小时就该轮到平克斯演讲了，张民觉先就他的发现发了言。他依然与平克斯保持着紧密的合作关系，但认为老板现在就宣布避孕丸研制成功有些为时过早。就像洛克一样，张民觉希望再花一些时间，证明这种药确实有效。另外，他还有些担心，用日服药丸抑制排卵或许是错误的。他怀疑，即使

① 著名美国作曲家。

药价可以大幅下降，这种药丸也未必能够在价格和方便程度上有效帮助社会最底层的贫困妇女。他一直觉得，发明这种需要每月服用二十一剂的药丸，从中获得最大利益的将是制药厂商，他们会令妇女们长年依赖此药。平克斯试着减轻他的顾虑，对他说，制药方的获益是"必要的弊端"。这种药或许并不完美，但是它将非常有效。

张民觉一直没有完全接受这一切，他在东京的演讲也清楚地表明了这一点。"除非我们掌握了人类受精或繁殖的基本生理运作过程，否则要开创一种能有效控制这个过程的方法不过是碰运气。"他操着极重的口音说。

差不多一个月以来，桑格一直在承诺会有一种大胆的新避孕方法出现，但是大会开幕后，与会者都没听闻会有这样一种东西诞生。等着听平克斯发言的人大概多少都会有些疑惑，至少，他们肯定很好奇，到底平克斯会说什么。

到底有没有这么一种魔丸？

走上台时，平克斯变得很镇定。"他是我见过的最为自信的人，"他的女儿劳拉这么说，"没有什么事可以吓到他，因为他永远确信自己会获得成功。"

平克斯在讲演一开始，重复了张民觉发言的一部分内容——在对动物进行的实验中，黄体素对于避孕相当有效。他列举了多种复合物，并比较了它们的效果。他说，炔诺酮和异炔诺酮是最有希望的，之后他还透露了约翰·洛克在波士顿和其他研究人员在波多黎各进行的人体测试结果的细节。对参与测试的妇女人数不多这一事实，他并没有多谈，但是他明确表示，这些测试结果只是初步的，还要进行更多的测试，并且要尽快。他强调说，迄今为止，测试用的复合物都没有对动物产生任何有害的副作用，他也非常希望这些药对人不会产生不良副作用。他的演讲富有自信，在浓密的眉毛下，他的眼睛炯炯有神，双手在空中挥舞。在场的非科学界人士或许并不能完全理解他的演讲内容，但是至少看到了他的自信。他继续说：

> 我们尚不能基于目前的一些观察，就确定最理想的避孕药物，或确定最理想的药物施用方式。然而，我们已经有了一个基础，可以对避孕这个课题进行客观、有益的尝试……一般哺乳动物精巧的、有了既定秩序的繁殖过程，显然是可以被打破的。我们的目标就是要扰乱这种秩序，而不以产生任何生理问题为代价。这个目标无疑可以通过小心谨慎的科学研究得以实现。

平克斯的演讲过后，观众并没有脱帽高呼，也没有起立鼓掌，而仅仅是礼貌地拍了拍手。

是不是因为有索利·祖克曼和艾伦·派克斯这样的人物在场，所以他避开了不必要的大胆断言呢？他是不是最终决定听从约翰·洛克的警告呢？还是他只做了其他优秀科学家会做的事：摆出数据，让数据说话？

桑格承诺的头条新闻并没有出现。平克斯的发言几乎没有得到媒体的任何报道，甚至还引起了同行的一些怀疑。

祖克曼说："虽然一开始他们看起来很有希望，但是我认为……可以这么说，平克斯博士汇报的观察结果并没能让我们像希望的那样更接近既定目标。"

祖克曼提到，他曾在30年代就研究过黄体酮和雌激素对于猴子卵巢的作用，平克斯的研究没有任何创新之处。对于祖克曼而言，唯一新鲜的是，平克斯把激素浓缩到了药丸里。当然，在使避孕更方便有效这一方面，这种药丸有了巨大的进步，但如果这种药物本身不安全或者不可靠的话，那再怎么方便有效也是白搭。

　　"我们需要针对在人类身上是否会产生副作用，找到更确凿的证据。"祖克曼在东京对其他与会者如是说，"对我而言，仅仅因为在动物实验的过程中没有发现副作用，就采用这种否定证据，引申证明这些药物不会在人类身上产生任何不良的副作用，是不够的。我们迫切需要对此进行长期观察，才能得出坚实的结论。"

23　给绝望者以希望

平克斯离开了东京，与玛格丽特·桑格、平克斯太太和其他数人一起完成了这趟亚洲之行。这是他第一次花时间体验桑格的世界，接触的人包括乡下接生婆和医生，以及得到他们照顾的妇女，包括养育着太多孩子的母亲、同睡一床的八个兄弟姐妹、制定节育政策的地方和国家政府领导人。或许这让他想起了他父亲在新泽西社区所做的事情——将农业知识灌输给民众，利用科学技术提高穷人的生活水平。这也是他的研究工作的意义所在。

几年后，平克斯写信给一位认识他父亲的朋友，说远东之行让他对自己的研究工作有了不同的认识。他写道，他意识到"实验室得到的一些珍贵的结论或许能影响全世界，在混乱的地方建立秩序，给绝望者以希望，让奄奄一息者重生。这就是我们这个时代的魔力及神秘之处，它并不总是为人所掌握，且常常被错失"。

至于他自己正在从事的研究，其中的魔力是否会被掌握抑或是错失，他无法控制。他的职责只是去探索、阐述，然后希望会有最好的结果。不过，幸运的是，节育正成为一场更广泛的社会运动的一部分。虽然很少有人意识到，但这场运动的目标是社会平等以及争取妇女权益，且这场平等运动正令整个世界都对他的研究工作更喜闻乐见。

到了 1955 年秋天，人们——特别是女人们，比以往任何时候都更大胆地争取自己的权益，尤其是在控制自己的身体和人生方面。白种人中，已婚的中产阶级妇女都待在城郊的家中，生养孩子，而且是一大堆孩子——这正符合了那个时代赋予女性的形象。然而，并不是所有戴着围裙的城郊家庭主妇都对此心甘情愿。另外，还有那些不属于白人、已婚、中产阶级这一类别，也不住在城郊的妇女，她们又各有对生活不满的理由。她们之中有从南部搬到北部的年轻黑人女性，以及从遥远国度移民过来的女性，她们进入不同的社区，寻求新的机会，也面对新的危机。她们之中也有聪慧、年轻、未婚的女性，与男性竞争着法学院和医学院的名额。这些从南方腹地来的黑人女性、移民女性，以及接受过高等教育并拒绝做家庭主妇的女性有一个共同点：她们意识到，要把握机会，就必须要独立；获得那种独立，便意味着避免，或至少是推迟生儿育女。

在 20 世纪 50 年代，女性投票人数有史以来首次与男性投票人数持平。玛格丽特·桑格青年时代的激进女权主义已经不复存在，但是其他形式的反叛正在生根。在南方，像罗莎·帕克斯、赛普蒂默·克拉克和艾拉·贝克那样的女性推动了公民权益运动。在布满工厂的小镇和城市，女性成了工会的积极分子。结婚后，或者有了孩子而希望不再继续生育时，她们会到医生、神父，甚至是报章专栏作家那里寻求意见，而且她们已经不像她们的母亲那样，会为此而羞愧不已。"避孕"已不再是一个不好的字眼了。即使是女天主教徒也在想尽办法节育，并在脑海中说服自己应该这样做——或许在这一方面，她们比教会更清楚什么是正确且道德的。

在奥克兰，有位专门向读者提供意见的报社专栏作家。他刊登了一位倾向于节育的读者的来函，由此引发了一场激烈的舌战。

"到底为什么，我知道有个人生于贫困家庭，然后有一天，有人将他吊到了十字架上，然后他就变成了救世主，还有其他人成了医生和护士，教师和诗人，律师和货车司机，总统和歌手，另外一些成了你或者任何人都想要见到的最好的人。"有一位号称"就是他妈的生气"的妇女如此写道。其他来函者提到了他们的宗教信仰，一位 18 岁并已婚并怀了第一个孩子的女性这样写道："破坏婚姻关系的基本目的和现实基础，却还从中获得欢愉的人，就是在欺骗上帝。他首先以欢愉作为诱因，其次又以之为奖励，不过那看起来并不是什么好的奖励。"神也让我们从吃喝中获得欢愉，这就意味着如果一个女人想要保持她的身材，就不能随心所欲地吃喝，她这样继续写道，并做出结论，性也是如此，如果一对夫妻想要有个小家庭，那么他们"必需节制**他们的**欲望"！最后，她署名为"快乐的待产母亲"。

几周后，一位读者以"一位现实的母亲"的署名，写信给这位专栏作家，说她祝那位"快乐的待产母亲"一切都好，但是她很怀疑，在生了三四个孩子之后，那位母亲是否还能如此快乐。"应该有人来告诉这位年轻女士，如果上帝想让你年复一年地生儿育女，他不会让你如此轻易就回避此事。"

另一位女性写信说，初次怀孕便流产后，她的医生告诉她，如果在两年内再次怀孕的话，或许她和孩子都会丧命。因而，她刚刚开始避孕。"谁能说仅仅因为我自私地想要活下去，生养健康、正常的孩子，我就是个罪人呢？"她反问道，"我不这么看……我们的孩子将在 3 月诞生……我希望人们会铭记，每一件事都有正反两面……我们应该包容所有的宗教和信仰。"她的署名为"一个非常快乐的人"。

还有其他一些女性，像是得克萨斯州阿瑟港的詹妮斯·乔普林 ①，更大胆地挑战了旧道德准则。"我想要的并不只是保龄球道和露天电影院。我什么都要上，什么都要拿。"乔普林在描

① 美国 60 年代著名女歌手。

述她成为摇滚巨星以前的青少年时代时如是说。

像乔普林这样的女性正为自己的人生寻找完全不同于她们母亲的道路。50 年代的电影刺激了她们：在这些电影里，中产阶级家庭就像是监狱，而为人父母就像是倒了霉。在电影《无因的叛徒》中，詹姆斯·迪恩的反叛实际上是有因可循的：他对抗的目标是自己的父母。许多女孩对于未来都抱着矛盾甚至是万分害怕的心理，有时候，这个未来看似只会给她们带来婚姻和孩子。作家玛吉·皮尔斯回忆道："唯一可以想象到的就是扭动身躯前行，穿过那些夹缝，在那些不设防护的缝隙中生存下去。要想逃脱这场永无休止的无谓竞争和家庭生活，根本不会得到任何支持……要么嫁掉，要么死掉！"

玛格丽特·桑格近期的承诺让人们以为避孕丸近在咫尺，但是像皮尔斯和乔普林这样的女性并不准备靠任何魔术来得到解放。她们也不准备靠一颗药丸去满足性欲。1956 年，格雷斯·麦泰莉出版了《冷暖人间》。这部小说充斥着强奸和乱伦情节，被誉为"掀掉了一个新英格兰小镇的面纱"。母亲们把书藏在她们的床垫下，初长成的女儿们会找到这些书，然后飞速阅读"那些精华部分"。其中有个令人印象深刻的情节：镇上的妓女贝蒂·安德森在发现坏男孩罗德尼·哈林顿将爱莉森·麦肯锡带去学校舞会时，勃然大怒，贝蒂在罗德尼的车里将其激怒，问他是否"够好够硬"，然后，正当罗德激动得说不出话来时，贝蒂屈起双腿，把他推开，下了车，然后告诉他，把他的勃起物"插到爱莉森·麦肯锡那里去……然后和她一起解决它"！

评论家痛斥这本书污秽、卑鄙、劣质，可能会败坏年轻人的道德。美国的图书馆禁了这本书，加拿大的也是如此。当然，这些评论家和图书审查员的反应适得其反，引起了人们更大的兴趣，令《冷暖人间》畅销无比，在《纽约时报》畅销书榜单上占据榜首位置长达五十九周之久。出版一年之内，每二十九个美国人中，就有一人买了这本书。

"20 世纪 50 年代，我生活在中西部，而我可以告诉你，生活很沉闷。"麦泰莉的传记作者埃米莉·多斯说，"猫王和《冷暖人间》是那十年间绝无仅有的给人以希望的两样东西，让你觉得外面的世界总还有什么在发生。"

1956 年，一个女人，特别是未婚女人，依然得有令人震惊的大胆，才会公开承认她享受性爱。医生依然将性称为"性行为"，这听上去就像是准备晚餐、叠衣服、烫衣服一样，被视为已婚女人的家庭职责。她开展性行为，是为了取悦丈夫，或是为了繁衍后代，她不应该从中享乐。确实，那些太过渴望性爱的女人有时会被视为需要医学或精神治疗。"这样的人物只能待在精神病院里。"一位《冷暖人间》的书评人如此写道，"为了安全起见，这座小镇也要被所有文明社会的成员划为禁区。"

显然，《冷暖人间》正中要害。一场伟大的社会变革即将发生，每个人都感受到那种炙热——"一种令人如此煎熬的感觉"，就像小威利·约翰在他 1956 年的那首节奏布鲁斯成名曲中唱的那样。

* * *

讽刺的是，正当美国人民性欲的烈火燃起之时，桑格几乎已重新定义了她发起的这场社会革命。其最初的目标是让人享受性爱的愉悦且多多益善，如今却构建在控制人口和做明智的父母这些更得体的主题上。如果那样做引来的是人们的哈欠连天而非大跌眼镜，计划生育委员会要的就是这种效果，而桑格虽带有不满却也随了大流。桑格和计划生育委员会并没有停止对性的关注，正相反，美国计划生育协会是全世界仅有的将女性性满足列为其正式项目的组织之一。该组织经常以婚姻辅导的名义提供性咨询，与医生、社工和精神健康服务中心合作，推广性教育。

桑格从富有的朋友那里拿到了赞助，并开始张罗与世界领袖的会面，而这很大程度上是因为她已经与节育运动的主流人士达成一致意见，宣称避孕是经济增长和政治稳定的工具。到了1956年，这个世界几乎已经彻底转变了，但桑格和这个组织的其他领导人都相信，他们还得要赢得一个重要派系的支持，才能让节育真正被广泛接受。

1954年的一份备忘录中概述了这一点，且到了1955年和1956年该备忘录依然在国际计划生育联合会的领导人当中传阅。它提到有传闻称，迫于教徒的压力，一旦有适宜的新科技，基督教会可能很快会"接受一些新的、理性的节育方法"。这份报告继续写道："教会根本就不是整齐划一的，它涵盖了很多不同的观点，而罗马教皇只在各种支持者面前有一定的回旋空间。"这份发给桑格和委员会其他领导人的备忘录称，计划生育委员会有两个选择：要么一如既往地滋扰教会，引发争议；要么"避免争端，试着让他们看到世界人口膨胀的后果……然后与教会中那些想要做出改变的人合作"。美国人口中有四分之一为天主教徒，如能赢得他们的支持，或者至少是在他们之中争取到一部分盟友，也算是计划生育委员会攻克了一大难题。

当时，梵蒂冈对于节育的态度非常明确。1951年，罗马教皇庇护十二世与意大利天主教助产士协会通话，重申了其前任庇护十一世的立场：天主教不会认可任何在夫妻生活中试图阻碍造人的举动。教皇宣称："这条准则在今时今日依然适用，且永远不会改变，因为它并不是人类法律中的准则，而是自然界中上帝律法的体现。"

神学家说，任何人违背这样清晰有力的宣言，都是对个人信仰的犯罪。然而，正如约翰·T.诺南在他完善的对于避孕和基督教义的记述中写的那样，教皇确实准许了安全期避孕——

他视其为"自然的",因为这种方法不像杀精剂那样扼杀精子,不像避孕膜那样阻碍正常的造人过程,也不像结扎那样破坏人体的器官。这一点让一些神学家想到,是否还有其他空子可钻,包括平克斯和洛克正在进行的研究。要是有一种药可以让女性控制或延长她们的安全期,又会如何?如果这种药是由一种人体中天然形成的物质构成的,又会如何?那能算是自然的吗?那能足以比拟安全期避孕吗?那能让教皇满意吗?

有些人认为这是有可能的。人体在怀孕过程中会分泌黄体酮,以保护母体子宫中尚未出世的孩子。如果因为科学的进步,使用天然复合物避孕成为一种可能,那么对于任何有可能危害女性健康或已有子女福祉的妊娠,为何不能让妇女有权加以预防呢?她能否在生下孩子的头六个月内服用一种药,以确保她在哺乳期不会再次怀孕?那不是很有益吗?那不是正像安全期避孕法一样在道义上可被接受吗?

不论是教会还是其他任何人,都从不曾被迫回答这个问题,但是梵蒂冈很快就必须直面它了。不仅是平克斯、洛克和计划生育委员会,还有女天主教徒们都在此问题上向教会施压。50年代,美国女性的生育率达到了历史高峰。1957年,一般美国女性在其一生中平均育有 3.7 个孩子,而女天主教徒的子女个数平均还要高出 20%。这些数字创造了历史纪录。

教会高层教诲信徒切勿经不起引诱,而使用任何避孕方法。"你得考虑一下天堂和地狱,"一位牧师写道,"你得考虑一下死亡,以及正当你盘算着如何在地球上舒适地生活时,上帝会如何召唤你。"

然而,即使是万分虔诚的天主教徒也相当矛盾。《天主教文摘》于 1952 年进行的一项民意调查显示,超过半数的天主教徒不认为"习惯性避孕"有任何罪恶可言。这本杂志的主编保罗·布萨德神父大受刺激,最后决定不公布这一结果。到了

1955 年，30% 的女天主教徒承认，除了禁欲和安全期法，她们还用过别的避孕方法。越来越多的少数派教徒开始忽略教会针对这个话题进行的说教，而许多天主教徒也不再定期参加忏悔和圣餐的圣礼。不论是在写给天主教出版物编辑的信笺中，还是在与神父的谈话中，女天主教徒们都表达了她们的不满。

"即使我们疯狂而痛苦地努力遵守着安全期法则，八年中我已生过七个孩子了。"一个女人这么写道，"既然我们已经接受了婚姻的责任，如果还要节制性欲，那实在是有点不公平。"

神父们对这样的抱怨提出了祈祷和参加圣礼的办法，这让女教徒们觉得宗教领袖与自己间的距离十分疏远，直接回复说：都有八个孩子了，谁还有时间参加圣礼？另外，还有别的神父告诉年轻女教徒，教会在这件事上是被误解了，而长此以往，这种做法也同样具有破坏性。

"教会教导我，如果你使用避孕方法，那些未出世孩子的面孔将会在你临终时缠住你。"洛蕾塔·麦克劳克林回忆道。她在波士顿长大，之后成了一名记者，并为约翰·洛克作传。"19 岁的时候，我对抗了神父。我说：'我不信。'神父对我说：'我可不会为此担忧。'然后他就一走了之。"这位神父的"横暴"和对她忧虑的轻率打发激怒了麦克劳克林，以至她从那之后便不再去忏悔，也很快就不再参与弥撒。

1956 年，梵蒂冈的领袖意识到了教会领导人和其信徒之间越来越深的鸿沟。他们从信徒那里和报纸杂志上了解到了这一点，他们也知道，一种新的避孕丸正在研发过程中，而一位信奉天主教的医生正参与其中。如果这种药问世，它将会迫使梵蒂冈做出选择——是继续坚持底线、反对避孕，还是缓和其立场。约翰·洛克希望可以说服教会的领袖，选择后者。与此同时，对于他是否会因在波多黎各这个天主教徒密集的地方，测试口服避孕丸而违反个人宗教的教义，他自认为找到了一个临时的解决办法。虽然教会确实明文禁止化学避孕制剂，但并没有明文禁止实验。严格地说，他并没有分发避孕药，他不过是请人尝试这种药是否有效罢了。

有一次，另一位信奉天主教的医生直接向洛克提出质疑，说他很幼稚，不论避孕丸如何有效，如何接近安全期避孕法，洛克如何努力地为之游说，教会永远都不会接受这种药。洛克比这位年轻的医生高不少，他低下头瞪了对方一眼，才做出回答。

"我仍然可以看到洛克站在那里，"I.C. 温特回忆这段往事时说，"他的表情是震惊的，他的双眼凝视着对方……然后他用一种可以冻结你灵魂的声音说：'年轻人，你可别低估了**我的教会。**'"

24　测　试

　　1956 年 2 月，平克斯飞抵波多黎各，以期挽回当地临床测试的败局，参与测试的大学生和护士们都退出了。威胁并没有起到作用，而平克斯也不认为有必要再试图挽留她们，他需要一种新的方式。

　　到圣胡安后，他与艾迪·瑞斯–雷见了面。瑞斯–雷当时身兼二职：除了是计划生育协会的医学理事，她还在圣胡安的一个贫困区里奥佩德拉（意为"石头之河"），担任着国家卫生部公共卫生单位的护士训练中心主任。这双重身份让她成了平克斯和洛克在波多黎各最理想的向导。她熟悉将要进行临床测试的各个社区，也认识在这些社区工作的医生和社会工作者。更重要的是，她对当地官员有一定的影响力，而这些人或许会在测试引起争议的时候给予他们一定的庇护。瑞斯–雷——朋友都叫她艾迪——与平克斯、洛克、桑格和麦考米克还有一个共同点：她是个叛逆者。她放弃了条件优越的芝加哥诊所，因为她相信女性应该有避孕的权利。她相信节育能够帮助女性克服身为女性根本的不平等之处——让她们寻求更多的教育机会、更好的就业机会，养育更健康、更有教养的孩子。她想要一种科学的避孕方法，对于平克斯正在做的研究，她很是兴奋。然而，她还是对在病人身上测试新药有所保留。

　　"我一开始有点害怕，真的。"瑞斯–雷告诉一位采访者。她不想给病人没用的药，更坚决不想给她们任何或许会有不良副作用的药。然而，平克斯如此富有魅力和自信，连瑞斯-雷都不得不买账。

瑞斯-雷与平克斯见面几周后，约翰·洛克飞抵波多黎各，向当地的医生和护士解释临床测试的具体步骤。一开始，瑞斯-雷对洛克相当不解。他是个抽着烟斗的波士顿人，模样老派，还是个天主教徒。然而，他此时却在圣胡安，即使是身处热带，依然戴着领巾或领带，笔直而自豪地站立着，赶着要到贫民窟去开展工作。

"据我所知，你是非常虔诚的天主教徒，但你却赞成节育。"她说。

"你想知道我是怎么想的吗？"洛克告诉她，"我觉得这根本不关教会什么事。"

瑞斯-雷喜欢他。她把之前对平克斯说的话，又对洛克重复了一遍：他们在波多黎各的工作方式是完全错误的。他们一直想要把试验性药物硬塞给不想要或不需要节育的女性，但是瑞斯-雷知道去哪里找那些渴望获取更有效节育方法，并因此而自愿参与测试的女性。在里奥佩德拉，摇摇欲坠的贫民窟被推倒改建成政府公屋，年轻的女性努力想要摆脱贫困。瑞斯-雷觉得，她在里奥佩德拉见到的许多女性都会愿意尝试新的避孕方法。再者，新的政府公屋就是理想的实验室。她说，医生和护士们不用费力到社区里"蹚浑水"，因为这些公屋都是新的，也很舒适，在未来数月的测试过程中，这里的居民数量会基本保持不变。在计划生育委员会和克莱伦斯·甘布尔的资助下，她在这个区域开展工作，并发现里奥佩德拉的女性无需有权有势就能去诊所。瑞斯-雷确信，如果这种药丸有效，那么它很快就会被口口相传，人们对新药的需求便会很强烈。

首先，瑞斯-雷拜访了里奥佩德拉公屋建设的负责人。此人亲眼看到了人口过剩的后果，以及给年轻母亲们带来的负担。他拿出了一份详细的社区居民清单，并承诺他的手下会帮助瑞斯-雷召集测试对象。之后，瑞斯-雷又找了一位名叫艾丽斯·罗德里格斯的护士。罗德里格斯是个强壮、伶俐、热情洋溢的人，认识里奥佩德拉的每一个人。她将会逐一拜访社区内已为人父母（以确保参与测试的女性确实有生育能力），并且还想再继续生儿育女的年轻夫妇。他们会撇开年龄超过四十岁的、已经绝育的妇女，以及将在一年内离开这个社区的女性。

波多黎各的政府官员批准了这项测试，但是他们让平克斯和他的团队成员不要就此做任何宣传。在召集测试对象时，瑞斯-雷和罗德里格斯非常小心地向她们解释说，这是一场由民间组织开展的科学测试，与政府无关。她们说这个民间组织类似于癌症联合会以及全国小儿麻痹基金会，并强调他们所做的研究旨在改善女性健康状况，并帮助夫妇控制家庭规模。

"与这些参与街道集会或是到访健康中心的母亲们谈论避孕方法是很轻而易举的事情，"数年后，瑞斯-雷在瑞典皇家内分泌协会发表演讲时如是说，"但是要想请父亲们来参加就难了。"为了搞清楚这些父亲们是如何看待避孕的，瑞斯-雷来到了圣胡安的市立监狱，并访问了那里的囚犯。她从访问中感受到，虽然男人们不愿意承认，但他们和女人们一样希望控制家庭规模。

到了1956年3月末，罗德里格斯和瑞斯-雷挑选了由一百名妇女构成的测试组，以及另外一组由一百二十五名妇女构成的对照组。虽然几乎所有里奥佩德拉的居民都是天主教徒，但瑞斯-雷仅仅碰到一位因为宗教限制而无法参与测试的妇女。测试组被告知她们将要服用的是一种试验性的新避孕药，对照组则被告知她们参与的是一次家庭规模的调查。4月起，研究人员开始分发避孕药。

平克斯和洛克已经选择了西尔公司的复合物异炔诺酮，而非辛泰公司的炔诺酮。他们表示，这是因为辛泰公司的复合物令实验动物的雄性特征更为显著。然而，为辛泰公司发明炔诺酮的药剂师卡尔·杰拉西相信其中还有另一个原因：平克斯与西尔有长期的商业关系，还拥有该公司的股份。测试伊始，他们把每颗药丸的剂量定在十毫克，这与洛克在波士顿给其病人的剂量相同。测试者被告知在她们下次经期的第六天起开始服药。之后的二十天内，她们需要每天服用一颗药丸，然后暂停服用。如果她们有一天没有服用，则需要在第二天服用双倍剂量。这样的指令有些复杂，而且这种避孕方法对于测试者来说也全然陌生，但是瑞斯-雷说，这些妇女迫不及待。她告诉平克斯，事实上，她们像是"迫切地想要拿到这种药"。

＊ ＊ ＊

圣胡安的测试开始之际，平克斯请洛克在 1956 年 9 月举行的第十三届劳伦琴荷尔蒙年度大会上介绍首轮对人体进行避孕丸测试的结果。几个月前，洛克强烈要求平克斯不要在日本讨论他们的研究工作。当时，他担心这样做会引起天主教会的反击。而现在，他觉得是时候了。

激素研究方面的权威都来了，且在平克斯的领导作风影响下，他们非常激进。发言人不应当想着仅仅照本宣科，然后沉浸在一片掌声之中，他们应当做好准备，站在讲台上，接受业界同僚的拷问。洛克的论文是跟平克斯和凯尔索-拉蒙·加西亚一起完成的，其标题非常谦逊——《一般人类月经周期中的合成黄体素》。即使从科学论文的角度看，这篇文章的大部分内容都相当枯燥，但是有一小节引起了所有人的注意。正是那一小节，对黄体素如何影响在洛克诊所参与测试的五十位女性的排卵，做出了描述。

洛克在讲到这一节时相当谨慎。虽然与会者们都知道，他和平克斯很快就要完成一项重大发明了，但是洛克拒绝给出任何论断。他打出一张又一张幻灯片，阐述着黄体素对于阴道组织和卵巢组织产生的作用；他详细解释了这些病人尿样分析的结果；他完全没有提及"避孕"这个词。纽扣扣得一丝不苟的洛克说的最令人激动、最让人浮想联翩的话是："结果让我们猜测，至少在相当高比例的测试者中，排卵受到了抑制。"

最后，他说有七个病人在接受治疗后怀了孕。这一结果的重要意义是多重的，而重中之重的一点在于，洛克的病人正是为了寻求生育方面的帮助而找到他的。但那并不是全部，洛克也希望科学家们明白，黄体素并没有损害卵子或卵巢。

听众席中的科学家们对他紧追不放。

"在我看来，这是抑制排卵。"有一个声音喊道。

洛克笑了，但是他并没有上钩。

"我没说出来，但我让他们明白了这一点。"多年后，他在一次访问中回忆道。事实的确如此，他并不是谦虚，也不怕激怒教会的官员，在他看来，自己的举动是尊重教会的。他说："我觉得我是在保护天主教教义，而不是我自己。我对教会有一种忠诚，而这种忠诚似乎是超越了信仰的。要夸耀避孕效果，时机尚未成熟。"

然而，这并没能阻止科学家们提出更多的问题。一位来自洛杉矶的妇科医生爱德华·T.泰勒说，他近期一直在让一些经期不调的病人试用炔诺酮，但是他所得到的一些数据跟洛克与平克斯的有所差异。他希望有人能来解释这些差异，却找不到答案。

"我和平克斯博士昨晚一直讨论到清晨两点。"泰勒博士说。平克斯在多个案例中都发现病人的孕二醇（一种由黄体酮分解后生成的不活跃的物质）有所降低，而泰勒的数据则未显示任何降低。"他最终想到了一个答案，而这个答案如此简洁，我很惊讶自己为何没想到。他的解释是，我的测试结果都是错误的。"

尽管有人揶揄平克斯喜欢欺负同僚，而洛克则讨厌引人注目，但现在消息放出去了，两人都很清楚这一点。

洛克总是喜欢喝一两杯来放松自己，他决定不参加当晚的大会晚宴，而是与其他几位医生一起出去寻找他所谓的"更高级的娱乐"。当他们来到第二家酒吧时，洛克径直打断了一对正在跳舞的年轻情侣。他与那位比他年纪小很多的姑娘在酒吧里翩翩起舞，姑娘的男伴只能靠边站着看。回到聚集在吧台的那群科学家们之中后，洛克完整地汇报了那对情侣糟糕的性生活。他说自己给了他俩一些建议，如果他们好好执行的话，肯定可以"解决整个问题"。

最终，洛克和他的同伴们回到了塔伯拉山的住处。当其他科学家继续讨论当天下午那些有关激素的演讲时，洛克和他那群醉醺醺的同伴脱了个精光，赤裸着跳进了泳池里。

25 "平克斯老爹的粉色计划生育药丸"

"真的，你肯定在做判断时感到相当骄傲。"玛格丽特·桑格于 1956 年 12 月写信给凯瑟琳·麦考米克，"格雷戈里·平克斯已经为此努力了至少十年……他几乎没有任何研究经费……然后你出现了，既带着极大的兴趣和热诚，又保有信念……事情终于有了眉目。"

桑格的热情洋溢来自 1956 年 11 月刊登于《科学》杂志的一篇文章——第一篇给主流读者的有关避孕丸的文章。

"报告终于……出来了，而沉默的阴谋终于被识破。"桑格写道。

虽然她们离完成这份事业还有很长的路要走，但是桑格和麦考米克都感到这值得庆祝。基于这类实验的进度通常都很慢，她俩谁都不敢确信自己能活着看到平克斯的研究工作获得最终的成功。现在，成功似乎已唾手可得。

然而，桑格的健康状况正继续恶化，人也越发虚弱。她服用安眠药和止痛药上了瘾，而且除了香槟以外，她还在喝烈酒。一大早，人还在床上，就喝起了代基里酒①。有一次，在纽约举行的人口理事会的会议上，就在印度驻美大使发表又长又甚多重复的发言时，她睡着了。当晚宴开始时，坐在她旁边的人试着把她叫醒，但没有成功。一位计划生育委员会的高层人员把她抬回房间，安顿她睡下。

① 一种由白朗姆酒、柠檬汁、糖水和柠檬调制而成的鸡尾酒。

桑格在给朋友和同事的信里抱怨说，她怀念过去的美好时光。那时，节育运动还是一场"充满斗争的、向前冲的、没有废话的运动，他们的斗争目标就是为了让最穷困的父母获得自由，为了让妇女获得生育的自由和个人发展的机会"。由她成立的机构"节育联合会"被更名为"那个空虚的计划生育委员会"一事，依然令她耿耿于怀。然而，至少是现在，很大程度上多亏了麦考米克和平克斯，她还有一场斗争，一场"没有废话的运动"要完成。

后代们会抱怨说避孕丸将避孕的负担强加给了女性，但是这两位女性并不这么看。桑格和麦考米克生于 19 世纪。对她们而言，一颗避孕丸绝不是女性的负担，它是一种工具，是一次机会。另外，它还极有可能成就更多：改变女性的角色。

* * *

平克斯也有同感。这样一种药的研发是史无前例的，但是不知何故，他确信自己可以成功。他的外甥杰夫·都顿记得自己在 1956 年左右曾经到伍斯特基金会和他叔叔古迪的家中待过一段时间。12 岁的时候，杰夫曾一度恳求古迪把他带到实验室里去，在那里，他可以长时间盯着那些动物笼子看，还跑到库房里搜索可以带回家做实验的材料。

"要什么就自己拿吧。"古迪叔叔会这么说，然后杰夫就会把试管、烧杯、化学试剂都装进盒子里。"他并没有检查这些盒子，"杰夫回忆道，"他好像并不在意我拿了什么。"他说，有一天，邮递员送来一个大盒子，那是古迪叔叔寄来的。"里面装了各种瓶子，有硫酸、硝酸、水银……都是可以拿来做炸弹的试剂，我确实也用它们做了一些炸弹。"杰夫说。那是都顿对于 1956 年最清晰的回忆。他还记得自己的父母与叔叔谈论正在研发中的口服避孕药。杰夫的父母说，这种药唾手可得，而且这将是极为重大的科研成果。

平克斯对于西尔公司的黄体素复合物有足够的信心。他开始把避孕药分发给朋友和亲戚，然后从她们那里获取对药物的非正式反馈。新泽西州莫里斯县的佩吉·布莱克（她与平克斯的关系不明）在 1956 年 7 月 28 日写信给他，说她对于这种药的效果并不满意。

> 敬爱的平克斯博士：
>
> 　　我终于开始服用 SC-4642（在这个家里，我们把它称为"平克斯老爹的粉色计划生育药丸"）了，并且想要了解一下可能的副作用。问题是，我已经服用这种药八天了，而在这段时间里，我总感到头痛和恶心，还有一点水肿。您认为会是因为 SC-4642 吗？还是我得了什么别的病？您能否让我知道您对此的意见？等我得到您的回复后，我会继续服用这种药的。

平克斯回复说，她对于这些症状的描述"基本上让我相信，它们是这种药造成的"。他解释说，同样的症状出现在约 5% 的服用者身上，但是这些症状在她们服药第二个月后就开始慢慢减退。"你应该怎么做，当然得看你。我不觉得有什么必要把你自己搞得不开心。"他写道。

佩吉·布莱克停止了服药。据她自己说，正巧从这时起她开始感到严重的心理副作用。"对于任何阻碍我的人，我可以随时动刀子，而且在没有任何诱因的情况下，我会大哭一场。"她不清楚这到底是药物作用，还是在产生了如此之多的生理反应后，她的情绪失控了。在停止服用该药十天后，布莱克去看了医生，想确认自己没有什么问题。"我会把我的账单寄给您，虽然我很高兴能成为您的试验对象，但是我不认为自己应该为此而损失钱财。"

布莱克的信或许是一个警告，但是平克斯并不是太担心。副作用之所以叫副作用，正是因为它们不是症结所在，确保服用的人不会怀上孕才是最重要的。还有足够的时间可以调整剂量，甚至改变药丸的化学成分，以减少或消除副作用。

* * *

1956 年 4 月初，瑞斯-雷医生开始分发避孕丸。她会给每个妇女一满瓶的药，足够她们服用二十一天，然后这样告诉她们："等你服用完这瓶药，经期来潮，你用手指数一、二、三天之后，再开始服一瓶新药。"虽然她试着简化指令，错误还是发生了。至少有一位病人回家以后一下子就吞服了整瓶药，还有人把药跟朋友们分享。医生、护士和社工们尝试分发日历，还尝试给这些妇女一串珠子，好帮助她们数日子，但都没用。

不过，瑞斯-雷还是选择相信，假以时日，这些妇女总会学会如何服药的。

很快，另一个问题出现了。测试开始不到三周，圣胡安《公正报》的一位记者听闻有此测试，便致电公共卫生官员，要求予以评论。有一种避孕丸正在里奥佩德拉得到测试，是真的吗？瑞斯-雷接到一位上级领导的电话，问她是否在搞避孕测试。瑞斯-雷说是的，但她是在利用个人时间做这件事，而且此事是民间出资，公共卫生官员与此无关。病人并没有到卫生部门的办公室去，也没有接触任何卫生部门的人员。

她的上级对此颇为怀疑，但既然她这么说，也就作罢。

报道第二天便被刊登出来，全文如此开头："一位打扮得像护士，据说是为国家政府工作的女士，正在分发……一些避免怀孕及减缓波多黎各人口增长的药丸。"这篇文章还声称，瑞斯-雷医生已经"供认"她正在指导这项工作。她上级的话也被引用，说他认为，公务员参与这样的工作是一个"不良组合"。

报道刊登后，三十名妇女退出了测试。有些人退出是因为她们的丈夫反对，也有些人担心遭到神父的批评，还有一些人感到令人颇为不适的副作用。很快，一个由天主教社工赞助的节目在圣胡安本地的某个电视台播出了，这个节目旨在力劝妇女不要参加避孕药的测试。六个月后，另有四十八名女性退出，也就是说，最初的一百名妇女中只剩下二十名。漫天争议也逼迫瑞斯–雷辞去健康部门的职位，不过她还是继续为波多黎各计划生育联合会工作。她写信给平克斯说，"显然"，是她令健康部门的领导"对她所从事的计划生育活动"感到非常不自在。"有人告诉我……'他们尊敬你，但是也害怕你'。"瑞斯–雷担心无法弥补收入上的损失，她有两个孩子要照顾，所以害怕自己很快就过了能找到高薪稳定工作的年龄。她告诉平克斯，虽然自己在很认真地从事波多黎各的测试工作，但是如果能找到一份更好的工作，她就只能放弃这些事情了。

过了一段时间，天主教会的宣传最终适得其反，争议消失了，不过瑞斯–雷很快就会宣布自己将离开波多黎各到墨西哥工作的消息。然而，与此同时，她和艾丽斯·罗德里格斯护士在里奥佩德拉挨家挨户地进行拜访，并且在当地的一份报纸上刊登了她们自己写的文章。在那篇文章中，在与里奥佩德拉女人的对话中，她们都表示了安慰，说这种药是安全的，而故意不提它还在测试阶段。"我们只能说，这种药由西尔公司和其他知名药商制造，还没正式上市。它已被证实是一种上佳的避孕药，而我们手头只有一小批，是留给特殊案例的。"罗德里格斯在5月8号给平克斯的信中这样写道。

有些妇女从教会听到了关于新药的消息。星期天，她们还在听神父的说教，痛斥一种禁药，而到了星期一，她们就会跑到瑞斯–雷医生的办公室，询问到底有什么禁药，她们怎样才能拿到它。

"她们不断地往这个办公室打电话要这种药，到瑞斯–雷医生那里求诊，在我走访时找到我。"罗德里格斯这样写道。

天主教的宣传还产生了一个意外的后果：许多退出测试的妇女都很快就怀了孕。她们走在里奥佩德拉的街头，挺着肚子，简直就是为避孕做宣传的真人广告牌。或者，就像一位参与测试的医生说的那样："她们自己都厌恶的艰难处境，给身边的人带来了巨大影响。"

虽然一开始的进展缓慢，但是之后的测试一直不乏志愿者。到了 1956 年年底，已有二百二十一位女性参加了测试，其中十七位怀了孕——一些科学家或许会因此而感到烦恼，但是平克斯不会。在凯瑟琳·麦考米克访问岛国后，他致信告诉她，这些人怀孕跟这种药完全没关系，这些人之所以怀孕，是因为她们没有遵照医嘱，不是忘了每天按时服药，就是因为受不了副作用而放弃服药。有两种方法来解决这个问题：第一，他会与波多黎各的医生和社工合作，帮助他们更好地教导参与测试的妇女，并请医生为她们做定期检查；第二，他会看一下能否做些什么，减少这种药的副作用。

然而，在平克斯看来，成功的故事比副作用更令人印象深刻。访问波多黎各时，他见到了一些服用药丸的妇女，也听到了一些她们的故事。

埃米尼亚·艾里克尔，32 岁，与前任丈夫育有三个孩子，与现任有两个孩子。她的现任丈夫刚刚从精神病院出来（这已是第三次），但却拒绝做绝育手术。在生下幼子十七天后，她开始服用避孕丸。

朱莉娅·加西亚，30 岁，有十个孩子，最大的 16 岁，最小的十个月。她的丈夫身体不好，而且酗酒成性，逼得加西亚做各种杂活来供养家庭。她的丈夫拒绝绝育，也不让她绝育，一直不让她用任何避孕方法，还坚持每天都要和她同房。她报名加入了测试，因为这是她第一次听说有一种避孕方法是能在丈夫不知情的情况下使用的。

范妮·奎因，30岁，有五个孩子，最大的8岁，最小的十六个月。她虽然是基督复临安息日会①的会员，其宗教信仰禁止她避孕，但还是尝试了几种避孕方法。生下幼子后，她尚未来潮。然而，参加测试并开始服用避孕丸后，她的经期恢复了正常。

平克斯和瑞斯-雷都对这些妇女的测试结果感到高兴，但是瑞斯-雷依然比平克斯更担心副作用。她做了统计，在第一批参加测试的二百二十一名女性中，有三十八名即17%报告说药物有负面作用，有至少二十五名女性因为这些反应退出测试，有二十九人抱怨说有眩晕，二十六人恶心，十八人头疼，十七人呕吐，九人肚疼，七人感到无力，还有一人腹泻，其他参与者抱怨说两次经期之间还有流血的情况，不过这些人大多可以通过服用双倍药剂来抑制出血。

1956年12月，瑞斯-雷和平克斯来到了伊利诺伊州的斯考奇镇，向西尔公司的最高层汇报他们的测试结果。这帮高层领导很快就要决定，是否不惜赔上该公司的名誉和未来的财务状况，将平克斯的药投入市场。该公司已经为异炔诺酮获取了专利，还在近期为此药注册了一个新名字：恩那维德（Enovid）。

该公司的总裁杰克·西尔参与了跟科学家们的全天会面。约翰·洛克和凯尔索-拉蒙·加西亚医生也在场，后者在洛克的诊所工作，并协助波多黎各的临床研究工作。

当然，平克斯依然很乐观，他准备扩大研究范围，并有意获取食品药品监督管理局的许可。洛克则比较谨慎，他认为目前收集到的数据"少得可怜"，也指出有差不多20%的参与者表示有呕吐或胸痛的情况。不过，洛克对应当如何具体看待这些副作用并没有发表评论，他肯定不是在建议暂停测试。

当天，会议室里只有一位女性，那就是瑞斯-雷。她并没有

① 一个传统的福音派基督教团体，以耶稣为中心，以《圣经》为信仰的基础，强调耶稣在十字架上的赎罪牺牲和在天上圣所中的服务，相信耶稣不久将回来接他的子民。这个教会的特点是守安息日，认定保持健康是信仰责任的一部分。

大声说话，或是谴责这些男人麻木冷淡。她用他们最能够理解的、科学家的语言与他们对话。

"如果每个月服用二十天，每天服用十毫克，那么恩那维德能百分之百地提供避孕保障。"她说，"然而，它引起的副作用太多了，公众无法接受。"在她看来，恩那维德不够好，至少是现在还不够好。

26　杰克·西尔赌大了

"婚前性行为？"苏·迪克森笑着问，"好吧，或许我的一些朋友会这么做。反正我结婚的时候是个处女。"

她给了丈夫一个温暖的笑容，然后说："但我俩那是在博弈。"

苏·迪克森的父亲是杰克·西尔，此人将在1956年最终决定这家位于伊利诺伊州斯考奇的制药商是否将尝试成为全世界第一家推广口服避孕药的厂商。

苏的丈夫韦斯·迪克森坐在起居室的另一头，笑着看了他妻子一眼，并详细描述了50年代早期，双方在结婚前进行的一些"博弈"。他回忆道："我带她北上密歇根去打猎，并且试着到她的房里去，但她说：'不行，我们可不能这么做。'"就这样，直至结婚，他们都没那么做。

苏和韦斯在1951年的一次沙龙舞会上相遇。他们在1953年5月结婚，在十一个月后有了第一个女儿，十八个月后又有了第一个儿子。在那之后，当她的一些朋友继续年复一年地生儿育女时，苏却半途中止。她是怎么做到的呢？

她说："我服了药，没有副作用，什么事也没有。太棒了。"

这种药尚未得到食品药品监督管理局的批准。事实上，古迪·平克斯（苏说他是个"厚道而好玩的人"）还在调整药物配方。然而，苏和韦斯·迪克森毫不犹豫地就成了第一批的试用者。"身在医药行业，你的见解会有所不同。"韦斯回忆道。

苏记得自己曾与妇科医生讨论过这种药，这名医生是她父亲的高尔夫球搭档，他担心的倒不是苏要尝试一种试验性的药物，而是这种发明的社会效应。他问道，如果男女可以"随时随地"性交而不致怀孕，那会怎么样？这会对婚姻、男女关系，以及谈恋爱过程中的博弈有何影响呢？

这并不是平克斯和西尔公司高层关心的问题。他们像是队伍的先锋，拉着马车向西越过无人之境，关注的仅仅是眼前的地形和未来会更好的希望，还来不及向远方瞭望。这种药会有效吗？它安全吗？食品药品监督管理局会批准他们出售这种药吗？美国女人会要这种东西吗？如果上述问题的答案是否定的，那么其他一切——包括苏的妇科医生担心的"随时随地"的性爱——都没有实际意义。最好还是不要对不可知的问题过度关注。

然而，苏·迪克森是全美最先尝试避孕丸的女性之一。她的经历不仅提供了重要的线索——一般女性将对这种新的避孕方法做出何种反应，还影响着她的父亲——是否要赌上他公司的声誉和资源，全力支持有史以来最大胆和充满争议的药品。

＊ ＊ ＊

1956 年，西尔公司在美国还是一家规模较小的制药厂。1888 年，南北战争退伍老兵吉迪恩·丹尼尔·西尔与一个合伙人在内布拉斯加州的奥马哈成立了这家公司。在那之前，他在印第安纳州办了一家小型的连锁药店。家族中相传，吉迪恩是出了名的有爱心的药剂师以及精明的商人，他把阿司匹林染上各种颜色，然后按照病人的病情，出售不同颜色的药给他们——粉色的用于头疼，蓝色的用于一般疼痛，等等。成立公司两年后，他们搬到了芝加哥。那之后，西尔很快就和他的合伙人散伙了，然后把这家公司更名为 G.D. 西尔公司。

吉迪恩的儿子克劳德是位医师，于 1909 年接管公司。不过，最后是克劳德的儿子约翰·G. 西尔将生意发展壮大。大家都叫他杰克，他在密歇根大学学习药理学后，于 1923 年加入公司。杰克·西尔没有抄袭其他公司已经开发出来的配方药，而是聘请了研发人员来设计新产品。这是他初期阶段最大的贡献。1934 年，这家公司研发了轻泻剂美达施（Metamucil），市场反响很好。到了 1936 年，该公司的销售额已超过一百万美金。

杰克·西尔长得不高，身材略显单薄，戴着一副金属框眼镜。他看起来像是个中西部的保守分子，但内心却充满冒险精神。他将公司的利润进行再投资，为公司建设了当时最先进的实验室和生产线，还要求他的研究主任更激进，开发更多新药。毫无疑问，正因为如此，西尔才会聘请平克斯那样的人——失败多于成功的科学赌徒。杰克·西尔知道，只消一个王牌产品，就能改变一个企业的命运。他已经看到竞争对手史克与弗兰驰[①] 仅仅靠开发新的镇静剂冬眠灵，就把销售额翻了一番。另一个竞争对手 E.R. 施贵宝公司称，其一半的销售额都来自过去五年内研发的新药，包括一种医治肺结核的抗生素痨得治片。20 世纪 50 年代，整个制药业都在蓬勃发展。美国人在健康上的花费之高前所未有，而且每一年都会有一系列所谓的奇药问世。然而，全国没有任何一家制药厂比西尔投入更大比例的收入到研发中，杰克·西尔下定决心要大干一场。

虽然美达施并不算重磅产品，但是西尔的经营状况一直不错。1955 年，这家公司在销售额达两千六百万美金的基础上，盈利六百万美金。公司的股票一直在上涨，而这个家族也在培养新一代领导人。这一代接班人包括苏·迪克森的丈夫韦斯。他于 1956 年 1 月被委任为执行副总裁，专门负责海外市场。另外还有苏的两个兄弟：丹（此人在杰克·西尔退休后接

① Smith Kline & French，后经过一系列合并，成为葛兰素史克，如今全球第三大制药商。

任了公司总裁一职）和比尔（此人之后成了销售和市场推广部主任）。尽管苏·迪克森有大学学位，人也很聪明，但是她并没有得到接班人式的栽培。原因之一是在 50 年代的相当长一段时间内，她都在孕育子女，但那并不是最主要的原因，最主要的原因是，她是个女人，而且即使是未婚也无子女的女性，都很少被视为企业高层的候选人。这一点在苏·迪克森选择高校和专业时就已经相当明显，她的哥哥和弟弟都被鼓励学医、学商，她则受到多方敦促学了艺术。

那么，她有没有因为家族事业而考虑过往科学界或商界发展呢？"我？"她说道，"女人们是不工作的。"最后，她的艺术学位毫无实际用场。她看着房间另一头的丈夫，笑了。"我曾经想要成为一个伟大的商业艺术家，但是自从认识韦斯·迪克森后，这个梦想就彻底泡汤了。"

结婚以及生儿育女扼杀了她一切成就事业的机会，但是相比她的许多朋友和同辈，苏·迪克森还是有一大优势。在生下前两个孩子后，她可以休息一段时间再怀孕。这很大程度上是因为她结婚的时间点与平克斯为她父亲的公司做研发的时间点几乎一致。

杰克·西尔的这家公司足够小，他这位首席执行官还能参与各个层面的工作，他为此感到颇为高兴。他信任科研团队——阿尔·雷蒙德和 I.C. 温特，但依然喜欢参与他们的会议，并向在场的药剂师和生物学家提出问题。

虽然杰克·西尔和平克斯的背景完全不同，前者家境富裕，喜欢打猎和打高尔夫球，但是他俩相处得很不错。两人都很镇静、自信、大胆。在临床测试的最初几天里，有一次，西尔与温特一起飞到波多黎各，跟平克斯和洛克会面，亲眼看看这种药如何改变妇女的命运。加西亚医生说西尔立刻领会了这种药的"社会效应"，并成了节育运动的倡导者。在西尔公司开始销售这种药之前，杰克·西尔就已经为人口控制运动捐赠了善款。

西尔有很多理由继续将这种药推向市场。他已经在竞争中占据了一定先机，也就是说，如果一切顺利，这种药可能会给公司挣很多钱。他也相信，不论这种药有什么缺点，都会成为一股正面的力量，帮助女性，进而帮助世界。

不过，他依然是一个经理人，也就是说，他还得平衡风险和回报。就风险而言，瑞斯-雷医生已公然宣称，这种药的副作用太强，无法广泛地让女性服用；也有科学家说，至少需要五年的测试才能确定这种需要健康女性每日服用的药没有长期的、不可预见的危险；另外，自然还有天主教会——教会已经明确表态会反对这种避孕药的使用。

最终，杰克·西尔决定向前行——不过是谨慎地前行。

到了1957年，平克斯已着手撰写一份相当重要的论文，将其在波多黎各进行临床测试的结果发表到《美国妇产科杂志》上。这将增加其研究工作的可信度。西尔鼓励他继续努力，然而，谨慎起见，他让平克斯最好在论文中省略西尔公司的名字。

27　避孕丸的诞生

在斯考奇与科学家会面后，平克斯和西尔又一次修改了药丸的配方。如今，团队成员都用注册商标名恩那维德称呼这种药。平克斯给它取了一个更简单的名字——那种药丸 ①，好像那是世上唯一重要的药。世上没有"那种肥皂""那种吸尘器""那种车"，却有"那种药丸"，因为在他们看来，这一产品已经带上了特殊的识别符，因为其药片的形式，将其与之前所有的避孕工具都严格区分了开来。这并不是点滴的改善，它根本就是一种全新的发明，而这正是妇女们需要的。这就是"那种药丸"，她们一直在期待的药丸，会改变一切的药丸。

到了 1957 年，平克斯和洛克都有了充分的信心，认为避孕丸是有效且安全的。他们最大的挑战在于，让更多妇女尝试这种药，与此同时，他们要尝试能否进一步改良配方，减少副作用。

平克斯并不像瑞斯-雷那样为妇女吃的苦头而担心。有些人将圣胡安妇女在波多黎各临床测试中所表现出来的反应，归咎为"波多黎各妇女极其丰富的情感活动"，而平克斯也依然相信——或者说希望——许多副作用都不过是心理作用。为了印证这番理论，他设计了一个简单的试验。他将恩那维德给了一组女性，并一如既往地提示她们或许会有一些药物反应。然后，他又抽取了另一组女性，说是给了她们恩那维德，但实际上却

① The Pill, pill 意为药丸，the 为定冠词。

仅仅是一种安慰性药物。不过，像第一组一样，他警告她们说会有一些副作用。他还告诉第二组，她们应该同时运用另外一种避孕方法，以确保她们不会怀孕。第三组女性拿到了恩那维德，却没有得到任何关于副作用的警告。

第一组中有 23% 的人表示有副作用。在拿到了不会引起任何反应的安慰性药物的第二组中，有 17% 的人表示有副作用。服用了恩那维德，但没有事先获得警告的第三组中，仅有 6% 的人表示有副作用。

平克斯的实验违反了现代医药研究中的两条基本规则：他的病人并未被告知研究目的，也未被告知其中的风险。但是这样的结果让他进一步确认，自己是对的——很多副作用都是假想出来的，是预期和恐惧的结果。

平克斯信心大增，并开始召集更多妇女参加测试。支持波多黎各研究多年的优生学派人士克莱伦斯·甘布尔主动提出，愿意再资助第二期的测试。他把平克斯的团队介绍给了赖德纪念医院的医疗主任。这家医院位于离圣胡安三十五英里的东部海岸城市乌马考，甘布尔已经与其合作了二十余年。那一年早些时候，他捐赠了一台烧灼机，被医院用来进行绝育手术，他还出钱培训了一名医生，教他正确使用这台机器。他甚至捐赠了一辆红色的吉普，让医护人员可以驱车穿越乌马考那泥泞斑驳的街道，去探访病患。

在赖德纪念医院，测试恩那维德的任务落到了全院唯一的妇产科人员艾达琳·彭德尔顿·萨特维特医生身上。就像瑞斯-雷医生一样，萨特维特医生出生在美国，以宗教传教士的身份来到波多黎各。在赖德，她每年要接生六百个新生儿。来到波多黎各后，她很快就明白了，许多怀孕的妇女到医院来只有两个目的：生下孩子，然后，马上就绝育。"哦，医生，做手术吧。"她们会这样说。若不是可以在医院里做绝育手术，萨特维特医生说，大部分妇女都会选择在家里由助产士帮着接生。不过，萨特维特医生依然经常回绝她们。除非这些女人已经有了三个或更多的小孩，而且已经得到了丈夫的同意，她不会同意为她们做绝育手术，而是教她们如何使用避孕膜。

如今，为了测试避孕药，她选择了乌马考一个名叫拉维加的地区。甘布尔把那个地区描绘成他所见过的"最令人印象深刻的"贫民窟——没有厕所或下水道，住房如此拥挤，连"让路人挤过"的空间都没有。甘布尔聘请了一位女士在拉维加进行人口统计，挨家挨户地询问母亲们，她们有多少孩子，是否已经绝育，另外，如果有的话，她们正在使用何种避孕方法。萨特维特开始在拉维加召集测试参与者，并开始向那些无法在医院进行绝育手术的妇女派发恩那维德。

在征集志愿者方面，她全然没有碰到困难。然而，药物副作用再次让她的工作变得复杂起来。妇女们抱怨有突破性出血、恶心和头疼的情况。在检查她的病人时，萨特维特注意到另一个值得关注的问题：服用避孕药数月的妇女有宫颈发炎的迹象。子宫颈为子宫底部连接阴道的狭窄开口。这种炎症未必有害，但或许会让一些病人出血。"不论怎么说，子宫颈看起来气呼呼的。"她观察道。

不过，迫切想要避孕的妇女们还是继续不断地来参加测试。眼看着测试已经在波多黎各的两个社区开展起来了，平克斯和他的团队便开拓起第三个测试地来：海地的王子港。参与测试的病人越来越多，这给了平克斯和西尔希望，他们可能很快就有足够的数据来证明恩那维德的安全性。

＊ ＊ ＊

与此同时，为了降低副作用，平克斯继续测试不同的剂量和化学成分。他试图在药丸里加入少量的解酸剂，不过他不确定这是否会起到任何作用。一段时间内，平克斯和张民觉发现西尔的复合物意外地掺了极少量名为美雌醇的合成雌激素。一直以来，平克斯都仅仅使用黄体酮，而避开雌激素。众所周知，雌激素会引起癌症，并且他对使用这种激素的长期作用颇为担心。他一直假设，黄体酮对女性是安全的，但雌激素却不一定。当得知复合物有意外的夹杂物时，平克斯要求制药商去掉雌激素。不仅仅是因为他怀疑雌激素的安全性，还因为他怀疑或许正是雌激素引起了一些副作用。不过，当西尔将纯净的恩那维德寄到波多黎各时，结果令人吃惊。妇女们不仅继续感到恶心，突破性流血也更严重了。

现在，平克斯突然想到，或许这种意外的掺杂是件好事。在进行了更多试验后，他发现，当雌激素的量减少时，突破性出血更严重了；当雌激素的量增加时，恶心和胸疼有所加重。他还发现，当雌激素的剂量太低时，药物的避孕效果也减弱了。这样一来，他不再要求西尔将药物纯化，反而建议西尔有意地在十毫克的避孕药中加入 1.5% 的美雌醇——在平克斯看来这似乎是最佳的比例。副作用并没有完全消失，但减少了，而且出血完全停止了。

他们准备就用这个配方了。

1957 年初期，退出率依然相当高，而参与测试的人数依然相当少——平克斯认为太少了，不足以赢得食品药品监督管理局的批准。

平克斯知道他永远无法对数万妇女测试这种药，即使数千也极其勉强。然而，据他所知，要获取食品药品监督管理局的批准并没有什么基准，没有任何具体的数字要求。因此，为了让他的研究听上去更重大，他不再提及有多少妇女参加测试。事实上，他根本不再提及女性，而是讨论试验过程中他观察到了多少个经期。他在一项研究报告中写道："在完全按照要求进行治疗的 1279 个周期中，没有一例怀孕"。

这样的统计数据会得到科学家的重视，也无疑会得到食品药品监督管理局的重视，但是对于在里奥佩德拉和乌马考工作的人来说，还有其他迹象让他们确信，这种药是有效且受欢迎的。在伍斯特基金会实验室工作的安妮·美林参加了波多黎各的临床测试，她告诉采访者，自己对于早期结果感到很兴奋："我看到了这些已经有很多很多孩子的年轻女人。不过，我是等看到她们的记录后，才知道她们有多年轻。她们之中的一些人在我看来好像是曾祖母级的，你知道吗？皮肤褶皱，瘦削憔悴……我看着这个人的记录，她只有 34 岁，但她已经有十个孩子了。"

她继续说：

> 看到她们连续服用避孕药一年……她们在一年之内都没再怀孕……眼前的她们多么健壮而精力充沛！但是，令人兴奋的是，比如说，有些人在洪水中失去了她们的孩子，就决定暂停服药，再生一个孩子。然后，我们就看着她们怀孕、生产，而且她们的情况都很好。

美林说，在科学家当中有"这样一种恐惧"，妇女服用避孕药后，会要么只生女孩，要么只生男孩，因为激素或许会在某种程度上改变子女的性别，或者，更糟糕的是，这些新生儿或许是畸形儿。她说，看着新生儿出生时，社工们感到很宽慰，因为她们看到生出来的婴儿都很健康，而且男女比例相当。

当然，这种轶闻式的证据并不能证明这种药是安全的，但是它让波多黎各的医生和研究团队越来越有信心，相信他们所做的事情是正确的。

* * *

在芝加哥郊外的斯考奇，杰克·西尔和公司的其他领导正处在一个两难境地。避孕药肯定会引起争议：它在很大程度上没有经过严格测试，又遭到天主教会的坚决反对；与此同时，它又有潜力为首家推出此药的公司带来源源不断的利润，这将会成为比阿司匹林和青霉素更常用的妇女用药——她们会每天服用这种药，或许数年如一日，不论健康或者生病。如果它有效，如果它获得批准，如果它不会令妇女生病，如果它受欢迎，或至少是得到社会的接纳，那么全世界将会有数百万的妇女，以每颗药约五十美分的价格，每人每年服用二百四十颗。这数字是十分惊人的，这种药很可能将是由西尔公司推出的最重量级的拳头产品。最划算的是，截至目前，他们几乎没有任何投入，因为凯瑟琳·麦考米克承担了研究和开发的大部分费用。

西尔面对着一定的难题。为一种给健康人的药物进行测试，都有哪些准则？一家公司需要做些什么，才能证明这样一种产品的安全性？一年的测试足以衡量长期的效果吗，还是需要五年、十年？

平克斯力劝杰克·西尔不要为此停滞不前。最终，这些问题是找不到答案的，因为这样的产品前无古人。所有的药物都有风险，但是眼前这种药能带来的回报将是独一无二的。这将是一种可以赚钱、改变命运、改变文化，并解决饥饿、贫困和过度拥挤这样的世界性课题的良药。平克斯还提出很重要的一点：生孩子也是一件很危险的事，特别是对那些生着病、身体虚弱或者处于饥饿中的女性而言。一种可靠的避孕药到底能拯救多少生命，实在没办法去评估，但是就算没办法评估，也要在考量这种药的风险时，考虑到这一点。数年后，同样的论点也被用在堕胎合法化上。

杰克·西尔和公司里的其他人都去过波多黎各的贫民窟。他们知道平克斯是对的，他们知道，几乎不可能用数字来衡量这种药的益处。

西尔的临床研究主任 I.C. 温特——在西尔公司，大家都叫他"冷酷温特"①——讲了一个故事：他认识这样一对夫妇，因为妻子在寒冬的夜晚特别讨厌离开温暖的被窝，去洗手间拿她的避孕膜，他们有了三个"额外的孩子"。

"你知道吗？那都是真实发生的事情。"温特说。

作为西尔公司的股东和签约雇员，平克斯很有信心，他恳请杰克·西尔考虑收购生产避孕药主要成分的制造商。如果这种药正如平克斯希望的那样，成为畅销药，那么西尔可以通过收购控制供应链，大幅提高利润水平。

平克斯提出该建议数月后，西尔便完成了首宗企业并购，收购的目标是波多黎各的鲁特化学品公司（Root Chemicals Inc.）及其墨西哥分公司——类固醇产品公司（Productos Esterioides）。在一次股东致辞中，西尔说，这次并购能够以低廉的价格给公司提供生产新激素类产品所需要的原材料。他并没有具体说明是哪些产品。

杰克·西尔有充分的理由尽快行动。平克斯和西尔已决定使用异炔诺酮，而西尔公司的科学家弗兰克·科尔通已为其申请了专利。与此同时，西尔的竞争对手派克-戴维斯正在研究是否采用平克斯考虑过的另一种复合物炔诺酮制造药物，而该复合物是由辛泰公司的杰拉西发明的。杰拉西力劝派克-戴维斯去拼一把，但是派克-戴维斯和西尔有业务关系，所以不想与其直接竞争。平克斯的药丸在派克-戴维斯看来不过是"小土豆"。

其他对手或许会参与竞争。业界所有人都知道平克斯和西尔在做什么，问题不在于其他公司是否能够研发出类似的一种药，而是其他公司有没有这样的胆量。

"我们公司的声誉是绝对无懈可击的。"西尔公司当时的营销要员詹姆斯·S.欧文说。然而，一旦西尔公司开始销售避孕药，他补充道："我们就会进入民意完全未知的领域。"

231

① Icy Winter，发音同 I.C. 温特的英文原名 I.C. Winter。icy 本意为冰冷的。

最后，杰克·西尔下了定论：潜在的回报大于风险。不过，值得一提的是，他确实留了一手。西尔公司并没有把恩那维德当作一种避孕药，而是声称其为治疗月经失调的药物，并向食品药品监督管理局申请批准。杰克·西尔告诉公司的股东："有传闻称，这种药或许可以在生理学领域内帮助避孕。"

在 1957 年向食品药品监督管理局提交的申请中，西尔公司没有提到避孕。停经、痛经和经血过多，这些是恩那维德旨在解决的经期问题。该公司还声称这种新药可以用来治疗不育。虽然个案不多，但是测试表明，让子宫休息数月的妇女更容易在停止服用此药后怀孕，这就是所谓的"洛克式反弹"。食品药品监督管理局的人自然会明白字里行间的意思，他们也可以从主流媒体的报道中看到，平克斯和西尔正在研究恩那维德的避孕效果。不过，就当时的情况而言，这一切都不重要。检察官无法以避孕药的名义驳回这种药，因为西尔公司并没有递交避孕药的申请。唯一的问题是，它是否在治疗月经失调方面安全有效。

如果食品药品监督管理局批准了这种治疗月经失调的药物，恩那维德将成为合法药物，全美所有的医生都可以把这种药开给病人。那样一来，平克斯将更容易找到愿意将此药写进处方开给病人的妇科医生，而或许这些病人并没有严格意义上的月经失调，只是想找到一种更有效的避孕方法。平克斯觉得这样很好，世界将会认识到恩那维德的真正效用。

28 "人们相信它有魔力"

1957年6月10日，审阅了两个月西尔公司递交的申请后，食品药品监督管理局批准了该公司将恩那维德作为不育和月经不调类药物予以出售。与此同时，这种药在英国以应那维德（Enavid）的品牌，获得了同样的销售许可。

平克斯和西尔的团队欣喜若狂，桑格和麦考米克亦是如此。西尔公司开始在医学杂志上刊登广告，广告上放了一张非洲西部生育娃娃的照片，并配上了这样的文字："人们相信这种物品是有魔力的，当年轻的部落女性想要怀孕时，都会带上它。"西尔公司将避孕药作为不育妇女的福星来宣传，希望至少可以在当时避免争议。他们说，恩那维德可以帮助妇女调节经期。该公司承诺，一旦她们能够更好地控制经期，就会有更大机会怀孕。

那是官方说法。让妇女去发现恩那维德的真正效用吧，让她们明白它是安全的，让医生们来开药，让所有人发现它是有效的——可以调节经期，哦，顺便说一句，它还可以避孕。一旦妇女们和医生们开始口口相传，西尔公司会悄悄做好必要的准备工作，再将这种药作为世界首例科学避孕药丸进行推销。

平克斯等不及了。6月，他到了瑞典，并在一次被广泛报道的演讲中夸耀说，他研发了一种"在避孕方面几乎是百分之百有效的"药物。洛克依然对激怒天主教会相当不安，旋即给他发了一份电报，上面写着"建议打住"。

平克斯并没有打住。相反，他接受了科学记者阿尔伯特·Q.麦瑟尔的访问，而这篇访问被刊登在了《妇女家庭杂志》的8月刊上。这份杂志的发行量超过四百万份，是当时全球最受欢迎的女性杂志。在长达三页的文章中，麦瑟尔向读者详细描绘了平克斯及其团队所进行的"卓越而严谨的工作"——他们正在开发一种"新的激素类药物……可以被广泛、长期地用来节育"。

西尔公司的高层震怒了。六个月之前，西尔公司为全美最顶尖的生殖科学家和妇科专家赞助了一场专题讨论会，希望借此向他们介绍恩那维德，并赢得他们对这种药的支持。现在，参与那次大会的科学家都写信给西尔公司，询问那次大会的细节是怎么被泄露到媒体那里去的，而且居然还是《妇女家庭杂志》。I.C.温特给科学家们写信致歉，表示西尔公司既没有发起这次报道，也没有配合相关记者。然而，温特知道这是谁的作为——古迪·平克斯和作者麦瑟尔是老朋友。事实上，在那篇文章刊登到《妇女家庭杂志》上之后不久，平克斯就让麦瑟尔成了伍斯特基金会的发薪员工，以便更好地进行宣传工作。

* * *

平克斯故伎重演了。就像二十年前他在哈佛的时候那样，当《柯里尔》的报道推波助澜，使平克斯的学术事业陷入谷底时，他通过主流媒体而不是科学期刊，告诉全世界他那令人既振奋又害怕的、离最终完成还很遥远的研究工作。不过这次，他的赌注更大了。西尔公司和凯瑟琳·麦考米特都花了数十万美金来支持这种避孕丸，而西尔公司近期还从食品药品监督管理局那儿获得了出售此药的批准。获得这项批准的并不是一种避孕药，而是一种月经不调药，但这并不重要，重要的是，恩那维德有避孕功效，并且已经是合法的了。西尔的高层非常担心公司将要面对公众的强烈抗议，而这种抗议可能会引起对于该公司产品的抵制，以及公司股价的下跌。

西尔公司谨慎地前进着。1957 年 7 月开始，公司仅仅向西海岸的医生提供这种药。虽然西尔公司的广告称这是调节月经的药物，但销售人员却公开谈及它的其他效用。联邦法律严格管制着制药厂商的行为，却并不管制医生的行为。一旦某种药物获得批准，医师们便可以毫无顾忌地开这种药（医药专业人士称那些其他作用为"不在标签上的用途"）。

平克斯在一封信中告诉桑格："大概所有医师都可以基于所有他认为合理的原因，开这种药。"

换句话说，一旦恩那维德问世，市面上就头一回有了处方避孕丸，虽然它不算正式，也没有被公开标榜为避孕丸。

不过，那并不代表着平克斯的工作已经完成了。

平克斯说："虽然我们对于此药的避孕功效确信不疑，但是洛克医生和我还暂不建议对其进行广泛使用。"他们依然对这种药潜在的长期性健康危害和短期性副作用有所担心。他说，对于长期作用的研究还需要至少一到两年。但也有好消息：如果全国的医生都开始开恩那维德的处方，不论是为了月经不调，还是为了避孕，平克斯和洛克很快就会收到关于此药药效的反馈意见，那可比他们在波多黎各进行测试收集数据快得多。他们不会从这些新客户那里获取到任何血样或尿样，但是他们会得到传闻式的证据。如果这种药有效，服用的女性会告诉她们的朋友，销售量就会大增。如果它无效，或者副作用大得让许多女性都无法承受，西尔公司会看到需求下降，而平克斯也无疑会直接从开药的医师那里得到反馈意见。

平克斯确信，他马上就要成就伟大了，他以黄体酮为主要成分的药丸很可能就是避孕这一世界性问题的解药。他开始散布消息，利用自己多年来担任劳伦琴荷尔蒙大会主席建立起来的关系，鼓励全世界的科学家都亲自对恩那维德进行试验。差不多就在同一时间，他去了一趟巴黎，就自己的最新发现发表了一次演讲。当此次演讲的赞助方呈上给他的酬金时，他并没有把那张支票带回家、存到银行里或是给伍斯特基金会，而是决定犒劳自己一下。他用这笔钱购买了一辆银色雪铁龙 DS19。这是当年名噪一时、全世界技术最先进的一款车，有辅助转向系统、动力碟式刹车，以及只消用力一拉杠杆，就能把车抬离地面十英寸的液气压悬吊。这辆雪铁龙非常时髦，极具吸引力，而且看起来充满未来感。平克斯把它运回了家，让伍斯特和什鲁斯伯里的路人更加惧怕这位驾驶员了。

平克斯艰难困苦的日子早就结束了，他现在开车比以往任何时候都快，而这辆车也将众人的目光聚焦在了车主平克斯身上。他在避孕丸方面的研究工作也是一场马力全开的赛跑。然而，在 50 年代，这种对于新药物大胆而草率的态度并不寻常。为了让这种新药获得政府批准，制药商需要提交动物和人类测试的结果，以及具体的药物推销计划。但是当时的食品药品监督管理局收到的批准申请太多了，人手又短缺，只能有所侧重地审阅材料。例如，他们会很仔细地审查药物的有效性，但是对于药物的安全性就看得不那么细。这在某种程度上也解释了平克斯把每片药的剂量保持在十毫克的原因，他或许知道这可能高于必要的剂量，但最重要的是，他想要确保恩那维德能有效避孕。据他所知，食品药品监督管理局最终的决定不会基于有多少女性参与测试，以及她们之中又有多少人有副作用。关键还是看这种药的成功率，而平克斯也下定了决心，要让它的成功率接近百分之百。

平克斯认为，如果避孕丸的有效性远远高于其他任何一种避孕方法，那么他有信心，食品药品监督管理局会予以放行。这个政府部门也批准了其他有副作用的药物，包括在一些病人身上引发致命过敏反应的青霉素，影响骨头生长并使牙齿变色的四环素，还有引起心脏问题的大仑丁。在所有这些案例中，回报都看来比风险大。平克斯相信，他们会用同样的标准来衡量恩那维德。

为了鼓励医生们开这种药，西尔公司在 7 月向数百位产科医生、妇科医生和全科医生发出了一封信，告诉他们恩那维德已经问世，而且它的威力或许可以超出广告所言。"有足够的证据表明，这种药可以抑制排卵——如果医师以此为目的来使用的话。另外，作为短期服用的避孕药物，它是安全的。"这封信如是说。

这并不是最理想的获取反馈意见的方法，其中显然有风险。如果这种药造成了严重的伤害，那么对于许多已经开始使用它的人来说，为时已晚。

* * *

1957 年 10 月 1 日，在恩那维德于美国问世几个月之后，另一种所谓的奇药也在欧洲上市了。广告将该药标榜为一种十分安全且没有任何副作用的安眠药，连孕妇都可以使用。事实上，它还能减轻妊娠性呕吐，所以一些孕妇即便没有失眠，也开始服用这种药。在一些欧洲国家，这种药比阿司匹林还要受欢迎。

数月内，有些医师开始提出质疑。一部分年长的病人在服用了这种新药后，感到头晕以及轻微的失衡。其他人也感到头晕、颤抖、手脚发凉。然而，制药商格兰泰①对这样的报道表示不屑，认为他们最畅销的新产品并没有任何大的问题，它的益处远远大于害处，而且时间会证明它是十分安全的。

然而，最终，事实证明沙利度胺②一点都不安全。

在之后的若干年里，全世界有数千儿童，因为母亲在怀孕时服用了这种药，而产生了严重的生理残障，包括形如海豹的短小四肢。他们之中许多人都被父母抛弃，然后送到福利机构

① Chemie Grunenthal，德国制药厂。

② Thalidomide，也翻译作"反应停"。

里。还有人进行了截肢手术，这样他们就可以装上量身定制的人工四肢。

不过，当恩那维德开始在美国出售时，沙利度胺造成的恐怖尚未被发现。奇药的时代还在继续，且看似无懈可击。恩那维德的机会来了。

* * *

《妇女家庭杂志》的那篇文章引起了一系列连锁反应。很快，《科学文摘》《周六晚报》等世界各地的报纸杂志都相继刊登了相关文章。一波又一波的宣传不仅仅激起了西尔高层和天主教会领袖的怒火，还让全世界的妇女都开始寻求这种新药。而西尔公司还只是在缓慢地将其推向市场，于是，她们之中有些人就像发了疯一样，直接找到平克斯求助。

一位来自印第安纳州的妇女写道：

> 我现在快要30岁了，有六个孩子……我们努力小心行事，也尝试了各种方法，但我还是怀孕了。当我看到这篇文章时，情不自禁地哭了，因为我觉得这就是我的希望之光。那么现在我们可以买到这种避孕丸了吗？在哪里，或者说怎样才能买到它呢？请帮助我……我求您了，如果可以，请您帮助我。

一位在芝加哥大学工作的男士写道："为了拯救我已婚的女儿，她在去年一年之内就已经冒了三次生命危险进行堕胎手术，我恳请您给她一些药丸吧。"

"我真的需要您的帮助，"一位来自加拿大的30岁妇女写道，她当时已经怀上了第五个孩子，"我想，我不适合抚养十个或更多的孩子。成本太高了，而我的丈夫也没有在教育我的（在此处她划掉了"我们的"）孩子方面给我什么帮助……请帮助我！"

虽然西尔的高层对平克斯引来如此多的关注十分不满，但那为时不长。很快，事实就摆明了，对于新药的需求比任何人想象的都要大。

对于年轻女性来说，1957 年恩那维德的问世是一件大事。终其一生，女人们都被告知，避孕是为社会所不容的、被禁止的，是违反自然规律的。而现在，联邦政府宣布，如果你的经期不正常——而每个女人都有理由声称她的经期不正常——你就能拿到一种处方药，这种药可以调整你的经期，还可以帮助你避孕。

一些医生的问题比较多，也有医生完全没有疑问。然而，妇女们——不论结婚与否——都很快就意识到医生们是愿意开处方的，她们奔赴诊所，排起了队。

男人们也注意到了。

休·海夫纳说："我记得……合法化时，它给我留下了深刻印象。我认识到了它的重要性……我对它的认识很清晰准确——一种充满威力的武器。"

之后的几年，海夫纳会在《花花公子》上刊文称，这种武器应该被用来发动一场性革命，将性交变成一种爱的表达而非生育的途径。当被问到是否记得第一次与服用恩那维德的女性做爱是什么时候，海夫纳大笑起来，说："那我就不记得了。这种药本来就可以让男性不必对其有所关注。当然，从 1960 年开始，我认为所有我认识的女性都在服用这种药。"

使用这种武器的人，带着热情、欢愉、兴奋、惴惴不安和激情。西尔公司不需要打出避孕药的广告，因为男男女女们都已经自行了解了它的效用。当然，食品药品监督管理局要求西尔公司在每瓶药的标签上都加上一段警告，说恩那维德可以阻止排卵。换句话说，这种药的真实目的被列作了副作用。

结果，就像 I.C. 温特说的，"那就像是免费广告"。

29　双重效应

"晚上好，你们将要见证的，是一场未经排练、未经审查，针对避孕这一议题展开的访谈。这将是对一个成人话题的一场自由讨论……我是迈克·华莱士，这根香烟是菲利普·莫里斯。"电视上的播报员说，他的肩膀方方正正，双眼紧盯着摄像机，袅袅香烟朝着他坚定的脸庞缭绕。

那是1957年9月21日的纽约，异常温暖潮湿的一天，桑格来到录音棚，接受访谈。她的采访者是39岁的华莱士，他曾经是播音员和舞台演员，因为一年前的一场充满对抗的电视访谈而一举成名。他似乎喜欢令采访对象甚至是听众感到不自在。他把自己的风格描绘成"多管闲事，无礼，往往喜欢对抗"。华莱士或许是认同桑格的，无论如何，他们都是不知疲倦的斗士，以及极端的自我主义者。然而，当华莱士坐下来准备与她进行访谈时，他想要的并不是一个朋友，而是一个对手。他说，当时的桑格对他最大的吸引力在于，"她是一个充满争议的人物，一只无畏的牛虻，有足够的蛮勇去挑战罗马天主教廷的道德权威"。华莱士显得很轻松，而在镜头前有些不自在的桑格则每每中招。

华莱士问的问题很长很复杂，有时候会引用报章报道以及桑格数十年前的私人信件，并请她回应她和其他人发表的一些有争议性的言论。桑格噘着嘴，紧张地挠着脖子和头皮。有时候，她都无法把话说完整。

华莱士一开始就指出，桑格年轻的时候就因为渴望节育运动的"这种欢愉、这种自由"而抛夫弃子。那之后，他就开始逼桑格解释她的宗教信仰。她相信上帝吗？相信罪孽吗？她认为不忠是一种罪孽吗？离婚呢？谋杀呢？

桑格试着果敢地回复，说她相信最大的罪孽在于将没人要的孩子带到这个世界上。然而，华莱士依然紧追不放。

"我可否这样问你，"他继续道，"美国的女性是否已经变得太独立了？她们以玛格丽特·桑格这样的女性领袖为榜样，为了事业而忽略了家庭生活。让我从你的传记中挑选一段针对你与诺亚·斯利的二婚的描述。引述：'在纽约，桑格女士坚持遵守他们之间独立契约的所有条款。他们居住在各自的公寓里——他们彼此致电或者传纸条，相约吃晚饭或者看戏。'桑格女士，你认为这是一段健全婚姻应有的模式吗？"

"对于不同的人，是的。"桑格说，"对我和我的丈夫来说，的确如此。我们的婚姻生活很幸福……他的朋友与我的朋友不同。"

电视是一种新玩意，而美国人，包括桑格，只是刚刚开始认识到它的威力。20世纪50年代初，仅有9%的家庭有电视。到了50年代末，这个比例达到了90%，而且美国人人均一周要看四十二小时的电视。在图森，桑格年少的孙女们坐在电视机前沮丧极了，她们等着她稳住阵脚并进行反击，看不惯她受到欺负，失去自信。她的儿子比尔在纽约看到这段电视访问时，开始哭泣。

华莱士或许赢得了这场对决，却错过了新闻点。他完全没有问到桑格关于避孕丸的事。如果他问到了，不仅能爆出头条新闻，或许还能将桑格引入一场更激烈的争论之中，探讨是否性的目的是欢愉，这样一种药丸是否会鼓励更多女性为了事业而"忽略她们的家庭"。不过，华莱士确实捕捉到了桑格人生和事业上的道德复杂性。虽然在超过四十年的时间里，桑格一直不断地重复，自己感兴趣的是利用科学和政治去解决社会问题，但是她掀起的这场运动从头到尾都是一场道德运动，而她的一生也都是在为这场斗争代言。在她与天主教会的斗争中，在她争取性自由的战役中，在她相信女性唯有控制了自己的身体才会得到平等待遇的坚持中，她从未退缩，一直长期坚持抗争。

在寻觅更好避孕方法的道路上，科学方面的进步是神速的，而桑格在这方面的参与度已几乎为零。新的一代正以新的方式思索女性需要做什么才能获得影响力，并最终独立。桑格已经成了历史的一部分，她已经斗争过了，也妥协过了，做过了大胆的选择和糟糕的选择，她已经不再是这场运动或其他任何运动的领袖了。

电视录播室刺眼的灯光随着镜头特写聚焦在桑格布满皱纹的脸上，留下了阴影。美国的电视观众眼看一个斗士就这样行将退场。

* * *

桑格的访谈过后，美国广播公司和计划生育委员会收到了成堆的信件，桑格翻看了几封。"九十五年前你妈没有用避孕手段，最后生下了你，实在是太不幸了（因为你看起来就是这么老，老女人）。"一封信如此写道。她把其他的信都扔掉了。不过，她的确看了一篇刊登在《布道者》杂志9月刊上，针对这次电视访问的社评。这本杂志是位于纽约主教辖区的周刊，而这篇社评上写着："号称'要研究避孕所涉及的经济、道德和宗教方面的问题'的华莱士不过是一个工具。通过他，桑格女士这位粗俗道德伦理和种族自杀的经久倡导者，以她邪恶的欲望和动物一样的配偶哲学，走进并玷污了数百万正派家庭。"

桑格在她的日记中写道："罗马天主教廷的态度越来越傲

慢，且具有对抗性……来自波士顿的年轻的肯尼迪于 1960 年参选总统。上帝救助美国，让他父亲那数百万的支持者协助他入主白宫吧。"

就像以往一样，桑格对于天主教和教会没有任何赞美之词。她接受了约翰·洛克，但那已经是她的底线了。如果没那么固执的话，她或许会意识到来自马萨诸塞州的民主党议员约翰·菲茨杰拉德·肯尼迪属于新一代的天主教徒。肯尼迪的宗教影响了他的信仰，但对其政治观点的影响并不大。如果没那么固执的话，她或许也会注意到，到了 50 年代末，一些神学家已经开始公开对避孕丸表示好奇。围绕着避孕丸的科学试验得到了大量的宣传，天主教女性信徒看到后，纷纷跑去找她们的神父，询问教会是否可以接受这种新的避孕方法。各人说法不同，全美的神父必须要自己决定如何回应他们的堂区教徒，并不是所有人都按照梵蒂冈的说法来。

当恩那维德于 1957 年上市，医生开始私下里让女性用它来避孕时，一切都改变了。在某种程度上，这是因为教会还没反应过来要如何应对。这是个新玩意，它并没有被列为避孕工具，但实质上它就是避孕工具。更厉害的是，它**看起来**并不像是避孕工具。一个对自身的人体构造感到羞耻或缺乏自信的女人，不需要手忙脚乱地使用一种粗劣的玩意去做爱，她可以早上服用这种药丸，而到了晚上，在她决定是否要与伴侣做爱时，她可以全然忽略此事。这是最为私人的选择，而这种重要的心理上的改变，让许多妇女第一次考虑要避孕。她们往往是受到了朋友的鼓励、医生的帮助，而她们的神父则因为没有得到梵蒂冈清晰的指示，并没有对此进行阻止。

约翰·洛克并不是唯一相信教会或许会最终同意教徒使用恩那维德的人。教会允许女性在完成子宫切除术后性交，因为她们的绝育是医治疾病的结果。如果一个女人做子宫切除术，是以性交而不必怀孕为明确目的，教会是不会纵容的。换句话说，教会已经宣布，允许女性以治愈子宫内膜异位症、流血过多或是痛经为目的，通过手术终止排卵。恩那维德也可以通过暂停排卵医治这一系列疾病。

教皇庇护十二世似乎至少在一定程度上接受了这种想法："如果一个女人服用这种药，不是为了避孕，而是根据医生的专业建议，以此治愈某种子宫或其他器官的疾病，她是在进行间接的绝育。依据双重效应的准则，那是被容许的。"

托马斯·阿奎那提出的双重效应原则，经常被用来解释为何可能造成伤害的行为会被允许。比如说，出于自卫而杀人是可以的，条件是此人并没有杀人意图。这样的行为之所以可以被接受，是因为其目的是保住个人性命，而非攻击伤害他人。如果一位医生相信即使是为了拯救母亲的生命，堕胎也是错误的，他亦可能会为了对抗可治愈的癌症，而给她做子宫切除术，因为负面作用（胎儿的死）是正面作用（解救母亲）的间接结果。一切在于意图，邪恶依然邪恶，但只要不是故意邪恶，罪孽或许可以减轻一些。

不出意外，这场争论变得越来越错综复杂。经期紊乱是足以让一个女人服用药丸并接受其正面效果（经期正常）和负面效果（避孕）的理由吗？痛经是否足以构成一种病痛？对于怀孕的恐惧是医生应当关注的吗？如果对于怀孕的恐惧让一个女性精神崩溃或是增加了她患心脏病的几率，那又如何呢？如果怀孕会令她心脏衰竭呢？如果怀孕会最终导致她的其他孩子挨饿呢？

当然，还有安全期避孕法的问题。如果教会允许女性使用安全期避孕法来判断是否可以安全性交而不必担心怀孕，那么或许也可以允许女性使用避孕药来调节她们的经期，并以更可靠的方式安全性交。

美国耶稣会会士约翰·康纳利说："在我看来，拥有完美规律的经期就像拥有完美的健康状况和完美的视力一样，是一个正当的理由。"

没有可以轻易得到解决的问题，何况面对问题的是一群禁欲的男人。不过，最终，在制定教会的政策方面，只有一个男人说了算，而那个人就是教皇。

30　药丸女人

　　平克斯和妻子莉齐从未向女儿劳拉讲解过性。劳拉大约 14 岁的时候，她的父亲在餐桌上放了亚伯拉罕·斯通医生的一本名叫《结婚手册》的书，让她看。

　　"我觉得太奇怪了。"她回忆道。

　　1957 年的秋天，22 岁的劳拉到波多黎各为她的父亲工作——在里奥佩德拉和乌马考持续的临床实验工作中担任行政人员。劳拉是个大美人，就像她的母亲一样，拥有沙漏一样凹凸有致的身材，眼神尖锐，也像她的母亲那样充满勇气。当时，她还是个处女，但是在完成在波多黎各的工作前，她也已经开始服用起了父亲发明的药丸。

　　在波多黎各参加测试的妇女都叫她"药丸女人"。

　　在劳拉到访过的一个贫民窟，城市规划师在现有的棚屋上搭建新房子，这样一来，居民们就可以在施工期间继续住在那里。她很讶异于这些年轻女性的成熟，她们之中有很多人比她还年轻，却已经在抚养子女。

　　她回忆说：

　　　　她们之中有很多人都没结过婚，因为她们太穷，无法得到许可。她们会把头钻到纸板做的婚纱里，拍婚纱照。我问她们，作为天主教徒，你们对不结婚有何感想，然后她们会回答说："我与上帝有直接的关系，他理解我为何这么做。"她们很穷。她们迫切希望不要再怀孕。但是男人们——他们之中不乏壮男——则觉得多多益善。有了避孕药，她们就不必告诉丈夫自己正在避孕。

劳拉刚刚从拉德克利夫学院①毕业，但是对她而言，波多黎各给了她另一种教育。她手里拿着书写板，踏进贫民窟，问的问题包括"过去这一周你进行了几次性交"，以及"你是否以中断性交作为节育手段"。

劳拉在圣胡安度过了一年。在那里，她遇到了一位年轻的哈佛毕业生迈克尔·伯纳德。当时，他是为波多黎各政府工作的一名城市规划师。当劳拉告诉父亲，自己坠入了爱河并开始服用避孕丸时，她的父亲并没有表示不安，他主要担心的是药物的副作用。

她说她没觉得有什么副作用。

* * *

20 世纪 50 年代末期，古迪继续频繁到访圣胡安，偶尔还会去海地。莉齐通常会陪同他，他们会下榻草木葱郁的热带风情酒店。晚上，两人会坐到院子里，抽着烟，喝那些插着小伞的鸡尾酒，听浪花拍岸。早上，莉齐会一直睡过去，而古迪则会出去会见正在进行临床测试的医生、科学家和护士。

平克斯通常会从马萨诸塞州带一些实验室的技师到波多黎各来，这样他们就可以进行阴道刮片和子宫内膜切片测试，而这些测试是波多黎各的工作人员无法进行的。

里奥佩德拉和乌马考的测试进行得还算顺利，但是海地的工作就不那么成功了。在那里进行测试的医生和社工不太称职，而且海地的文盲率那么高，女性不太会遵照医嘱行事。不过，平克斯依然下定决心要召集到尽可能多的女性参加测试，并密

① 位于马萨诸塞州的一家女子文理学院。

切观察那些参与时间最长的女性。他也迫切想要测试较少的剂量——以 2.5 毫克和 5 毫克取代 10 毫克——以便在降低副作用的同时，保持这种药的有效性。

到了 1958 年底，超过 800 名女性参与了避孕丸的测试，但是只有 130 人服用满一年的时间。即使按照 50 年代的标准，对于一个医疗测试来说，这种规模都算是小的。然而，尽管有些医生和记者提出，要批准这样一种避孕药需要花数年的时间，对数千位女性进行测试，西尔公司的高层并不想等平克斯获取更多结果后再行事。到了 12 月，尽管平克斯还在修改药丸的剂量和配方，西尔公司仍做好了准备，要迈出又一大步：要求食品药品监督管理局批准他们将恩那维德作为口服避孕丸来销售。

首次批复来得即快速又简单，不过那都是因为西尔公司没有把这种药称为避孕药。现在，西尔公司希望可以躲开争议，通过补充申请，再一次速战速决。本质上，其理据是，他们发现了此药的新效用，并要求获准为之做广告，而不是从头再来，给一种新药提出申请，这是医药行业的标准流程。但是恩那维德的案例太特殊了，这种药并不能治愈疾病，也不能减缓病情或痛苦。这种药旨在改变女性的生活方式。另外，女性或许会服用这种药二十年甚至更久，没有人能够猜测到它会产生什么长期副作用，又应该用什么样的标准来评定它的安全性。

平克斯继续坚持说，这种药是无害的，而西尔公司的科学家也表示同意。与此同时，杰克·西尔正在打他的算盘。当时，美国避孕行业的销售额为两亿美金，其中避孕套占据了一亿五千万美金，而接下来就是占了两千万美金的避孕膜和凝胶。就这样，两亿美金都流向了低级产品。避孕药有可能成为市场上超越一切产品的最大赢家。然而，西尔公司唯有抢先一步，才能获得此等巨额盈利。1958 年，据《财富》杂志报道，避孕膜和凝胶的最大生产商奥索医药公司正将多数的研究资金投入到口服避孕丸的开发上，目标是追赶西尔公司。

I.C.温特在 1958 年 12 月 29 日说："我确信，这并不是什么新闻，就在我们企望着申请尽快被通过时，各路人马都在紧盯着我们。"

31 不像是推销员

1958 年，依然还有十七个州禁止避孕用品的销售、分发和广告。在康涅狄格州，"使用任何以避孕为目的的药物、医药物品或器具"都是犯罪。在马萨诸塞州，尽管避孕丸的许多相关工作都是在那里进行的，但是"展示、出售、开处、提供"避孕用品"或给予任何相关信息"依然是一项重罪。

然而，渐渐地，各州的相关法律正逐一被废除。那些依然有此类法令的州，也都疏于实行。非常明确的是，大部分美国人都赞成避孕，而且现在也不再有康斯多克式的人物就此闹个天翻地覆。相反地，有人呼吁政府不仅应当接受避孕，还应当予以干预和管制，因为还有太多的走私贩子依然在兜售毫无价值的产品，还有太多的江湖术士依然在做不安全的堕胎手术。

如今，不仅仅是玛格丽特·桑格这样的性改革家在关心避孕丸，大型企业，以及越来越多的政客和宗教领袖也开始为避孕丸被更广泛地接纳而做出努力。

对于西尔公司来说，这就意味着，一个市场已经出现了。道德和法律问题都很重要，但是赚钱也很重要。这家公司通过增产，满足越来越大的需求，并相信全国各地的法律都会随着文化的迅速改变而做出相应的调整。从某种意义上说，西尔公司或许应当感到庆幸，因为玛格丽特·桑格年迈体衰，而且或许被迈克·华莱士的访谈吓坏了，不再站上前台。而在西尔公司将避孕丸作为最新产品推向市场时，她也并不是这家制药厂想要的产品代言人，更不要提平克斯了。

正相反，约翰·洛克却是完美的。他是天主教徒，一头银发，又高又帅，而且没有人觉得他咄咄逼人。他已婚，已经当上了父亲和祖父，而且在美国医药界拥有最完美无瑕的声誉。即使西尔这个中西部家族企业跑到好莱坞发起一场演员招聘，让千人试镜，也无法请到一个比他更合适的代言人了。随着这场针对避孕丸的竞争接近尾声，西尔让洛克派上了用场。

洛克当时从西尔公司得到的资助约为每年一万美金（约为现在的八万美金），但激励着他的并不仅是钱。他相信恩那维德，他相信避孕丸，他相信它是安全的，且对于女性是一大福音，也会对她们的婚姻有益。他相信天主教会应该乐于接纳它，不仅是为了女性们，也是为了教会。基于这些原因和其他的一些因素，当西尔在 1959 年邀请他帮助该公司决定如何更好地将这种药作为避孕品来进行推销时——当然，假设食品药品监督管理局会予以批准——他欣然配合。

1959 年，除了标签，药品没有任何其他附带品。没有小册子，告诉病人如何使用这种药，或是警告他们可能会有些什么副作用。除了印在药瓶上的说明外，如果病人还需要得到更多的指示，他们就得找医生，因此西尔有理由比以往更担心市场将如何看待这种药。至少有一点，女性将出于自我选择服用此药，而不是将其视作必需品。她们会以此替代其他避孕方法来进行尝试，而不是为了减少痛苦或是医治疾病。西尔的高层意识到，医生和病人在第一次尝试这种药的时候，必须感觉自在，且已掌握了足够的信息。他们想要定下正确的基调，在这种药的医学用途和社会效应之间保持一种平衡。另外，他们想确保用最简单最朴素的方法传递有关此药药效的信息。这正是洛克可以发挥作用之处。

他写信给一位西尔的经理人说："我在这种推销工作方面缺乏经验。"他还说"我不知道你会否认可"最终的结果。不过，他同意试一试。他建议公司在说明书上用"子女间隔""延迟怀孕"和"抑制排卵"等字眼替代"避孕"和"节育"。西尔公司最终选择以"计划生育"作为委婉的说法。

在给医生的一份宣传册中，洛克用了一页半描述经期，旨在帮助那些不如妇科医生了解情况的全科医生。他写道，恩那维德对于排卵的抑制"全然模仿着"天然黄体酮的作用。在另一份给病人的传单中，他写得更明白："恩那维德是一种人造合成激素，在化学成分上，它非常接近卵巢自然分泌的两种激素——雌激素和黄体酮。"他写道，虽然这种药的效果是黄体酮的十倍，但是在作用上，它"很接近自然激素"。他从未使用"避孕"或是"节育"这样的字眼，但多次提到了"自然"。原因之一是，这本册子不仅是给女性看的，目标读者也包括那些或许会看到它的天主教会高层。一旦女性像洛克预期的那样欣然接受了这种药，他希望教会也会接受它。

对洛克来说，这种药实质上是自然的延伸，而他并不是唯一有此想法的人。默克药厂的研究员詹姆斯·巴罗格说，西尔公司和洛克提出了一个很重要的观点。

"我觉得这种药或许会给出一条神学上的出路。"巴罗格这样告诉作家伯纳德·阿斯贝尔，"它不具堕胎性质，因为没有卵子的存在，你并没有违背上帝的意志，没有给那个可怜的小精子抹上杀精凝胶，那个小精子正试图寻找到那个美好的小卵子来办它的那件事……如果你相信，当精子与卵子结合时，便会有灵魂诞生的话，那么，既然没有受精卵，就没有灵魂。"

有一种确凿的言论，认为这种药会彻底地重塑节育观念，以至于教会都无法不接受它。从这个意义上来说，约翰·洛克从来不把自己视为激进分子，他相信自己的目标是现实的。他并不是在攻击教会，只是希望将它引向一个他自己坚信是正确的方向，而这个方向的正确性最终会得到证明。

* * *

1959 年，横跨大西洋的商业航班越来越多。美国人也迎来了第一批宇航员——一群被称为"水星七人"、健壮而英俊的美国宇航员。42 岁的约翰·F. 肯尼迪成了下一届总统选举中尚未被公开宣布的最热门民主党候选人。格罗夫出版公司（Grove Press）的老板巴尼·罗塞特为了出版 D.H. 劳伦斯的《查泰莱夫人的情人》而起诉政府，想要推翻审查和淫秽法。菲利普·罗斯出版了小说《再见，哥伦布》，该小说的情节围绕着一个年轻姑娘决定拜访玛格丽特·桑格诊所并获取避孕膜，而她的母亲之后又发现了这个避孕膜而展开。第二次世界大战和朝鲜战争的阴霾已散去，举国上下一派欣欣向荣的景象，美国人开始争取各种变革，试图突破种种社会、经济和道德上的底线。

在非小说类书籍《邻家人妻》中，盖伊·塔利斯报道说："在 1959 年，当一支芝加哥的风化纠察队以销售女性杂志为名，逮捕了五十五名独立的报贩后，一个由五位女性和七位男性构成的陪审团的裁决是，被告无罪。当时，有个教会群体坐在法庭观众席里，手里拿着念珠，无声地祈祷着，而陪审团并没有受到他们的影响。在陪审团宣判裁决时，法官看起来很震惊，然后从椅子上往前摔了下去，并被紧急送往医院。他心脏病发作了。"

时代在改变。凯瑟琳·麦考米克亲眼见证了这一点。1959 年的夏天，她走进加利福尼亚圣巴巴拉的一家药店，将一张开有恩那维德的处方递给药剂师。她不过是帮一个朋友取药，但那无关紧要。她等待了许多年，花费了很多钱，就是希望有一天这样一桩简单的买卖成为可能，而那一天真的到来了。

然而，即使是在如此巨大的文化和政治变化面前，西尔公司依然无法确认，女性是否会乐于跟朋友们分享避孕方法，并向医生索取恩那维德。为了寻求答案，公司的公关一把手詹姆斯·W.欧文打电话给几位他认识的杂志专栏作家和编辑，鼓励他们就西尔公司新出品的药丸以及它给计划生育带来的一些重大改变，做一些报道。

他告诫编辑们，他们这么做或许会惹火烧身。天主教会或许会向他们的杂志表示抗议，读者或许会取消订阅。然而，当这些文章最终见报时，他所预期的强烈反应并没有发生。

《生活》杂志刊登了微笑着的平克斯和洛克的照片，以及一篇长篇报道，具体介绍了他们新发明药物的优点和缺点。这份杂志报道说，它的优点包括："什么都不需要做，只消从经期第五天起，每天吞一粒药丸下去，坚持服用二十天……如果需要排卵，病人只需要暂停服用药丸几日，便会一切恢复正常。"它的缺点在于："虽然这看起来很简单，参加临床测试的不少女性都觉得这让她们在精神和情绪上受不了。"

《时代》杂志和其他的一些文章都极少提到副作用，更别提长期隐患了。杂志的编辑把避孕丸这个题材当作住宅空调和其他50年代走入美国寻常百姓家的伟大发明一样。这个题材让人着迷，让人看到未来，也是美国人用聪明才智缔造奇迹的又一体现。平克斯、洛克和西尔的高层再一次收到了一大批妇女的来信，她们想要拿到避孕药，而且是即刻就要。所谓的婴儿潮正在席卷美国，而许多女性也已经看到了这一点。她们之中比较有头脑的知道已经有了解药。她们只需要找一个愿意为了帮助她们调节经期而发放恩那维德的医生。

* * *

1959年7月23日，就在格罗夫出版公司得到许可，出版

《查泰莱夫人的情人》两天之后，西尔公司正式要求食品药品监督管理局批准该公司将恩那维德作为避孕药出售。当时，没有人意识到这两段小涟漪预示着一波巨浪，而这巨浪将冲破这个国家文化上的限制。

＊ ＊ ＊

虽然参加避孕丸临床测试的女性数量还是相当少，但是西尔公司依然递交了有史以来最重大的一次新药申请。这份申请中包含了二十卷数据，包括了宫颈涂片、活组织检查、体温计数，等等。包含在内的不仅有每个参加测试的妇女的结果，还有对所有数据的总结——他们以原始数据和一系列让人头晕目眩的图表形式呈现。这是平克斯、洛克和包括瑞斯－雷及张民觉等在内的整个团队一直为之奋斗的一刻。

在 1959 年，美国的新药批准程序是全世界最严格的之一。药物原本是由药剂师出售和准备的，管控一度近乎不可能。从 19 世纪开始，包括美国在内的一些国家开始制定药典，以严格控制药品的质量。这些全国性的认证委员会并不关注安全性和有效性，但是他们的确很重视广告的真实性和药物成分的纯度。当江湖术士开始兜售号称可以医治癌症、梅毒、糖尿病和其他疾病的药时，政府开始施行更严格的规章制度。1902 年，当十二个圣路易州的儿童因接种染有破伤风的白喉预防针而死亡后，美国通过了第一套相关法律。作为对于该事件的回应，农业部设立了一间药物实验室。这间实验室最终成了食品药品监督管理局。

不过，即使如此，美国政府依然没有太多权力保护消费者，让他们不受不良药物侵害。这种状况一直到 1938 年，随着国会通过《食品、药品和化妆品法案》后才有所改变。从那之后，新的药物必须由食品药品监督管理局审核其安全性并给予许可，而且还得贴上安全使用须知。

之后的十年，食品药品监督管理局收到了逾六千份新药申请。1950 年至 1959 年，该管理局又收到了四千二百份申请。食品药品监督管理局在那十年中批准了其中逾三分之二的申请。然而，纵使有过如此多的申请先例，恩那维德也是史无前例的。

32 "一包全新的豆"

　　平克斯和洛克依然不确定妇女们是否可以数年如一日地安全服用他们的药。事实上，即使食品药品监督管理局已经开始审查临床测试的数据了，这两人还是继续在保持药物有效性的前提下调低剂量。西尔公司承认他们的团队尚未获得所有必要的数据，来确认这种药对于人体的长期作用。正因如此，他们在申请中仅要求食品药品监督管理局批准每个病人最多服用这种药两年。

　　1959 年，食品药品监督管理局仅分配了四名全职医生和四名兼职人员，对那年收到的三百六十九宗新药申请进行审查。药检员们为了应付这些申请，肩负了极大的压力，他们几乎没有时间亲自研究，也无法保持自己的专业水准。除了要审查新药申请，应对关于误导性广告的投诉，同一组审查员还得受理西尔公司为恩那维德提交的补充申请。

　　恩那维德的申请最后落到了一位兼职药检员的桌上。此人叫帕斯奎尔·德费利斯，是一名 34 岁的妇产科医生，当时还在乔治城大学医学中心接受临床培训。作为一个土生土长的康涅狄格州人，德费利斯不仅是天主教徒，还是一个即将成为十个孩子父亲的年轻人。

　　避孕丸的未来就在他手里。

　　德费利斯觉得相当尴尬，他既不是专业官僚，又不是经验丰富的医生，然而，正是他手中握有大权，可以审查远比他有经验的医疗专家的研究成果，并就该成果的价值做一个决定，一个将会给医药界带来巨大改变的决定。

虽然德费利斯是天主教徒，自己也有个大家庭，但是他并不赞成教会禁止节育。他认为教皇对于避孕采取如此强硬的态度是错误的。然而，那只是他个人的看法。对于他在食品药品监督管理局的工作来说，他的信仰和个人意见都无关紧要。他说，唯一重要的是，药品是否安全有效。就恩那维德来说，他认为其安全有效性比以往案例更为重要，因为如果这种药被批准了，那么，就像他说的，所有妇女和她们的姐妹们都会服用这种药。

当德费利斯仔细地排查证据并权衡自己行为的后果时，他并没有面对任何外来压力，至少从他的工作记录和他之后的访谈情况来看是这样的。没有任何白宫或国会的代表公开表态或是试图私下里影响他的决定，相反，大多数政府官员似乎都乐于避讳这一大争议。天主教会没有任何人试图游说或强行制止这份申请，而计划生育委员会也没有人通过拉关系来帮助这份申请获得通过。在 1959 年，一个有巨大社会、经济和宗教效应的官僚主义流程依然可以在没有外界干扰的情况下完成。

然而，这很快就要改变了。

50 年代晚期，约翰·D. 洛克菲勒开始游说美国政府，将节育作为其外援工作的一部分。1959 年，由威廉·H. 德雷珀将军带领的一个专门协助军事事务的总统委员会支持洛克菲勒的请求，建议鼓励那些获得美国军事援助的国家开展节育计划。任命德雷珀时，艾森豪威尔以为自己找了一个保守的委员会主席。无论如何，德雷珀是一名投资银行家，曾担任战后美军驻欧洲的首席经济顾问。结果，这位将军的性格中却有相当激进的一面，并且不害怕投掷手榴弹。二战之后，他开始为人口增长而担忧。他害怕日本很快就会人口过剩。令总统吃惊的是，在报告中，他争辩说美国需要直接参与到全球的节育工作中。美国的天主教大主教们立刻发出一封声明表示反对，投诉说联邦政府的资金绝不应该被用于推广避孕。在总统大选过程中，约翰·肯尼迪发出申明，支持主教们并反对美国资助计划生育。与他竞争的其他民主党候选人以此攻击肯尼迪，谴责他尝试把自己的宗教价值观强加给一个多元主义的国家。

最终，艾森豪威尔拒绝支持这份报告，而其说法或许有些虚假：美国政府不应当干涉其他国家的内政——可这正是美国政府一贯在做的事情。这位总统在一次新闻发布会上说："我无法更断然地想到其他任何议题，如此算不上是政治或政府的活动、作用或者职责。"后来，艾森豪威尔会改变想法，转而提倡联邦政府支持计划生育，但就政府在计划生育工作中的角色而进行的第一轮斗争中，反方赢了。国会驳回了德雷珀的报告。

＊＊＊

西尔的高层希望德费利斯可以照例批准恩那维德。毕竟这种药物已经被通过了，他们仅仅是在给它申请另一项效用而已。然而，随着日子一天一天过去，他们的希望破灭了。德费利斯对他的工作太认真了，他才不会照例批准任何药品。加入食品药品监督管理局三年以来，他很为这个政府部门的做法担忧。他申诉说，即使一家公司申请用水来治疗关节炎，恐怕也可以得到批准，因为它没什么危害，而药检员也无法证明它**不能**有助于关节炎的治疗。当德费利斯收到各类荒谬却难以驳回的申请时，他有时会要求延长批复时间，这是他握有的极少数可以逼申请公司提供更多信息的工具。通过慢慢来并且坚持让申请公司提供额外的信息，他希望可以找到申请中的缺陷，或是从另一个角度，对应当获得批准的药物更增加一些把握。现在，虽然西尔公司为恩那维德提交了美国医药史上篇幅最长的申请书，德费利斯仍下定决心，要一丝不苟地对待这项审查工作。

"当我们收到一项新的申请，而这项申请是针对避孕丸的时候，不消说，那当然是代表了一大变革！它完全是一包全新的豆。截至当时，其他所有的药物都是为了治愈某种疾病的，而现在，突然有那么一种药是要给健康人长期服用的。"如果获得批准，它很可能会引起更多的关注。他说，这个政府部门"必须在授权工作上一丝不苟……我们并不急着要盖下食品药品监督管理局的印章"。

让制药公司等待了两个多月后，到了9月底，德费利斯给西尔的高层写了一封信，说他需要更多时间。还有太多的问题，他写道。德费利斯的审查超越了西尔公司所提供的经期次数，而是深挖到参与临床测试的妇女人数。比如说，明明只有一百三十名参加临床测试的妇女服用此药达一年以上，西尔公司又怎么知道女性可以安全服用此药二十四个月呢？如果长期服用这种药，她们是否会提前进入更年期呢？他还问，癌症呢？或是对于其他腺体的影响呢？或是长此以往对未来妊娠的影响呢？

他写道："我们郑重质疑使用促孕剂……以抑制人体正常排卵的做法。关于这种做法的害处，有太多尚未解决的问题，特别是考虑到相比其他现有的避孕方法，这种方法毫无优势可言。"

德费利斯击中了要害。这种药改变了正常的生理过程，仿佛这个过程是一种疾病，他想不到任何有类似效用的药物。许可的标准应当比以往更高。在有了避孕套和子宫环这些即使不算特别简洁也至少是安全的避孕方法后，健康的女性为何还要担哪怕是最微小的风险来服用避孕丸呢？他说，这份申请"不完整且不够格"。

* * *

西尔的高层震怒了。

食品药品监督管理局已经批准了这种药抑制排卵的效用，为何在新药批复的过程中，没有提出这些问题呢？一位西尔的高官在信中愤慨地回复德费利斯，抑制排卵并不是一项新的申请，而是"这种药固有的功用……早就明确地写在我们的新药申请书中"。这封信还说，平克斯和洛克没有找到"任何一个"更年期提前、罹患癌症或是对之后妊娠不利的案例，是什么令德费利斯产生了这些顾虑呢？

约翰·洛克也很愤怒。食品药品监督管理局怎么能把这么重要的决定权交给一个孩子呢？ **他** 有什么资格来评判？传奇人物洛克医生不是已经给恩那维德许可盖章了吗？

在 1959 年 12 月极其寒冷的一天，洛克、I.C. 温特以及西尔的另一位高官一起前往华盛顿，希望在那里与德费利斯对峙。食品药品监督管理局的药检员办公室位于一幢建于第一次世界大战的临时小木楼里。小楼的大堂冷极了，又没有椅子。洛克和西尔的人在那里站了九十分钟，德费利斯就让他们这么等着。

对德费利斯而言，洛克是个传奇式的人物——德费利斯称他是"产科业界的一道光"，还说"他说的话，人们都应当洗耳恭听"。

不过，虽然他像尊敬其他医生那样尊敬洛克，甚至更为尊敬，但是那并不代表德费利斯准备在他面前做出退让——即使洛克显然是在以威胁的态度与他说话。当被问到他为何对恩那维德做此决定时，德费利斯说他必须比以往更仔细地评估这种药，因为健康的女性将长时间地服用它，万一最后它引起癌症怎么办呢？

洛克说："我不知道你在妇女癌症方面经过一些什么培训，年轻人，但是我有相当的经验。"

德费利斯承认他不像洛克那样有经验，但是他也注意到包括洛克在内，没有人对恩那维德有足够的经验，全面了解它对于女性身体的影响。

洛克予以反击，将话题从个人健康转移到人口控制这一更大的议题上，他告诉德费利斯："如果你的车库着了火，你不会想要先检查你的水桶是否有个漏洞，再向大火泼水吧？"

然而，德费利斯并不买账，也没有屈服。无论如何，他是个安全监察员，而不是消防队员。他的职责是避免灾难，而不是防止灾难蔓延。他说他需要更多的数据，并提出了若干建议，包括让西尔公司做一些额外的测试，看看他们的药是否会引起血凝。既然恩那维德会引起假怀孕，而怀孕的女性又比一般女性更易产生血凝，这个问题在德费利斯看来既合理又重要。

当会议结束时，洛克依然很生气，而西尔的人却感到有些惭愧。他们别无选择，只能照办。至于德费利斯，则依然仰慕约翰·洛克，他在数年后说："我这一生中大概只遇到过三个我完全信赖的医生，其一就是洛克，而且现在依然是。"

西尔的人回去收集更多数据，与此同时，德费利斯并没有闲着。他做了一件对于食品药品监督管理局药检员来说，相当不同寻常却也不无先例的事——自己开展了一场研究。德费利斯知道，数千乃至数十万妇女都已经开始以避孕为目的服用恩那维德了。他也知道，医生一般只开三到四个月的药，一些妇女已经找到了规避这一点的方法。在最初的处方到期时，她们之中的许多人会干脆找个新医生，要一个新的处方。这样的行为对于病人或许有些冒险，但对于德费利斯来说，则代表着一个机会。全国数千名医生开始熟悉恩那维德，并且这种熟悉与日俱增。可以假设这些开药的医生很清楚哪些病人是以避孕为目的服用这种药，她们服用了多久。如果这些医生是尽职的，他们就会收集到很多关于这种新药的药效信息。如果它对相当

一部分的病人产生副作用或是危害她们的健康，这些医生应该
会有所了解。所以德费利斯决定联络一部分医生，看看他能获
取些什么信息。他给在美国一流医学院工作的六十一位妇产科
医生发了一份调查问卷，请他们回答一系列有关他们使用恩那
维德情况的问题。副作用是否严重到应该禁止这种产品的使
用？病人的长期生殖能力是否受到影响？有没有任何癌症风险
的征兆？更年期提前了吗？服用过此药后，女性生出的小孩是
否有任何先天畸形？最后，他还问，你认为恩那维德或另外一
种药应该成为合法的避孕药吗？

如果开这种药物的医生认为它是安全的，德费利斯倾向于
予以批准。如果医生们的答案是否定的，如果他们认为副作用
过大，他则倾向于拒批申请。

或许是为了向西尔公司证明他是客观公正的，德费利斯也
将洛克和平克斯（虽然平克斯不是一名医师）纳入他选取的
六十一位专家之列，尽管德费利斯已经知道他们会怎么回复。

＊＊＊

爱德华·泰勒是收到德费利斯问卷的医生之一。他曾经是
格鲁乔·马克斯的笑话写手，不过到了1959年，他已经在洛
杉矶经营计划生育委员会节育诊所了。泰勒一直在洛杉矶进行
测试，把恩那维德和另一种由派克-戴维斯公司研发的类似药品
开给数百位病人。在波多黎各以外的地方，没有人比泰勒医生
在施用避孕丸方面更有经验了。他的意见对于德费利斯很重要，
某种程度上是因为泰勒跟洛克和平克斯不同，他是中立的。他
既不是西尔公司的顾问，又没有帮平克斯在波多黎各进行过临
床测试。

爱德华·泰勒在其洛杉矶的诊所广泛施用避孕丸，但对这
种药的用途有所顾虑。他说，他有太多的病人有增重、水肿和
异常出血的情况。在1958年美国医学协会的大会上，泰勒报

告说，在他那些尝试避孕丸的病人之中，有三分之二放弃了服药，主要是因为副作用过甚。在对这些女性的后续检查中，泰勒发现其中两人有更年期提前的症状。他说，大多数病人的经期都在停服药物两个月后重归正常，但他还是担心这种药会导致女性子宫永久性的变化。另外，他还有一点担心：曾服用过避孕丸又怀孕的妇女，生出的女孩有阴唇粘连和阴蒂肥大的情况，这"并不少见"。

1958 年，西尔邀请泰勒和其他对于这种新避孕药物相当熟悉的医生，一起到公司位于斯考奇的总部参加会议。在会上，泰勒对将恩那维德投放到市场是否明智，表示严重怀疑。如今，时至 1960 年初，他的这一票至关重要。食品药品监督管理局的官员在看到他对于问卷的书面回复后，要求对他进行访谈。

泰勒依然对于这种新的口服避孕药持保留意见，但是他看得更远。无论如何，他也是计划生育委员会最大诊所的所长。玛格丽特·桑格在 20 世纪初就体会到的一点，他也很清楚：恶心和肿胀给女性带来的困扰，远不及意外怀孕所带来的生理和心理上的负面作用，而且对于一些女性来说，即使是癌症的长期风险也比不上妊娠或堕胎的危险。避孕丸尚未得到证明，而且它绝对不是完美的，但是它在避孕方面的效果是惊人的。他必须要在做决定前考虑到这一点。

对于德费利斯认为极其重要的问题，泰勒直接给了回复。对于一种不是为了治愈疾病或减缓疼痛而设计的药物，该政府部门应该如何评估其风险？但凡可以选择避孕套和子宫环的女性，选取这样一种有风险的避孕方法是否明智？

如果食品药品监督管理局在 1959 年指派来评估此药的是一名女性药检员，她或许会采取不同的方式。一位女性药检员或许会提出不同的问题。比如说，她的调查或许会针对病人而不是医生。然而，泰勒或许是仅次于病人的选择。他亲眼见证了这种药的效用——它的利和弊，它带给病人的好处和痛苦。但是他也很聪明，做了一些简单的计算。避孕膜、避孕套和子宫环并没有引起恶心或其他副作用，但它们也确实未能很好地避孕，失败率太高了，而怀孕本身会带来一长串严重的副作用，包括妊娠毒血症、糖尿病、高血压和心脏病。要严谨地分析避孕丸的风险，还得要考虑女性**不**服用它会带来的后果。

在权衡了所有的因素后，泰勒得出的结论是，意外怀孕比避孕丸的弊处更大。他力荐食品药品监督管理局对其予以批准。

33　高　潮

　　自格雷戈里·平克斯和玛格丽特·桑格在那间曼哈顿的公寓会面以来，已有近十年了。就当时看，他们成功的几率如此渺茫，简直是荒唐。长期以来，桑格一直在寻求她的魔丸。即使是像她这样意志坚定的女人，也肯定对自己是否能成功产生过怀疑。以前，平克斯一直是个游走在边缘的科学家，不怕铤而走险。然而，他们两人内心一定有一些持久而坚决的东西，让他们在这些年里，即使面对挫折也不断前行。现在，无论如何，他们辛苦的追寻终于要到头了。如果食品药品监督管理局拒绝他们的申请，他们未必还会有第二次机会，因为一个天主教徒马上要入主白宫了。食品药品监督管理局可能会收紧新药批准方面的规则，西尔公司或许会临阵退缩，凯瑟琳·麦考米克或许不会再专注于这一事业，甚至会死去，然后把她的钱留给其他人。一切皆有可能。

　　桑格和平克斯就这样等待着，而也就在他们等的同时，沙利度胺已经进入了美国市场。理查森-梅里尔股份有限公司已经向全美的医生分销出了超过两百五十万剂的新安眠药——其商品名为反应停。该公司的高层都希望让两万名病患开始服用反应停，然后利用这些数据，在联邦政府尚未完成的新药批准中助其一臂之力。这一药物的临床测试将是美国有史以来规模最大的一次，远大于避孕丸的规模。理查森-梅里尔公司坚信，他们可以赢得食品药品监督管理局的批准，而沙利度胺也很快会在美国大卖起来，就像在欧洲那样。

在桑格和平克斯等待的时候，休·海夫纳开办了第一个花花公子俱乐部。在这个所谓的成人迪士尼乐园中，出了名的是那些身着金属蓝和鲜黄绿衣服走来走去的兔女郎，她们的豪乳在诺曼·梅勒看来"就像是凯迪拉克前杆上突出的金属炮"，她们的屁股上还装了一跳一跳的白色毛绒小尾巴。两年之内，这些俱乐部便拥有了三十万会员。

1960 年 2 月，就在食品药品监督管理局继续审查恩那维德申请的同时，盖洛普民意调查结果显示，近四分之三的人认为节育应当获得普及。

两个月以后，伊利诺伊大学的生物学教授里奥·科奇因为写信给校报建议对性采取一种新的态度而被解雇。他说："当我们身边的药店或至少是家庭医生那里，都已经有了现代的避孕方法和医学设备，没有理由不宽容地让那些足够成熟的人享受性爱而不必承担社会性的后果，也不必违反他们自己的道德和伦理规范。"他的解聘引起了校园内广泛的抗议，但是该大学拒绝重新聘用他。

与此同时，美国法律协会——一个由备受推崇的法官、律师和法学教授组成的组织——正在开展美国法律史上最雄心勃勃的一项工作：试图改革全国的刑法典。这些法典在各州都不同，而且在很多案例中，这些法典在写作和组织方面都做得太差了，以至于很难解释清楚它们的含义，也很难说要如何推行。法官和律师们创造了《标准刑法典》，对全国各地的立法机关就如何改善和统一他们的法典提出建议。其中一条建议是：在强奸引起怀孕，或当婴儿很可能会有严重残疾的情况下，堕胎应该是合法的。

这是大势所趋。联邦政府的康斯多克法令以及各州政府施行的各种"小康斯多克法"都在慢慢瓦解。在美国的历史上，社会和律法都在女性和母亲之间画上了等号。现在，这一点终于在改变，就像玛格丽特·桑格一直相信的那样。

她和平克斯还在等待。1960年初，桑格写信给《纽约时报》，批评艾森豪威尔总统在天主教会的压力之下退缩，而拒绝支持德雷珀的报告。"现在，我们的美国政府需要聆听多数选民的声音。"她写道，"节育和避孕方法已经在医学上得到承认，是伦理治愈的一部分。"就在桑格的来信被刊登的同一天，肯尼迪议员登上了全国广播公司的《与媒体有约》节目。他在节目中被问到，如果印度想要控制人口，而向美国政府寻求帮助，他作为一个天主教徒和总统会怎么做。让一个总统候选人回答他如何看待节育的问题，那是一度都不可想象的事。肯尼迪以外交辞令巧妙地回答说，如果将这样一个充满争议的诉求交给国会，那么"你既达不到节育的目的，也不会获得任何援助金"。他说，有个较好的方法是，增加给印度的全面经济救援，而让那个国家的领袖来决定，如何使用这笔钱。

桑格仍不满意，直接给肯尼迪写了一封信，要求他明确其义。她要求肯尼迪忽略印度，转而公开反对马萨诸塞州限制女性避孕的法律，做给这个国家的领袖看。她写道："你是年轻的，你来自一个显赫精致的家庭，如果你能够为你所属教会的家庭大声疾呼，反对这一荒谬绝伦的法令，这将是无上光荣的行为。"至于肯尼迪是否予以回复，没有任何记录可寻。

与此同时，平克斯要求麦考米克批准一份三年的预算，以继续支持恩那维德的研究工作，包括进行更多的安全性测试。不论食品药品监督管理局是否批准这种避孕药，他们都还有很多工作要做。除了继续避孕药方面的研究，平克斯也想进行更多的试验，研发给男性的生理避孕药。他在1957年就已开始在男性身上测试黄体酮的效用了，并发现这种激素降低了测试对象的力比多和性能力。这些测试对象大多来自伍斯特州立医院。他觉得或许值得再以较低的剂量予以测试，而麦考米克也鼓励他继续研究。麦考米克还希望他可以继续研究，是否能以较低的剂量，让恩那维德保持有效性。服用这种药的病人每个月要花十美金，这太昂贵了，她迫切想要降低药物价格。不过，即使如此，她也并不准备无限期地资助平克斯。1960 年初，她已经向平克斯承诺了十五万二千美金（约为现在的一百二十万美金），她想看看食品药品监督管理局对于恩那维德做出何等批复，再决定是否要给他更多的资助。

就在食品药品监督管理局继续审阅医师递交的问卷时，英国的计划生育委员会正在伦敦和德文测试避孕丸。主持试验的医生得出这样的结论，这种药虽然很有效，但是引起的副作用太多了，不宜投放市场。

罗马教皇约翰二十三世在 1960 年棕枝主日的说教中，再一次提醒天主教徒教会在节育问题上的立场，并敦促信徒们以多生多育为宜。"不要担心子女的个数，而是为他们祈求神的照管，这样你就可以养育且教育他们……这一切荣耀都将归于你人世以及天堂的国土。"与此同时，梵蒂冈的领袖越来越担心，各基督教会逐渐解除避孕的禁忌。这其中包括了圣公会、路德会和加尔文教派，他们的主要理念与天主教思想的区别并不大。包括雷茵霍尔德·尼布尔、卡尔·巴特，以及艾米尔·布鲁内尔在内的最具影响力的神学家，都呼吁教会放宽对于避孕的禁忌。日子一天天过去，天主教会越来越孤立。

等到教皇发布谴责辞令时，距约翰·洛克与帕斯奎尔·德费利斯的会面已经过去了四个月。食品药品监督管理局依然没有做出最后决定。洛克在 4 月写道，如果这个政府部门拒绝给西尔公司以避孕药的名义出售恩那维德的权利，"我准备向他们宣战"。

* * *

到了 5 月初，食品药品监督管理局对医生进行的调查报告有了结果。在六十一位填写该问卷的医生中，有二十六位建议食品药品监督管理局批准恩那维德作为避孕药上市；十四位说他们对这种药没有足够的经验，无法给出结论；二十一位说他们认为食品药品监督管理局应当拒绝批准。

这绝对算不上是压倒性的支持。

至少有两名医生基于宗教信仰投否决票。有些人说，他们相信这种药每剂量五十美分的价格太高昂了，而其他人则认定还要做更多测试，才能证明长期服用这种药是安全的。

在一份食品药品监督管理局的内部备忘录中，该政府部门的医药总监威廉·H.凯瑟尼赫承认，这种药在安全性方面的证据确实有限。大多数参与测试的女性仅服用此药三至四个月，且没有任何人的服药时间超过三年。"仅有六十六位病人持续服用药物长达二十四个周期或更久。"他写道。

凯瑟尼赫还注意到，食品药品监督管理局的决定可能会引起"某些势力的反对"。显然，他指的是天主教会。

不过，他也必须要考虑该政府部门的任命状。食品药品监督管理局的职责在于确认药物是否有效，如果它是有效的，且没有任何显著迹象表明它有害处，那么这个政府部门就应当予以批准。即使是那些敦促食品药品监督管理局驳回恩那维德作为避孕药上市的医生们也承认，"至少在他们看来"，没有明确迹象显示此药有任何严重的副作用。

这让该政府部门进退两难。食品药品监督管理局的官僚们没办法以宗教、政治或道德方面的理由拒批这种药。他们没法说这种药无效，也没法说这种药有害，所有的新产品都带有不确定性。避孕药与其他药品的唯一区别在于，它刚好与性有关。要让食品药品监督管理局驳回这种避孕药，他们必须有确凿的科学证据，而目前为止，他们并没有掌握任何证据。

* * *

1960 年 4 月 7 日，I.C. 温特在西尔总部的办公电话响了。

温特接起了电话——是帕斯奎尔·德费利斯。

德费利斯向他传达了消息。在审阅了西尔公司的报告后，食品药品监督管理局认为，没有任何严重副作用的威胁，也没有任何伤害病人健康的危险。更重要的是，毋庸置疑，这种药在避孕方面非常有效。德费利斯说该部门同意批准恩那维德作为避孕药投放市场。

只有一点告诫：食品药品监督管理局希望病人将恩那维德的服用期限制在两年内，以免这种药引起任何在有限的临床测试中并未被发现的长期副作用。这些临床测试应当继续，而且如果西尔公司想要以较低的剂量为同一种药申请许可的话，必须要重新申请，并提供额外的科研数据。

两个人还讨论了其他若干事宜。西尔公司需要稍稍修改一下给医生的文本内容，而且还需要在出售恩那维德前，向食品药品监督管理局提交所有标签和广告，但那都是一般商业流程。西尔的高层当天就起草并发出了一份备忘录，表示同意食品药品监督管理局的一切条件。

就这样，这事就成了。

* * *

1960 年 5 月 9 日，食品药品监督管理局发布了通告，而全国各地的报纸也通报了这一消息。

"美国放行避孕丸"是《纽约时报》相关报道的标题。这篇报道的篇幅仅为一百三十六字，刊登在 5 月 10 日周二版的第七十五页上。"批准基于其药物安全性，"食品药品监督管理局的副督查约翰·L. 哈维在其正式通告中如是说，"我们对于其中或可涉及的道德问题不进行评判。"

之后数日，全国各地的其他十数家报章也都相继进行了报道。在多数城镇，这一新闻没上头条，报纸的编辑大多是男性，他们之中很少有人预料到这一事件即将引发的社会效应。发行最广的美联社报道是如此开篇的：联邦政府首次批准了一种药，可用以安全节育。一位西尔的高管告诉美联社，这种药的作用是"阻碍卵子的生成，就像女性怀孕后，其身体的自然变化一样"。这只是该公司为了让女性放心，而强调这种药模仿了自然生理过程的开始。约翰·洛克很快就会对梵蒂冈的高层也强调同一论点。

* * *

在平克斯看来，还不到庆祝的时候。他的女儿记得父亲对此新闻毫无反应。不论是他的私人信件还是公函，都没有流露出此乃重大事件的意思。对他而言，食品药品监督管理局5月9日的通告并不是终点，而是进程中的一个转折。他已经做好了打算，回到波多黎各，继续测试剂量较小的药丸。如果这些药丸就像他预料的那样可行，那么较小的剂量可以达成两个重要的目标：减少副作用，并降低药物价格——而这两个结果都会有助于这种药的进一步普及。

如果平克斯在恩那维德的研发中保留了些许经济利益的话，他或许还有更多庆祝的理由。然而，他从未给自己的药丸申请专利。或许在药丸上市之时，他三思过，但即便如此，这些想法也从未在他的信件或是伍斯特基金会董事会会议纪要中有所体现。他的亲友们也从未听他抱怨说错过了发财的机会。在避孕丸研发的过程中，计划生育委员和伍斯特基金会的要员曾就专利权提出过疑问。他们明智地意识到，如果平克斯成功研发了避孕丸且得到了批准，那么这种药可能会带来巨大的经济利益。然而，一直以来，平克斯都反对进行这类讨论。在他看来，他并没有发明任何新东西。他认为，就像乔纳斯·索尔克和其他科学家那样，他的想法是基于无数其他人的想法和贡献才产生的。由此逻辑出发，这种药并没有任何新意——它不过是自然过程的改良和人体机能的延伸。

索尔克有一句被广为引用的话。在他发布了脊髓灰质炎疫苗后，爱德华·R.默罗问他："谁拥有这支疫苗的专利权？"

"好吧，我会这么说，群众。"索尔克回答道，"没有什么专利。难道你能为太阳申请专利吗？"

平克斯应该听过索尔克充满大将风度的回答，而就在避孕丸即将带来巨额收益的前几年，他也会做出类似的评论，表示没有什么可申请专利的。"别忘了我们从来没在基金会制成过任何一粒药丸，"他说，"我们只是不断完善配方。"

当然，那只是真相的一部分。事实上，平克斯一直很清楚，是西尔公司研发了恩那维德的核心化合物。他也知道其他公司正在试图仿效这种药丸，而每种化合物仅差之毫厘。一旦他寻找到雌激素和黄体酮之间的完美比例，或许可以尝试申请自己的专利，但是鉴于他跟西尔公司的合作关系如此紧密，他难以这么做。平克斯在事业起步时就已认定，科学比金钱更重要。他需要足够的资金让伍斯特基金会持续运营，并支付同僚的薪水，而且他也十分积极地争取资金，但在与同事们共同努力进行研发的工作中，他从未表现出对赚钱的强大兴趣。从很多层面上说，他一直都是一个纯粹的人，骨子里一直都还是那个浪漫的年轻人，写着感性的情诗，梦想着将世界变得更美好。

从另一个角度来看，他并不是完全无私的。西尔公司帮着支付了他的薪水，还向伍斯特基金会慷慨捐赠。如果没有西尔公司的支持，特别是那些免费的黄体酮和黄体素的供应，他或许永远也无法开发出避孕丸。平克斯也是西尔公司的股东，而一旦公司的股价上涨，他也会从中受益，即使食品药品监督管理局的批复并没有让公司的股价立即暴涨。

＊ ＊ ＊

恩那维德一获得批准，西尔公司便派出大量的销售代表——医药界称他们为"细说员"——走访医生，并恳请他们开新药丸的处方。在 50 年代以前，处方药是给疾病患者的。然而，新的产品在涌现，它们不一定是为了治愈疾病，而是为了降低若干未来事件的风险，例如心脏病或心脏病的发作。医生会决定哪些病人需要这些药，也就是说，这些推销员（在 1960 年，他们几乎都是男性）需要打动和说服医生们，大量推荐他们的药物。制药厂有时会给医生寄大量的新药介绍，西尔公司为恩那维德印制了一份十二页的宣传册，上面有关于临床测试的详细信息、毒理报告和动物测试结果。在一封内部的新闻通告中，西尔公司号召所有的推销员"免谈不利因素，力劝医生让病人**今天**就开始服用恩那维德"。关于癌症、恶心和宗教的问题，最好是避而不谈。说服医生们的更好方法或许是提醒他们，如果医生和病人有意，那么服用此药的病人可以每月接受医生的检查。一旦这些医生更积极地参与计划生育工作，他们的诊所也就会随之发展壮大。健康的女性也会定期来就诊。当然，那就意味着同时给医生和西尔公司带来更多经济利益。

推销员们经常会给医生们一些小礼物——笔记本、钢笔和其他小物件，来提醒他们，西尔公司的人曾到访。恩那维德的推销员拿出了一份特别的礼物：一个镀金的塑料镇纸。镇纸前面是一个赤裸而丰满的立体女人，她的双手正从一副沉重的枷锁中挣脱出来，头向上仰起。镇纸后面印了这样一段话：

无拘无束

从一开始，女性就一直是她生殖系统周期性机制——且往往是这一机制的失常——所带来的世俗要求的奴隶。如今，在某一尚未明确的程度上，她可以使这一周期性的运

作以及生育的可能性正常化、加以改善或令其暂停。恩那维
德——第一种全面调节女性周期性机能的药物——在此以古
希腊神话中的人物作为其象征：挣脱桎梏的安德罗墨达。

　　几乎是在刚刚获得食品药品监督管理局的批复后，西尔公
司便又向该政府机构追加申请以较小剂量出售恩那维德。食品
药品监督管理局一开始没有做出任何反应，令这家制药厂相当
气馁，不过最终他们还是予以放行。

　　对于西尔公司和医生们来说，恩那维德的问世带来了扩张
业务并大幅创收的机会。在 1957 年，大多数家庭医生都还把
避孕咨询列在他们的就诊范围之外。避孕丸的到来迅速改变了
这一点，即使是信奉天主教的医生也觉得，必须在病人有所要
求的时候开具处方。再怎么说，这可是联邦政府批准了的，而
且那些坚持不开此药的医生——不论是出于宗教原因还是因为
害怕长期副作用——都发现病人在流失。

　　刚开始，在收到食品药品监督管理局的批复后，西尔公司
对于避孕丸采取的营销策略还相当保守。该公司将推销的对象
锁定为医生，而非公众。原因之一是公司高管不希望引起任何
争议，另一个原因是他们意识到，一旦医生们明白了这种药如
何运作且如何给他们带来新的业务良机，广告就可以留给他们
来做了。恩那维德的销售额正悄悄地稳步上升。四年之内，西
尔公司的销售额便会上升 135%，直至 8700 万美金，股东回报
率达 38%。

　　也正在此时，避孕丸被广泛称呼为"那种药丸"。在美国
历史上，或许这是独一无二的，它的影响力如此之大，连名字
都是多余的。妇女们点名要求医生开处方，他们想要"那种药
丸"。她们之中的一些人或许在谈论节育时，依然有些不自在。
然而，"那种药丸"之所以是"那种药丸"，正因为它是唯一重

要的药丸，每个人都在谈论的药丸，她们需要的药丸。

＊＊＊

如今他们成功了，这个东西长久以来都像是不可能实现的梦，终于被他们创造出来了。桑格写信给麦考米克，开玩笑地问她下一步准备要做什么。

桑格当时已经八十岁了，麦考米克八十四了。

麦考米克的回复却不是什么玩笑话。她写道：

> 我正忙于下列事宜：
>
> 1. 继续伍斯特基金会五个分支以及口服避孕丸的工作，亦即，a）洛克医生对于其病人的临床测试；b）波多黎各和海地的临床测试；c）伍斯特州立医院的临床测试，包括高强度实验室测试和长期作用测试；d）在 WFEB 进行改善恩那维德方面的实验室研究。
>
> 2. 给（为平克斯工作的）博士后学生在什鲁斯伯里提供住宿。
>
> 3. 在马萨诸塞州理工学院兴建女生宿舍的草拟初步计划。可以在科技校园为女学生提供住宿，我感到特别高兴。这是我多年的夙愿，但那排在口服避孕丸之后。

麦考米克确实为自己的成就而感到自豪，但是她也开始意识到，避孕丸或许不能像她希望的那样，解决人口过剩的问题。昂贵的药价使得它在许多最需要它的国家难以得到普及，正因如此，平克斯对此药的改良事关重大。然而，麦考米克意识到，即使平克斯让避孕丸变得更有效，价格更亲民，一些国家的政治情况或许还是会限制避孕丸的普及。她承认，解决人口增长问题最好的方式或许是让更多男人进行输精管切除术。然而，即使是她，也没有足够的资金做这件事。

与此同时，桑格正努力摆脱她对于止痛药的依赖，并减少饮酒量。她依然有头脑清醒的时候，但也已经开始显示出了老年痴呆的迹象。1960年夏天，她告诉记者，如果约翰·肯尼迪当选总统，她就准备离开美国，这又让她上了头条。她收到很多愤怒的读者来信，其中有一个人写道："没有什么人会怀念你。"

桑格的一个密友在写信给桑格的儿子斯图尔特时说："我总是为她感到心疼。"斯图尔特很快就会请法官将她的母亲判定为无行为能力者。就像一个好友描述的那样，一个身经百战，也赢得了一定胜利的女性，最后却要向"一个群龙无首的组织渐渐走向死亡带来的耻辱"投降。

没有桑格的推动，计划生育委员会并没有马上欢迎避孕药的到来。事实上，在食品药品监督管理局批准恩那维德数周后，计划生育委员会通知平克斯，他们要切断所有对他的研究资助，他们说，既然他可以获得那么多来自政府和其他各方的资助，就不需要计划生育委员会的支持了。

在食品药品监督管理局批准恩那维德的最初几年内，许多计划生育委员会的高层仍然在持续推荐子宫环，特别是对那些比较贫困的夫妇。这样的建议一是基于恩那维德的高价，二是因为子宫环不需要医生处方，还有一个原因是他们不确定，较为贫困和教育水平较低的女性是否可以每天遵照指示服药，这是老生常谈了。多年来，人口控制运动的领袖已经假定了贫困阶级缺乏利用优秀避孕品的动力。然而，不同收入阶层和教育水平的女性们都了解到，避孕品越来越多，也越来越有效。她们也开始明白，她们无需生养七八个孩子，而且，一旦她们可以控制生育的时间，就可以控制其他事情。

桑格的改革始于伍德罗·威尔逊总统时代，并终于肯尼迪总统时代。时至1960年，这股烈火早已熊熊燃起，避孕丸不过是添了把柴而已。不过，桑格最重要的目标是让性变得更美好——带来更多的欢愉和爱。而时至 1960 年，她已经做到了这一点。

* * *

就在全国的医生和诊所都欣然接受避孕丸，并向更多女性提供节育服务的同时，约翰·洛克带头展开了一场声势浩大的运动，旨在说服天主教徒和天主教会的领袖参与节育。他比以往任何时候都更响亮地提出，避孕丸是安全期避孕法的天然延伸，应当受到接纳。他在所有主流媒体亮像——《新闻周刊》《读者文摘》《周六晚报》，以及美国哥伦比亚广播公司和全国广播公司的电视节目。他以个人尊贵的形象和令人惊叹的业绩，引起了人们对于避孕丸的尊重，而这一点是桑格乃至平克斯都无法做到的。食品药品监督管理局的批准对于那些仍然不确定是否要尝试避孕丸的女性来说殊为重要，但是这位七旬老医师的支持或许更重要，特别是对于那些天主教教徒来说。

洛克在《时尚好管家》杂志上发文道："等级森严的教会反对避孕丸，称其为不道德，但是领受圣餐者们越来越愿意接受它。现在已有接近五十万的妇女在使用这种药进行避孕。我很难相信，这些女性都是新教徒。"洛克明白，大多数信奉天主教的妇女都不会等教皇的正式通知再行事，而是自己做决定。洛克医生将帮助她们做出正确选择视为己命。

最终，教会还是让他失望了。罗马教皇保罗六世宣判，避孕药不过是另一种人为的节育品，不应当得到准许。然而，洛克从未放弃希望。年事越来越高，也适应了退休生活后，他便不再参加每日的弥撒。但是，他一直在桌边保留了一个耶稣受难十字架，而且他一直相信下一任教皇，或者是再下一任，总会回过神来，赞成他的观点。

* * *

1961 年初，平克斯与他的妻子及伍斯特基金会的研究人员一起回到了波多黎各，视察当地依然在进行的临床测试的情况。平克斯对副作用还是有些担心，而且他急于证明较低剂量的避孕药是安全有效的，以确保其长足的成功。

古迪和莉齐下榻于多拉多海滩酒店一楼的一间有海景的房间，而多数其他科学家们都住在附近不那么昂贵的酒店。

有一天，就在晚饭前，古迪和莉齐邀请大家到他们的房间喝餐前鸡尾酒。那场景似是一个庆祝胜利的派对。通往院子的门开着，沁凉的海风扑面而来。所有人一边抽着烟喝着酒，一边大声笑着。食品药品监督管理局批准避孕药上市不到一年，但是这些人显然已完成了一大奇事，一件他们这一辈子或许都无法再超越的事，一件不仅彻底改变生殖类药物更改变全世界人生活的事。狂欢仍在继续，有那么一小会儿，古迪离开了房间。他漫步过晒台，走上通向海滩的草地，在那里停下来，弯下腰去，采了一朵粉色的花。

他的妻子和同事在酒店的房间里看着平克斯把花卡到右耳后，接着开始在微风中翩翩起舞，仿佛他的脑海中正在播放着一首什么歌曲。或许那是他自己谱写的歌曲，毕竟他已经发明了一种像歌曲一样美妙的东西，一种可以解放世世代代的男人和女人，让他们自由做爱的东西——在寒冷的冬日午后的汽车里，在月夜的划艇里，在雨棚和宿舍里，在花园洋房、茅屋、酒店房间里——在所有男人向女人求爱或女人向男人求爱的地方，只要是有爱的火花，禁忌向欲望投降的地方。很多年以后，还会有人恨平克斯、桑格、麦考米克和洛克所做的事情，但是同样可以确认的是，也有人会对他们感激不尽。避孕丸不仅给他们带来了欢愉和激情，更带来了爱、机会和自由。

后 记

我们现在都把避孕丸当作生活的一部分。

然而，遥望半个多世纪前，那一群勇敢而叛逆的社会异类——桑格、平克斯、麦考米克和洛克——做出的这一创举，几乎是令人难以置信的。加之，他们的成功既没有得到政府资助，也没有什么企业赞助。确实，有太多种情况可以导致他们的失败了。如果平克斯没有被哈佛解雇，并不迫切要重整旗鼓；如果桑格没能挺过几次三番的心脏病发作，或是在嫁入豪门后没能保持她的狂热不羁；如果凯瑟琳·麦考米克的丈夫没有过世，并把巨额遗产留给她；如果临床测试为时过久，美国公众都听说了沙利度胺的惨剧……那就永远都不会有避孕药了——它被南浸信会神学院的院长阿尔伯特·莫勒尔称为继亚当和夏娃的放逐以来，人类历史上最重大的进步，还被作家玛丽·艾伯斯达特称为我们时代的一大"主要事件"。

* * *

1963 年，约翰·洛克出版了《这个时刻终于到来》。他和出版商称这本书是"挑战并试图解决反复出现的、针对节育问题的宗教争议"。越来越多的天主教女信徒忽略教皇的立场，而欣然接受避孕药。洛克相信教会或许会回心转意，并予以赞成。从美国当地的教区到梵蒂冈的最高层，从鸡尾酒会到电视新闻，到处都有激烈的辩论。洛克成了这场改革运动中最令人瞩目的人物。在 60 年代早期的一段时间里，他的观点甚至貌似占了上风。

在他的书出版后不久，天主教会的最高层便邀请计划生育委员会的主席到梵蒂冈与他们会面。另外一次有关节育的峰会，则是在圣母大学举行的。1964 年，罗马教皇保罗六世要求一个由教会高层组成的委员会重新评估梵蒂冈应当对避孕采取何种态度。该委员会报告的一些内容被泄漏给了全国天主教登记组织，这些内容显示，洛克的论点正逐渐赢得委员会成员的支持，而且该委员会的大部分成员都建议将节育的选择权留给妇女们。然而，教皇并不以为然，继续拖延时间。与此同时，神学家们开始寻找洛克论点中的瑕疵。他们说，避孕丸不是安全期避孕法的延伸和完善，安全期避孕法要求夫妻双方在易受孕期内完全禁欲，但是对服用避孕丸的人来说，完全没有易受孕期的概念，仅此一点便使两者有天壤之别。

最终，在 1968 年，教皇保罗六世发布《人间通谕》，明确地指出，所有人为的避孕方法都违背了天主教的教义。教皇对该通谕的措辞再三斟酌，无疑是因为他知道若稍有不当，就会显得他脱离了数以千计的已经在避孕的女信徒们。他强调婚姻是为了使夫妻双方合二为一，并将其称为"造物主为了让人类实现他对于爱的缔造，而设立的英明机制"。至于性呢，教皇则写道，它必须是"毫无保留的"——一种"特殊的个人友情，在其中丈夫和妻子彼此慷慨地共享一切……忠贞不渝"。然而，就在一派温情的含糊其辞之后，他直指要害地说，所有交合的行为必须"允许新生命的形成"。也就是说，教会不会允许在性交前或后的任何避孕行为。他写道，任何"故意导致不育"的交合行为"本身就是不诚实的"。

保罗六世解释说，如果为了追求欢愉的性爱也得到准许，那么道德标准肯定会有所降低。丈夫会失去妻子的尊重，妻子也会失去丈夫的尊重。夫妻之间互相背信的行为会越来越普遍，婚姻的基础可能会变得极其薄弱。另外，教皇还说，如果避孕方法成为控制家庭规模的工具，残暴的政府或许会用它逼迫家家户户少生少育。

教皇的公告成了一个转折点。有人说教会错过了一个与时俱进的机会，也有人说教会对于道德和宗教价值观表明了态度。数百位美国神学家联合发布了一项声明，明确表态，教皇的决定并不是绝对正确的，天主教徒有权产生异议。这让洛克得到了一点证明。

1972 年，洛克退休了，他离开了诊所，卖掉了波士顿的房子，并搬到了新罕布什尔州的一间农舍住下来。在那里，他在农舍后面的小溪里游泳，在壁炉前小饮马天尼，听约翰·菲利浦·苏萨的唱片。在他退休后，西尔公司每年都向他支付一万二千美金的薪金，那基本上就是非正式的养老金，也是公司感谢他帮忙把恩那维德推向市场的一种表示。他活到 94 岁，但是依然没有看到教会改变其立场。这成了他那几乎是被魔法保护的一生中最大的遗憾。

"我常常想，天哪，我多么幸运啊。"他在 1984 年的一次访谈中如是说，这也是他去世之前最后的几次访谈之一。"我应有尽有。我每二十分钟就会感到一阵平静，我不会被琐事干扰。"

* * *

早在 1955 年到访日本之后，平克斯就一直觉得不舒服——他经常闹肚子。在 60 年代早期拍的照片当中，他看上去苍白而疲惫，眼袋比以往更严重。1963 年 8 月，私人医生对平克斯做了一系列检查，发现平克斯的脾脏已经肿胀到充斥了他整个左上部的腹腔。他的前列腺也有所肿大，白细胞数量很高，而血小板计数更是高得惊人。医生认为最大的可能性是骨髓癌。

平克斯没有把医生的诊断告诉同事，但是其朋友和同事都可以看得出，他已不再有往日的精力，也不像以前那样爱笑了。然而，对于生病的传闻，他矢口否认。

"我比过去这些年都要健康。"他在 1966 年告诉一位同事，然后继续工作。

事实证明，避孕药是他一生当中的一大创举。他经常强调说，如果没有麦考米克、桑格、洛克、张民觉和艾迪·瑞斯-雷，他不可能成功。避孕药获得食品药品监督管理局的批准后，其销售额迅速上升后，在妇女来信中读到她们将恩那维德视作上苍对于其祈祷的回应后，平克斯感兴趣的就不仅仅是科学了——他成了一名信徒和布道者。

计划生育委员会位于明尼苏达州圣保罗的常务秘书写信告诉他，她近期碰到的一位妇女"告诉我们她'亲吻'了你（刊登在我们当地报纸上）的照片——她对你如此感激，因为这是她结婚八年以来第一年没有怀孕"。

一些妇女抱怨体重有所增加，也有人抱怨会感到恶心。许多妇女的胸部都变大了——其增长规模甚至导致 C 罩杯胸罩的销售额在 1960 年到 1969 年间增长了 50%。女权主义者格洛丽亚·斯泰纳姆 60 年代早期就把避孕膜换成了避孕丸，并就此在《君子》杂志中刊文。斯泰纳姆说："有一点值得一提，它比机械性的工具要美好一些，而且，它是利用化学反应防止排卵，所以可以随时服用，与性交的时间全然无关。"

平克斯将余生的精力都用于改善避孕丸，并在全世界推广它，尤其是在他频繁到访的亚洲。或许他的疾病与此有关，他肯定知道自己不会再尝试任何如此耗时耗力的事了。

他从自己的发明中赚到的钱微乎其微——唯有从西尔公司拿到的薪水和购买的公司股票。然而，他从未就此抱怨，因为从还是一个生活在新泽西州犹太人农庄的少年开始，他就从未受利益驱使。他一生的生活相当舒适，也做到了自己一直都想做的事，那是相当重要的——证明了他的智慧，让他流芳百世。

1961 年，有 40 万妇女通过服用恩那维德避孕。一年之后，这个数字增长到三倍，达到 120 万。1964 年，西尔公司开始出售恩那维德 -E，其中激素的剂量仅为 2.5 毫克，让药物的成本降低到每月 2.25 美金，还为很多妇女减少甚至消除了副作用。到了 1965 年，有超过 650 万美国妇女在服用避孕丸，服用这种药成了全美最受欢迎的避孕方法。差不多就是在那段时间里，避孕药得到法律认可后，一些报章杂志也开始将它称为"那种药丸"。

这样的成功也招致了各方审视——父母、老师和其他一些人都担心平克斯的发明会让世界一片混乱，性交泛滥。高中和大学的女生都在谈论它，"而且她们之中还有很多人在使用它"，一篇于 1966 年刊登在《美国新闻和世界报道》上的文章这样写道。这篇报道还称，各城市都把避孕丸分发给接受社会救助金的人。记者们都担心性克制将成为过去式，性关系会变得随便、平常，与浪漫、神秘和禁忌全然无关。"交配会不会变得随性而随意——就像在动物界一样？"该杂志问道，就像天主教会一直在讲的那样。已经有了关于"高中性爱俱乐部""交换妻子"，以及"家庭主妇靠当妓女挣钱，其中不乏丈夫知情且点头"的报道。

大学生开始要求校园内的医务中心分发新的避孕工具。一位妇科医生说，他每个月都"毫无顾虑"地给八到十位女生开避孕丸，还说"我宁可病人来索取避孕丸而非要求堕胎"。1966年，一位《坎戴德》杂志的记者说有人指责避孕丸的发明过程"玩弄了妇女的性命"，请平克斯予以回应。平克斯提醒那位记者，他是听取广大妇女的要求，才发明了避孕药的。他说，无论如何，不论是他还是避孕丸都没有玩弄过谁的性命。科学仅仅是一种工具，供人们自行取用。他还说，更重要的是，改变只是刚刚开始。他预测，很快就会有一种可以让妇女事后服用还能避孕的药物。他将其称为"隔日药丸"，而且已经开始和一位名叫埃蒂昂纳·博琉的年轻法国科学家讨论这种药物。这位科学家之后用激素研发了 RU-486，即所谓的"堕胎药"。这种药于 1988 年率先出现在法国，十二年后又进入了美国市场。平克斯还预言，不育的妇女很快就可以用替身为她们代孕。他说，简而言之，生殖生物学的进步将迅速改变人类繁衍的过程，但那并不代表着科学家在玩弄生命，他们仅仅是在探索各种可能性。

1965 年，平克斯出版了一本书。这本书总结了他一生的科研成果，并献给"斯坦利·麦考米克的太太，鉴于她对科学研究的坚定信念和对人类尊严的衷心鼓舞"。1966 年，他把他累积的西尔公司股票都卖了。这些股票的价值已经增长到了两万五千美金（约为现在的十八万美金）。到了 1967 年的夏天，他已疼痛难忍。他的嗓子一直很疼，还开始胃疼。

在他最后的日子里，他竭尽全力与妻子度过每一分钟。当古迪在医院过夜时，莉齐也陪着他。

7 月 18 日，平克斯写信给凯瑟琳·麦考米克，总结汇报了他最新的研究数据，并建议在秋天安排一次双方的会面。在所有研究项目中，他和麦考米克都对男性生物避孕产品保持着兴趣。一个月以后，他于 1967 年 8 月 22 日逝世，终年 64 岁。他的墓碑上写着："一个伟大而仁慈的人。"

* * *

如果说平克斯的发明有一个问题，那便是即使受过教育的妇女，在服用避孕药时也会偶感困难。健康的年轻女性不习惯每天服药。有时候，她们会忘掉服药，或是忘掉自己从经期开始服了多少片药。胆怯的男人开始提醒妻子和女友按时服药，进而引起了种种摩擦。男人们怀疑女人们是否企图怀孕，而女人们怀疑男人们是否更在乎女人的性能力而非她们的健康。伊利诺伊州日内瓦的大卫·P.瓦格纳已经是四个孩子的父亲，他在一次类似的夫妻口角之后，决定不能让妻子多丽丝单独行事。瓦格纳找出一张纸，把它放在卧室的柜子上。在这张纸上，他画下了每周的七天。之后，他在每天上面放了一粒药。当多丽丝吞服下药丸后，就能看到当天是周几，而夫妻双方也都能够确认她服用了药丸。

瓦格纳说这让他们的关系"奇迹般地改善了"，直到那张纸掉下来，所有的药丸都散落一地。瓦格纳是伊利诺伊工具公司的产品工程师，他决计给妻子一个更好的药盒，然后就画下了一个也可以同时发挥日历作用的药盒。他把孩子们的一个玩具拆了，然后拿出钻子、胶带和透明塑料，动起手来。

1962 年，他为一种圆形药盒申请了专利，并很快到斯考奇拜访了西尔公司的广告总监。当西尔对他的发明表示没有兴趣时，瓦格纳寄了一个模型给奥索医药公司 ① ——这家公司正准备推出自己的避孕丸。1963 年 2 月 1 日，当奥索的避孕丸投放市场时，他们的药丸并不是瓶装的，而是装在一个好看的名叫Dialpak② 的药盒里。这种药盒的形状既有点像飞盘，又有点像 UFO，跟瓦格纳原本的设计很接近。奥索为新的包装大做广告，希望借此与行业领头羊西尔公司的产品区别开来。

当瓦格纳于 1964 年获得专利时，奥索的 Dialpak 已入市一年有余。瓦格纳和他的律师通知该制药厂，他们将维护专利权。奥索向瓦格纳一次性支付了一万美金，条件是他保证不起诉该公司。瓦格纳又转向西尔，让他们再次考虑使用其发明。他说他原本的设计比奥索的更好，如果奥索因上乘的包装赢得优势，那么只要西尔采用他的设计，便能让奥索优势全无。西尔还是回绝了他，并声称该药盒只不过是一种推销手段。然而，

① Ortho Pharmaceuticals,
现为强生公司子公司。

② dial 意为针盘、罗盘，pak 为 pack 的缩写，意为包装。

当西尔推出恩那维德-E时，其包装也非常接近瓦格纳的设计。瓦格纳和他的律师又一次进行投诉。这次，西尔同意向他支付使用费。除去诉讼费用，他最后从包括西尔和其他一些使用了他设计的公司赚得约十三万美金。

独特的包装让避孕丸成了最易于识别的处方药。更重要的是，这种时髦而现代的包装设计十分适合避孕药，也使这种产品得到更广泛的青睐。

＊ ＊ ＊

独居在波士顿豪宅的凯瑟琳·麦考米克年事已高，且与世隔绝，难以了解避孕药正如何改变年轻女性的生活。然而，就在她承诺为马萨诸塞州理工学院出资一百五十万美金兴建一栋新的女生宿舍后，她确实见到了一些能够得益于其慷慨和远见的年轻女性。

麦考米克坚持要参与宿舍的建设过程，就像她当初坚持要指导平克斯的避孕丸研究工作一样。她希望新宿舍能够提供一个健康的生活环境，让女学生们在一个依然重男轻女的校园里感到自在安全。有关设计的会议在她家的客厅举行。虽然患有关节炎和老年痴呆，但是她依然以正式的职业装示人，戴着帽子和手套。

当宿舍落成启用时，麦考米克发起了每周一次的下午茶，邀请学生们一起来互动，地点就在宿舍大堂。她坚持要求所有的女生都要戴帽子，手套则可有可无。那是1963年，这样的要求有可能会招致讥讽，或至少是耻笑。马萨诸塞州理工的年轻女性用嘲弄的方式对待此事——她们戴着极其怪异的帽子以及棒球手套和烤箱手套。麦考米克对她们的创意表示赞赏。

几年之后，她同意再次出资建造另一幢新宿舍楼。就在承诺出资不久之后，1967年12月28日，麦考米克过世了。这幢大楼被命名为斯坦利·麦考米克楼。

***

"我知道我是对的，"1963 年，躺在疗养院病床上的玛格丽特·桑格这样告诉一位记者，"就那么简单。我就知道我是对的！"

如果没有这种信念，桑格或许无法坚持对于避孕丸的追求。不过，这并不代表桑格是完全正确的。避孕丸确实在很多层面上解放了妇女。它确实令她们对于性生活和家庭规模有了更大的控制权。它无疑为她们提供了许多新的、之前不可想象的机会。然而，就性爱而言，避孕药的效果却违背了桑格最初的企图——它降低了女性的性欲。桑格以为避孕丸可以令夫妻双方更快乐，但是离婚率却大幅上升。她亦希望避孕丸可以将妇女们从贫困中拯救出来，并抑制世界人口的快速增长。事实上，富裕阶层远比贫困阶层更青睐也更受益于避孕丸，而且发达国家远比发展中国家更广泛地使用避孕丸。1960 年，全球人口为三十亿，而如今为七十亿。

即使在日本（平克斯和桑格曾如此努力地想要激起当地人的热忱，且这个国家当时的堕胎率位于各国前列）政府亦数十年拒绝批准避孕丸，原因是害怕它会鼓励乱交。直到 1999 年，在日本政府批准了伟哥后，官员们才缓和下来，让避孕丸合法化。如今，世界各地的节育运动家依然希望有新的、更适合发展中国家的避孕工具。然而，他们面临的问题和桑格与平克斯在 1950 年会面时遇到的一样，问题之一就是大型医药公司缺乏热忱。

桑格在有生之年看到了避孕丸并不全然是魔术，她也在有生之年看到节育成为美国公民的基本权益。1965 年，美国高级法庭在格里斯沃尔德案中的裁决将隐私权纳入《权利法案》，并将节育工具的使用列为受保护的私人行为。

桑格在该项裁决出台八个月后去世，离其 87 岁生日仅差了几天。马丁·路德·金在悼词中称桑格"愿意接受嘲讽和凌辱，直到她坚信的真理被揭示给众人"。乔纳斯·索尔克在悼词中写道："人口增长如果不得到控制，就会成为一种病；要想根治它，就得从各家各户出发。玛格丽特·桑格预见了其危险性，也提出了一种解决办法。"

然而，对于她的一生最有力的评价或许来自于曾经多次严厉指责她的全国天主教徒周刊《圣母颂》。这份报刊的一篇社评说，桑格的"目标是让世界上所有的孩子一出生就有被哺育、被照顾、受教育、被爱的机会……不论我们对于她节育的目的和方法有何等保留意见，我们之中很少有人能够如此坚毅，立下同样的目标"。

＊ ＊ ＊

1967 年，《时代》将避孕丸放到了杂志封面上，报道称："在短短的六年内，它改变并且解放了美国社会中一大群人的性生活和家庭生活，且这个群体还在不断扩大。最终，它将同样改变全世界。"

对于性的态度在迅速改变，这让一些人感到激动，却也让另一些人害怕。避孕丸并没有引起这一系列改变，它不过是推波助澜罢了。除了避孕丸之外，还有太多的因素。由非洲裔美国人在蒙哥马利发起的巴士抵制运动开启了激进行为的新时代。在国会通过人权法案后，女权主义者四处游说，希望将禁止就业性别歧视作为修正议案纳入其中。很快，贝蒂·弗里丹和其他女权主义者便创办了全国妇女组织。反越南战争的运动则令一代人重新思考其政治和社会性叛逆的方式，并重新想象通过大众的力量带动变革。

所有这些 60 年代的社会运动都与解放有关，与挑战权威有关，与质疑常规有关。所谓的自由乘车运动者冒着被捕的风险，与南部的种族隔离作斗争。种族暴乱在洛杉矶的瓦兹爆发。反战游行在大学校园里开展起来。妇女积极参与其中，原因之一正是她们有了避孕丸。她们延迟了怀孕，完成了大学学业，上了法学院和医学院，申请了工作，并在政府部门、反战运动和平等权利斗争当中赢取了领导地位。她们也在追求事业的同时挣到了更多的钱。

1970 年，女性占法学院新生的 10%，商学院新生的 4%，十年之后，这两个数字分别攀升到了 36% 和 28%。并不仅仅是女权运动引起了这一系列变化，哈佛经济学家克劳迪亚·戈尔丁的研究显示，避孕丸对此有直接的影响。在将服用避孕丸的最低年龄标准从 21 岁降至 18 岁的那些州，女性进入研究生院并延迟结婚的可能性更高。戈尔丁的结论是，避孕丸降低了女性追求事业的成本，她们再也不会因为选择研究生院或在事业上心怀抱负，而被迫牺牲社交生活和婚姻。另一项由密歇根大学经济学家玛莎·J. 贝利进行的研究则显示，避孕丸的问世令妇女的时薪增长了 8%，在 1990 年至 2000 年之间，对于两性收入差距的缩小，起到了 30% 的作用。

在 1970 年，大学毕业生的结婚年龄中值为 23 岁。五年之后，上升到了 25.5 岁左右。当妇女们结婚并开始养育子女后，家庭的规模通常比十年前小。1963 年，在非天主教徒的大学毕业生当中，有 80% 希望要三个或更多的孩子。十年之后，这个数字降到了 29%。1960 年，美国女人平均每人育有 3.6 个孩子。二十年之后，降到了 2 个以下。1970 年，有婴幼儿的妇女中有80% 留在家里照顾孩子，20% 外出工作。如今，这两个数据刚好位置互换。

* * *

现今，避孕丸依然是全世界最广泛使用的处方药之一，它也是受到最广泛审查的。在 20 世纪 60 年代末 70 年代初，人们开始担心避孕丸所引起的一系列健康风险，特别是凝血，而一些女权运动的领袖也开始呼吁女性们寻找其他的避孕方式。它的销售额短暂地有所下降。然而，如今大多数的研究表明，避孕丸不仅是安全的，除了能避孕外，或许还对女性有益。

2010 年，英国科学家发布了一场历经四十年的研究的结果，该研究名为"避孕丸服用者的死亡率"。研究显示，服用避孕丸的女性比其他女性死于心脏病、癌症和其他病症的可能性更低。这项追踪了四万六千名女性的研究消除了避孕丸增加癌症和中风风险的顾虑。在这项研究中，服用避孕丸的女性死于任何疾病的可能性比其他女性低 12%。"很多女人，特别是那些服用了第一代口服避孕丸的，会因我们的研究结果感到安心。"阿伯丁大学的菲利普·汉纳福特说。

* * *

当格雷戈里·古德温·平克斯到伍斯特基金会，在实验室动物身上测试黄体酮时，他在自己居住的社区挨家挨户地筹钱。当他手忙脚乱地通过召集当地妇产科医生的不育病患才凑齐了数十位女性参与试验时，他做梦也不会想到，有朝一日，为了探究其避孕丸的长期作用，一项临床研究会在数十年间追踪数万女性。

伍斯特基金会继续运作到 70 年代，其赞助资金部分来自麦考米克留下来的一百万美金。该基金会依然聚焦于女性健康，最终成就抗乳癌药他莫昔芬的早期研究。

平克斯、桑格、麦考米克和洛克所做出的发明，继续在女性健康的研究领域推动重大发展。若他们在天有灵，无疑会对此感到欣慰。然而，少了他们金石为开的劲头，基金会终于在经济萧条时倒闭了，并在 90 年代被并入马萨诸塞州大学医学院。

如今，基金会的原址基本上是被废弃了，唯有侯格兰德-平克斯会议中心依然被马萨诸塞州大学使用。那里有一块献给侯格兰德和平克斯的匾，纪念他们"在探求知识和……人类进步"方面所做出的贡献。

2011年秋季的某一日，古迪的女儿劳拉·平克斯·伯纳德走过这栋布满常青藤的大楼里那些空荡荡的房间。她的父亲曾经在那里工作过，张民觉曾经在那里寄宿过，动物们曾经在那里交配或者是尝试交配，然后又在那里为科学献身。此处已罕有人至，除了在门口一张桌子旁敲打电脑键盘的一位妇女。

劳拉说明了自己的身份，并询问她是否可以到处看看。她爬上一段很窄的楼梯，小心翼翼地游走在那个迷宫一样的阁楼里。那里有塌陷的文件收纳柜、旧桌椅、装满了笔记本的盒子，以及记录了早就被遗忘的实验结果的纸张。那些书桌看上去都是廉价工艺作品——桌面是长条夹板做的，以支撑那些被漆成粉色和浅绿色的合金抽屉。到处都是烧杯和试管——盒子里、桌面上、通风罩下。它们被随意地盖上了铝箔，仿佛刚被消过毒，等着一个科学家回来再使用它们。

看到父亲的基金会如此不堪入目，劳拉有些黯然神伤，但她没有表露出来。她就这样走在吱嘎作响的地板上，踩在实验室的碎石上，灰尘在空中飞扬。外面有一辆校车停下又出发。

奇怪的是，这座老房子比车道另一端的那个会议中心似乎更适合成为一个纪念堂。即使是在最辉煌的时候，伍斯特基金会的总部大楼也从来不引人注目。这幢大楼就像基金会本身以及开办基金会的科学家一样，是即兴而作。劳拉以及其他在那里见证了避孕丸诞生的人都知道，这项发明是如此侥幸——成功大部分来源于当事人的勇气和信念。如此伟大的、改变世界的一样东西，却来自如此简陋的地方，这本身就是一个奇迹。

鸣　谢

如此多人为本书贡献了时间、学识和精力，我对他们深表感激。格雷戈里·平克斯的女儿劳拉·平克斯·伯纳德与我分享了其家族的信件和照片，把我介绍给她父亲的许多同僚，还陪伴我造访了她父亲生前工作及生活过的地方。瑞秋及哈特·阿亨巴赫分享了他们对于瑞秋伟大的父亲约翰·洛克医生的点滴回忆。苏和韦斯·迪克森在家中款待了我，并讲述了有关苏的父亲杰克·西尔的美妙故事。另外，我还有幸访问了张民觉的太太伊莎贝尔·张。

还有其他数百人慷慨地花时间参与了访谈。特别鸣谢以下各位（排名不分先后）：埃丝特·卡茨、卡西·摩让·哈尤、小亨利·科肯德尔医生、伦纳德·莫斯、亚历克斯·桑格、格洛丽亚·费尔德、拉里·艾萨克森、梅里·麦瑟尔、罗纳德·诺德金、安德鲁·平克斯、大卫·平克斯、迈克·平克斯、小里奥·拉兹、列克斯·拉里、杰夫·都顿、伊芙琳·卡瑞、伊丽莎白·鲁宾、埃里卡·钟、休·海夫纳、爱德华·E.华莱茨医生、里卡多·罗森克朗茨、艾伦·摩尔、克莉丝汀·瑞恩哈德、蒂娜·亨特医生、索尔·勒纳、吉永浩二医生、普伦提斯·C.辛吉斯医生、约翰·麦克拉肯医生、内森·卡瑟医生、朱迪·麦坎、芭芭拉·库普弗、莉萨·加拉多以及梭罗·佩德森医生。

我坚信应该做好自己的调研。然而，比起我曾经描绘的那些球员和歹徒，科学家写的信更多，保留的记录更完善，这也就意味着我需要更多的协助，才能读完四散在全国各地图书馆和档案馆里的材料。感谢莉萨·阿波盖特、尼克·布鲁诺、劳伦·迪金森、索尼娅·戈梅兹、克里斯·海登里希和沙恩·西默，在调研方面给予我帮助。特别鸣谢我的朋友西默，他承担了研究者、编辑、事实验证者、数据表建立者的角色，几乎从一开始就一直伴我左右。三枝绫子帮着我在日本搜集文件、照片和剪报。我在波多黎各的调研，则承蒙迈克·索图、安娜贝莉·日瓦拉、丹尼尔·艾普斯坦、泰勒·布里奇、马莉索尔·鲁格·胡安以及戴安娜·罗德里格斯的帮忙。

我的朋友马尔奇·贝利不仅帮我搜遍了马萨诸塞州各图书馆档案处，还陪我去了一趟伍斯特，我们在那里大开眼界。他缜密地对我的原稿提出意见，让我在离开了波士顿后亦宾至如归。我的表兄弟杰瑞·埃冯医生也阅读了原稿，并提出了好的建议。莱斯利·西尔弗曼为我的调研提供了协助。我的兄弟马特·艾格和我的一些朋友，包括理查德·巴布科克、詹姆士·菲恩·加纳、鲍勃·凯泽尔、罗伯特·库森、罗恩·杰克森和吉姆·鲍尔斯，都积极参与其中，定期给予鼓励和建议。布莱恩·格鲁雷与我共同筹划了整本书的架构，并一直确保我不偏离航道。洛丽·罗兹科夫也阅读了早前的一版手稿，并帮助我更深入地思考本书的主题。我的朋友和老师约瑟夫·艾普斯坦就像过去三十年一样，一直鞭策我不断修改文字。其他作家朋友也都在过程中积极帮忙，包括斯蒂芬·弗里德、路易斯·W.奈特、焦亚·迪利贝托、T.J.斯泰尔斯、瑞秋·史泰尔、简·利维、丽贝卡·思科鲁特、查克·麦考奇恩、鲍勃·施皮茨、本·克斯令和查理·牛顿。我还要感谢琳达·金泽儿、伯阿兹·凯泽、早川小百合和理查德·泰勒给我的好建议。

当我心存疑虑时，在芝加哥地下书店（Book Cellar of Chicago）工作的朋友苏西·淘卡奇激励我继续努力。芝加哥未删节书本（Unabridged Books in Chicago）的员工为我提供了大量的有益读物。还要感谢温内特卡书店最一流的员工、迈阿密书本和书本（Books & Books）的米切尔·开普兰、传记作家国际组织以及图森图书节。

吉恩·哈伯斯塔姆大方地让我使用她先夫大卫·哈伯斯塔姆撰写著作《五十年代》时使用的材料。感谢我的朋友罗伯特·所罗门将我引荐给哈伯斯塔姆女士。我也很感激 A.J.柏密，为我安排了对休·海夫纳的访谈。我还要谢谢埃尔纳·博菲，将她有关避孕丸的卓越纪录片与我分享。

克里斯汀·梅尔迪和史蒂文·松德海默读了我的原稿，确认其中有关科学的内容是准确无误的，而杰克·卡西迪则负责除科学以外的所有其他内容。如果还有任何错误，那都是我的问题，与他们无关。

我也非常感激那些图书管理员和档案管理员，特别是国会图书馆的杰夫·弗兰纳里。在那里我花了大量的时间，全然投入地阅读格雷戈里·平克斯的诗歌、信件和科研论文。还要感谢以下各机构的员工：美国天主教大学的美国天主教历史研究中心、芝加哥历史博物馆、芝加哥公共博物馆（特别是约翰·梅洛分馆）、克拉克大学档案馆、哈佛大学的康特韦医学图书馆、德保罗大学图书馆、印第安纳大学的金赛研究所和莉丽图书馆、马萨诸塞州大学医学院的拉马尔·苏特图书馆、马萨诸塞州理工学院博物馆、南加州大学图书馆、威斯康辛历史协会和伍斯特历史博物馆。

我必须要感谢在我之前就探究过节育这个主题的作家们，他们为这个故事奠定了一定的基础。下列各位作家亲自花费时间指导了我：安妮特·B.拉美瑞兹-德-阿瑞拉诺、劳拉·布里格斯、艾伦·切斯勒、埃斯特·卡茨、玛格丽特·马时、盖·特里斯和詹姆士·瑞德。另外，洛蕾塔·麦克劳克林和利昂·斯博奥夫——他们两位分别是约翰·洛克和格雷戈里·平克斯的传记作家——与我见面，并给我看他们的调研材料，读了我的原稿，还给了我非常好的建议。

我还从在纽约大学进行玛格丽特·桑格档案文件项目的研究团队的工作中获益匪浅。该团队已经出版了一套三卷本的桑格档案，并将史密斯学院收藏的文件拍成了两套微缩胶卷。

这是我为诺顿出版公司写的第一本书，而我也因为能够有机会与这样一个精干而尽责的团队合作，心怀感激。对于一个作家来说，约翰·格洛斯曼就是完美编辑的化身：尖锐、严谨，且一直都在推动我做到最好。谢谢塔拉·鲍尔斯严格认真的编审工作和大卫·亥给本书设计的优雅封面。同时也要感谢诺顿的乔纳森·贝克、路易斯·布罗克特、史蒂夫·科尔卡、德雷克·麦克菲利、英格苏·刘、珍妮·卢奇亚诺、杰斯·普赛尔、唐·里夫金、比尔·鲁辛和德文·扎恩。

我的经纪人大卫·布莱克十年以来一直很相信我——以及我的潜力。他和大卫·布莱克经纪公司的其他员工，特别是安东内拉·伊纳里诺和萨拉·史密斯，都是我永不言败的卫士。

有人说写作是一项孤独的事业，但对我来说它并非如此。在过去三年写作这本书的过程中，我一直得到各种鼓励、呵护、支持和款待，这超越了任何作家的期望。这里，我要感谢我的家人。我的父母一如既往地敦促我努力工作，追求梦想，并且要有创意。我的女儿丽莲和萝拉让每一天都充满欢笑，并激发我通过她们极为好奇的眼睛来看这个世界。杰夫·沙姆斯是我的举重搭档——这既是实情又是个比喻，因为他一直在帮我保持强健的体魄和心灵，全面正视生活中的挑战。最后，还有我的太太，珍妮弗·特舍。我将这本书献给她，感谢她给我的一切——她的爱、她的智慧、她无尽的支持，更不消说她总是及早阅览我的草稿，确保没人会看到那些糟糕的部分。我们这个团队棒极了。

资料出处

这本书的叙述基于大量原始资源，包括数千封信函和科学报告，数百份科学研究论文，数百篇报纸杂志刊文，以及与上百人的访谈。

这些文件大多收藏于以下档案馆：

国会图书馆，哥伦比亚特区华盛顿

史密斯学院索非亚·史密斯藏品，马萨诸塞州北安普敦郡

马萨诸塞州大学医学院档案馆，马萨诸塞州伍斯特市

哈佛大学医学院康特韦医学图书馆

南加州大学图书馆特别收藏，加利福尼亚州洛杉矶市

（注：此处的页码均为正文中的页码。）

第 1 页　1950 年冬：调研人员，包括本书作者，为了确认平克斯与桑格第一次会面的具体日期，花了很多时间。亚伯拉罕·斯通医生在 1953 年给桑格的一封信中提到"两年前"桑格与平克斯在他家的一次会面。在《荷尔蒙的探索》这本由平克斯参与完成的书中，作者阿尔伯特·Q. 梅塞尔将会议的时间定为"1950 年一个冬日的傍晚"，而那有可能是 1 月、2 月、11 月或 12 月。但是，平克斯于 1951 年 2 月 17 日给西尔公司的艾尔·雷蒙的一封信中，提到他与斯通近期会面讨论了一项新的针对类固醇避孕药的研究。虽然从他们的言论中可以看出，那次纽约的会面发生在那个冬天，但是私人日记、日程表和通信并没有指向一个明确的日期。基于我对手头证据的理解，此次会面最有可能发生在 1950 年 12 月。

第 2 页　"会在街上斗殴的犹太人"：伊诺克·卡拉威医生于 2013 年 3 月接受本书作者进行的电话访谈。

第2页　却被拒绝了：平克斯于 1942 年 5 月 11 日给 H.J. 穆勒的信，印第安纳大学莉丽图书馆，布鲁明顿，印第安纳州。

第5页　"来看看我们能否找到出路"：詹姆士·R. 彼得森：《性爱世纪》，纽约：小树林出版社，1999 年，第 201 页。

第6页　"你觉得这有可能办到吗？"：《避孕丸的发明人与〈太阳报〉对话》，《悉尼太阳报》1967 年 1 月 9 日。

第6页　"那就马上开始吧"：同上。

第6页　雪佛兰：劳拉·平克斯·伯纳德于 2011 年 10 月接受本书作者进行的访谈。

第6页　"这只算是我慢行的速度"：同上。

第7页　"亚麻布做的龟头套"：《避孕套》，《纽约时报杂志》2013 年 6 月 7 日，http://www.nytimes.com/pakcages/html/magazine/2013/innovations-issue/#/?part=condom，访问日期：2014 年 2 月 19 日。

第7页　"老年妇女之家"：罗伯特·C. 亚创：《什鲁斯伯里的科学家们正向更健康的生活迈进》，《伍斯特邮报》1947 年 9 月 3 日，第 1 页。

第7页　两千美金（今天的两万六千美金）的微薄薪酬：伊莎贝尔·张于 2013 年 7 月接受本书作者的电话访谈。

第8页　他的房间却是在基督教青年会：张民觉：《在伍斯特实验性生物学基金会的四十年回忆录》，《心理学家》1985 年第 28 期第 5 号，第 400 页。

第8页　用本生灯：伊莎贝尔·张于 2013 年 7 月接受本书作者的电话访谈。

第8页　在 1947 年的一个重要实验中：张民觉：《在伍斯特实验性生物学基金会的四十年回忆录》，《心理学家》1985 年第 28 期第 5 号，第 401 页。

第10页　三百美金杂费：1951 年 3 月 16 日的格雷戈里·平克斯档案文件，国会图书馆。

第10页　"但我还是立刻回答'行'"：《坎戴德》杂志未刊登的访谈内容，格雷戈里·平克斯档案文件，国会图书馆。

第11页　"科学及科学家们继续被笼罩在畏惧中"：玛丽·罗切：《交媾》，纽约：诺顿出版社，2008 年，第 12 页。

第 11 页　教科书里竟避讳"阴茎"和"子宫"这些字眼：同上。

第 14 页　"试图释放自我"：马尔科姆·格拉德威尔：《流放者的归来：1920 年代文学漫游》，纽约：企鹅出版，1994 年，第 23 页。

第 14 页　治愈精神机能病症的关键：克里斯朵夫·特纳：《性高潮障碍探究》，纽约：法劳·斯特劳斯·吉罗出版社，2011 年，第 78—79 页。

第 14 页　"心脏问题……多汗"：同上书，第 80 页。

第 17 页　"50 年代的衣着就好像盔甲"：布莱特·哈维：《五十年代：女性口述历史》，纽约：哈珀·柯林斯出版社，1993 年，第 xi 页。

第 17 页　50 年代的女性通常都尽早嫁人。当时，女性结婚的年龄中位数：美国人口调查局报告，2004 年 9 月 15 日，http://www.census.gov/population/socdemo/hh-fam/tabMS-2.pdf，访问日期：2014 年 2 月 18 日。

第 17 页　"大学为何？"：伊丽莎白·西格尔·沃特金斯：《关于避孕丸》，马里兰州巴尔的摩：约翰霍布金斯大学出版社，1988 年，第 9 页。

第 18 页　"节育是残酷无情的"：哈维：《五十年代：女性口述历史》，第 11—12 页。

第 18 页　"我非常害怕怀孕"：同上书，第 12 页。

第 18 页　多数美国女性都顺应了节育的趋势：沃特金斯：《关于避孕丸》，第 11 页。

第 18 页　这个问题无关原则：面对众议院司法委员会进行的有关节育的聆讯，第 73 届国会第二场，H.R. 5978，1934 年 1 月 18 日至 19 日（哥伦比亚特区华盛顿，1934 年），史密斯学院索非亚·史密斯藏品。

第 19 页　"打网球或者下棋"：伯纳德·阿斯贝尔：《避孕丸：改变了世界的药物传记》，纽约：兰登书屋，1995 年，第 124 页。

第 20 页　"胜利！"：《坎戴德》杂志未刊登的访谈内容，格雷戈里·平克斯档案文件，国会图书馆。

第 20 页　博取计划生育委员会更多的资金支持：阿斯贝尔：《避孕丸：改变了世界的药物传记》，第 124 页。

第 21 页　"精巧的玩意"：格雷戈里·平克斯：《控制生育》，纽约：学术出版社，1965 年，第 6 页。

第 21 页　"在表面上未必看得出来的生理影响"：同上书，第 6—7 页。

第21页 "象牙塔式的研究方式"：同上书，第7页。

第21页 他们所处的世界：同上书，第8页。

第22页 "头脑空洞的"：马修·詹姆士·康奈利：《致命的误解：控制世界人口的斗争》，马萨诸塞州剑桥：哈佛大学出版社隶属贝尔纳普出版社，2008年，第61页。

第23页 "可能比原子弹还要严重"：《避孕丸的创造者与〈太阳报〉对话》，《悉尼太阳报》1967年1月9日。

第23页 纺织机和电子钟：《波尔克伍斯特市工商人名录》，马萨诸塞州底特律：波尔克出版社，1954年，第8—9页。

第23页 穿得好裤子公司和伍斯特烘焙公司：伍斯特基金会年报和内部报告，伍斯特基金会档案文件，马萨诸塞州大学医学院档案馆。

第24页 "既然我睡不着"：格雷戈里·平克斯给阿尔伯特·莱蒙的信，日期不详，格雷戈里·平克斯档案文件，国会图书馆。

第25页 "我希望你能明白"：同上。

第26页 她在1939年给一位朋友及支持者写的信：玛格丽特·桑格1939年8月15日给克莱伦斯·甘布尔的信，玛格丽特·桑格档案文件，史密斯学院索非亚·史密斯藏品。

第26页 "亲爱的桑格夫人……"：玛格丽特·桑格档案文件，史密斯学院索非亚·史密斯藏品。

第28页 流露出内心的那个天使：《那个成为一个女人母亲的孩子》，《纽约客》1927年4月11日。

第28页 朋友们非常喜欢并相信他：同上。

第28页 "那是父亲"：玛格丽特·桑格：《我的节育之战》，纽约：法勒和莱因哈特出版社，1931年，第11—12页。

第28页 一位封住了市政厅大门的警员：《那个成为一个女人母亲的孩子》，《纽约客》1927年4月11日。

第29页 英格索尔最终在那里开讲：同上。

第29页 "少年时代留下了被排斥的烙印"：玛格丽特·桑格：《玛格丽特·桑格自传》，纽约州米尼奥拉：多弗出版社，2004年，第20页。

第29页 "他们错了"：《那个成为一个女人母亲的孩子》，《纽约客》1927年4月11日。

第29页　她的两个姐姐玛丽和楠通过工作给了玛吉经济上的支持：艾伦·切斯勒：《英勇的女子：玛格丽特·桑格和美国节育运动》，纽约：西蒙和舒特出版社，2007年，第30页。

第29页　"我渴望恋爱"：大卫·M.肯尼迪：《节育在美国》，康涅狄格州纽哈芬：耶鲁大学出版社，1970年，第5页。

第30页　婚姻"直逼自杀"：桑格：《我的节育之战》，第31页。

第30页　"一直过了两个月才见好"：桑格：《玛格丽特·桑格自传》，第57页。

第30页　"工会组织者、无政府主义者"：威廉·B.斯科特、彼特·M.瑞特卡夫：《纽约摩登：文艺和都市》，马里兰州巴尔的摩：约翰霍布金斯大学出版社，1999年，第81页。

第31页　"根基牢固"：1914年11月3日至4日的日志，玛格丽特·桑格档案文件，史密斯学院索菲亚·史密斯藏品。

第31页　"积极宣传肉体欢愉的第一人"：彼特·恩格尔曼：《美国节育运动历史》，加州圣芭芭拉：ABC-CLIO出版社，2011年，第31页。

第31页　觉得这些贫困妇女的生活环境"简直难以置信"：桑格：《我的节育之战》，第46—48页。

第31页　十四大街以南，百老汇大道以东：《纽约行政区：1800年—1910年的人口和密度》，http://www.demographia.com/db-nyc-ward1800.htm，访问日期：2014年2月19日。

第31页　每间大约为460平方英尺：《过去和现在的曼哈顿人口密度》，《纽约时报》2012年3月1日。

第31页　人口增长了62%：《纽约行政区：1800年—1910年的人口和密度》，http://www.demographia.com/db-nyc-ward1800.htm，访问日期：2014年2月19日。

第32页　"可怜的、脸色苍白的、悲惨的人妻"：玛格丽特·桑格于1920年7月7日给朱丽叶·巴雷特·鲁布利的信，玛格丽特·桑格档案文件，史密斯学院索菲亚·史密斯藏品。

第32页　三分之一的孕程：《节育的问题》，《哈泼斯杂志》1929年12月，第40页。

第32页　"将红榆树树干、毛线针和鞋钩插入"：桑格：《我的节育之战》，第46—48页。

第32页　我要人们听见：同上书，第56页。

第33页　陷入严重的抑郁：切斯勒：《英勇的女子：玛格丽特·桑格和美国节育运动》，第52页。

第33页　女佣会在家：大卫·哈伯斯塔姆：《五十年代》，纽约：兰登书屋，1994年，第283页。

第33页　由1800年的7.04个降到1900年的3.56个：丹尼尔·斯科特·史密斯：《美国维多利亚时代的家庭限制、性控制以及家庭女权主义》，《女权主义研究》第1期第3—4号（1973年），第40—57页。

第34页　这类避孕套的失败率高达24%：安德烈娅·同恩：《抑制繁殖》，特拉华州威尔明顿：学术资源出版社，2001年，第75页。

第34页　"除了完全禁欲以外"：同上书，第81页。

第35页　用一个植物纤维做的卫生栓，裹上蜂蜜……吞服毒药：《吸血鬼、碱水和斑蝥》，《纽约时报》2013年1月22日。

第35页　身体和灵魂的疾病：切斯勒：《英勇的女子：玛格丽特·桑格和美国节育运动》，第52页。

第35页　"你是一个大众情人"：比尔·桑格于1914年2月6日给玛格丽特·桑格的信，玛格丽特·桑格档案文件，史密斯学院索非亚·史密斯藏品。

第35页　一副"见鬼去吧"的样子：《目标》，《女叛逆者》1914年3月。

第37页　"赫罗弗尼斯被斩下来的头颅"：《那个成为一个女人母亲的孩子》，《纽约客》1927年4月11日。

第37页　"我这一辈子"：亚瑟·考尔德-马歇尔：《性的圣贤：哈维洛克·艾利斯的一生》，纽约：G.P.普特曼之子出版社，1959年，第197—198页。

第38页　"永远奇妙，始终美好"：亨利·哈维洛克·艾利斯：《新的灵魂》，伦敦：沃尔特·斯科特出版社，1890年，第129页。

第38页　"实已足够美好"：H.G.威尔斯：《心里的秘密之处》，纽约：麦克米兰出版社，1922年，第250页。

第39页　康斯多克曾一度沉溺于自慰而无法自拔：盖伊·塔利斯：《邻家人妻》，纽约：双日出版社，1980年，第53页。

第39页 "任何淫秽、淫荡、下流"：美国《刑法》第211章，http://books.google.com/books?id=6cUZAAAAYAAJ&pg=PA10381-IA2&lpg=PA10381-IA2&dq="any+obscene,+lewd,+or+lascivious":+Section+211+of+the+U.S.+Criminal+Code&source=bl&ots=_m3p115xFc&sig=0D4DBGx_m71oj1pbbHGiBPfsD5o&hl=en&sa=X&ei=grMQU6SiH6LWyQH-5YHwDQ&ved=0CCkQ6AEwAA#v=onepage&q="any%20obscene%2C%20lewd%2C%20or%20lascivious"%3A%20Section%-20211%20of%20the%20U.S.%20Criminal%20Code&f=false，访问日期：2014年2月19日。

第39页 "上帝花园的锄草人"：塔利斯：《邻家人妻》，第56页。

第40页 "你是我的全部"：切斯勒：《英勇的女子：玛格丽特·桑格和美国节育运动》，第106页。

第40页 独自待在寄宿学校的斯图尔特：同上书，第107页。

第41页 "反省、沉思及梦想"：同上。

第41页 噩梦又不断来骚扰她：同上书，第134页。

第41页 "然后，我们想到了更贴切的"：恩格尔曼：《美国节育运动历史》，第xviii页。

第43页 "手腕都红了"……"穆雷和弗雷在护理什么样的伤势"：《桑格夫人严厉批评戴维斯太太的计划》，《纽约论坛日报》1917年3月7日；《桑格夫人自由了，被视作是女英雄》，《纽约论坛日报》1917年3月6日。

第43页 "持续不断地意欲繁殖"：T.R.马尔萨斯：《有关人口学原理的论文》，剑桥：剑桥大学出版社，1992年，第14页。

第44页 "我没有尽到妻子的责任"：玛格丽特·桑格：《奴役中的母亲》，哥伦布思：俄亥俄州立大学，2000年，第124页。

第44页 桑格在1919年这样写道：《父母抑或是母亲的问题》，《节育评论》杂志第3期第3号（1919年），第6—7页。

第45页 "教会对于节育的态度"：《节育的问题》，《哈泼斯杂志》1929年12月。

第45页 "虔敬态度"：同上。

第46页 有一些条件：劳伦斯·拉得：《玛格丽特·桑格：好战而务实的前瞻者》，《有关问题》1990年春，http://www.ontheissuesmagazine.

com/1990spring/Spr90_Lader.php，访问日期：2014 年 2 月 19 日。

第 46 页　"隐居到爱的花园里"：同恩：《抑制繁殖》，第 129 页。

第 46 页　"我此生最大的冒险"：劳伦斯·拉得：《玛格丽特·桑格：好战而务实的前瞻者》，《有关问题》1990 年春。

第 47 页　"二百三十四家诊所以及一百四十家医院"：同上书，第 134 页。

第 47 页　铲除那些"不合适"的人：切斯勒：《英勇的女子：玛格丽特·桑格和美国节育运动》，第 195 页。

第 49 页　在他们的汽车后座上：吉恩·H.贝克：《玛格丽特·桑格：激情一生》，纽约：希尔及王氏出版社，2011 年，第 174 页。

第 49 页　"在生命诞生后扼杀它"：《大主教海斯对于节育的观点》，《纽约时报》1921 年 12 月 18 日。

第 49 页　"他所相信的"：1921 年 1 月 20 日玛格丽特·桑格的正式声明（由打字机付排），玛格丽特·桑格档案文件，史密斯学院索非亚·史密斯藏品。

第 49 页　艾伦·切斯勒如此写道：切斯勒：《英勇的女子：玛格丽特·桑格和美国节育运动》，第 470 页。

第 50 页　"不必总结"：安德烈娅·同恩：《器具和欲望：美国避孕用品史》，纽约：希尔及王氏出版社，2001 年，第 147 页。

第 51 页　"一项上佳的研究"：玛格丽特·桑格于 1937 年 1 月 8 日给凯瑟琳·德克斯特·麦考米克的信，玛格丽特·桑格档案文件，史密斯学院索非亚·史密斯藏品。

第 52 页　至少有一次意外怀孕：哈维：《五十年代：女性口述历史》，第 92 页。

第 53 页　"摩登如未来"：贝蒂·米尔本：《一个风趣的朋友和一个和蔼的女主人》，《图森公民》，《亚利桑那每日之星》档案馆，日期不详。

第 53 页　与当地社会名流热切往来着：玛格丽特·里根：《玛格丽特·桑格：图森的爱尔兰叛军》，《图森周报》2004 年 3 月 11 日，http://www.tucsonweekly.com/tucson/margaret-sanger-tucsons-irish-rebel/Content?oid=1075512，访问日期：2014 年 2 月 20 日。

第 53 页　一些钱：玛德琳·格雷：《玛格丽特·桑格：节育运动倡导

人传》，纽约：理查德·马瑞克出版社，1979 年，第 292 页。

第 53 页　普利史考特·布什：《布什计划生育》，《玛格丽特·桑格档案文件项目通讯》第 44 号，纽约大学 2006/2007 冬季，http://www.nyu.edu/projects/sanger/newsletter/articles/bush_family_planning.htm，访问日期：2014 年 2 月 20 日。

第 54 页　用她的话来说：凯瑟琳·德克斯特·麦考米克于 1950 年 10 月 27 日写给玛格丽特·桑格的信，玛格丽特·桑格档案文件，史密斯学院索非亚·史密斯藏品。

第 54 页　"敬请保密"：玛格丽特·桑格于 1942 年 10 月周六写给克莱伦斯·甘布尔的信，甘布尔档案文件，哈佛大学医学院康特韦医学图书馆。

第 56 页　"我们有一项职责"：1920 年 9 月 19 日的平克斯日记，格雷戈里·平克斯档案文件，国会图书馆。

第 56 页　"伟大是一种值得深深热爱、推崇和钦佩的精神境界"：平克斯日记，日期不详，格雷戈里·平克斯档案文件，国会图书馆。

第 57 页　"他太帅了"：利昂·斯博奥夫：《一个好人：格雷戈里·古德温·平克斯》，俄勒冈州波特兰：雅尼卡出版社，2009 年，第 48 页。

第 58 页　"有多少个夜晚，我都是一个人哭着"：同上。

第 58 页　斯蒂芬·怀斯犹太教堂：亚历克斯·平克斯未出版的回忆录，格雷戈里·平克斯档案文件，国会图书馆。

第 59 页　"把他带上了床"：同上。

第 59 页　"未来的日子也能如此快乐"：1920 年 1 月 20 日的平克斯日记，格雷戈里·平克斯档案文件，国会图书馆。

第 59 页　"我们所有理想的化身"：1920 年 3 月 7 日的平克斯日记，格雷戈里·平克斯档案文件，国会图书馆。

第 59 页　"到目前为止，我还没有完全做到"：1920 年 1 月 27 日的平克斯日记，格雷戈里·平克斯档案文件，国会图书馆。

第 59 页　"世界上最神圣的激情"：1920 年 1 月 8 日的平克斯日记，格雷戈里·平克斯档案文件，国会图书馆。

第 59 页　"多情的人"：1920 年 3 月 21 日的平克斯日记，格雷戈里·平克斯档案文件，国会图书馆。

第59页 "价值观和标准"：格雷戈里·平克斯给他母亲的信，日期不详，格雷戈里·平克斯档案文件，国会图书馆。

第60页 洗碗和端盘子：1920年3月21日的平克斯日记，格雷戈里·平克斯档案文件，国会图书馆。

第60页 放假回家：同上。

第61页 她在回忆录中写道：伊丽莎白·平克斯未出版的回忆录，家族收藏。

第61页 "问心无愧，胸怀宽广"：格雷戈里·平克斯给他母亲的信，日期不详，格雷戈里·平克斯档案文件，国会图书馆。

第61页 菲利普·莫里斯牌香烟：斯博奥夫：《一个好人：格雷戈里·古德温·平克斯》，第125页。

第62页 "长阴茎呢"：杰夫·都顿于2011年10月接受本书作者进行的电话访谈。

第62页 "我是性学家"：斯博奥夫：《一个好人：格雷戈里·古德温·平克斯》，第74页。

第62页 "美国教育的重中之重"：理查德·诺顿·史密斯：《哈佛世纪》，马萨诸塞州剑桥：哈佛大学出版社，1988年，第12页。

第63页 什么避孕方法，无人知晓：劳拉·平克斯·伯纳德于2011年10月接受本书作者进行的访谈。

第64页 "我希望将生命掌握在手"：菲利普·J.保利：《控制生命：杰克·罗伊伯和生物学中的造物理想》，纽约和牛津：牛津大学出版社，1987年，第102页。

第65页 "失败的几率非常高"：格雷戈里·平克斯未出版的手稿，格雷戈里·平克斯档案文件，国会图书馆。

第65页 "一帮傲慢没规矩的小子"：哈德森·侯格兰德：《改变、机会和挑战》，未出版的回忆录，马萨诸塞州大学医学院档案馆。

第65页 具影响力的心理学家和行为学家：保利：《控制生命：杰克·罗伊伯和生物学中的造物理想》，第191页。

第65页 学校与平克斯的合约刚勉强被批下来：同上。

第66页 将其体外繁殖的技术应用到人身上：同上。

第66页 "在哈佛有两位波克那夫斯基"：《一周科技要闻》，《纽约时报》1934 年 3 月 13 日。

第 67 页 "生物学里的爱迪生正在敲敲打打"：保利：《控制生命：杰克·罗伊伯和生物学中的造物理想》，第 192 页。

第 67 页 "一定会得到他应有的赞赏"：《以玻璃樽为母》，《纽约时报》1935 年 4 月 21 日。

第 68 页 《无人世界？》：《无人世界？》，《瑞金县时报》1936 年 4 月 15 日。

第 68 页 "菲戈，1863 年"：格雷戈里·平克斯：《哺乳动物的卵子》，纽约：麦克米兰出版社，1936 年，第 8—9 页。

第 69 页 "平克斯博士的科研成果将产生的社会效应"：《美丽新世界》，《纽约时报》1936 年 3 月 28 日。

第 70 页 "在一幢巨大的生物实验楼里"：《缺乏父辈的指导》，《柯里尔》1937 年 3 月 28 日。

第 71 页 他驱车到药店：伊诺克·卡拉威：《精神病院：一所中世纪的疯人院及其对于我们当今的精神病人的启示》，康涅狄格州韦斯特菲尔德：普雷格出版社，2007 年，第 18 页。

第 71—72 页 "知道他有多优秀"：哈德森·侯格兰德：《改变、机会和挑战》，未出版的回忆录，马萨诸塞州大学医学院档案馆。

第 72 页 散落在四周的院中：劳拉·平克斯·伯纳德于 2012 年 12 月接受本书作者进行的访谈。

第 73 页 侯格兰德回忆说：《库房里酝酿出来的生物学基金会》，《伍斯特电讯报》1952 年 6 月 8 日。

第 73 页 "克拉克大学的这项成就是由格雷戈里·平克斯博士完成的"：《试管中的卵子呈现出繁殖的趋势》，《杰弗逊市邮报》1939 年 4 月 28 日。

第 73 页 美联社纠正了这一错误：《试管风暴是遗漏了"不"字的结果》，《奥登旗帜报》1939 年月 19 日。

第 73 页 前期结果颇为喜人：G. 平克斯和 H. 侯格兰德：《工厂工人在摄入孕烯醇酮后对于生产力的影响》，《心身医学》杂志第 7 期第 6 号（1945 年），第 342—346 页。

第 73 页 大会开幕：约瑟夫·戈德齐赫尔于 2007 年 5 月接受利

昂·斯博奥夫的访谈记录。

第 74 页　约翰的高中校长：劳拉·平克斯·伯纳德于 2011 年 10 月接受本书作者进行的访谈。

第 74 页　住宿费和置装费：同上。

第 74 页　她的家庭生活变得有多痛苦：同上。

第 75 页　满得都开始往外溢了：《伍斯特基金会的成长和未来：给受托委员会的一份报告》，1950 年，马萨诸塞州大学医学院档案馆。

第 76 页　如何支付：同上。

第 76 页　一张活动书桌和一桶安装椅子用的钉子：杰姬·福斯于 2007 年 5 月接受利昂·斯博奥夫的访谈记录。

第 76 页　"快速增长是否是明智或必要之举"：《伍斯特基金会的增长和未来：给受托委员会的报告》，1950 年，马萨诸塞州大学医学院档案馆。

第 76 页　身边永远都高高地堆满了书：迈克尔·莫斯霍斯于 2013 年 6 月接受本书作者进行的访谈。

第 76 页　"就像住在疯人院呗"：亚历克斯·平克斯：未出版的回忆录，格雷戈里·平克斯档案文件，国会图书馆。

第 77 页　"当真臭屁"：劳拉·平克斯·伯纳德于 2013 年 7 月接受本书作者进行的访谈。

第 78 页　三万美金：斯博奥夫：《一个好人：格雷戈里·古德温·平克斯》，第 117 页。

第 78 页　通常由伍斯特基金会支付费用：劳拉·平克斯·伯纳德于 2013 年 7 月接受本书作者进行的访谈。

第 78 页　珍宝或尊尼获加：杰夫·都顿于 2011 年 10 月本书作者进行的电话访谈。

第 78 页　松散地夹上支菲利普·莫里斯香烟：伊莎贝尔·张于 2013 年 7 月接受本书作者的电话访谈。

第 78 页　"给她个蛋蛋试试"：杰夫·都顿于 2011 年 10 月接受本书作者进行的电话访谈。

第 78 页　"她的那种行为举止"：迈克尔·贝德福德接受利昂·斯博奥夫的访谈记录，日期不详。

第 79 页　直到莉齐最终放弃：劳拉·平克斯·伯纳德于 2013 年 7 月

接受本书作者进行的访谈。

第 79 页　"古迪个人历史中很重要的一点"：亚历克斯·平克斯：未出版的回忆录，格雷戈里·平克斯档案文件，国会图书馆。

第 79 页　拒绝再开车：劳拉·平克斯·伯纳德于 2013 年 7 月接受本书作者进行的访谈。

第 79 页　平克斯太太实在太难伺候：杰姬·福斯于 2007 年 5 月接受利昂·斯博奥夫的访谈记录。

第 79 页　等她一醒来：哈伯斯塔姆：《五十年代》，第 289 页。

第 80 页　记得父亲把多数演出都给睡过去了：同上。

第 80 页　"他让人感觉，这是个已把自己从鸡毛蒜皮的小事中解脱出来的人，一个坚不可摧的男人"：奥斯卡·埃什特，《致敬格雷戈里·平克斯》，《生物及医药学视野》1968 年春季刊，第 367 页。

第 80 页　"没人敢对他撒谎"：伊莎贝尔·张于 2013 年 7 月接受本书作者进行的电话访谈。

第 81 页　谢尔顿·赛格尔：谢尔顿·赛格尔：《格雷戈里·平克斯——避孕丸之父》，人口参考局，http://www.prb.org/Publications/Articles/2000/GregoryPincusFatherofthePill.aspx，访问日期：2014 年 2 月 19 日。

第 81 页　"去参加劳伦琴荷尔蒙大会"：同上。

第 81 页　"奉为皇帝"：同上。

第 82 页　"斯坦利太太"：凯瑟琳·德克斯特·麦考米克于 1950 年 10 月 27 日给玛格丽特·桑格的信，玛格丽特·桑格档案文件，史密斯学院索非亚·史密斯藏品。

第 84 页　公开自慰：阿蒙德·菲尔兹：《凯瑟琳·德克斯特·麦考米克：女性权益的先驱》，康涅狄格州韦斯特波特：普雷格出版社，2003 年，第 150 页。

第 86 页　策划着她们将要展开的攻击：同上书，第 177 页。

第 86 页　包括三个大箱子：同上书，第 181 页。

第 87 页　那还是比较温和的说法：同上书，第 213 页。

第 87 页　又是另外的十万八千美金：讣告，《圣巴巴拉新闻报》1947 年 1 月 20 日。

第88页 "财产的遗嘱执行人":菲尔兹:《凯瑟琳·德克斯特·麦考米克女性权益的先驱》,第252页。

第88页 将近三万二千股的股份:同上。

第88页 她的丈夫已在1943年去世:切斯勒:《英勇的女子:玛格丽特·桑格和美国节育运动》,第399页。

第88页 早就转到了她的名下:同上。

第89页 "感到颇为绝望":凯瑟琳·德克斯特·麦考米克于1952年1月22日给玛格丽特·桑格的信,阿蒙德·菲尔兹藏品,南加州大学图书馆特别收藏。

第89页 尝试使用其他复合黄体酮:《给美国计划生育委员会的进展报告》,1952年1月24日,国会图书馆。

第90页 "是给那些或许会给予支持的人":威廉·福格特于1952年4月21日给格雷戈里·平克斯的信。

第90页 "明显不相信":詹姆斯·里德:《从个人恶习到公众德行:节育运动和1830年以来的美国社会》,纽约:基本图书出版公司,1978年,第341页。

第90页 别的事儿:凯瑟琳·德克斯特·麦考米克1952年6月20日给玛格丽特·桑格的信,玛格丽特·桑格档案文件,史密斯学院索非亚·史密斯藏品。

第91页 "作为科学家和个人":雅顿旅舍人类生育学术讨论会之《综述及结果》,1952年9月13日至14日,格雷戈里·平克斯,国会图书馆。

第91页 "我颇感讶异":凯瑟琳·德克斯特·麦考米克于1952年10月1日给玛格丽特·桑格的信,阿蒙德·菲尔兹藏品,南加州大学图书馆特别收藏。

第91页 "让人很难堪":凯瑟琳·德克斯特·麦考米克1953年3月15日给玛格丽特·桑格的信,阿蒙德·菲尔兹藏品,南加州大学图书馆特别收藏。

第92页 "我们可以去见见平克斯博士":玛格丽特·桑格于1953年3月27日凯瑟琳·德克斯特·麦考米克的信,阿蒙德·菲尔兹藏品,南加州大学图书馆特别收藏。

第 93 页 "他不怕孤注一掷"：西摩尔·利伯曼于 2011 年 10 月接受本书作者进行的电话访谈。

第 95 页 "别那么一板一眼，约翰"：洛蕾塔·麦克劳克林：《避孕丸、约翰·洛克和教会：一场变革的过程》，波士顿：利特尔和布朗出版社，1982 年，第 14 页。

第 95 页 洛克 1907 年的日记：玛格丽特·马什、旺达·罗纳：《生育医生：约翰·洛克和生育革命》，马里兰州巴尔的摩：约翰霍布金斯大学出版社，1988 年，第 13 页。

第 95 页 穿梭于两个门诊室之间：瑞秋·阿亨巴赫于 2011 年 10 月接受本书作者进行的电话访谈。

第 96 页 而他则是"洛克医生"：洛蕾塔·麦克劳克林接受瑞秋·阿亨巴赫的访谈记录，日期不详，哈佛大学医学院康特韦医学图书馆。

第 96 页 "很差劲的科学家"：同上。

第 96 页 "不必承担严重后果"：里德：《从个人恶习到公众德行：节育运动和 1830 年以来的美国社会》，第 188 页。

第 96 页 当过救护车驾驶员：麦克劳克林：《避孕丸、约翰·洛克和教会：一场变革的过程》，第 17 页。

第 97 页 "极乐的自然之巅"：约翰·洛克：《性、科学和生存》，《优生学评论》第 56 期第 2 号（1964 年），第 73 页。

第 98 页 "可耻且非常不道德的"：珍妮特·E. 史密斯：《人间通谕：一代人之后》，哥伦比亚特区华盛顿：美国天主教大学出版社，1991 年，第 7 页。

第 99 页 他的这项备受争议的研究：莱斯利·伍德考克·滕特勒：《天主教和避孕：一段美国历史》，纽约：康奈尔大学出版社，2004 年，第 115 页。

第 99 页 "确保人类的生存"：同上书，第 77—78 页。

第 100 页 "他依然是个天主教徒"：玛格丽特·桑格于 1954 年 2 月 18 日给玛丽昂·英格索尔的信，玛格丽特·桑格档案文件，史密斯学院索非亚·史密斯藏品。

第 100 页 "改良的天主教徒"：凯瑟琳·德克斯特·麦考米克于 1954 年 7 月 21 日给玛格丽特·桑格的信，玛格丽特·桑格档案文件，史密斯学院索非亚·史密斯藏品。

第 101 页 "我并不认为罗马天主教义":《计划生育》,《时代》1948 年 2 月 9 日。

第 101 页 "迷信、科学和象征手法":约翰·洛克、大卫·罗斯:《节育并不足矣》,《皇冠》1950 年 6 月,第 67—72 页。

第 104 页 逆转她母亲强迫她做的这个手术:马什、罗纳:《生育医生:约翰·洛克和生育革命》,第 131 页。

第 104 页 "可以被视为不正常人群":伊莱恩·泰勒·梅:《贫瘠的应许之地:无后的美国人以及对幸福的追求》,马萨诸塞州剑桥:哈佛大学出版社,1997 年,第 172 页。

第 104 页 "基本的渴求和需要":同上书,第 153 页。

第 105 页 "大受挫折但非常具有冒险精神":马什、罗纳:《生育医生:约翰·洛克和生育革命》,第 155 页。

第 105 页 在过程中聊到:阿尔伯特·Q.梅塞尔:《激素的探索》,纽约:兰登书屋,1965 年,第 119 页。

第 106 页 它不会一剂致命:马什、罗纳:《生育医生:约翰·洛克和生育革命》,第 155 页。

第 106 页 他很小心,没有给出任何承诺:路易吉·马斯特罗扬尼接受利昂·斯博奥夫的访谈记录,日期不详。

第 106 页 "她们想要试一试":麦克劳克林:《避孕丸、约翰·洛克和教会:一场变革的过程》,第 109 页。

第 106 页 五十毫克黄体酮:劳拉·V.马克斯:《性爱化学》,康涅狄格州纽哈芬:耶鲁大学出版社,2001 年,第 93 页。

第 106 页 "不会怀孕":同上书,第 110 页。

第 108 页 价值 921.5 美金的 19 股:P.E.蒂尔曼于 1953 年 6 月 16 日给格雷戈里·平克斯的信,格雷戈里·平克斯档案文件,国会图书馆。

第 108 页 让其固化成一颗药丸:格雷戈里·平克斯于 1953 年 11 月 16 日给艾尔·雷蒙的信,格雷戈里·平克斯档案文件,国会图书馆。

第 108 页 予以绿灯放行:艾尔·雷蒙于 1953 年 11 月 12 日给格雷戈里·平克斯的信,格雷戈里·平克斯档案文件,国会图书馆。

第 108 页 不要对外宣传他们参与了这个项目:格雷戈里·平克斯于

1954 年 12 月 15 日给维克多·德瑞尔的信，格雷戈里·平克斯档案文件，国会图书馆。

第 108 页　"违反了自然规律"：麦克劳克林：《避孕丸、约翰·洛克和教会：一场变革的过程》，第 111 页。

第 111 页　"人体内部机能的运作"：梅塞尔：《激素的探索》，第 ix 页。

第 112 页　"提高全世界的生活水平"：同恩：《器具和欲望：美国避孕用品史》，第 208 页。

第 113 页　"男性色欲的海啸"：玛丽·路易斯·罗伯茨：《美军所为：二战之中法国的性爱和美国士兵》，伊利诺伊州芝加哥：芝加哥大学出版社，2013 年，第 9 页。

第 114 页　结婚的年龄中位数为 20.1 岁：《美国家庭：七十五年的改变》，劳工统计局《劳工评论月刊》1990 年 3 月，第 7 页。

第 115 页　"动物们都出来耍了"：贝丝·贝利：《腹地性生活》，马萨诸塞州剑桥：哈佛大学出版社，1999 年，第 46 页。

第 116 页　对任何戏剧性的结果不抱有太大的希望：格雷戈里·平克斯：《进展报告》，1953 年 1 月 23 日，格雷戈里·平克斯档案文件，国会图书馆。

第 116 页　"可申请专利的发明发现"：保罗·亨肖于 1953 年 1 月 26 日给格雷戈里·平克斯的信，格雷戈里·平克斯档案文件，国会图书馆。

第 117 页　"研究所需的进步思想"：埃斯特·卡茨：《玛格丽特·桑格选集》第三卷，厄巴纳：伊利诺伊大学出版社，2010 年，第 349 页。

第 117 页　"会不会答应这个条件"：保罗·亨肖于 1953 年 1 月 26 日给格雷戈里·平克斯的信，格雷戈里·平克斯档案文件，国会图书馆。

第 117 页　"这是一个棘手的问题"：格雷戈里·平克斯于 1953 年 1 月 28 日给保罗·亨肖的信，格雷戈里·平克斯档案文件，国会图书馆。

第 117 页　可以开始对人体做测试：保罗·亨肖于 1953 年 2 月 17 日给格雷戈里·平克斯的信，格雷戈里·平克斯档案文件，国会图书馆。

第 118 页　"快一点"：格雷戈里·平克斯于 1953 年 2 月 19 日给保罗·亨肖的信，格雷戈里·平克斯档案文件，国会图书馆。

第 118 页　"三四十个女人的两三个月经周期"：格雷戈里·平克斯于

1953 年 4 月 29 日给计划生育委员会的信，格雷戈里·平克斯档案文件，国会图书馆。

第 119 页 "基本的事实"……"手头的资源"：格雷戈里·平克斯于 1953 年 3 月 30 日给保罗·亨肖的信，格雷戈里·平克斯档案文件，国会图书馆。

第 119 页 "实验室的科学研究基本都不考虑"：平克斯：《控制生育》，第 8 页。

第 120 页 在两地中间点附近的某处：路易吉·马斯特罗扬尼接受利昂·斯博奥夫的访谈记录，日期不详。

第 121 页 这两家医院都位于伍斯特：《H.L. 科肯德尔医生在伍斯特去世》，《罗尔太阳报》1953 年 4 月 30 日，国会图书馆。

第 121 页 每天大约二百五十到三百五十毫克：格雷戈里·平克斯于 1953 年 4 月 30 日写给亨利·科肯德尔的信，国会图书馆。

第 121 页 什鲁斯伯里的伍斯特基金会：小亨利·科肯德尔医生于 2013 年 4 月本书作者进行的电话访谈。

第 123 页 "是否会站在我们这一边"：罗塞尔·马克于 1987 年接受杰弗里·L. 斯特奇奥的访谈，费城化学遗产基金会，口头叙述手稿 0068 号。

第 124 页 "能让我做的地方"：同上。

第 126 页 其他科学家正在那里做着史无前例的事情：卡尔·杰拉西：《此人之药：避孕丸诞生五十周年反思》，牛津：牛津大学出版社，2001 年，第 38 页。

第 126 页 "古怪的度假小屋"：同上书，第 43 页。

第 126 页 "我们做梦也没有想到"：同恩：《器具和欲望：美国避孕用品史》，第 218 页。

第 127 页 "人潮总是如此汹涌"：凯瑟琳·德克斯特·麦考米克于 1953 年 5 月 15 日给玛格丽特·桑格的信，玛格丽特·桑格档案文件，史密斯学院索非亚·史密斯藏品。

第 127 页 闷热潮湿的星期一：凯瑟琳·德克斯特·麦考米克于 1953 年 6 月 1 日给玛格丽特·桑格的西联电报；《第一波热浪将于今日结束》，《罗尔太阳报》1953 年 6 月 8 日。

第 128 页 "就是这里"：伊莎贝尔·张于 2013 年 7 月接受本书作者

的电话访谈。

第 128 页　这一万七千五百美金的一半：保罗·亨肖于 1953 年 5 月 28 日给格雷戈里·平克斯的信，国会图书馆。

第 128 页　一张一万美金的支票：格雷戈里·平克斯于 1953 年 6 月 10 日给保罗·亨肖的信，国会图书馆。

第 129 页　因为任何事都做不成：凯瑟琳·德克斯特·麦考米克于 1954 年 12 月 27 日给玛格丽特·桑格的信，玛格丽特·桑格档案文件，史密斯学院索非亚·史密斯藏品。

第 129 页　"具体实验的范围"：凯瑟琳·德克斯特·麦考米克于 1954 年 12 月 27 日给玛格丽特·桑格的信，玛格丽特·桑格档案文件，史密斯学院索非亚·史密斯藏品。

第 129 页　1954 年 1 月之后就中止对于平克斯研究的资助：玛格丽特·桑格于 1953 年 10 月 5 日给凯瑟琳·德克斯特·麦考米克的信，阿蒙德·菲尔兹藏品，南加州大学图书馆特别收藏。

第 129 页　与威廉·福格特的权力之争：玛格丽特·桑格于 1954 年 2 月 18 日给玛丽昂·英格索尔的信，玛格丽特·桑格档案文件，史密斯学院索非亚·史密斯藏品。

第 129 页　"一种简单、廉价的避孕用品"：玛格丽特·桑格于 1954 年 2 月 23 日给凯瑟琳·德克斯特·麦考米克的信，玛格丽特·桑格档案文件，史密斯学院索非亚·史密斯藏品。

第 130 页　"开发一种简单的避孕用品"：同上。

第 130 页　"把实验进行到底"：玛格丽特·桑格于 1953 年 10 月 12 日给凯瑟琳·德克斯特·麦考米克的信，阿蒙德·菲尔兹藏品，南加州大学图书馆特别收藏。

第 130 页　"近期似乎交了好运"：格雷戈里·平克斯于 1953 年 5 月 8 日给艾尔·雷蒙的信，格雷戈里·平克斯档案文件，国会图书馆。

第 130 页　辛泰公司的另一种复合物实际上更为出众：盖布里埃尔·比亚里于 2007 年 8 月接受利昂·斯博奥夫的访谈记录。

第 131 页　基金会年收入的贡献达 8%：伍斯特实验性生物学基金会的《1944 年—1954 年——十周年报告》，国会图书馆。

第 131 页　平克斯 15 000 美金年薪的三分之一：1953 年 11 月 3 日

《伍斯特实验性生物学基金会财务委员会报告》，伍斯特基金会档案文件，史密斯学院索非亚·史密斯藏品。

第 131 页 "疲惫而沮丧"：玛格丽特·桑格于 1953 年 1 月 26 日给朱丽叶·巴雷特·鲁布利的信，玛格丽特·桑格档案文件，史密斯学院索非亚·史密斯藏品。

第 132 页 她告诉这位朋友：同上。

第 132 页 "再也不做任何公开演讲了"：玛格丽特·桑格于 1952 年 1 月 14 日给多萝西·哈密尔顿·布拉什的信，玛格丽特·桑格档案文件，史密斯学院索非亚·史密斯藏品。

第 132 页 力劝她赶紧退休：卡茨：《玛格丽特·桑格选集》第三卷，第 345 页。

第 132 页 "荒唐！"：玛格丽特·桑格于 1956 年 12 月 6 日给小洛福斯·戴的信，玛格丽特·桑格档案文件，史密斯学院索非亚·史密斯藏品。

第 132 页 习惯性地喝上了：卡茨：《玛格丽特·桑格选集》第三卷，第 319 页。

第 132 页 克利夫兰出生的社交名流：多萝西·哈密尔顿·布拉什于 1953 年 1 月 6 日给玛格丽特·桑格的信，玛格丽特·桑格档案文件，史密斯学院索非亚·史密斯藏品。

第 132 页 "当人类中为奴的那一半"：娜·德波福娃：《第二性》，纽约：兰登书屋，2011 年，第 766 页。

第 133 页 "毕生的精力去分析和撰写"：玛格丽特·桑格于 1953 年 2 月 6 日给多萝西·哈密尔顿·布拉什的信，玛格丽特·桑格档案文件，史密斯学院索非亚·史密斯藏品。

第 133 页 "投入我们所有的精力来研发"：《第四届国际计划生育联合会国际大会议程报告》，1953 年 8 月 17 日至 22 日，瑞典斯德哥尔摩（伦敦：国际计划生育联合会，1953 年），第 9 页。

第 133 页 自愿绝育：艾琳·海德理·阿姆斯，《美国社会永久性避孕的情况和需求之研究计划书》，《第四届国际计划生育联合会大会议程报告》，1953 年 8 月 17—22 日，瑞典斯德哥尔摩。

第 134 页 "个人和社会"：同上。

第 134 页 "身体健康的就多生些孩子"：《明智或是愚昧的节育方

式》,《节育评论》1919 年 5 月刊, 第 12 页。

第 134 页　就像移民需要申请签证一样: 玛格丽特·桑格于 1923 年 2 月 11 日在康涅狄格州哈特佛德进行的演讲, 玛格丽特·桑格档案文件, 史密斯学院索非亚·史密斯藏品。

第 135 页　一种特权, 而不是普遍的权利: 卡茨:《玛格丽特·桑格选集》第三卷, 第 271 页。

第 135 页　"一场操控社会的保守运动": 肯尼迪:《节育在美国》, 第 121 页。

第 136 页　他们之间并没有发生关系: 劳伦斯·拉得:《玛格丽特·桑格: 好战而务实的前瞻者》,《有关问题》1990 年春, http://www.ontheissuesmagazine.com/1990spring/Spr90_Lader.php, 访问日期: 2014 年 2 月 19 日。

第 136 页　"过去的回忆令我相当不愉快": 卡茨:《玛格丽特·桑格选集》第三卷, 第 333 页。

第 137 页　"你的原动力, 那种光芒四射、永不熄灭的火焰": 劳伦斯·拉得于 1952 年 7 月 25 日给玛格丽特·桑格的信, 玛格丽特·桑格档案文件, 史密斯学院索非亚·史密斯藏品; 卡茨:《玛格丽特·桑格选集》第三卷, 第 333 页。

第 137 页　"令你相当不自在": 同上书, 第 344 页。

第 137 页　"它的先知, 它背后的驱动力": 劳伦斯·拉得:《玛格丽特·桑格的故事》, 纽约: 道布尔迪出版社, 1955 年, 第 340 页。

第 138 页　总额为六十二万二千美金的收入: 布鲁斯·克劳福德:《伍斯特实验性生物学基金会财务委员会报告》, 1953 年 10 月 16 日, 伍斯特基金会文件, 马萨诸塞州大学医学院档案馆。

第 138 页　"进行现有的工作": 同上。

第 139 页　承诺出资五万美金: 同上。

第 139 页　"年轻、旺盛、充满希望的": 格雷戈里·平克斯于 1953 年 9 月 25 日给弗兰克·费尔蒙-史密斯的信, 国会图书馆。

第 139 页　类固醇的新陈代谢:《伍斯特实验性生物学基金会研究项目提要》, 1953 年—1954 年, 伍斯特基金会文件, 马萨诸塞州大学医学院档案馆。

第 139 页 "控制生育的新研究"：《伍斯特实验性生物学基金会第十届年度受托委员会会议纪要》，1954 年 6 月 12 日，伍斯特基金会档案文件，马萨诸塞州大学医学院档案馆。

第 140 页 给麦考米克的一封信中：玛格丽特·桑格于 1954 年 2 月 13 日给凯瑟琳·德克斯特·麦考米克的信，玛格丽特·桑格档案文件，史密斯学院索非亚·史密斯藏品。

第 140 页 "只是说他希望我对他们的研究仍然抱有兴趣"：凯瑟琳·德克斯特·麦考米克于 1954 年 2 月 17 日给玛格丽特·桑格的信，阿蒙德·菲尔兹藏品，南加州大学图书馆特别收藏。

第 140 页 "我变得有点不耐烦"：同上。

第 141 页 "我原先的想法是错误的"：同上。

第 141 页 首次人体测试：凯瑟琳·德克斯特·麦考米克于 1953 年 11 月 13 日给玛格丽特·桑格的信，阿蒙德·菲尔兹藏品，南加州大学图书馆特别收藏。

第 141 页 "有时会忘掉吃药"：同上。

第 142 页 "放在这个国家，将非常困难"：格雷戈里·平克斯于 1954 年 3 月 5 日给凯瑟琳·德克斯特·麦考米克的信，格雷戈里·平克斯档案文件，国会图书馆。

第 143 页 "有点增高"：格雷戈里·平克斯于 1954 年 1 月 26 日给艾尔·雷蒙的信，格雷戈里·平克斯档案文件，国会图书馆。

第 143 页 "急于寻求更佳避孕方法"：安妮特·B.拉美瑞兹－德－阿瑞拉诺：《殖民主义、天主教义和避孕》，教堂山：北卡罗来纳大学出版社，1983 年，第 108 页。

第 143 页 "正常排卵且聪慧的"妇女：凯瑟琳·德克斯特·麦考米克于 1954 年 10 月 21 日给玛格丽特·桑格的信，玛格丽特·桑格档案文件，史密斯学院索非亚·史密斯藏品。

第 144 页 妇女平均育有 6.8 个孩子：鲁本·希尔、J.梅尔·史戴考斯、柯特·W.布莱克：《家庭和人口控制》，教堂山：北卡罗来纳大学出版社，1983 年，第 13 页。

第 145 页 "下定决心不想再要孩子了"：艾迪·瑞斯－雷接受艾伦·切斯勒访谈之记录，日期不详，史密斯学院索非亚·史密斯藏品。

第 146 页　十倍于彼的儿童：大卫·M. 奥辛斯基：《小儿麻痹症：一段美国历史》，英国牛津以及纽约：牛津大学出版社，2005 年，第 5 页。

第 146 页　六十万儿童：同上书，第 199 页。

第 147 页　"全球人口将翻倍"：《如果生育率和死亡率维持现状，到了 2023 年人类将没有呼吸空间》，《巴拿马市新闻报道》1953 年 4 月 6 日。

第 147 页　全世界人口密度最高的国家之一：《波多黎各的人口控制：正式及非正式体系》，《法律和当代问题》第 25 期第 3 号（1960 年），第 558—576 页。

第 147 页　人口密度高出美国：同上。

第 148 页　每十个居民中就有一人：《波多黎各人来此地工作并造成问题》，《纽约时报》1953 年 2 月 23 日。

第 148 页　长 100 英里：《波多黎各面临量大问题》，《纽约时报》1954 年 6 月 27 日。

第 148 页　加剧了拥挤状况：同上。

第 148 页　少于四个：P.K. 哈特：《波多黎各人类生育率的背景情况》，新泽西州普林斯顿：普林斯顿大学出版社，1952 年，第 53 页图表 37。

第 149 页　"所以，两个就够了"：J. 梅尔·史戴考斯：《波多黎各的家庭和人口控制》，教堂山：北卡罗来纳大学出版社，1955 年，第 160 页。

第 149 页　在波多黎各，一场社会变革正在酝酿之中：同上书，第 159 页。

第 150 页　"我还怎么去寻欢作乐?"：同上书，第 163—64 页。

第 150 页　女人甚至故意嫁给传闻不育的男人：同上书，第 164 页。

第 150 页　在某个阶段进行过避孕：同上书，第 217 页。

第 150 页　周一再飞回美国：拉美瑞兹-德-阿瑞拉诺：《殖民主义、天主教义和避孕》，第 146 页。

第 150 页　花销约为六百美金：同上。

第 151 页　"威胁着整个波多黎各社会"：史戴考斯：《波多黎各的家庭和人口控制》，第 255 页。

第 152 页　"但你不可能同时做到这些"：艾迪·瑞斯-雷接受艾伦·切斯勒访谈之记录，日期不详，玛格丽特·桑格档案文件，史密斯学院索非亚·史密斯藏品。

第 152 页　他们建议她使用避孕膜：艾迪·瑞斯-雷于 1987 年 3 月接受詹姆斯·里德口头访问之记录，玛格丽特·桑格档案文件，史密斯学院索非亚·史密斯藏品。

第 152 页　真正启发了她：艾迪·瑞斯-雷接受艾伦·切斯勒访谈之记录，日期不详，玛格丽特·桑格档案文件，史密斯学院索非亚·史密斯藏品。

第 152 页　"这对我来说是不够的"：同上。

第 152 页　帮助其他被困住的女性：同上。

第 152 页　带着她的孩子，搬到了圣胡安：同上。

第 153 页　"他们完全没有采取任何行动"：艾迪·瑞斯-雷于 1953 年 12 月 10 日给威廉·福格特的信，格雷戈里·平克斯档案文件，国会图书馆。

第 153 页　"我们在三千五百平方米的土地上有一百六十家诊所"：同上。

第 153 页　"能找到谁就是谁"：艾迪·瑞斯-雷接受艾伦·切斯勒访谈之记录，日期不详，玛格丽特·桑格档案文件，史密斯学院索非亚·史密斯藏品。

第 154 页　"我们的大好机会"：艾迪·瑞斯-雷于 1954 年 3 月 6 日给格雷戈里·平克斯的信，格雷戈里·平克斯档案文件，国会图书馆。

第 154 页　仅有五人称没有任何副作用：一份名为《虚假怀孕的数据》、日期为 1954 年 6 月 15 日的备忘录，格雷戈里·平克斯档案文件，国会图书馆。

第 155 页　"召集五十名妇女"：格雷戈里·平克斯于 1954 年 10 月 19 日给曼纽尔·费尔南德斯·法斯特医生的信，国会图书馆。

第 155 页　"最多只会将其视作不便"：1954 年 11 月 1 日格雷戈里·平克斯备忘录，约翰·洛克档案文件，哈佛大学医学院康特韦医学图书馆。

第 157 页　莫西尔说：蒂娜·莫西尔于 2013 年 4 月接受本书作者进行的电话访谈。

第 158 页　背地里：伊诺克·卡拉威医生于 2013 年 3 月接受本书作者进行的电话访谈。

第 158 页　一个病人砍掉了另一个病人的头：《伍斯特精神病人砍死同院病人，十二个州拉响警报》，《罗尔太阳报》1943 年 7 月 22 日。

第 159 页　"我们竭尽全力也无法挽救的病人"：卡拉威：《精神病院：一所中世纪的疯人院及其对于我们当今的精神病人的启示》，第 6 页。

第 160 页　"大小便"：同上书，第 9 页。

第 160 页　沮丧的时候还拉扯自己的头发：同上书，第 8 页。

第 160 页　"我情不自禁地想象"：同上书，第 9 页。

第 160 页　"今天无法想象的"：伊诺克·卡拉威医生于 2013 年 3 月接受本书作者进行的电话访谈。

第 160 页　"谨此向各位理事报告"：奥斯卡·雷斯尼克给格雷戈里·平克斯的信，日期不详，格雷戈里·平克斯档案文件，国会图书馆。

第 161 页　"一样神经分兮"：《就避孕药恩那维德进行的实地测试》，ERW，《19-Nor 性腺类固醇专题讨论会进程 118》，西尔研究所，1957 年 1 月 23 日。

第 162 页　让他颇不自在：瑞秋·阿亨巴赫于 2011 年 10 月接受本书作者访谈。

第 162 页　长期使用这种激素疗法：麦克劳克林：《避孕丸、约翰·洛克和教会：一场变革的过程》，第 111 页。

第 162 页　"对医疗工作持非常现实的态度"：凯瑟琳·德克斯特·麦考米克于 1954 年 7 月 19 日给玛格丽特·桑格的信，玛格丽特·桑格档案文件，史密斯学院索非亚·史密斯藏品。

第 163 页　平克斯和洛克拒绝了：马什、罗纳：《生育医生：约翰·洛克和生育革命》，第 158 页。

第 163 页　"纯理念性的、仍然在研究过程当中的"：同上书，第 159 页。

第 163 页　"你这是怎么了？"：玛格丽特·桑格于 1954 年 3 月 2 日写给亚伯拉罕·斯通的信，玛格丽特·桑格档案文件，史密斯学院索非亚·史密斯藏品。

第 164 页　"对于实际有用的信息，掌握得甚少"：马什、罗纳：《生育医生：约翰·洛克和生育革命》，第 169 页。

第 164 页　主要发言人是天主教徒：温菲尔德·贝斯特于 1954 年 3 月 9 日给约翰·洛克的信，约翰·洛克档案文件，哈佛大学医学院康特韦医学图书馆。

第 164 页 "全球人口增加这一迫在眉睫的问题"：约翰·洛克于 1954 年 3 月 11 日写给温菲尔德·贝斯特的信，约翰·洛克档案文件，哈佛大学医学院康特韦医学图书馆。

第 166 页 "女人们必须迈出两大步"：哈伯斯塔姆：《五十年代》，第 591 页。

第 167 页 女人们应该洗碗，然后以"极其迷人"的姿态现身：玛琳·黛德丽：《如何得到爱》，《妇女家庭杂志》1954 年 1 月。

第 167 页 "学着一起生活和工作"：《听着，玛琳!》，《妇女家庭杂志》1954 年 4 月。

第 167 页 为政治选举当幕后工作者：乔安妮·梅耶洛维茨：《并非琼·克莉佛：战后美国社会的女性以及性别，1945 年—1960 年》，费城：天普大学出版社，1994 年，第 250 页。

第 167 页 "这场长久的论战便终结了"：詹姆斯·R.彼特森：《性的世纪：花花公子的性革命历史，1900 年—1999 年》，纽约：格罗夫出版社，1999 年，第 233 页。

第 168 页 "对于性，我知之甚少"：J.D. 塞林格：《麦田守望者》，波士顿：利特尔和布朗出版社，第 63—64 页。

第 168 页 "里面的半长裤磨破了"：同上书，第 240 页。

第 168 页 与一个护士私通：塔利斯：《邻家人妻》，第 50 页。

第 169 页 大法官的来电：同上书，第 72 页。

第 169 页 《花花公子》成了全美发展速度最快的杂志：同上书，第 73 页。

第 169 页 "研发一种方法，使抑制"：格雷戈里·平克斯于 1954 年 3 月 31 日给玛格丽特·桑格的信，格雷戈里·平克斯档案文件，国会图书馆。

第 170 页 受了惊吓，却没有受伤：凯瑟琳·德克斯特·麦考米克于 1955 年 2 月 1 日给玛格丽特·桑格的信，玛格丽特·桑格档案文件，史密斯学院索非亚·史密斯藏品。

第 170 页 搭便车来到波士顿：同上。

第 170 页 女佣站在一旁给他送上饮料：劳拉·平克斯·伯纳德于

2011 年 10 月接受本书作者访谈。

第 171 页　拒绝提供这种化学品：玛格丽特·桑格于 1954 年 4 月 22 日写给凯瑟琳·德克斯特·麦考米克的信，玛格丽特·桑格档案文件，史密斯学院索非亚·史密斯藏品。

第 171 页　还不了解这种药是怎么运作的，又为何会产生避孕效果：马什、罗纳：《生育医生：约翰洛克和生育革命》，第 170 页。

第 171 页　"带来了极大的疑惑"：艾尔·雷蒙于 1955 年 1 月 3 日给格雷戈里·平克斯的信，格雷戈里·平克斯档案文件，国会图书馆。

第 171 页　"不会在寄给你的药品上贴标签"：同上。

第 172 页　"不想受到经期的困扰"：安妮·美林于 2007 年 5 月接受利昂·斯博奥夫的访问。

第 172 页　将测试作为课程内容，要求学生参与其中：凯瑟琳·德克斯特·麦考米克于 1955 年 2 月 1 日写给玛格丽特·桑格的信，玛格丽特·桑格档案文件，史密斯学院索非亚·史密斯藏品。

第 173 页　劳拉既震惊又着迷：劳拉·平克斯·伯纳德于 2011 年 10 月接受本书作者访谈；哈伯斯塔姆：《五十年代》，第 604 页。

第 174 页　一边行医一边进行研究：菲尔兹：《凯瑟琳·德克斯特·麦考米克：女性权益的先驱》，第 268 页。

第 174 页　有足够的自信——她甚至给了平克斯一张 10 300 美金的支票：凯瑟琳·德克斯特·麦考米克于 1955 年 1 月 5 日写给布鲁斯·克劳福德的信，伍斯特基金会档案文件，马萨诸塞州大学医学院档案馆。

第 174 页　在她给计划生育委员会 20 000 美金支持同一个项目之后：凯瑟琳·德克斯特·麦考米克于 1954 年 8 月 13 日给哈德森·侯格兰德的信，伍斯特基金会档案文件，马萨诸塞州大学医学院档案馆。

第 174 页　"因为资金不足"：凯瑟琳·德克斯特·麦考米克于 1955 年 1 月 5 日写给布鲁斯·克劳福德的信，伍斯特基金会档案文件，马萨诸塞州大学医学院档案馆。

第 175 页　食品供应都会有问题：《六千万买家入市》，《纽约时报》1955 年 3 月 15 日。

第 175 页　"婴儿、婴儿、婴儿——四百万个问题"：《华盛顿：婴儿、婴儿、婴儿——四百万个问题》，《纽约时报》1955 年 2 月 27 日。

第 176 页　"满足人们的需求"：《圣胡安公开就节育主题发言，此乃地中海地区问题的关键》，《纽约时报》1955 年 5 月 13 日。

第 177 页　"我说什么也不干你这活儿"：《年轻母亲的悲惨命运》，《妇女家庭杂志》1956 年 2 月第 107 页。

第 177 页　"如果那也算放假的话"：同上。

第 178 页　"悄悄进行秘密测试"：《科学家即将找到简单的节育方法》，《米多博罗每日新闻报》（肯塔基州）1955 年 7 月 14 日。

第 178 页　一个项目一个项目地：切斯勒：《英勇的女子：玛格丽特·桑格和美国节育运动》，第 437 页。

第 178 页　国际计划生育联合会国际大会：同上。

第 179 页　"我真的希望这些临床测试"：凯瑟琳·德克斯特·麦考米克于 1955 年 2 月 1 日给玛格丽特·桑格的信，玛格丽特·桑格档案文件，史密斯学院索非亚·史密斯藏品。

第 180 页　他并不为此担心：劳拉·平克斯·伯纳德于 2013 年 7 月接受本书作者的访问。

第 180 页　"以此作为减分项"：大卫·泰勒于 1955 年 7 月 8 日写给格雷戈里·平克斯的信，格雷戈里·平克斯档案文件，国会图书馆。

第 181 页　"这不会成功"：大卫·泰勒于 1955 年 6 月 14 日写给格雷戈里·平克斯的信，格雷戈里·平克斯档案文件，国会图书馆。

第 181 页　因失眠而一直服用的：贝克：《玛格丽特·桑格：激情一生》，第 285 页。

第 182 页　"而现在我什么都不需要了"：玛格丽特·桑格于 1955 年 2 月 13 日给朱丽叶·巴雷特·鲁布利的信，玛格丽特·桑格档案文件，史密斯学院索非亚·史密斯藏品。

第 182 页　"悲伤的命脉"：切斯勒：《英勇的女子：玛格丽特·桑格和美国节育运动》，第 415 页。

第 182 页　638 000 例合法堕胎手术：《桑格夫人的到访令日本人大为兴奋》，《纽约时报》1952 年 11 月 10 日。

第 182 页　堕胎的需求就会下降：第五届国际计划生育联合会国际大会（东京）议程的前言，1955 年 10 月，玛格丽特·桑格档案文件，史密斯学院索非亚·史密斯藏品。

第 182 页 标题"具体化":玛格丽特·桑格于 1955 年 4 月 13 日给凯瑟琳·德克斯特·麦考米克的信,玛格丽特·桑格档案文件,史密斯学院索菲亚·史密斯藏品。

第 183 页 "当黄体酮实验的小白鼠":同上。

第 183 页 "显然,这一点给了他必要的帮助":同上。

第 183 页 "看起来不错":马什、罗纳:《生育医生:约翰·洛克和生育革命》,第 170 页。

第 184 页 "有所减少":格雷戈里·平克斯于 1955 年 10 月 1 日写给凯瑟琳·德克斯特·麦考米克的信,玛格丽特·桑格档案文件,史密斯学院索菲亚·史密斯藏品。

第 184 页 圣胡安和什鲁斯伯里之间:格雷戈里·平克斯于 1955 年 6 月 23 日写给凯尔索·加西亚的信,玛格丽特·桑格档案文件,史密斯学院索菲亚·史密斯藏品。

第 185 页 "值得记录在案的(数据)少之又少":格雷戈里·平克斯于 1955 年 6 月 22 日写给大卫·泰勒的信,玛格丽特·桑格档案文件,史密斯学院索菲亚·史密斯藏品。

第 185 页 让麦考米克为她的消费买了单:各类收据,格雷戈里·平克斯档案文件,国会图书馆。

第 185—186 页 从她在蒙特利尔的一个叔叔那里购买家具:各类收据,伍斯特基金会档案文件,马萨诸塞州大学医学院档案馆。

第 186 页 他在波多黎各进行测试及近期出行:凯瑟琳·德克斯特·麦考米克 1955 年 7 月 12 日写给布鲁斯·克劳福德的信,伍斯特基金会档案文件,马萨诸塞州大学医学院档案馆。

第 186 页 中止避孕丸的研究测试工作:凯瑟琳·德克斯特·麦考米克于 1955 年 6 月 29 日写给玛格丽特·桑格的信,玛格丽特·桑格档案文件,史密斯学院索菲亚·史密斯藏品。

第 187 页 "你跟年轻的女大学生聊天":《玛格丽特·桑格认为社会改革精神已死》,《奥克斯纳新闻传讯》1955 年 5 月 10 日。

第 187 页 女囚犯的狱中生活环境:同上。

第 187 页 参加日本大会:贝丽尔·苏伊特斯:《勇敢并气愤:国际计划生育联合会年代记》,伦敦:国际计划生育联合会,1973 年,第

132 页。

第 188 页 "两千左右平民"：国家二战博物馆，http://www.national ww2museum.org/learn/education/for-students/ww2-history/ww2-by-the-numbers/world-wide-deaths.html，访问日期：2014 年 2 月 18 日。

第 188 页 "最后一次自负行动"：约翰·道尔：《拥抱战败：二战之后的日本》，纽约：诺顿出版社，1999 年，第 23 页。

第 189 页 交际花、妓女、军事交易中的棋子：迈克尔·霍夫曼：《日本惠纳时代已掀起改革之风》，《日本时代》2012 年 7 月 29 日，http://www.japantimes.co.jp/life/2012/07/29/general/revolution-was-in-the-air-during-japans-taisho-era-but-soon-evaporated-into-the-status-quo/#.UwdeDpGuPk4，访问日期：2014 年 2 月 20 日。

第 189 页 "一口气工作十三小时"：1922 年桑格日记，玛格丽特·桑格档案文件，史密斯学院索非亚·史密斯藏品。

第 190 页 "生动而难忘的印象"：切斯勒：《英勇的女子：玛格丽特·桑格和美国节育运动》，第 365 页。

第 190 页 非法的导致流产的药：卡罗琳·伊伯茨：《桑格品牌：玛格丽特·桑格和二战前日本节育运动之间的关系》，2010 年博林格林州立大学硕士论文。

第 190 页 "没有神父谴责我"：桑格：《我的节育之战》，第 254 页。

第 190 页 该国的堕胎率由于居高不下的失业率和严重的房屋短缺而依然大幅上升：松本希拉：《工厂妇女》，载乔伊斯·乐博拉、乔伊·保尔森、伊丽莎白·鲍尔斯《日本社会变革中的女性》，科罗拉多州波德：西景出版社，1970 年，第 56 页。

第 190 页 从 1949 年的 6 000 例大幅增长：古屋芳雄：《计划生育的先锋》，东京：日本医学出版社，1963 年，第 63 页。

第 191 页 "它会彻底替代避孕工具"：《专家提出避孕药》，《帕萨迪纳独立报》1955 年 10 月 19 日。

第 192 页 "或许它就是那种魔丸"：第五届国际计划生育联合会国际大会（东京）议程的前言，1955 年 10 月，史密斯学院索非亚·史密斯藏品。

第 192 页 他说自己有点闹肚子：劳拉·平克斯·伯纳德的剪贴本，

平克斯家族收藏。

第 192 页 感到亲切而熟悉：标题不详，《每日新闻》1955 年 10 月 24 日。

第 193 页 "在以往的会议上都未能谈及"：标题不详，《朝日新闻》1955 年 10 月 24 日。

第 193 页 "这种物质尚不存在"：保罗·沃恩：《测试中的避孕丸》，纽约：科沃德-麦卡恩出版公司，1970 年，第 32—33 页。

第 193 页 花一些时间，证明这种药确实有效：朱迪·麦卡恩于 2007 年 5 月接受利昂·斯博奥夫的访谈记录。

第 194 页 "必要的弊端"：沃恩：《测试中的避孕丸》，第 42 页。

第 194 页 "除非"：同上。

第 194 页 "他是我见过的最为自信的人"：劳拉·平克斯·伯纳德于 2013 年 9 月 1 日发给本书作者的电子邮件。

第 195 页 "我们尚不能基于目前的一些观察"：沃恩：《测试中的避孕丸》，第 33 页。

第 195 页 "让我们像希望的那样更接近"：同上书，第 34 页。

第 196 页 "我们需要针对在人类身上是否会产生副作用，找到更确凿的证据"：同上。

第 197 页 "我们这个时代的魔力及神秘之处"：格雷戈里·平克斯给赫尔曼·约瑟夫·穆勒的信，赫尔曼·约瑟夫·穆勒档案文件，印第安纳州布卢明顿印第安纳大学莉丽图书馆。

第 198 页 女性投票人数有史以来首次与男性投票人数持平：《女性的选票：更多的半数？》，《纽约时报杂志》1956 年 10 月 21 日。

第 199 页 "就是他妈的生气"：《给杰拉尔丁的信》，《奥克兰论坛报》1955 年 11 月 3 日。

第 199 页 "不是什么好的奖励"：同上。

第 199 页 "应该有人来告诉这位年轻女士"：《给杰拉尔丁的信》，《奥克兰论坛报》1955 年 12 月 8 日。

第 199 页 "谁能说仅仅因为我自私地想要活下去，生养健康、正常的孩子，我就是个罪人呢"：同上。

第 199 页 "我什么都要上"：大卫·多尔顿：《悠悠我心：詹尼

斯·乔普林的人生、时代和传奇》,纽约:圣马丁出版社,1985 年,第 147 页。

第 200 页 "永无休止的无谓竞争和家庭生活":玛吉·皮尔斯:《在夹缝中生存:在五十年代长大》,载《一床被子的斑驳色块》,安娜堡:密歇根大学出版社,1982 年,第 155—156 页。

第 200 页 "够好够硬":格雷斯·麦泰莉:《冷暖人间》,纽约:朱利安·梅斯纳出版社,1956 年,第 124 页。

第 200—201 页 每二十九个美国人中,就有一人:同上书,第 viii 页。

第 201 页 "外面的世界总还有什么在发生":同上书,第 ix 页。

第 201 页 "划为禁区":同上书,第 xiv 页。

第 202 页 推广性教育:琳达·戈登:《女性的道德资产:美国节育政治历史》,厄巴纳:伊利诺伊大学出版社,2007 年,第 255 页。

第 202 页 "想要做出改变的人":《罗马天主教会的态度》,国际计划生育联合会内部备忘录,1955 年 2 月 28 日,玛格丽特·桑格档案文件,史密斯学院索非亚·史密斯藏品。

第 202 页 "自然界中上帝律法":约翰·T.诺南:《避孕:有史以来天主教神学家和教律学家如何对待它》,马萨诸塞州剑桥:哈佛大学出版社,1965 年,第 467 页。

第 203 页 平均还要高出 20%:莱斯利·伍德考克·坦特勒:《天主教徒及避孕:一段美国历史》,纽约州伊萨卡:康奈尔大学出版社,2004 年,第 133 页。

第 203 页 "在地球上舒适地生活":同上书,第 132 页。

第 203 页 不公布这一结果:同上书,第 200 页。

第 204 页 忏悔和圣餐的圣礼:同上书,第 135 页。

第 204 页 "即使我们疯狂而痛苦地努力":给编辑的匿名信,刊登于灵性资讯杂志《利国瑞安》第 48 期第 10 号(1960 年),第 39 页。

第 204 页 "教会教导我":洛蕾塔·麦克劳克林于 2011 年 10 月接受本书作者访谈。

第 204 页 "横暴":同上。

第 205 页 尝试这种药是否有效:凯瑟琳·德克斯特·麦考米克:《与约翰·洛克的对话记录》,1956 年 1 月 9 日,玛格丽特·桑格档案文件，史密斯学院索非亚·史密斯藏品。

第 205 页 "你可别低估了我的教会"：麦克劳克林：《避孕丸、约翰·洛克和教会：一场变革的过程》，第 142 页。

第 206 页 他需要一种新的方式：凯瑟琳·德克斯特·麦考米克：《与约翰·洛克的对话记录》，1956 年 3 月 5 日，阿蒙德·菲尔兹藏品，南加州大学图书馆特别收藏。

第 206 页 "我一开始有点害怕"：艾迪·瑞斯-雷接受艾伦·切斯勒访谈之记录，日期不详。

第 207 页 如此富有魅力和自信：同上。

第 207 页 "根本不关教会什么事"：同上。

第 207 页 在未来数月的测试过程中，这里的居民数量会基本保持不变：艾迪·瑞斯-雷于 1956 年 4 月 17 日写给格雷戈里·平克斯的信，格雷戈里·平克斯档案文件，国会图书馆。

第 208 页 控制家庭规模：艾迪·瑞斯-雷：《就避孕药恩那维德进行的实地测试》，载《19-Nor 性腺类固醇专题讨论会进程 79》，西尔研究所，1957 年 1 月 23 日。

第 208 页 "与这些参与街道集会或是到访健康中心的母亲们谈论避孕方法是很轻而易举的事情"：艾迪·瑞斯-雷于 1962 年 3 月 9 日在瑞典皇家内分泌协会发表的演讲，格雷戈里·平克斯档案文件，国会图书馆。

第 208 页 因为宗教限制而无法参与：同上。

第 209 页 "迫切地想要拿到这种药"：艾迪·瑞斯-雷于 1956 年 4 月 17 日写给格雷戈里·平克斯的信，格雷戈里·平克斯档案文件，国会图书馆。

第 210 页 "结果让我们猜测"：麦克劳克林：《避孕丸、约翰·洛克和教会：一场变革的过程》，第 122 页。

第 210 页 多年后，他在一次访问中回忆道：同上书，第 123 页。

第 210—211 页 "我的测试结果都是错误的"：《激素研究的最新进展》，载《劳伦琴荷尔蒙大会议程记录》第 13 辑，纽约：学术出版社，1957 年，第 340 页。

第 211 页 "更高级的娱乐"：麦克劳克林：《避孕丸、约翰·洛克和教会：一场变革的过程》，第 45 页。

第 211 页　赤裸着跳进了泳池里：同上。

第 212 页　"事情终于有了眉目"：玛格丽特·桑格于 1956 年 12 月 12 日写给凯瑟琳·德克斯特·麦考米克的信，玛格丽特·桑格档案文件，史密斯学院索非亚·史密斯藏品。

第 212 页　"沉默的阴谋终于被识破"：同上。

第 212 页　一大早，人还在床上，就喝起了代基里酒：格雷：《玛格丽特·桑格：节育运动倡导人传》，第 429 页。

第 212 页　安顿她睡下：同上书，第 428 页。

第 213 页　"妇女获得生育的自由和个人发展的机会"：玛格丽特·桑格于 1956 年 8 月 20 日写给肯尼思·罗斯的信，玛格丽特·桑格档案文件，史密斯学院索非亚·史密斯藏品。

第 213 页　"那个空虚的计划生育委员会"：同上。

第 213 页　这将是极为重大的科研成果：杰夫·都顿于 2011 年 10 月接受本书作者访谈。

第 214 页　"等我得到您的回复后"：佩吉·布莱克于 1956 年 7 月 28 日写给格雷戈里·平克斯的信，格雷戈里·平克斯档案文件，国会图书馆。

第 214 页　"基本上让我相信"：格雷戈里·平克斯于 1956 年 8 月 2 日写给佩吉·布莱克的信，格雷戈里·平克斯档案文件，国会图书馆。

第 214 页　"我可以随时动刀子"：佩吉·布莱克于 1956 年 8 月 4 日写给格雷戈里·平克斯的信，格雷戈里·平克斯档案文件，国会图书馆。

第 214 页　"为此而损失钱财"：同上。

第 215 页　"开始服一瓶新药"：艾迪·瑞斯-雷：《就避孕药恩那维德进行的实地测试》，载《19-Nor 性腺类固醇专题讨论会进程 79》，西尔研究所，1957 年 1 月 23 日。

第 215 页　一下子就吞服了整瓶药：劳拉·平克斯·伯纳德于 2013 年 7 月接受本书作者进行的访谈。

第 215 页　"一位打扮得像护士，据说是为国家政府工作的女士"：由艾迪·瑞斯-雷翻译的一篇于 1956 年 4 月 21 日刊登于墨西哥《公正报》的文章，格雷戈里·平克斯档案文件，国会图书馆。

第 216 页　感到令人颇为不适的副作用：艾丽斯·罗德里格斯于

1956 年 5 月 8 日写给格雷戈里·平克斯的信，格雷戈里·平克斯档案文件，国会图书馆。

第 216 页 最初的一百名妇女中只剩下二十名：格雷戈里·平克斯于 1956 年 5 月 8 日写给凯瑟琳·德克斯特·麦考米克的信，格雷戈里·平克斯档案文件，国会图书馆。

第 216 页 "他们尊敬你，但是也害怕你"：艾迪·瑞斯-雷于 1956 年 12 月 20 日写给格雷戈里·平克斯的信，格雷戈里·平克斯档案文件，国会图书馆。

第 216 页 她就只能放弃这些事情了：同上。

第 216 页 "我们只能说"：艾丽斯·罗德里格斯于 1956 年 5 月 8 日写给格雷戈里·平克斯的信，格雷戈里·平克斯档案文件，国会图书馆。

第 216 页 她们怎样才能拿到它：艾迪·瑞斯-雷接受艾伦·切斯勒访谈之记录，日期不详，史密斯学院索非亚·史密斯藏品。

第 217 页 "在我走访时找到我"：同上。

第 217 页 "给身边的人带来了巨大影响"：凯尔索-拉蒙·加西亚医生：《口服避孕丸的早期历史》，预备在约翰·洛克纪念大会发表讲演的草稿，1980 年 10 月 21 日，哈佛大学医学院康特韦医学图书馆。

第 217 页 受不了副作用：格雷戈里·平克斯于 1956 年 10 月 11 日写给凯瑟琳·德克斯特·麦考米克的信，格雷戈里·平克斯档案文件，国会图书馆。

第 217 页 生下幼子十七天后：艾迪·瑞斯-雷：《就避孕药恩那维德进行的实地测试》，载《19-Nor 性腺类固醇专题讨论会进程 79》，西尔研究所，1957 年 1 月 23 日。

第 220 页 "婚前性行为？"：苏·迪克森于 2013 年 6 月接受本书作者访谈。

第 220 页 "我带她北上密歇根去打猎"：韦斯·迪克森于 2013 年 6 月接受本书作者访谈。

第 222 页 内心却充满冒险精神：苏·迪克森于 2013 年 6 月接受本书作者访谈。

第 222 页 更大比例的收入：威廉·L. 拉图瑞特：《更多奇药》，《巴伦全美商业财经周刊》1958 年 4 月 28 日，第 11 页。

第222页　在销售额达两千六百万美金的基础上：《集装箱公司刷新两项纪录》，《纽约时报》1956年2月3日，第31页。

第222页　苏·迪克森的丈夫韦斯：《西尔助理获得晋升，掌管海外市场》，《纽约时报》1956年1月12日。

第223页　"我?"：苏·迪克森于2013年6月接受本书作者访谈。

第223页　领会了这种药的"社会效应"：凯尔索-拉蒙·加西亚医生：《口服避孕丸的早期历史》，预备在约翰·洛克纪念大会发表讲演的草稿，1980年10月21日，哈佛大学医学院康特韦医学图书馆。

第224页　为人口控制运动：麦克劳克林：《避孕丸、约翰·洛克和教会：一场变革的过程》，第135页。

第224页　省略西尔公司的名字：艾尔·雷蒙于1957年10月4日给格雷戈里·平克斯的信，格雷戈里·平克斯档案文件，国会图书馆。

第225页　"波多黎各妇女极其丰富的情感活动"：拉美瑞兹-德-阿瑞拉诺：《殖民主义、天主教义和避孕》，第116页。

第226页　培训了一名医生，教他正确使用这台机器：同上书，第117页。

第226页　"哦，医生，做手术吧"：艾达琳·萨特斯怀特于1974年6月接受詹姆斯·里德访谈，施莱辛格-洛克菲勒口述历史项目。

第227页　她不会同意为她们做绝育手术：同上。

第227页　连"让路人挤过"的空间都没有：克莱伦斯·甘布尔于1957年3月13日写给玛格丽特·桑格的信，玛格丽特·桑格档案文件，史密斯学院索非亚·史密斯藏品。

第227页　如果有的话，她们正在使用何种避孕方法：艾达琳·萨特斯怀特于1974年6月接受詹姆斯·里德访谈的记录，施莱辛格-洛克菲勒口述历史项目。

第227页　"子宫颈看起来气呼呼的"：艾达琳·萨特斯怀特于1959年12月2日写给克莱伦斯·甘布尔的信，哈佛大学医学院康特韦医学图书馆。

第228页　"在完全按照要求进行治疗的1279个周期中"：妮莉·奥茨胡恩：《超越自然之身：性激素之考古》，伦敦及纽约：罗德里奇出版社，1994年，第132页。

第 229 页　生出来的婴儿：梅塞尔：《激素的探索》，第 46 页。

第 231 页　去洗手间拿她的避孕膜：麦克劳克林：《避孕丸、约翰·洛克和教会：一场变革的过程》，第 138 页。

第 231 页　控制供应链：格雷戈里·平克斯于 1957 年 1 月 29 日写给杰克·西尔的信，格雷戈里·平克斯档案文件，国会图书馆。

第 231 页　新激素类产品：J.G. 西尔于 1958 年 4 月 26 日在股东年会上的发言，伍斯特基金会保存手稿，马萨诸塞州大学医学院档案馆。

第 231 页　杰拉西力劝派克-戴维斯：杰拉西：《此人之药：避孕丸诞生五十周年反思》，第 54 页

第 231 页　"小土豆"：同上。

第 231 页　"完全未知的领域"：沃恩：《测试中的避孕丸》，第 49 页。

第 232 页　"在生理学领域内帮助避孕"：《避孕丸?》，《时代杂志》1957 年 5 月 5 日，第 83 页。

第 233 页　"人们相信它有魔力"：苏珊娜·怀特·朱诺德、拉腊·马克斯：《女性测试：美国和英国对于首例口服避孕丸的批准》，《医药历史和应用科学学报》第 57 期第 2 号（2002 年），第 127 页。

第 234 页　上面写着"建议打住"：格雷戈里·平克斯于 1957 年 6 月 26 日写给约翰·洛克的信，格雷戈里·平克斯档案文件，国会图书馆。

第 234 页　"卓越而严谨的工作"：《不孕妇女的新希望》，《妇女家庭杂志》1957 年 8 月，第 46 页。

第 234 页　也没有配合相关记者：I.C. 温特于 1957 年 6 月 26 日写给爱德华·泰勒的信，格雷戈里·平克斯档案文件，国会图书馆。

第 235 页　仅仅向西海岸的医生：格雷戈里·平克斯于 1957 年 7 月 22 日写给玛格丽特·桑格的信，格雷戈里·平克斯档案文件，国会图书馆。

第 235 页　"大概所有医师都可以基于所有他认为合理的原因，开这种药"：同上。

第 235 页　"我们对于此药的避孕功效确信不疑"：同上。

第 236 页　犒劳自己一下：劳拉·平克斯·伯纳德和杰夫·都顿于 2011 年 10 月接受本书作者采访。

第 238 页　"我求您了，如果可以，请您帮助我"：一封于 1957 年 10

月 31 日给格雷戈里·平克斯的信，格雷戈里·平克斯档案文件，国会图书馆。

第 238 页 "为了拯救我已婚的女儿"：一封于 1957 年 6 月 21 日给格雷戈里·平克斯的信，格雷戈里·平克斯档案文件，国会图书馆。

第 238 页 "我真的需要您的帮助"：一封给格雷戈里·平克斯的信，日期不详，格雷戈里·平克斯档案文件，国会图书馆。

第 239 页 "一种充满威力的武器"：休·海夫纳于 2012 年 2 月接受本书作者访谈。

第 239 页 "那我就不记得了"：同上。

第 239 页 "那就像是免费广告"：麦克劳克林：《避孕丸、约翰·洛克和教会：一场变革的过程》，第 139 页。

第 240 页 "晚上好"：玛格丽特·桑格接受迈克·华莱士访谈的记录，载卡茨《玛格丽特·桑格选集》第三卷，第 423 页。

第 240 页 异常温暖潮湿的一天：《天气预报员就市里溜冰说错了话》，《纽约时报》1957 年 9 月 22 日。

第 240 页 "多管闲事，无礼，往往喜欢对抗"：迈克·华莱士：《你我之间》，纽约：亥伯龙出版社，2005 年，第 2 页。

第 240 页 "一只无畏的牛虻，有足够的蛮勇"：同上书，第 136 页。

第 241 页 "我可否这样问你"：玛格丽特·桑格接受迈克·华莱士访谈的记录，载卡茨《玛格丽特·桑格选集》第三卷，第 432 页。

第 242 页 "实在是太不幸了"：一封于 1957 年 9 月 21 日写给玛格丽特·桑格的信，玛格丽特·桑格档案文件，史密斯学院索非亚·史密斯藏品。

第 242 页 不过，她的确看了一篇刊登在《布道者》杂志 9 月刊上，针对这次电视访问的社评：格雷：《玛格丽特·桑格：节育运动倡导人传》，第 435 页。

第 242 页 "欲望和动物一样的配偶哲学"：同上。

第 242—243 页 "罗马天主教廷的态度越来越傲慢"：同上。

第 244 页 "如果一个女人服用这种药"：诺南：《避孕：有史以来天主教神学家和教律学家如何对待它》，第 461 页。

第 245 页 "完美的健康状况和完美的视力"：同上书，第 463 页。

第246页 "我觉得太奇怪了"：劳拉·平克斯·伯纳德于2013年7月接受本书作者访谈。

第246页 "药丸女人"：同上。

第246页 "她们之中有很多人都没结过婚"：同上。

第247页 波多黎各的工作人员无法进行：艾达琳·萨特斯怀特于1974年6月接受詹姆斯·里德访谈的记录，施莱辛格-洛克菲勒口述历史项目。

第247页 海地的文盲率那么高，女性不太会遵照医嘱：马克斯：《性爱化学》，第104页。

第248页 接下来就是占了两千万美金的避孕膜和凝胶：罗伯特·希恩：《避孕"丸"》，《财富》1958年4月，第222页。

第249页 "这并不是什么新闻"：I.C.温特于1958年12月29日写给格雷戈里·平克斯的信，格雷戈里·平克斯档案文件，国会图书馆。

第250页 "使用任何以避孕为目的的药物、医药物品或器具"：《美国刑法与犯罪学学院学报》第十卷，1919年8月，第53页。

第250页 "展示、出售、开处、提供"：弗雷德·开普兰：《1959年：一切都改变了的一年》，新泽西州霍博肯：约翰·怀利出版社，2009年，第226页。

第252页 "我不知道你会否认可"：马什、罗纳：《生育医生：约翰·洛克和生育革命》，第213—214页。

第252页 "恩那维德是一种人造合成激素"：同上书，第214页。

第252页 "这种药或许会给出一条神学上的出路"：阿斯贝尔：《避孕丸：改变了世界的药物传记》，第154页。

第253页 "当一支芝加哥的风化纠察队"：塔利斯：《邻家人妻》，第126页。

第253页 一张开有恩那维德的处方：凯瑟琳·德克斯特·麦考米克于1959年8月3日写给格雷戈里·平克斯的信，格雷戈里·平克斯档案文件，国会图书馆。

第254页 他们这么做或许会惹火烧身：沃恩：《测试中的避孕丸》，第50页。

第257页 保持自己的专业水准：众议院政府运作委员会分会，有关错误虚假广告的聆讯（开处镇静剂）85 国会 2d（哥伦比亚特区华盛顿，1958 年），第 150 页和第 226 页。

第 257 页　十个孩子父亲：麦克劳克林：《避孕丸、约翰·洛克和教会：一场变革的过程》，第 144 页。

第 258 页　所有妇女和她们的姐妹们都会服用这种药：同上书，第 143—144 页。

第 259 页　"我无法更断然地想到其他任何议题"：马修·康奈利：《致命错觉》，马萨诸塞州剑桥：哈佛大学出版社隶属贝尔纳普出版社，2008 年，第 187 页。

第 259 页　无法证明它不能有助于关节炎的治疗：麦克劳克林：《避孕丸、约翰·洛克和教会：一场变革的过程》，第 141 页。

第 260 页　"我们并不急着"：同上书，第 142 页。

第 260 页　"不完整且不够格"：帕斯奎尔·德费利斯于 1959 年 9 月 25 日写给威廉·克洛森的信，约翰·洛克档案文件，哈佛大学医学院康特韦医学图书馆。

第 261 页　"明确地写在我们的新药申请书中"：马什、罗纳：《生育医生：约翰·洛克和生育革命》，第 219 页。

第 261 页　"产科业界的一道光"：麦克劳克林：《避孕丸、约翰·洛克和教会：一场变革的过程》，第 143 页。

第 261 页　"你在妇女癌症方面经过一些什么培训"：同上书，第 142 页。

第 262 页　这个问题在德费利斯看来既合理又重要：同上书，第 143 页。

第 262 页　"我这一生中大概只遇到过三个我完全信赖的医生"：同上。

第 263 页　六十一位妇产科医生：食品药品监督管理局备忘录，1960 年 5 月 11 日，格雷戈里·平克斯档案文件，国会图书馆。

第 263 页　六十一位专家之列：马什、罗纳：《生育医生：约翰·洛克和生育革命》，第 220 页。

第 263 页　曾经是格鲁乔·马克斯的笑话写手：沃恩：《测试中的避孕丸》，第 52 页。

第 264 页　"阴唇粘连和阴蒂肥大"：同上。

第 267 页　三十万会员：彼得森：《性的世纪：花花公子的性革命历史，1900 年—1999 年》，第 264 页。

第 267 页　盖洛普民意调查结果显示：乔治·盖洛普：《节育的真相？一声响亮的"是"》，《奥格登标准检察员报》1960 年 2 月 17 日。

第 267 页　校园内广泛的抗议：《被驱逐的教授得到了同情——仅此而已》，《弗农山登记新闻》1960 年 4 月 12 日。

第 268 页　"节育和避孕方法"：玛格丽特·桑格：《人口规划》，《纽约时报》1960 年 1 月 3 日，第 E8 页。

第 268 页　"既达不到节育的目的，也不会获得任何援助金"：《肯尼迪再次表示参与初选》，《纽约时报》1960 年 1 月 4 日，第 1 页。

第 268 页　"你是年轻的"：玛格丽特·桑格于 1960 年 1 月 11 日写给约翰·F.肯尼迪的信，玛格丽特·桑格档案文件，史密斯学院索非亚·史密斯藏品。

第 268 页　已开始在男性身上测试：平克斯：《控制生育》，第 191 页。

第 269 页　她已经向平克斯承诺了十五万二千美金：凯瑟琳·德克斯特·麦考米克于 1960 年 1 月 2 日写给玛格丽特·桑格的信，玛格丽特·桑格档案文件，史密斯学院索非亚·史密斯藏品。

第 269 页　主持试验的医生：塞斯·S.金：《英国人发现避孕丸导致过多副作用》，《纽约时报》1960 年 3 月 31 日，第 41 页。

第 269 页　"不要担心子女的个数"：《教皇在棕枝主日的说教会上呼吁教徒多生多育》，《纽约时报》1960 年 4 月 11 日，第 1 页。

第 269 页　梵蒂冈的领袖越来越担心：诺南：《避孕：有史以来天主教神学家和教律学家如何对待它》，第 490 页。

第 269 页　包括雷茵霍尔德·尼布尔、卡尔·巴特，以及艾米尔·布鲁内尔在内的最具影响力的神学家：同上。

第 269 页　"我准备向他们宣战"：约翰·洛克于 1960 年 4 月 18 日写给威廉·克洛森的信，约翰·洛克档案文件，哈佛大学医学院康特韦医学图书馆。

第 270 页　至少有两名医生：W.H.凯瑟尼赫于 1960 年 5 月 11 日给食品药品监督管理局局长乔治·P.拉瑞克的备忘录，约翰·洛克档案文件，哈佛大学医学院康特韦医学图书馆。

第 270 页　"某些势力的反对"：同上。

第 270 页 "至少在他们看来"：同上。

第 271 页 德费利斯向他传达了消息：威廉·克洛森于 1960 年 4 月 7 日写给帕斯奎尔·德费利斯的信，哈佛大学医学院康特韦医学图书馆。

第 271 页 当天就起草并发出了一份备忘录：同上。

第 271 页 "批准基于其药物安全性"：《美国批准避孕丸》，《纽约时报》1960 年 5 月 10 日。

第 272 页 "阻碍卵子的生成"：《避孕丸之使用安全性获得批准》，《丹顿记录纪事报》1960 年 5 月 16 日，第 12 页。

第 272 页 他的女儿记得父亲对此新闻毫无反应：劳拉·平克斯·伯纳德于 2013 年 7 月接受本书作者进行的访谈。

第 273 页 "好吧，我会这么说，群众"：奥辛斯基：《小儿麻痹症：一段美国历史》，第 211 页。

第 273 页 "别忘了"：《新的紧急避孕丸》，《悉尼日报》1967 年 1 月 10 日。

第 274 页 "免谈不利因素"：沃特金斯：《关于避孕丸》，第 36 页。

第 274 页 "无拘无束"：同上，本书内附有照片。

第 275 页 销售额便会上升 135%：《G.D. 西尔公司》，《1996 年全球公司历史纪要》，Encyclopedia.com，http://www.encyclopedia.com/doc/1G2-2841600069.html，访问日期：2013 年 12 月 12 日。

第 276 页 "我正忙于"：凯瑟琳·德克斯特·麦考米克于 1960 年 6 月 15 日写给玛格丽特·桑格的信，玛格丽特·桑格档案文件，史密斯学院索非亚·史密斯藏品。

第 276 页 更多男人进行输精管切除术：菲尔兹：《凯瑟琳·德克斯特·麦考米克：女性权益的先驱》，第 296 页。

第 277 页 桑格正努力摆脱她对于止痛药的依赖：艾伦·切斯勒：《英勇的女子：玛格丽特·桑格和美国节育运动》，纽约：西蒙和舒斯特出版社，1992 年，第 458 页。

第 277 页 "没有什么人会怀念你"：芭芭拉·伯努瓦于 1960 年 7 月 18 日写给玛格丽特·桑格的信，玛格丽特·桑格档案文件，史密斯学院索非亚·史密斯藏品。

第 277 页 "一个群龙无首的组织渐渐走向死亡"：多萝西·布拉什于 1963 年 12 月 26 日写给斯图尔特·桑格的信，玛格丽特·桑格档案文件，史密斯学院索非亚·史密斯藏品。

第 277 页 那么多来自政府和其他各方的资助：玛格丽特·桑格于 1960 年 6 月 14 日写给格雷戈里·平克斯的信，格雷戈里·平克斯档案文件，国会图书馆。

第 278 页 "等级森严的教会反对避孕丸"：约翰·洛克：《我们可以结束有关节育的斗争》，《好管家》1961 年 6 月，第 44 页。

第 279 页 有一天，就在晚饭前：爱德华·E. 华莱茨医生于 2013 年 4 月接受本书作者访谈。

第 279 页 采了一朵粉色的花：同上。

第 279 页 开始在微风中翩翩起舞：同上。

第 280 页 继亚当和夏娃的放逐以来：罗素·萧图：《反避孕》，《纽约时报杂志》2006 年 5 月 7 日，http://www.nytimes.com/2006/05/07/magazine/07contraception.html?pagewanted=all，访问日期：2014 年 2 月 18 日。

第 280 页 "主要事件"：玛丽·艾伯斯达特：《有了避孕丸的亚当和夏娃》，加利福尼亚州圣弗朗西斯科：依纳爵出版社，2012 年，第 11 页。

第 280 页 "解决反复出现的、针对节育问题的宗教争议"：约翰·洛克：《时候已到》，伦敦：天主教读书会，1963 年，页码不详。

第 281 页 委员会的大部分成员：《82 岁的玛格丽特·桑格已死》，《纽约时报》1966 年 9 月 7 日，第 1 页。

第 281 页 "毫无保留的"——一种"特殊的"：罗伯特·迈克劳瑞：《转折点》，纽约：十字路口出版社，1995 年，第 139 页。

第 281 页 "本身就是不诚实的"：同上。

第 282 页 "西尔公司每年都向他支付一万二千美金"：马什、罗纳：《生育医生：约翰·洛克和生育革命》，第 282 页。

第 282 页 "我常常想，天哪"：《洛克医生的魔丸》，《君子》1983 年 12 月。

第 282 页 骨髓癌：罗伯特·萨洛蒙医生于 1963 年 9 月 3 日给格雷戈里·平克斯的信，格雷戈里·平克斯档案文件，国会图书馆。

第 283 页 "我比过去这些年都要健康"：怀特·J.英格尔：《格雷戈里·古德温·平克斯：传记体回忆录》，哥伦比亚特区华盛顿：美国国家科学院，1971 年，第 238 页。

第 283 页 "亲吻"了你（刊登在我们当地报纸上）的照片：一封于 1962 年 4 月 24 日给格雷戈里·平克斯的信，格雷戈里·平克斯档案文件，国会图书馆。

第 283 页 格洛丽亚·斯泰纳姆 60 年代早期就把避孕膜换成了避孕丸：《贝蒂男女同校的道德裁军》，《君子》1962 年 9 月，第 98 页。

第 284 页 "家庭主妇靠当妓女挣钱"：《避孕丸：它如何影响美国人的道德和家庭生活》，《美国新闻及世界报道》1966 年 7 月 11 日，http://www.pbs.org/wgbh/amex/pill/lmmore/ps_revolution.html，访问时间：2014 年 2 月 18 日。

第 284 页 "我宁可病人来索取避孕丸"：同上。

第 285 页 "斯坦利·麦考米克的太太"：格雷戈里·平克斯：《控制生育》一书的献词。

第 285 页 价值已经增长到了两万五千美金：斯博奥夫：《一个好人：格雷戈里·古德温·平克斯》，第 271 页。

第 285 页 与妻子度过每一分钟：劳拉·平克斯·伯纳德于 2013 年 7 月接受本书作者进行的访谈。

第 286 页 这让他们的关系"奇迹般地改善了"：大卫·瓦格纳于 1955 年 1 月接受帕特里夏·格塞尔的访谈，大卫·瓦格纳收藏集，史密森尼学会，美国国家历史博物馆科学、医学和社会部，哥伦比亚特区华盛顿。

第 287 页 赚得约十三万美金：同上。

第 287 页 以正式的职业装示人：菲尔兹：《凯瑟琳·德克斯特·麦考米克：女性权益的先驱》，第 297 页。

第 288 页 "我就知道我是对的"：劳埃德·希勒：《玛格丽特·桑格：五十年的抗争》，《大观》1963 年 12 月 1 日。

第 289 页 "愿意接受嘲讽和凌辱"：卡茨：《玛格丽特·桑格选集》第三卷，第 491 页。

第 289 页 "人口增长如果不得到控制"：同上。

第 289 页 "目标是让世界上"：约翰·瑞迪：《玛格丽特·桑格：1884

年—1966 年，逝者安息》，《圣母颂》1966 年 9 月 24 日，第 5—6 页。

第 289 页　"在短短的六年内"：《从畏惧中解放出来》，《时代》1967年 4 月 7 日。

第 290 页　避孕丸降低了女性追求事业的成本：克劳迪亚·戈尔丁和劳伦斯·F. 卡茨：《避孕丸的力量：口服避孕丸和女性的事业及婚姻决定》，《政治经济学报》第 110 期第 4 号（2002 年），第 730—770 页。

第 290 页　对于两性收入差距的缩小，起到了 30% 的作用：玛莎·J. 贝利、布莱德·赫什和阿玛利亚·R. 米勒：《选择参与的革命？避孕和两性收入差距》，2012 年 5 月 13 日，http://www-personal.umich.edu/~baileymj/Opt_In_Revolution.pdf，访问日期：2014 年 2 月 16 日。

第 291 页　第一代口服避孕丸：米歇尔·菲·科迪斯：《调查显示避孕丸减少癌症患病率、延长女性寿命》，彭博新闻，2010 年 3 月 11 日，http://www.bloomberg.com/apps/news?pid=newsarchive&sid=amLgSVxKl4zw，访问日期：2014 年 2 月 16 日。

参考书目

艾琳·大卫：《不要战争要交欢》，利特尔和布朗出版社，2000年。

伯纳德·阿斯贝尔：《避孕丸：改变了世界的药物传记》，纽约：兰登书屋，1995年。

贝丝·贝利：《腹地性生活》，马萨诸塞州剑桥：哈佛大学出版社，1999年。

吉恩·H.贝克：《玛格丽特·桑格：激情一生》，纽约：希尔及王氏出版社，2011年。

劳拉·布里格斯：《繁殖帝国》，伯克利：加州大学出版社，2008年。

布林纳、洛克和特伦特·斯蒂芬斯：《黑暗疗法》，纽约：基本图书出版公司，2001年。

伊诺克·卡拉威：《精神病院：一所中世纪的疯人院及其对于我们当今的精神病人的启示》，康涅狄格州韦斯特菲尔德：普雷格出版社，2007年。

丹尼尔·卡彭特：《名誉和权势》，新泽西州普林斯顿：普林斯顿大学出版社，2010年。

艾伦·切斯勒：《英勇的女子：玛格丽特·桑格和美国节育运动》，纽约：西蒙和舒特出版社，2007年。

马修·康奈利：《致命的误解：控制世界人口的斗争》，马萨诸塞州剑桥：哈佛大学出版社隶属贝尔纳普出版社，2008年。

唐纳德·T.克里奇洛：《想要的结果》，牛津：牛津大学出版社，1999年。

贾莱德·戴尔蒙德：《性事为何愉悦》，纽约：基本图书出版公司，1997年。

詹姆斯·L.戴尔茨：《波多黎各经济史》，新泽西州普林斯顿：普林斯顿大学出版社，2010 年。

卡尔·杰拉西：《此人之药：避孕丸诞生五十周年反思》，牛津：牛津大学出版社，2001 年。

玛丽·艾伯斯达特：《有了避孕丸的亚当和夏娃》，加州圣弗朗西斯科：依纳爵出版社，2012 年。

彼特·C.恩格尔曼：《美国节育运动历史》，加州圣芭芭拉：普雷格出版社，2011 年。

杰弗瑞·埃斯科菲耶：《性革命》，纽约：桑德茅斯出版社，2003 年。

阿蒙德·菲尔兹：《凯瑟琳·德克斯特·麦考米克：女性权益的先驱》，康涅狄格州韦斯特波特：普雷格出版社，2003 年。

米歇尔·福柯：《性经验史》第一卷，纽约：古典出版社，1990 年。

琳达·戈登：《女性的道德资产：美国节育政治历史》，厄巴纳：伊利诺伊大学出版社，2007 年。

玛德琳·格雷：《玛格丽特·桑格：节育运动倡导人传》，纽约：理查德·马瑞克出版社，1979 年。

大卫·哈伯斯塔姆：《五十年代》，纽约：兰登书屋，1993 年。

布莱特·哈维：《五十年代：女性口述历史》，纽约：哈珀·柯林斯出版社，1993 年。

保罗·K.哈特：《波多黎各人繁殖力的背景资料》，新泽西州普林斯顿：普林斯顿大学出版社，1952 年。

鲁本·希尔等：《家庭和人口控制》，教堂山：北卡罗来纳大学出版社，1959 年。

菲利普·J.希尔茨：《保卫美国人的健康》，教堂山：北卡罗来纳大学出版社，2003 年。

埃斯特·卡茨：《玛格丽特·桑格选集》第三卷，厄巴纳：伊利诺伊大学出版社，2010 年。

大卫·M.肯尼迪：《节育在美国》，康涅狄格州纽哈芬：耶鲁大学出版社，1970 年。

劳伦斯·拉得：《玛格丽特·桑格的故事》，纽约：道布尔迪出版社，1955 年。

吉尔·莱波雷：《幸福的府邸：生与死的历史》，纽约：古典出版社，

2012 年。

马克斯·勒纳:《美国的文明世界》,纽约:西蒙和舒特出版社,1957 年。

阿尔伯特·Q.梅塞尔:《激素的探索》,纽约:兰登书屋,1965 年。

劳拉·V.马克斯:《性爱化学》,康涅狄格州纽哈芬:耶鲁大学出版社,2001 年。

玛格丽特·马什和旺达·罗纳:《生育医生:约翰·洛克和生育革命》,马里兰州巴尔的摩:约翰·霍普金斯大学出版社,2008 年。

伊莱恩·泰勒·梅:《美国和避孕丸》,纽约:基本图书出版公司,2010 年。

洛蕾塔·麦克劳克林:《避孕丸、约翰·洛克和教会:一场变革的过程》,波士顿:利特尔和布朗出版社,1982 年。

格雷斯·麦泰莉:《冷暖人间》,波士顿:东北大学出版社,1999 年。

乔安妮·梅耶洛维茨:《并非琼·克莉佛:战后美国社会的女性以及性别,1945 年—1960 年》,费城:天普大学出版社,1994 年。

约翰·T.诺南:《避孕:有史以来天主教神学家和教律学家如何对待它》,马萨诸塞州剑桥:哈佛大学出版社,1965 年。

大卫·M.奥辛斯基:《小儿麻痹症:一段美国历史》,牛津:牛津大学出版社,2005 年。

妮莉·奥茨胡恩:《超越自然之身:性激素之考古》,伦敦:罗德里奇出版社,1994 年。

詹姆斯·R.彼特森:《性的世纪:花花公子的性革命历史,1900 年—1999 年》,纽约:格罗夫出版社,1999 年。

格雷戈里·平克斯:《控制生育》,纽约:学术出版社,1965 年。

安妮特·B.拉美瑞兹-德-阿瑞拉诺:《殖民主义、天主教义和避孕》,教堂山:北卡罗来纳大学出版社,1983 年。

詹姆斯·里德:《从个人恶习到公众德行:节育运动和 1830 年以来的美国社会》,纽约:基本图书出版公司,1978 年。

玛丽·罗切:《交媾》,纽约:诺顿出版社,2008 年。

约翰·洛克:《时候已到》,伦敦:天主教读书会,1963 年。

玛格丽特·桑格:《玛格丽特·桑格自传》,纽约州米尼奥拉:多弗出版社,2004 年。

珍妮特·E.史密斯:《人间通谕:一代人之后》,哥伦比亚特区华盛顿:美国天主教大学出版社,1991年。

利昂·斯博奥夫:《一个好人:格雷戈里·古德温·平克斯》,俄勒冈州波特兰:雅尼卡出版社,2009年。

J.梅尔·史戴考斯:《波多黎各的家庭和人口控制》,教堂山:北卡罗来纳大学出版社,1955年。

贝丽尔·苏伊特斯:《勇敢并气愤:国际计划生育联合会年代记》,伦敦:国际计划生育联合会,1973年。

盖伊·塔利斯:《邻家人妻》,纽约:双日出版社,1980年。

莱斯利·伍德考克·滕特勒:《天主教和避孕:一段美国历史》,纽约:康奈尔大学出版社,2004年。

安德烈娅·同恩:《器具和欲望:美国避孕用品史》,纽约:希尔及王氏出版社,2001年。

安德烈娅·同恩:《抑制繁殖》,特拉华州威尔明顿:学术资源出版社,2001年。

保罗·沃恩:《测试中的避孕丸》,纽约:科沃德-麦卡恩出版公司,1970年。

克劳德·A.维利:《控制排卵》,牛津:帕加蒙出版社。

伊丽莎白·西格尔·沃特金斯:《关于避孕丸》,马里兰州巴尔的摩:约翰霍布金斯大学出版社,1988年。

奇里夫·胡德和贝丽尔·苏伊特斯:《为了获得接受的斗争:避孕的历史》,英国艾尔斯伯里:医学和技术出版社,1970年。

索利·祖克曼:《象牙塔之外》,伦敦:科学图书俱乐部,1970年。